Marconipark

Das Buch

Göteborg in höchster Alarmbereitschaft: Mitten in der Stadt wird ein Toter gefunden. Inszeniert für die Polizei, im Marconipark. Alles deutet darauf hin, dass weitere Morde geschehen. Und tatsächlich – fünf Tage später wird eine zweite Leiche gefunden.

Kommissar Erik Winter vermutet Rache als Motiv. Für etwas, das in der Vergangenheit geschehen ist und Böses hervorbringt. Der Täter geht mit einer besonderen Brutalität vor, doch auch die Opfer selbst waren alle auf die ein oder andere Art gewalttätig. Erik Winter wird plötzlich von Alpträumen gequält. Kindheitserlebnisse kehren zurück. Hatte er sie verdrängt? Als eine weitere Leiche auftaucht, droht der Kommissar unter der Last der Erinnerung zu zerbrechen.

Der Autor

Åke Edwardson, geboren 1953, lebt mit seiner Frau in Göteborg. Einige Monate im Jahr verbringt das Ehepaar im Süden Spaniens, in Marbella. Bevor Edwardson einer der weltweit erfolgreichsten Krimiautoren wurde, arbeitete er als Journalist u. a. im Auftrag der UNO im Nahen Osten.

Von Åke Edwardson sind in unserem Hause bereits erschienen:

Aus der Reihe »Ein Erik-Winter-Krimi«:
Tanz mit dem Engel – Die Schattenfrau – Das vertauschte Gesicht – In alle Ewigkeit – Der Himmel auf Erden – Segel aus Stein – Zimmer Nr. 10 – Rotes Meer – Toter Mann – Der letzte Winter – Das dunkle Haus – Marconipark

Aus der Reihe »Ein Jonathan-Wide-Krimi«:
Allem, was gestorben war – Geh aus, mein Herz

Außerdem:
Die Rache des Chamäleons
Die Schwalben fliegen so hoch, dass man sie kaum sehen kann

Åke Edwardson

Marconipark

Kriminalroman

Aus dem Schwedischen
von Angelika Kutsch

List Taschenbuch

Besuchen Sie uns im Internet:
www.list-taschenbuch.de

MIX
Papier aus verantwortungsvollen Quellen
FSC® C083411

Ungekürzte Ausgabe im List Taschenbuch
List ist ein Verlag der Ullstein Buchverlage GmbH, Berlin.
1. Auflage Februar 2017

Titel der schwedischen Originalausgabe: *Marconi Park*
(Albert Bonniers Förlag, Stockholm, 2013)
Umschlaggestaltung: bürosüd° GmbH, München
Titelabbildung: © Getty Images / STOCK4B (Mann)
© Demurez Coverarts / Partner Agency / Craig Satterlee (Steg)
Satz: LVD GmbH, Berlin
Gesetzt aus der Sabon
Druck und Bindearbeiten: CPI books GmbH, Leck, Germany
ISBN 978-3-548-61338-3

Said I loved you ... but I lied
Michael Bolton, *Said I loved You ... But I Lied*

Für Hanna und Kristina

I

Kriminalkommissar Erik Winter roch den Duft des Frühlings, der auch in diesem Jahr wieder nahte, halleluja. Winter war plötzlich froh, wie jemand, der meinte, dieses Gefühl vergessen zu haben. Er machte ein paar Tanzschritte über den Kungstorget. Nein, das tat er nicht, er hätte gern getanzt, aber etwas hielt ihn zurück. Vielleicht das Paket, das er unterm Arm trug, mit einer Lammkeule und einer Büchse Sardellen. Winter war auf dem Heimweg, er würde allein sein, aber ein Mann am Herd ist eigentlich nie allein. Er würde ein Glas Whisky trinken, nur eins, während er das Lamm mit Kräutern und Knoblauch einrieb. Ein Mann mit einem Whiskyglas in Reichweite fühlt sich nie einsam.

Es war sechs, und es war immer noch hell. Allein das. Er dachte an Angela, Elsa und Lilly. Noch drei Monate, dann war die Familie wieder für immer vereint.

Das Handy vibrierte in seiner Hemdentasche. Er nahm es heraus, las die Nummer ab und hielt es ans Ohr; kein Headset für Señor Winter, nicht gut für seinen Tinnitus, aber für Tinnitus war nichts gut, nicht mal guter Whisky, nicht mal Coltrane.

»¡Hola!«, sagte er.

»Du scheinst ja richtig fröhlich zu sein.«

»Ich bin froh.«

»Das macht mich froh«, sagte sie.

»Das macht mich auch froh.«
»Es klingt, als würdest du dich draußen aufhalten.«
»Rate mal, wo.«
»Kungstorget?«
»Richtig.«
»Rotzunge?«
»Falsch.«
»Blutpudding?«
»Guter Versuch, aber falsch.«
»Lamm.«
»Das war nicht mal eine Frage«, sagte er.
»Hier regnet es«, sagte sie.
»In Göteborg wird es Frühling.«
»Wie schön für dich.«
»Jetzt klingt deine Stimme nicht mehr froh«, sagte er.
»Wer hat gesagt, dass ich froh bin?«
»Du, gerade eben.«
»Schon wieder vorbei.«
»Was ist los, Angela?«
»Ich weiß es nicht.«
»Wir sehen uns bald.«
»Noch drei Monate«, sagte sie.
»Ich komme euch doch vorher besuchen.«
»Mal sehen«, sagte sie.
»Das klingt beunruhigend.«
»Etwas wird passieren, und irgendwann verschwindest du, Erik«, sagte sie.
»Ich verschwinde?«
»Du verschwindest in dir selbst.«

Es ist irgendwann im Lauf der Nacht geschehen, genau an dieser Stelle. Ungefähr das sagte Gerichtsmedizinerin Pia Fröberg zu Winter, als sie kurz vor der Morgendämmerung mitten im Gebüsch dieser Sahneschnitte der üppigen Vegetation unterhalb vom Kulturhaus von Frölunda standen. Auf der anderen Seite war das Straßenbahndepot, unterirdisch, es sah aus wie ein offener Tunnel. Die ersten Wagen des Tages waren gerade wieder angerollt. Alles um sie herum war Glas und Beton, alter Beton, neuer Beton.

Winter betrachtete die Gestalt auf der Erde. Ein Opfer. Es war ein Mann, da gab es keinen Zweifel, denn seine Hose und Unterhose, bis zu den Knien heruntergezogen, verdeckten nicht länger sein Geschlecht. Dem Toten waren die Hände auf dem Rücken, seine Fußknöchel mit einer Art Kordel verschnürt, und sein Kopf steckte in einer Plastiktüte, die um den Hals zugezogen war. Winter beugte sich über ihn und sah das Gesicht wieder im Profil, es war undeutlich durch das blaue Plastik, wie ein Gesicht unter Wasser. Winters Gehirn machte einen Sprung zurück in der Zeit, zwei Jahre innerhalb von Sekunden, sein Körper im Wasser, all das Undeutliche, das ihn umgeben hatte, während er dem Tod entgegensank. Aber er war nicht ertrunken, er stand jetzt hier, mit einem ständigen Brausen in den Ohren wie Meeresbrausen bei Sturm, Erinnerung an sein Erlebnis, als er dem Tod so nah gewesen war. Der Mann auf der Erde vor ihm war dem Leben nicht mehr nah. »Trauma«, hörte er Pia sagen und noch etwas, das er nicht verstand, er sah das Blut im Innern der Plastiktüte, es musste Blut sein, mehr schwarz als rot im bleiernen Licht des Himmels. Er schaute hinauf. Dort gab es nichts zu sehen. Er blickte wieder nach unten.

»Er war vermutlich bewusstlos, als ihm die Tüte über den Kopf gezogen wurde«, sagte er.

Fröberg antwortete nicht.

»Sonst wäre das schwer zu bewerkstelligen«, fügte Winter hinzu. »Jedenfalls wenn man allein ist.«

»Du meinst, er hat es selbst getan?« Sie drehte sich zu ihm

um. Es sah nicht aus, als würde sie lächeln. Es war schwarzer Humor.

»Sehr zweifelhaft«, sagte Winter. Er spürte den Wind, der wie ein kalter Brand aus der Tunnelöffnung unterhalb von ihm kam.

Er betrachtete den Buchstaben, der auf dem Toten lag, die Versalie »R«, mit schwarzem Stift auf ein Stück Pappkarton geschrieben, das schief und hastig von etwas abgerissenen war. Es könnte ein weißer Tortenkarton sein und der Buchstabe voller Zorn und mit einem breiten wütenden Pinselstrich hingeschmiert, die Farbe war verlaufen und sah aus wie das Schwarze, womit das Gesicht des Toten in der Plastiktüte bedeckt war. Winter kam es vor, als hätte er das Privileg, durch eine Fensterscheibe schauen zu dürfen, und er hatte das vertraute, verdammt unheimliche Gefühl, dass es nicht das letzte Mal sein würde. Der Wind im Tunnel drehte sich, kam ihm entgegen. Er würde darin verschwinden.

»Der Junge isst also gern Torte«, sagte Kriminalkommissar Fredrik Halders, als sich die Kerngruppe des Dezernats für Schwerstverbrechen zu einer ersten Besprechung traf.

»Wer von den beiden?«, sagte Kriminalkommissar Bertil Ringmar.

»Das ist nun wirklich der falsche Moment, um Witze zu reißen«, sagte Kriminalinspektorin Aneta Djanali.

»War doch nur schwarzer Humor«, sagte Halders.

»Die Pappe scheint von einem Tortenkarton zu stammen«, sagte Winter. »Öberg überprüft das gerade.«

»Siehst du wohl«, sagte Halders.

»Wie viele davon mag es in der Stadt geben?«, sagte Kriminalinspektorin Gerda Hoffner.

»Genauso viele, wie es Torten gibt«, sagte Halders. »Mein Vater war übrigens Konditor.«

»Dann verhörst du die Konditoren, Fredrik«, sagte Winter.

»Machst du Witze?«

»Schwarzer Humor.«

Hoffner lachte auf.

»Wenigstens einer unter uns hat Humor«, sagte Halders.

»Das ist nicht witzig«, wiederholte Djanali.

»Nein«, sagte Winter. »Das ist wirklich kein witziger Mord.«

Der Himmel vorm Fenster war blau, blau wie die Sünde, genauso alt. Darin war eine Antwort enthalten, etwas wie ein einsamer verzweifelter Ruf aus der Vergangenheit. Die Vergangenheit ist eine lange Höllenreise, dachte Winter und wandte sich vom Fenster ab, als Ringmar gegen die offene Tür klopfte.

»Permesso?«

»Na klar, komm rein, Bertil.«

Ringmar setzte sich in den Sessel vor Winters Schreibtisch. Winter blieb am Fenster stehen. Er spürte Sonne im Rücken, die genauso kalt war wie der Wind.

»Mit was haben wir es hier zu tun?«, fragte Ringmar.

»Racheakt«, sagte Winter.

»Rache wofür?«

Winter antwortete nicht. Er hörte Laute von draußen und drehte sich um. Drei schwarze Vögel flogen vorbei und schrien etwas in den Himmel.

»Rache wofür?«, wiederholte Ringmar.

»Irgendwas aus der Vergangenheit.« Winter war bereit für das Gespräch, ihre Methode, den Gedanken freien Lauf lassen, die Assoziationen, die sie voranbringen konnten, nachdem sie sie erst zurückgeführt hatten.

»Etwas, das schon lange vergangen ist?«, fragte Ringmar.

»Nicht gar so lange.«

»Vor zehn Jahren?«

»Kürzlich«, sagte Winter.

»Rache für etwas, das kürzlich passiert ist? Rache für eine Gewalttat?«

»Ja.«

»An der Frau eines anderen Mannes?«

»Ja.«

»Am Mann eines anderen Mannes?«

»Nein.«

»Könnte sein.«

»Ja.«

»Vielleicht handelt es sich auch um etwas ganz anderes.«

»Ja«, sagte Winter. »Und es liegt länger zurück.«

»Zehn Jahre«, sagte Ringmar. »Was ist damals geschehen?«

»Etwas, das eine Person nicht vergessen kann.«

»Das Opfer hatte einen nackten Hintern«, sagte Ringmar.

Das Opfer hieß Robert Hall. Er war erst bewusstlos geschlagen und dann in der blauen Plastiktüte erstickt worden. Vielleicht aus Barmherzigkeit.

»Er wurde niedergeschlagen, weil das die einzige Möglichkeit war«, sagte Ringmar.

Winter nickte.

»Hall war nicht gerade klein«, sagte Ringmar.

»Suchen wir nach einem kleinen Mann?«, sagte Winter.

»Oder nach einer Frau«, sagte Ringmar.

»Nein.«

»Nein?«

»Nein, wir suchen nicht nach einer Frau, jedenfalls nicht als Täterin.«

»*Cherchez la femme*«, sagte Ringmar. »So oder so.«

»Ich denke, wir sollten die Geldspur verfolgen.«

»Das auch.«

»Hier geht es nicht um Geld«, sagte Winter.

»Es geht um Wut«, sagte Ringmar.

»Große Wut.«

»Warum dort? Warum ausgerechnet dort?«

»Der einzige Ort, wo sie nicht gesehen werden konnten«, sagte Winter.

»War die Tat vorbereitet?«

»Ja.«

»Vorbereitet?«

»Ja.«

»Dann wohnt der Täter in der Nähe«, sagte Ringmar.

»Nicht unbedingt«, sagte Winter.

»Er wohnt in der Nähe.«

»Na, warten wir's mal ab«, sagte Winter.

»Was?«

»Das nächste Opfer.«

Winter fuhr zurück in die Marconigatan und parkte südlich der Straßenbahnschienen. Es dämmerte wieder, ein matter Schein über dem Beton. Er stieg aus. Eine Schulklasse kam die Treppe vom Kulturhaus herunter, Schüler der Mittelstufe, sie blieben bei den Absperrbändern stehen, zeigten mit dem Finger hierhin und dorthin. Den Ausdruck ihrer Gesichter konnte Winter nicht deutlich erkennen, aber er wusste, dass die Kinder fasziniert waren. Dies war kein Film, nicht einmal ein Krimi. Der Lehrer versuchte, sie weiter die Treppe hinunterzuscheuchen, vielleicht zur Frölundaschule. Aber die Kinder konnten den Blick nicht von den Polizeiinspektoren in ihrer schwarzen coolen Lederkleidung hinter der Absperrung losreißen. Vielleicht würde einer von ihnen ein Autogramm geben. Die Männer der Spurensicherung wirkten nicht ganz so eindrucksvoll, sie wühlten im Hintergrund herum wie städtische Arbeiter.

Torsten Öberg schaute auf, als Winter neben ihm stand, über ihm aufragte.

»Brauchbare Abdrücke.«

»Abdrücke wovon?«, fragte Winter.

»Schuhen.«

»Aha.«

Öberg richtete sich auf. Er war kürzlich offiziell zum Chef der Spurensicherung befördert worden, nachdem er es inoffiziell schon seit Jahren gewesen war. Er schien größer geworden zu sein, fast genauso groß wie Winter.

»Er ist einige Meter tiefer in die Büsche geschleift worden.«

»Okay.«

»Ein Schlag gegen den Hinterkopf.«

»Nur einer, sagt Pia.«

»Und dann die Tüte drüber.«

»Nachdem er Hall die Unterhose runtergezogen hat.«

»Das klingt so persönlich.«

»Was?«

»Dass er Hall die Hose runtergezogen hat.«

»Dem Opfer die Hose heruntergezogen hat«, sagte Winter.

»Nein, ich glaube, er hat ihm erst die Tüte über den Kopf gestülpt. Ich weiß es nicht genau. Wir müssen den Mist rekonstruieren. Aber er wollte wohl sichergehen, dass der Mann wirklich tot war.«

Winter schwieg.

»Woran denkst du, Erik?«

»An den Wahnsinn«, antwortete Winter.

»Die Schrift wirkt aggressiv«, sagte Öberg.

»Was gibt es sonst noch dazu zu sagen?«

»Der Buchstabe R.«

»Das Alphabet kann ich auch«, sagte Winter.

»Kraftvoll ausgeführt«, sagte Öberg. »Das ist das Einzige, was wir bis jetzt darüber wissen.«

»Wir brauchen mehr Buchstaben«, sagte Winter.
»Ist das Wunschdenken?«
»Das ist Wahnsinn.«

2

Robert Hall hatte in einer Wohnung in Järnbrott gelebt. Sie lag nicht weit vom Fundort entfernt, der vermutlich auch der Tatort war.

Es war eine Zwei-Zimmer-Wohnung. Die Fenster und Glastüren in Küche und Wohnzimmer ließen viel Licht von Norden herein. Winter betrat den Balkon. Unten sah er zwei alte Tennisplätze, einen kleinen geschotterten Fußballplatz und Gebäude, vielleicht eine Schule. Klar ist das eine Schule, die Frölundaschule, und ich hab gelesen, dass der Schotterplatz verschwinden soll. Hier soll gebaut werden, zu viel Raum, Licht und Gras, abgesehen vom Fußballplatz.

Robert Hall war geschieden, seine Frau wohnte mit den Kindern in Borås. Sie ist nicht weit geflohen, dachte Winter und sog die Luft ein, die voller Frühling und Leben war. Linnea Hall hatte das Sorgerecht für die beiden halbwüchsigen Kinder bekommen, ein Junge und ein Mädchen, an ihre Namen konnte er sich im Augenblick nicht erinnern. Alleiniges Sorgerecht, das hatte natürlich etwas zu bedeuten. Aneta Djanali war auf dem Weg nach Borås. Dort bin ich noch nie gewesen, hatte sie bei der Morgenbesprechung gesagt. Himmel, hatte Halders gesagt, wie ist das möglich? Da gibt's doch einen Zoo und alles.

Winter hörte die Schulglocke, einen Ton, den er noch nie gemocht hatte. Er stand für Unfreiheit wie alles, was mit der

Schule zusammenhing. Nicht einmal, wenn es zum Schulschluss klingelte, hatte er sich frei gefühlt, nicht einmal nach dem letzten Klingeln des Tages, weil er wusste, dass es am nächsten Tag wieder klingeln würde. Es gab keinen Ausweg, so würden seine Kindheit und Jugend, sein ganzes Erwachsenenleben und sein Alter aussehen, er wusste es frühzeitig, viel zu früh, manchmal würde es zum Ende klingeln, aber die verdammte Glocke würde immer wieder klingeln. Vielleicht war er Polizist geworden, weil er damit die Chance hatte, nicht innerhalb von Mauern eingesperrt arbeiten zu müssen.

Aber eigentlich gab es nur eine Art, Frieden zu finden. Robert Halls Art. Außerdem war Hall Lehrer gewesen. Darin verbarg sich fast eine Symbolik, dachte Winter, als er sah, wie die Kinder das Schulgebäude beinah fluchtartig verließen.

Hinter sich hörte er die Männer von Öbergs Spurensicherung, die sich in der Wohnung bewegten. Sie suchten alles und nichts, nichts könnte sich als alles erweisen. Bei Winters erster Inspektion zusammen mit Ford und Brattling hatte die Wohnung ordentlich gewirkt, aufgeräumt und alles bereitgelegt, als hätte Hall damit gerechnet, bald wieder nach Hause zu kommen, aber trotzdem extra aufgeräumt für den Fall, jemand anders würde vor ihm die Wohnung betreten. Nichts Rätselhaftes, jedenfalls bis jetzt noch nicht. Das konnte sich ändern, wenn sie den Computer hochfuhren. Nonnen, die Papstpornos runterluden, Bischöfe, die Nonnenpornos runterluden, richtiger Nonnenporno, auf alles nur denkbar Grausige konnte man stoßen: gefilmte Volkstanzfestivals, Talkshows über Literatur. Einmal hatte Winter in zwanzig Jahren gesammelte Schlagerfestivals ausgegraben, inklusive aller Vorentscheidungen der letzten Jahre.

Das Erlebnis hatte ihn erschüttert.

Er kehrte zurück in die Wohnung.

Ringmar kam aus der Küche.

»Hall scheint ein ordentlicher Mensch gewesen zu sein«, sagte er.

»Lehrer«, sagte Winter.

»Hat das etwas miteinander zu tun?«

Winter antwortete nicht. Auf dem Sofatisch lag ein Stapel Bücher. Er trat näher und las den obersten Titel. Es war ein Prachtband über Göteborg von gestern und heute.

»Das da hab ich auch.« Ringmar wies mit dem Kopf auf den Tisch.

»Bist du dabei?«, fragte Winter.

»Was?«

»Kommst du auch in dem Buch vor?«

»So weit reichen die Ausgrabungen nicht zurück«, antwortete Ringmar.

»Es ist also noch mehr zu erwarten.«

»Im Augenblick befinden wir uns erst in der äußersten Schicht«, sagte Ringmar.

»Dahin gehöre ich auch«, sagte Winter.

»Bist du deprimiert?«

»Ein bisschen. Ich war auf dem Balkon.«

Ringmar schaute aus den Fenstern. Die Sonne blendete ihn.

»Die Schule«, sagte er. »Ich verstehe.«

»Vielleicht verspüren alle Menschen Melancholie, wenn sie an einer Schule vorbeikommen«, sagte Winter. »Erst recht wenn sie in genau diese Schule gegangen sind.«

»Nein«, sagte Ringmar, »dann verspüren sie Hass.«

»Interessant«, sagte Winter.

»Ganz normal«, sagte Ringmar.

»Jemand hat Robert Hall also gehasst.«

»Lehrer führen ein gefährliches Leben, werden aber selten ermordet.«

»Aus irgendeinem Grund ist er ermordet worden.«

»Falscher Mann am falschen Ort.«

»Nein. Er war gemeint«, sagte Winter. »Er war als Opfer auserkoren.«

»Warum er?«

»Er hat irgendetwas getan.«

»Als junger Mensch?«

»Was ist jung?«

»Über zwanzig.«

Ringmar ging im Zimmer herum und schaute durch die Glaswand hinaus. Winter folgte seinem Blick. Draußen war jetzt kein Mensch zu sehen, nur Schotter, Gras und Schule.

»Dieser Fußballplatz da kommt weg«, sagte Ringmar.

»Das habe ich auch schon gehört.«

»Genau wie der Marconiplatz.«

»Ach?«

»Marconiplatz. Der ist schon weg. Dort haben sie eine Eissporthalle gebaut. Übrigens gar nicht weit von hier entfernt. Da! Mensch, man kann sie sogar von hier aus sehen.«

»Ich hab auf dem Marconiplatz Fußball gespielt«, sagte Winter.

»Wirklich?«

»FC Finter. Mit fünfunddreißig, glaub ich, vielleicht sechsunddreißig hab ich noch einen letzten Versuch unternommen. Aber meine Knie wollten nicht mehr.«

»Ich hab früh aufgehört«, sagte Ringmar. »Mir wurde klar, dass mein Talent nicht ausreicht. Ich wurde auch nicht oft genug verletzt.«

»Nein, dann ist es besser, aufzuhören.«

»Welche Fächer hat Hall unterrichtet?«

»Sport und Schwedisch.«

»Mehr braucht der Mensch nicht«, sagte Ringmar.

»Das hat ihm nicht das Leben gerettet. Ich weiß nicht, ob ich es schaffe, all seine Kollegen zu verhören.«

»Dann lass es doch. Aber du musst umdenken, Erik. Nicht alle Lehrer sind Schweinehunde. Du brauchst wirklich jemanden, mit dem du dich darüber aussprechen kannst. Und über noch so einiges.«

»Der Punkt steht ganz unten auf meiner Liste.«

»Was steht an oberster Stelle?«

»Das möchtest du lieber nicht wissen.«

»Du wirst nie in eine Gesprächstherapie gehen, was?«

»Doch.«

»Wie willst du das beweisen?«

»Durch die Art, wie ich bin.«

»Es dauert Jahre, ehe man sich verändert«, sagte Ringmar.

»Mit den Rechnungen, die sind Beweis genug.«

»Es ist verdammt teuer, das ist wahr«, sagte Ringmar. »Teurer als ein richtig guter Maltwhisky.«

»Willst du mich auf den Arm nehmen?«

»Als Birgitta mich verlassen hat, bin ich zu einem Therapeuten gegangen, bis ich es mir nicht mehr leisten konnte. Und als Martin so merkwürdig wurde. Da war ich auch in einer Therapie.«

»Schade«, sagte Winter.

»Was ist schade?«

»Dass du die Analyse nicht weitermachen konntest.«

»Vielleicht waren wir einem Durchbruch nahe.«

»Vielleicht hatte er schon stattgefunden.«

Ringmar antwortete nicht. Er wandte sich von der Glaswand ab und drehte sich zu Winter um.

»Warum Hall?«, sagte er.

»Das ist die beste Frage«, sagte Winter. »An welcher Stelle steht er in der Reihenfolge?«

»Ja.«

»Die Frage gilt auch dem Buchstaben.«

»Ja.«

»Hier gibt es keine Chronologie.«

»Nein.«

»Die Mitteilung fängt nicht mit R an.«

»Nein.«

»Aber sie kann auch mit R anfangen.«

»Ja.«

»Hall wurde als Erster ermordet, weil er der Erste sein sollte. Das hat etwas zu bedeuten.«

»Ja.«

»Oder auch nicht.«

»Nein. Grade das hat keine Bedeutung.«

»Aber irgendwo gibt es einen Sinn.«

»Ja.«

»Und der hängt mit Hall zusammen.«

»Ja.«

»Er ist nicht der Einzige. Wie sicher sind wir uns in diesem Punkt?«

»Sicher. Mehr als ziemlich sicher.«

»Warum sind wir sicher?«

»Der Buchstabe.«

»Kann alles Mögliche bedeuten. Kann alles Mögliche sein.«

»Es ist der Anfang einer Botschaft oder die Mitte oder das Ende, aber es ist eine Botschaft.«

»Der Täter hat Wert darauf gelegt, dass sie nicht weggeweht wird«, sagte Winter. »Er hat sie mit einer Sicherheitsnadel an Halls Hemd befestigt.«

»Vielleicht etwas übertrieben«, sagte Ringmar.

»Nein. Er wollte, dass der Buchstabe nicht verschwindet, aber er selbst wollte nicht in der Nähe bleiben. Er wollte weit weg sein.«

Aneta Djanali fuhr an der Abfahrt zum Landvetter Flughafen vorbei. Eine Sekunde lang erwog sie, abzubiegen, weich nach rechts zu gleiten und weiter den laaaangen Bogen hinauf zu der geraden Strecke, die zu den Terminals führte, das Auto abzustellen, in die Abflughalle zu gehen und sich das erstbeste Ticket zum erstbesten Ziel zu kaufen. Wie viele Menschen hatten diesen Gedanken schon einmal gehabt? War das praktisch überhaupt möglich? Konnte man einfach so ein Ticket kaufen? Wenn ja, dann stand einem die ganze Welt offen. Afrika zum Beispiel. Sie war schon seit Jahren nicht mehr in Ouagadougou gewesen. Ihr Vater lebte noch dort, in dem weißen Haus. Burkina Faso hatte es im letzten Jahr ins Finale der afrikanischen Fußballmeisterschaft geschafft. Ihr Vater hatte mit einer Flasche Dolo in der Hand wie verrückt gebrüllt. Fredrik jedenfalls hatte wie ein Verrückter gebrüllt, als Burkina Faso gegen Togo im Viertelfinale ein Tor geschossen hatte.

Es stimmte nicht, dass sie noch nie in Borås gewesen war, sie war schon viele Male durchgefahren, hatte aber nie angehalten. Die Autobahn zertrennte die Stadt wie ein Säbel. So etwas konnte doch eigentlich nur in einer afrikanischen Stadt passieren, nicht hier, niemals.

Bei einer Tankstelle unter der Autobahn hielt sie an, um auf die Karte zu sehen. Linnea Hall wohnte im Süden, Aneta schaute auf, sie musste die ganze Stadt durchqueren, startete den Motor und fädelte sich vorsichtig wieder in den Verkehr ein. Da draußen könnte es blinde Fahrer geben, Ray Charles hinter dem Steuer eines Busses; mit Schwedens mittelgroßen Städten war nicht zu spaßen. Sie war immer deprimiert, wenn sie an solchen Orten vorbeifuhr oder hineinfahren musste wie jetzt, niedergeschlagen, als würden mittelgroße schwedische Städte an den Tod erinnern, daran, dass die Wanderung über die Erde in den Vierteln des Mittelmaßes sinnlos war.

Aber ich bin kein Mittelmaß, dachte sie, ich bin etwas anderes. Niemand ist Mittelmaß. Vielleicht nehme ich auf dem Rückweg einen Flug in die große weite Welt. Vielleicht machen wir das alle.

Sie parkte vor dem Haus, ein Haus aus den fünfziger Jahren, charmant im Geist der fünfziger Jahre.

Eine Frau öffnete die Haustür, ehe Djanali die Treppe hinaufgestiegen war. Eine Frau in Jeans und einem Pullover, anscheinend selbstgestrickt, der kuschlig wirkte. Sie war blond und blass wie Schnee in der Sonne. Die Sonne schien Djanali auf den Rücken, es war warm, bis jetzt der wärmste Tag des Jahres.

»Agneta Djanali?«

»Ja, Aneta Djanali.«

»Wie bitte?«

»Eigentlich heiße ich Aneta.«

»Ach?«

»In der Entbindungsstation falsch geschrieben.«

Linnea Hall lächelte nicht.

»Darf ich hereinkommen?«, fragte Aneta Djanali.

»Wie ist es passiert?« Wie eine Frage klang das nicht, Linnea Hall sah Aneta dabei nicht an. Ihr Blick war auf den Fußballplatz hinter Aneta Djanali gerichtet. Die konnte sich nicht erinnern, wie die Fußballmannschaft von Borås hieß, Fredrik hatte es ihr gesagt, als die Mannschaft irgendwann einmal gesiegt hatte.

»Darf ich hereinkommen?«, wiederholte Aneta.

»Was hat er getan?«, fragte Linnea Hall.

Aneta Djanali hielt mitten im Schritt inne.

»Wie meinen Sie das?«

»Er muss doch etwas verbrochen haben, um das zu verdienen, was jemand mit ihm gemacht hat.«

O

Er erträgt die Gerüche der Dämmerung nicht, hält sich bei geschlossenen Fenstern in der Wohnung auf, sieht durch die Scheibe alle, die das Leben da draußen genießen, Jungen und Mädchen, Männer und Frauen, Katzen, Hunde und Vögel. Sitzt da mit Kopfschmerzen, sie hören überhaupt nicht auf. Kann kein Wasser ertragen, nicht das Geräusch von Wellen, ist nie wieder dort gewesen, nie. Erträgt keine Stimmen, hört sie, als wäre es gestern gewesen, betrunken, laut, böse.

Wo bist du?

Wir haben hier was für dich.

Komm mal her und schau's dir an.

Damals war es fast dunkel gewesen, der Mond war hinter Wolken verschwunden, und er hatte bei der Giebelwand gestanden, links davon, wenn man vorm Haus stand, jedes Mal, wenn er daran dachte, musste er genau das denken, und er denkt immer daran, immer.

Dann braucht man Hilfe, denkt er, als er eine Mutter und ein Kind im Sonnennebel in Richtung Frölunda torg verschwinden sieht, ich habe keine Hilfe bekommen, niemand wusste davon, es gab keinen einfühlsamen Menschen.

Jetzt weint er. Das geschieht immer öfter, ich weine wie ein Mädchen, denkt er. Niemand kann mich sehen, das freut mich, niemand hat mir erklärt, was dieses Wort bedeutet, sich freuen. Ich muss froher werden, *be glad*, fröhlicher, denkt er, ich bin auf dem Weg dahin, das fühle ich, ich weiß es, das Ziel ist nah.

Er blinzelt, sieht fast nichts, in seinen Augen ist nur Wasser, als würde er unter Wasser schwimmen. Hinterher habe ich versucht, mich zu ertränken, denkt er.

Jetzt kann er wieder sehen, weint nicht mehr. Bald wird er dorthin gehen. Jetzt fängt es an. Das Licht überm Platz ist schmutzig, klebrig nach einem langen Tag.

3

Linnea Hall saß in ihrem hellen Wohnzimmer. Aneta Djanali saß ihr gegenüber, in einem viel zu tiefen Sessel. Die beiden Kinder waren in der Schule. Der Frühling versuchte überall einzudringen, fast aggressiv. Das Licht brachte etwas Neues mit sich, vor allen Dingen in dieses Zuhause. Der Mann war hier nicht mehr zu Hause. Er war nirgends mehr zu Hause, nur auf der anderen Seite, und niemand auf der ganzen Welt wusste, wo sich diese andere Seite befand. Ich möchte es auch nicht wissen, dachte sie.

Robert Hall musste etwas getan haben, wofür er den Tod verdient hatte. Das hatte seine Exfrau gesagt, im Prinzip das Erste, was sie überhaupt gesagt hatte. Was hatte er ihr angetan?

In den Augen der Frau war ein Ausdruck, den Aneta Djanali sonst nicht in den Augen Trauernder gesehen, noch nie gesehen hatte. Das war keine Trauer. Sie würde bald dahinterkommen, vielleicht schon während der Vernehmung. Es war wichtig. Es war sehr wichtig.

»Sie sind der Meinung, er muss etwas getan haben, womit er seinen Tod verdient hat«, sagte Aneta Djanali.

»Es kann doch gar nicht anders sein«, antwortete Linnea Hall.

Ihr Gesicht verriet nicht, was hinter diesen überraschenden Worten lag.

»Das müssen Sie mir erklären«, sagte Aneta.

»Robert war kein sympathischer Mensch«, sagte Linnea Hall.

»Erzählen Sie.«

»Wo soll ich anfangen?«

»Wo Sie wollen.«

»Bei seiner Geburt?«

»Ist es so schlimm?«

»Wollen Sie mich nicht fragen, warum ich ihn geheiratet habe? Warum wir zusammen Kinder haben?«

»Sie waren verliebt«, sagte Aneta Djanali.

»Ist das eine Frage?«

»Was hat er Ihnen angetan?«

Linnea Hall blieb stumm. Sie schaute hinaus, zum Licht. Da draußen ist es furchtbar hell, heller, als es je war in diesem Jahr. Dann sah sie wieder Aneta Djanali an.

»Wenn die Kinder nicht wären, ich würde nicht zur Beerdigung gehen.«

»Erzählen Sie«, wiederholte Aneta. Offene Fragen so lange wie möglich.

»Was soll ich erzählen?«

»Warum Sie glauben, dass er seinen Tod verdient hat.«

»Ist das so ungewöhnlich?«

Djanali nickte, das konnte ja, nein oder vielleicht bedeuten. Aber seinen Tod verdienen? Das klang fast, als verdiene man nicht, geboren zu werden. Der Schaden für die Menschheit wäre geringer. Millionen hätten ebenso gut ungeboren bleiben können. Das galt nicht zuletzt all den bösen Schwarzköpfen in dem Teil der Welt, aus dem sie stammte. Ihr Vater hatte das oft gesagt und war dennoch dorthin zurückgekehrt. Und hier oben im Norden herrschte die weiße Macht, das Böse glühte und glänzte genauso hübsch.

»Er muss etwas getan haben«, sagte Linnea Hall wieder.

»Was zum Beispiel?«

»Ich weiß es nicht.«

»Was hätte er getan haben können?«

»Jemanden verletzen«, sagte Linnea Hall.

»Wie?«

Linnea Hall antwortete nicht. Sie schien nachzudenken, oder sie versuchte sich zu erinnern. Etwas legte sich über ihr Gesicht, es war kein Licht.

»Ich muss Genaueres wissen«, sagte Aneta Djanali. »Fangen Sie mit Ihrer Ehe an. Warum haben Sie sich scheiden lassen?«

»Er ... Robert ... war ein gewalttätiger Mensch. Er hat mich bedroht. Er hat die Kinder bedroht.«

»Auf welche Art?«

»Gewalttätig«, antwortete Linnea Hall.

»Hat er Sie geschlagen?«

»Nein ...«

»Wie hat er Sie bedroht?«

»Es war schlimmer.«

»Jetzt verstehe ich Sie nicht.«

»Er hat nicht geschlagen ... aber er ist ein Teufel geworden.« Linnea Hall sah Aneta an. »Ich weiß nicht, wie ich es erklären soll.«

»Versuchen Sie es.«

»Er wurde ... nein, nicht ein anderer. Er war der, der er immer war.«

»Wer ist er immer gewesen?«

»Ein Teufel.«

»Schon in seiner Jugend?«

»Ich glaube, ja.«

»Wissen Sie mehr darüber?«

»Eigentlich weiß ich gar nichts.«

»Und wissen es trotzdem?«

»Ich glaube, er hat etwas getan, dem er nicht entkommen konnte. Es war irgendetwas in seinem Innern. Etwas, das ihn nicht losließ. Das hat sich dann gegen alle anderen gerichtet. Ich wusste nichts, damals nicht, als wir uns kennengelernt haben. Er hatte ... Charme. Wie alle Psychopathen.«

»Sie meinen, er war ein Psychopath?«

»Vielleicht ist es die falsche Bezeichnung. Jedenfalls konnte man nicht mit ihm zusammenleben.«

»Wann haben Sie sich scheiden lassen?«

»Vor vier Jahren.«

»Wann haben Sie sich das letzte Mal gesehen?«

»Seit der Scheidung habe ich ihn nicht mehr getroffen.«

»Und die Kinder?«

»Einmal in vier Jahren«, antwortete Linnea Hall. Sie verzog die Lippen, es konnte ein Lächeln sein, sah aber aus wie eine Grimasse. »Trotzdem wollen sie zu seiner Beerdigung. Kinder sind in mancher Beziehung komisch.«

»Haben Sie telefonisch Kontakt gehabt?«

»Nein.«

»Wie haben Sie dann Kontakt gehalten?«

»Ich habe doch schon gesagt, wir hatten keinen!«

Linnea Halls Stimme wurde lauter. Das wunderte Aneta. Sie war ruhig, kalt, kontrolliert gewesen. Es konnte Verzweiflung sein, Verzweiflung drückte sich auf viele Arten aus. Es konnte auch Angst sein.

Es ist Angst, dachte Aneta, das Gefühl, nach dem ich schon oft gesucht habe. Angst. Männer wie Frauen haben Angst. Der Schrecken wohnt in allen.

»Wann hat er seine Arbeit aufgegeben?«

»Wissen Sie das denn nicht?«

»Wissen Sie es?«

»Es ging einfach nicht«, sagte Linnea Hall. »Er konnte keinen Job behalten.«

»Sie sind auch Lehrerin«, sagte Djanali.

»Wir haben uns am Arbeitsplatz kennengelernt.«

»Ja?«

»Darüber gibt es nicht mehr zu sagen. Die Schule hat ihn rausgeschmissen.«

»Was ist passiert?«

»Das habe ich nie erfahren.«

Linnea Hall erhob sich. Aneta blieb in dem tiefen Sessel sitzen. Es war ein Fehler gewesen, sich ausgerechnet in diesen Sessel zu setzen. Sie fühlte sich schwer, unfähig, klar zu denken.

»Ich muss jetzt Tyra abholen«, sagte Linnea Hall. »Ich hole sie immer ab.«

»Könnten Sie Robert getötet haben?«, fragte Aneta.

»Nein.«

»Warum nicht?

»Ich habe nicht die Kraft. Und ich habe auch nicht solche Gedanken.«

»Empfinden Sie Trauer?«

»Seinetwegen?«

»Ja.«

»Ich empfinde Trauer darüber, dass alles so gekommen ist. Für ihn, für mich, für uns. Für unsere Familie. Aber ich vermisse ihn nicht. Da war nichts, was ich in der langen Zeit hätte vermissen können.«

»Hatte er näheren Umgang mit einem Kollegen?«

»Er wollte keinen Umgang«, sagte Linnea Hall. »Wo immer er konnte, hat er sich von Menschen ferngehalten. Keine gute Grundlage für den Lehrerberuf. Er hielt sich ... es war fast so, als würde er sich von sich selbst fernhalten.«

»Von sich selbst?«

»Von dem, der er einmal gewesen ist. Von dem, der er geworden ist.«

Das sagt alles, dachte Djanali. Es hat ihn schließlich eingeholt.

»Wie ... was ist eigentlich passiert?«, fragte Linnea Hall.

»Was meinen Sie jetzt?«

»Wie ist er ... umgebracht worden? Auf welche Art?«

»Warum wollen Sie das wissen?«

»Ist die Frage seltsam? Bin ich komisch?«

»Warum wollen Sie es wissen?«, wiederholte Djanali.

»War es ein gewaltsamer Tod?«

»Ja.«

»Das sagt eine ganze Menge, nicht wahr?«

»Wie meinen Sie das?«

»Sagt die Art, wie Menschen umgebracht werden, nicht eine Menge darüber aus, wie sie im Leben waren? Das muss Ihnen bei Ihrer Arbeit helfen, oder nicht? Den Täter zu finden?«

Winter öffnete die Tür zu Robert Halls Wohnung. Auf der Matte hinter der Tür häuften sich Zeitungen und Kuverts, er rührte nichts an. Das überließ er Öbergs Leuten.

Im Wohnzimmer sah er ein Fenster ohne Jalousien. Er sah eine Straßenbahn, einen Teil des Kulturhauses, die riesigen Parkplätze, die neuen Häuser, die alten Häuser. Das Gebüsch unterhalb des Kulturhauses. Den Tatort.

Wie oft mag Hall hier gestanden und all das gesehen haben, was Winter jetzt sah? Irgendetwas hatte ihn veranlasst, diesen Ort aufzusuchen, den letzten Ort.

Winter drehte sich um. Im Zimmer standen ein billiges Sofa, ein Sessel und ein Tisch. Alles wirkte wie gebraucht gekauft, eine armselige Möblierung. Auf dem abgenutzten Parkett lag ein Flickenteppich. Flickenteppich war eine gute Bezeichnung. Hatte er nicht einen Film mit dem Titel gesehen? Ein Buch gelesen? Der Flickenteppich. Lumpenpuppe. Nicht dass er gerade viel las. Das wäre zu anstrengend, zu ordentlich. Zu viele Fragen, über die er sich aufregen würde. Er regte sich ohnehin über alles Mögliche auf. Zum Beispiel darüber, dass Angela heute Morgen nicht angerufen hatte. Er hätte so gern ihre Stimme gehört, die Stimmen der Kinder. Er hatte schlecht geschlafen, am Abend vorher keinen Whisky getrunken, hatte mit dem Laptop auf den Knien dagesessen und Diagramme über Glas und Beton erstellt. Es war ein hübsches Bild geworden. Endlich hatte er auch etwas erschaffen.

Das Handy bebte in seiner Hemdentasche, als würde es frieren. Ihm kam es ungewöhnlich kalt in der Wohnung vor, als ob die Temperatur seit Halls Verschwinden um einige Grade gesunken wäre. Er schaute auf das Display. Endlich.

»Hallo«, sagte er.

»Wo bist du, Erik?«

»Im Zuhause eines Mordopfers. Wenn man es nun noch Zuhause nennen kann.«

»Habt ihr schon etwas gefunden?«

»Wir wissen nichts«, sagte er. »Wir wissen nur, dass das Opfer ein einfaches und armseliges Leben geführt haben muss.«

»Wie die meisten Menschen«, sagte sie.

»Darüber weißt du doch gar nichts«, sagte er.

»Soll ich den Hörer aufknallen?«, fragte sie.

»Es gibt keinen Hörer mehr«, sagte er. »Wir leben in einer anderen Zeit.«

Er hörte, dass sie auf Aus drückte. Das klang wie ein aufgeknallter Hörer. Es sauste und brauste wie gewöhnlich in seinen Ohren, im Raum zwischen ihnen, zwischen dem Eis- und dem Sonnenmeer. Er gab die Nummer ein, wartete, lauschte auf die Kombination aus Tinnitus und sphärischen Störungen, es klang wie immer, der gleiche Mist, auf diese Weise war er Teil des Universums, aber ein verdammt kleiner Teil.

Schließlich meldete sie sich.

»Entschuldige«, sagte er.

»Du weißt nicht, wie das ist«, sagte sie.

»Wie was ist?«

»Sieh mal einer an, du weißt nicht einmal, wovon ich rede.«

Er dachte nach, er dachte wirklich nach.

»Wovon rede ich, Erik?«

»Über dich und mich.«

»Ich spreche über unsere *Familie*.«

»Im Sommer sind wir wieder zusammen. Für immer, bis in alle Ewigkeit.«

»Wenn du versuchst, ironisch zu sein, knalle ich den sogenannten Hörer wieder auf.«

»Ich war nicht ironisch. Dies hier geht vorbei.«

»Heute hat Elsa gesagt, dass sie auf keinen Fall umziehen will. Sie will Siv nicht allein lassen, hat sie gesagt.«

Aber Siv war tot. Seine Mutter war schon länger als einen Monat tot. Sie war zur Ruhe gebettet worden, wie man sagte, neben Bengt, ihrem Mann, auf einem hübschen Friedhof, der von den weißen Bergen beschützt wurde, davor das Meer, ein Glitzern aus Gold und Silber. Es war ein vollkommener Platz.

»Ich verstehe«, sagte er.

»Ich bin diejenige, die versteht«, sagte sie.

»Was verstehst?«

»Ich versuche, dich zu verstehen«, sagte sie. »Ich versuche immer zu verstehen.«

»Du bist die Einzige, die versteht«, sagte er.

»Sagst du das allen Frauen?«

»Suchst du Streit?«, fragte er. »Wir streiten uns doch sonst nicht. Ich möchte Streit vermeiden. Es ist spießig, sich mit seinem Partner zu streiten. Wir machen das nicht. Wir sind großbürgerlich.«

»Du versuchst immer auszuweichen«, sagte sie. »Aber ich habe wieder dieses unheimliche Gefühl.«

Er wusste, welches Gefühl sie meinte. Es war echt, kein Gefühl, das man ignorieren sollte.

»Ich bin nicht mehr leichtsinnig«, sagte er.

»Das sagst du jedes Mal, jedes Jahr, jeden Monat.«

»Ich mache allein keine Dummheiten mehr«, sagte er.

»Vor einem Monat wärst du fast gestorben«, sagte sie. »Wenn dich nicht einer deiner Verdächtigen gerettet hätte.«

»Ich weiß«, sagte er.

»Von hier unten kann ich nicht auf dich aufpassen«, sagte sie.

»Wir sind bald zusammen.«

»Und wenn wir nicht nach Schweden zurückkommen?«

»Das habe ich nicht gehört, Angela.«

»Du hast es gehört.«

Er musste dem hier ein Ende machen. Nie würde es ihm gelingen, ein Gespräch mit Angela durch Diskutieren zu beenden. Deswegen nahmen gewisse Männer ihre Fäuste zu Hilfe. Es war die äußerste Form der Kommunikation, wenn Worte nicht mehr reichten, sie reichten nie.

»Darf ich kurz mit Elsa sprechen?«, fragte er.

»Sie ist auf dem Mercadon mit Maria und Lilly.«

»Wir reden heute Abend«, sagte er. »Ich muss mit den Kindern sprechen.«

»Vor dem Whisky«, sagte sie und beendete das Gespräch.

Er schaute auf das Display, als erwarte er, dass es wieder zum Leben erwachte, aber in seinen Ohren zischte nur Stille. Er steckte das iPhone in die Innentasche seines Jacketts und sah sich wieder im Zimmer um. An einer Wand stand ein unansehnlicher, alter bauchiger Fernseher. Auf dem Tisch lag eine Fernbedienung. Neben dem Fernseher auf dem Fußboden stand ein DVD-Spieler. Kein Getue mit Tischen und Regalen. Überhaupt kein Getue. Winter ging ins Schlafzimmer. Da gab es ein Einzelbett und nicht viel mehr, er hatte die Einmalschuhe aus Plastik übergezogen und bewegte sich vorsichtig durch den Raum, fasste nichts an.

Auf einem wackligen Tisch neben dem Bett stand ein alter Computer.

Staub schwirrte durch die Luft, glitzernde Partikel im Sonnenschein, der durch die vorhanglosen Fenster hereinfiel.

Die Küche war gewissermaßen auch dickbauchig, altmodische Herdplatten, ein überdimensionaler Kühl- und Gefrierschrank. Kein Mensch füllte mehr Gefrierschränke, niemand kaufte halbe Kühe, ganze Schweine und Lämmer. Niemand stand mehr rotbackig am Herd und kochte Gemüse oder Obst ein.

Der Küchentisch stammte wahrscheinlich aus derselben Quelle wie die anderen Möbel in der Wohnung, die Stühle auch. Alles in der Wohnung sah aus wie ein Leben, das gar nicht erst angefangen hatte, und nun schon wieder vorbei war. Immer kamen ihm die gleichen Gedanken, wenn er wie jetzt in so einer Wohnung stand.

Das Handy zuckte wieder, vibrierte auf seiner Brust. Es fühlte sich kalt an, als er es aus der Tasche zog, kalt wie seine Hand in der kalten Wohnung.

»Ja, Bertil?«

»Wo bist du?«

»In Halls Wohnung.«

»Es ist wieder passiert«, sagte Ringmar.

Seit dem ersten Mord waren fünf Tage vergangen.

4

Sein Name war Jonatan Bersér, einundvierzig Jahre alt. In der Jacke steckte noch die Brieftasche mit seinem Ausweis. Sein Schädel war eingeschlagen. Über dem Kopf hatte er eine Plastiktüte, und die Hosen waren heruntergezogen. Das nackte Gesäß leuchtete weiß in dem nackten Licht.

Pia Fröberg richtete sich auf und kam Winter und Ringmar entgegen.

»Irgendwann heute Nacht«, sagte sie. »Mehr kann ich im Augenblick nicht sagen, aber vermutlich in der ersten Nachthälfte.«

»Können die Schläge gegen den Kopf tödlich gewesen sein?«, fragte Winter.

»Darauf habe ich noch keine Antwort.«

»Er kann also auch erstickt sein?«

Fröberg antwortete nicht. Winter hatte laut gedacht. Es war unwahrscheinlich, dass es sich hier um einen neuen Fall, einen weiteren Täter handelte, den sie von einem Ende zum anderen jagen müssten. Schließlich war auch auf Bersérs Rücken ein Stück Pappe befestigt, auf dem in schwarzer Farbe ein »O« stand. Winter dachte an Scrabble, das er früher mit Angela gespielt hatte, als sie noch sehr jung waren, Angela jedenfalls, und sehr glücklich und sehr arm, Angela jedenfalls; mit dem Spielen hatten sie aufgehört, als sie dahintergekommen war, dass er schummelte.

»Zwei Buchstaben, zwei Tote«, sagte Ringmar.

»Zwei Männer«, sagte Winter.

»Hall ist vierzig geworden, sie waren ungefähr gleich alt.«

»Das haben sie auch gemeinsam«, sagte Winter.

»Daran können wir uns schon mal halten«, sagte Ringmar.

»Gar nicht schlecht.«

»Das ist sehr gut«, sagte Ringmar.

Fröberg hatte sich entfernt und sprach mit Torsten Öberg. Der Chef der Spurensicherung wies mit dem Kopf in ihre Richtung.

»Torsten sieht wütend aus«, sagte Ringmar.

»Er kann es nicht leiden, wenn Leute mit uns spielen.«

»Du denn?«

»Das ist kein Spiel«, sagte Winter.

»Jedenfalls nicht für den Mann da«, sagte Winter.

»In der Nähe vom Jungfruplatsen.«

»Ein hübscher Name.«

Sie standen hinter dem Krankenhaus von Mölndal, westlich von den Gebäuden. Hier gab es genügend Vegetation, um Bersérs Leiche einigermaßen zu verstecken.

Eine Frau mit Hund hatte die Leiche gefunden, oder besser gesagt, der Hund hatte sie gefunden. So war das oft, Frau mit Hund. Winter hatte noch keinen von beiden getroffen. Zuerst wollte er mit Bersérs Angehörigen sprechen. So viel wusste er, es gab eine Frau und ein Kind. Sie warteten am Jungfruplatsen.

»Können wir was mit den verdammten Buchstaben anfangen?«, sagte Ringmar. »R und O.«

»Nein. Vielleicht finden wir über die Pappe eine Spur.«

»Du meinst, bei einer bestimmten Konditorei?«

»Alles ist möglich.«

»Vielleicht Ahlströms? So viele Napoleonschnitte, wie wir

dort schon verdrückt haben. Das wäre nicht mehr als gerecht. In Napoleon ist übrigens ein o enthalten, ach nein, zwei.«

»Du bist ein scharfer Denker, Bertil.«

»Ich werde mit Torsten sprechen.«

»Worüber?«

»Natürlich über die Kartons.«

»Ich hoffe, du machst keine Witze.«

»Für Witze ist es weder der richtige Ort noch die richtige Zeit«, sagte Ringmar.

»Was hat er hier getan, Bersér?«

»War mit jemandem verabredet«, sagte Ringmar.

»Ja.«

»Jemand hat ihn angerufen.«

»Wir werden sehen.«

»Bersér hatte kein Handy bei sich.«

»Nein.«

»Das hat der Mörder.«

»Auch Robert Hall hatte keinen weiten Weg zu dem Ort, an dem er sterben sollte«, sagte Winter.

»Der Mörder bevorzugt Tatorte, die zu Fuß leicht zu erreichen sind.«

»Von wem?«

»Gute Frage, Erik.«

»Mölndal ist ein ganzes Stück von Frölunda entfernt.«

»Irgendwas steckt dahinter.«

»Aber was?«

»Zwischen den Opfern besteht ein Zusammenhang«, sagte Ringmar. »Dort müssen wir graben. Das ist nicht zum ersten Mal so.« Er machte eine Handbewegung in Richtung Süden und sagte: »Ich hasse die Vergangenheit«, als käme die Vergangenheit aus dem Süden.

»Halls Genitalien sind nicht verletzt«, sagte Winter. »Pia hat jedenfalls noch nichts entdeckt.«

»Aber seine Unterhose war heruntergezogen.«

»Das ist eine deutliche Information. Zwei deutliche Informationen.«

»Er ist furchtbar wütend.«

»Das hat lange gedauert.«

»Wütend zu werden? Manches braucht eben seine Zeit.«

»Vielleicht empfinden wir Sympathie«, sagte Winter.

»Bestenfalls«, sagte Ringmar.

»Das schönste Gefühl eines Jägers«, sagte Winter.

»Gefühle sind Frauensache«, sagte Ringmar.

»Den Satz hast du Halders geklaut.«

»Handelt es sich in diesem Fall nur um Männer?«, sagte Ringmar.

»Das erfahren wir, wenn wir den nächsten Buchstaben sehen.«

»Mal nicht den Teufel an die Wand.«

Winter sagte nichts mehr. Er spürte Wind im Gesicht, der zugenommen hatte, während sie hier standen, es war der Frühling, und der kam von Süden.

»Wir haben selten mit einem Serienmörder zu tun gehabt«, sagte Ringmar.

»Von einem Serienmörder spricht man bei drei Morden«, sagte Winter.

»Das sag ich doch.«

»Aber hier handelt es sich nicht um einen Serientäter, wie viele Morde es auch noch werden mögen«, sagte Winter.

»Klingt da deine Sympathie für den Mörder an?«

Winter sah, wie sich die Zweige der beiden Ahornbäume auf der anderen Straßenseite im Wind bewegten. In all diesen Jahren hatte er gelernt, die Bäume auch ohne Laub zu erkennen. Er wollte nicht zum Rest der Familie Bersér fahren, er wollte am Strand von Marbella spazieren gehen und den Südwind spüren. Er wollte mit einem Glas im Café Ancha sitzen.

Er wollte seine Familie um sich haben, solange sie noch am Leben war. Dies hier war kein Leben.

»Gehen wir?«, sagte Ringmar.

Der Rest der Familie Bersér bestand doch nur aus einer Person. Sie hieß Amanda Bersér und war achtunddreißig Jahre alt. Das Paar hatte keine Kinder. Ein Segen, dachte er, die Trauer ist deswegen nicht kleiner, aber diesmal muss sie nicht geteilt werden.

Und Amanda Bersér wollte allein sein mit ihrer Trauer.

Sie hatten ihr erzählt, was sie morgens gesehen hatten, aber nicht alles. Es war eine zu drastische Nachricht.

»Haben Sie jemanden, den Sie anrufen und bitten können, zu Ihnen zu kommen?«, fragte Ringmar.

»Das möchte ich nicht«, sagte sie und wiederholte es noch einmal.

Sie saßen in der Küche, in die Amanda sie geführt hatte. Draußen sahen sie Häuser und Gebüsch, einen Himmel im Zwielicht.

»Wo waren Sie?«, fragte sie mit aggressiver Stimme.

»Wie bitte?«, sagte Winter.

»Ich habe heute Nacht die Polizei angerufen, als Jonatan nicht nach Hause gekommen ist.«

Winter wechselte einen Blick mit Ringmar. Sie hatten nichts von einer Anzeige gehört, aber es stimmte wohl. Jonatan war nicht nach Hause gekommen, nach Hause von was, von wem, woher?

»Herrgott.« Sie beugte sich vor und verbarg das Gesicht in den Händen. Sie weinte nicht.

»Wann ist er weggegangen?«, fragte Winter.

Sie murmelte etwas, das Gesicht immer noch in den Händen.

»Was haben Sie gesagt?«

Sie schaute auf.

»Ich war nicht zu Hause«, sagte sie. »Ich war nicht zu Hause!«

Sie sah aus, als müsste sie alle verdammte Schuld der Welt tragen.

Aber nicht *diese*. Sie hatte sich heute Nacht nicht vor dem Krankenhaus aufgehalten. Nicht einmal Winter würde das glauben, wenn er im Augenblick überhaupt etwas glaubte. Er versuchte in ihrem Gesicht zu lesen, ihren Bewegungen, Augen, versuchte zu lesen, was sich hinter den Worten verbarg. Die Worte waren immer nur die äußerste Schicht. Sie waren Schutz, manchmal Schutz gegen ihn.

Wie lange mussten sie Amanda Bersér noch quälen?

»Was haben Sie gestern Abend gemacht?«, fragte Ringmar.

»Wann?«

»Erzählen Sie von dem Abend.«

»Ich war ... in einer Bar. Mit einer Freundin.«

Ringmar nickte.

»Tara. Die ist in der Linnégatan in der Stadt.«

»Ich kenne sie«, sagte Ringmar.

»Dort waren wir.«

»Um welche Zeit?«

»Ich weiß es nicht ... von halb acht bis so gegen zwölf. Ich habe heute frei ...« Ihr Gesicht zog sich zusammen, als hätten die Worte ihre Nerven zusammengezogen, nein, die Wirklichkeit.

»Um wie viel Uhr ungefähr sind Sie nach Hause gekommen?«, fragte Winter.

»Gegen Viertel vor eins. Ich habe nicht auf die Uhr gesehen.«

»War Jonatan zu Hause?«

Sie sah ihn mit großen Augen an. Als hätte Winter etwas Idiotisches oder Provozierendes gesagt.

»Wie hätte er denn zu Hause sein können?«

»Er war also nicht zu Hause?«, sagte Ringmar.

»Er war nicht zu Hause!«

»War er da, als Sie weggefahren sind?«

»Ja.« Sie machte Anstalten aufzustehen, aber es war nur eine Bewegung. »Ja!«

»Wir versuchen zu verstehen, was passiert ist«, sagte Winter. Verstehen war der falsche Ausdruck, aber sie schien nicht zu reagieren. »Herauszufinden, was passiert ist. Darum sitzen wir hier. Wir wollen dem Mörder so schnell wie möglich auf die Spur kommen und haben keine Zeit zu verlieren.«

»Was hatte Jonatan gestern Abend vor?«, fragte Ringmar.

»Nichts, soviel ich weiß.«

»Hat er gesagt, was er tun wollte?«

»Lesen, fernsehen, ich weiß es nicht!«

»Hatte er die Angewohnheit, abends auszugehen?«, fragte Winter. »Ging er spazieren? Hat er gejoggt?«

»Er ist gelaufen«, sagte sie. »Er hat für den Göteborg-Marathon trainiert.«

Nicht am vergangenen Abend. Er hatte keine Joggingkleidung getragen, als er ermordet wurde, er war kaum bekleidet gewesen.

»War er ... hatte er ...?«

»Was?«, fragte Winter.

»Hat er trainiert?«

Es klang wie eine hoffnungsvolle Frage, als ob es besser gewesen wäre, wenn er seine Joggingrunde gelaufen war.

»Gestern Abend nicht«, sagte Winter. »Jedenfalls war er nicht dafür gekleidet.«

Sie sah ihn an, als wäre er der Mörder.

»Ich habe sein Handy angerufen«, sagte sie. »Er hat sich nicht gemeldet.«

»War das Handy eingeschaltet?«

Sie schien ihn nicht zu verstehen.

»Sind die Anrufe durchgegangen?«

»Ja. Der Anrufbeantworter war eingeschaltet. Ich habe ihm auch eine SMS geschickt.«

»Wann war das?«

»Sofort, als ich nach Hause kam und sah, dass er nicht hier war. Ich habe es mehrmals versucht.«

Winter nickte.

»Sie können mein Handy überprüfen«, sagte sie.

»Wann haben Sie die Polizei angerufen?«, fragte Ringmar.

»Danach, vielleicht gegen zwei. Sie ... ich kann mein Handy überprüfen. Das habe ich für den Anruf benutzt.«

»Was für eine Antwort haben Sie bekommen?«, fragte Ringmar. »Von der Polizei.«

»Sie haben ... die Angaben aufgenommen. Es war eine Polizistin. Sie wirkte nicht besonders interessiert.«

»Das tut mir leid«, sagte Winter.

Er sah einen Fußweg vor dem Fenster. Auch sie schaute zum Fußweg, als erwarte sie, dass Jonatan dort angejoggt käme und alles würde wieder sein wie früher.

Winter sah sie an. Ihr Blick war immer noch nach draußen gerichtet. Wie ist es früher gewesen? dachte er. Mit ihr stimmte irgendetwas nicht. Mit ihm hatte etwas nicht gestimmt. Winter hatte genügend Hinterbliebene getroffen, er konnte Nuancen im Bewegungsmuster ablesen und von der Sprache, hinter den Worten. Manchmal gab es gar nichts, nur Dunkelheit und Abgrund. Manchmal sah er ein kaltes Licht, manchmal ewige Wärme. Die gab es hier nicht, nicht in dieser Küche, bei ihr.

Die Intuition war stark. Sie war seine Wahrheit.

»Können Sie uns Namen von seinen Freunden und Bekannten nennen?«, hörte er Ringmar die Witwe fragen.

Die lustige Witwe, dachte er. Das war sie, sie war froh. Das Leben ist wieder ein Spiel auf dem Jungfruplatsen.

Als sie im Auto auf dem Mölndalsvägen Richtung Norden fuhren, begann Ringmar den Kopf zu schütteln.

»Was ist, Bertil?«

»Was für eine verdammte Geschichte.«

»Diese oder beide?«

»Beide. Sie gehören zusammen, was meinst du? Ich habe Anetas Verhör gelesen.«

»Ja.«

»Robert wurde nicht geliebt. Hast du den Eindruck, dass Jonatan Bersér geliebt wurde?«

»Ja, als Toter«, sagte Winter.

»War er so schlimm?«

»Amanda hat mit der Trauer gekämpft«, sagte Winter. »Oder mit der Freude.«

»Warum hat sie sich nicht scheiden lassen?«

»Das ist eine Zehntausend-Kronen-Frage, Bertil.«

»Es ist kein Verbrechen, sich scheiden zu lassen.«

Winter antwortete nicht. Bertil war nicht geschieden, nicht gesetzlich. Seine Frau hatte ihn nur verlassen. Manchmal wirkte er, als wohne er auf einer einsamen Insel, die Einsamkeit war lang und endgültig. Aber manchmal schien er es auch zu vergessen, dann lebte er doch noch.

»Was sagen uns die Frauen über die Opfer?«, fragte Winter.

»Dass sie einander vielleicht ähnlich waren«, sagte Ringmar. »Dafür brauchen wir eine Bestätigung.«

Auf dem Anrufbeantworter war eine Nachricht von Torsten Öberg. Winter ging hinunter ins Dezernat der Spurensicherung. Öberg stand vor einem der Arbeitstische über ein Mikroskop gebeugt.

Winter räusperte sich diskret. Der Kollege schaute auf.

»Etwas, was ich sehen müsste?«, fragte Winter.

»Bitte sehr.«

Winter guckte durch das Okular. Er sah etwas, das man in einem Mikroskop sehen sollte. Es konnte was auch immer von wer weiß wem sein, Striche, Punkte und Blasen.

Er richtete sich auf.

»Ich sehe nicht, was ich sehen soll, Torsten.«

»Ein Haar«, sagte Öberg.

»Haar?«

Öberg hob die dünne Glasplatte ab und reichte sie Winter.

»Hast du eine Lesebrille, Torsten?«

»Nur eine, die ich an der Tankstelle gekauft habe.«

»Die genügt.«

Winter bekam die Lesebrille. Seine eigene lag oben in seinem Büro. Sonst trug er sie immer bei sich. Er wurde langsam vergesslich. Tinnitus war ein Vorstadium von Alzheimer, das wusste jeder.

Jetzt erkannte er es. Das Haar sah aus, als stamme es von einem sehr schwarzen Schopf.

»Was ist das?«

»Das Haar von einem Pinsel«, sagte Öberg. »Es ist im O hängengeblieben. Im R haben wir keins gefunden.«

»Okay. Gut.«

»Na, das klingt ja nicht gerade enthusiastisch.«

»Es ist sehr gut, Torsten. Ein Durchbruch. Schon so schnell.«

»Ich weiß.«

»Es war also richtige Farbe.«

»Eigentlich hätte der Produktname schon vorliegen sollen, aber er kommt. Irgendein gewöhnlicher Scheiß, da bin ich sicher. Holzschutzfarbe.«

»Jetzt fehlt nur noch ein Pinsel«, sagte Winter.

»Dein Job, Erik.«

Vergleichsmaterial. Darauf kam es jetzt an. Ein Pinsel, der ein Haar verloren hatte. Ein Pinsel in einer Dose in einem Keller, einer Garage, einer Werkstatt, einer Kiste. Auf dem Boden einer Mülltonne. Auf dem Grund des Skagerraks.

»Vielleicht kann man den Pinseltyp erkennen«, sagte Winter. »Ob er billig oder teuer war. Hör dich mal bei den Grossisten in der Pinselwelt um.«

»Zum Beispiel«, sagte Öberg.

»Warum hat er richtige Farbe und einen Pinsel benutzt?«, sagte Winter.

»Gute Frage.«

»Ein Filzstift wäre einfacher gewesen.«

»Für ihn nicht. Oder für sie.«

»Ihn.«

»Nicht für ihn.«

»Will er uns damit auch etwas sagen?«

»Oder er hatte gerade keinen Filzstift zur Hand, nur den Pinsel.«

Schwarze Farbe, schwarze Bretter, dachte Winter, als er die Treppe zu seinem Dezernat hinaufging. Hatte er jemals schwarze Planken gesehen?

5

Die erste Aprilsonne schien auf sie alle in dem luftigen Konferenzzimmer, es war kein Vergnügen. April war der zweite Monat im ersten römischen Kalender, sein Name kam entweder von *apricus*, was sonnig bedeutet, oder *aperire*, öffnen, vielleicht von beiden Wörtern. Das Wissen hatte Winter gespeichert, möglicherweise kam der Name auch von den Etruskern, raue Beerdigungszeremonien, lebensgefährlich für die Gäste. Er wollte nach Rom fahren, mit der ganzen Familie die Via Nomentana von der Porta Pia aus entlangspazieren. Vor vielen Jahren war er dort gewesen, vor Jahrzehnten. Seine Familie ist noch nie dort gewesen.

Kriminalkommissar in Rom, nur zuständig für den Fall des ermordeten Julius Caesar im Jahr 44 v. Chr., der Fall kristallklar, Brutus auf der Flucht in Richtung Osten, aber er, Ericus Petrus Hibernum, würde es nicht leicht haben, kein bisschen, und es würde auch nicht helfen, Caesar die Schuld zu geben, der die Leibwache weggeschickt hatte, die prätorianische Leibwache, die erst siebenundneunzig Jahre später von Nutzen war, als sie den geistesgestörten Caligula umbrachte, aber das half Hibernum dort und damals nicht.

»Erik?«

»Hm?«

»Träumst du?«

Aneta Djanali schaute ihn an, ihr Blick war amüsiert, aber

sie sah müde aus, hatte Ringe unter den Augen. Sogar Aneta wird älter, dachte er, ist das überhaupt möglich?

»Ich träume mit offenen Augen«, sagte er.

»Wovon?«

»Rom. Von der Stadt Rom.«

»Hat unser Fall mit Rom zu tun?«, fragte Halders, der neben Aneta saß. »Stammt der Täter aus Rom?«

»Das ist gut möglich.« Winter erhob sich. »Aneta, bitte.«

»Wie gesagt, laut Aussage von Robert Halls Exfrau hat sie vier Jahre keinen Kontakt zu ihm gehabt. Er ist offenbar manchmal in Borås gewesen und hat die Kinder getroffen. Aber die Details habe ich noch nicht ganz geklärt. Die Kinder sind in Göteborg gewesen, in der Wohnung in der Norra Dragspelsgatan. Tyra ist elf und Tobias dreizehn. Ich habe ein erstes Gespräch mit ihnen geführt.«

»Wie war es?«, fragte Winter.

»Ich bin sehr behutsam vorgegangen.«

»Welchen Eindruck haben sie auf dich gemacht?«

»Traurig. Nicht verzweifelt. Am meisten hat sie erschüttert, dass es Mord war, glaube ich.«

»Wie viel Kontakt hatten sie zu ihrem Vater?«

»Unregelmäßig, soweit ich verstanden habe.«

»Hatte er regelmäßig Kontakt zu anderen Personen?«

»Auch das wissen wir bis jetzt noch nicht.«

»Ein einsames Leben«, sagte Ringmar. Winter schaute ihn an. Bertil sah traurig aus, als würde er von sich selbst sprechen. Er spricht von sich selbst, ich lade ihn heute Abend zum Essen ein. Hoffentlich schaffe ich es in die Markthalle.

»Und das Paar Bersér war kinderlos?«, sagte Halders.

»Scheint so«, sagte Kriminalinspekteurin Gerda Hoffner.

»Scheint so? Entweder sie sind kinderlos oder nicht.«

Winter sah, dass Hoffner rot wurde, *rubrica*, das war die rote Farbe im alten Rom, eine ganz gewöhnliche Farbe, das

Blut floss buchstäblich durch die Straßen zusammen mit Kot, Abfall, Ratten, Schlangen und Leichen.

»Zusammen kinderlos«, sagte Hoffner.

»Genau«, sagte Halders.

»Amanda Bersér hat nichts davon gesagt, dass sie Kinder aus einer anderen Beziehung hat oder dass Jonatan Kinder hatte«, sagte Ringmar.

»Ich denke nur laut«, sagte Halders.

»Das ist gut, Fredrik.« Ringmar erhob sich. »Wir werden alle eventuellen Geheimnisse ausgraben, die diese Menschen haben oder hatten.«

»Haben wir sie gefragt?«

»Wir werden alle Fragen stellen.«

»Jeder hat Geheimnisse«, sagte Halders.

Winter hielt den Panasonic Plattenspieler auf dem Fußboden mit B. B. King warm.

»Hörst du dir Blues an?«, fragte Ringmar.

»Der ist fast wie Jazz.«

»Das ist doch wohl nicht dein Ernst.«

»Klingt jedenfalls gut. Könnte Jazz sein.«

»Manchmal bist du wie ein Kind, Erik.«

»Das sagt Angela auch.«

»Wie geht es ihr?«

»Keine Ahnung.«

»Wie meinst du das denn?«

Sie standen in Winters Büro. Keiner von beiden wollte sich setzen, als wären sie im Begriff, hinauszugehen; ständig auf dem Weg von hier weg, dachte Winter, unser Büro ist ja Ahlströms Konditorei, die besten Bars der Stadt sind unsere Büros.

»Sie hat diese Regelung satt.«

»Dass ihr so weit voneinander entfernt lebt, meinst du?«

»Ja … einerseits. Aber es steckt noch etwas anderes dahinter.«

»Und was?«

»Mein Job.« Winter schaute auf den Fattighusån. Während seiner sechzehn Jahre in diesem Raum waren Leute mit Geld in neu erbaute Häuser auf der anderen Seite des Flusses eingezogen. Vielleicht war das ein Grund, dass er hier nicht mehr stehen wollte, er mochte keine Leute mit Geld, die meisten waren auf unehrliche Weise an die Kohle gekommen, und das galt auch für ihn selbst. Zuerst war es Sivs altes Geld gewesen und dann Bengts neues Geld, was zur Folge hatte, dass er sich selbst nicht mochte. Aber das war ein gefährlicher Gedanke.

»Wird es leichter, wenn ihr wieder zusammen seid?«, fragte Ringmar.

»Ist es nicht so?«, sagte Winter.

»Es ist immer schwer. Guck dich doch an.«

»Warum bist du Polizist geworden, Bertil?«

»Das habe ich vergessen«, sagte Ringmar. »Vielleicht fällt es mir wieder ein, wenn wir diesen Teufel schnappen.«

»Du wirkst wütend.«

»Diese verfluchten Schwerstverbrecher. Die will ich nicht in meiner Nähe haben.«

»Du siehst zu viele amerikanische Krimiserien.«

»Keine einzige. Auch keine schwedischen. Ist doch alles nur Scheiße.«

»Es gibt ihn unter all den Namen, denen wir in der Ermittlung begegnen werden. Wir werden diesen Namen viele Male anstarren, ohne zu wissen, dass er es ist.«

»Und dann wissen wir es«, sagte Ringmar.

»Dann wissen wir es.«

Er wusste, dass er keine Luft bekam, aber er war nicht unter Wasser. Um ihn herum war alles blau, jedoch nicht vom Himmel.

Er bewegte die Arme.

Er konnte seine Füße nicht bewegen.

Vor ihm hing etwas, weit entfernt, wie ein einsamer Baum am Horizont. Es bewegte sich langsam vor und zurück.

Jetzt war es ein Haus, er stand vor einem Haus, oder lag er? Er wusste, dass es ein Traum war, und das machte alles so entsetzlich, er konnte nicht weggehen, niemand hat die Kraft, sich von einem Traum zu befreien, Träume sind schlimmer als das Leben.

An der Tür hing etwas, ein Körper, er bewegte sich langsam. Vor und zurück, vor und zurück, an dem Körper befand sich etwas Weißes, ein Blatt Papier, Schwarz auf Weiß, etwas Geschriebenes, es war ein Wort, er konnte es nicht lesen, konnte nicht alle Buchstaben erkennen.

Jetzt hing er daneben, schwankte vor und zurück, sah das Wort, konnte es lesen, versuchte es zu lesen, irgendwo im Haus klingelte es, vor dem Haus, am Horizont, im Himmel, auf den Feldern, die furchtbar rot waren, es klingelte und klingelte.

Es klingelte auf dem Nachttisch, klingelte und klingelte, er legte die Hand auf den Wecker, der war es nicht, es war das Telefon, das Festnetztelefon, er beugte sich über Angelas Bett, suchte auf ihrer Seite.

»Ja?«

»Entschuldige, dass ich dich geweckt habe, Erik.«

»Äh … nein … ja. Wie spät ist es?«

»Halb zwei«, sagte Ringmar. »Ich bin gerade nach Hause gekommen.«

»Nach Hause von was?«

»Aus dem Dienst.«

»Was ist los, Bertil?«

»Amanda Bersér hat einen Sohn aus einem früheren Verhältnis. Ich fand, das musst du sofort erfahren.«

»Wo ist er?«

»Hier in der Stadt.«

»Bist du sicher?«

»Ganz sicher. Ich habe uns für morgen zehn Uhr angekündigt.«

»Wo wohnt er?«

»Guldheden. Warum hat sie uns nicht von dem Jungen erzählt?«

Er rief sie in der Nacht an. Sie meldete sich nach zwei, drei Freizeichen.

»Ja?«

»Entschuldige, dass ich dich geweckt habe.«

»Das ist okay. Ich schlafe sowieso sehr schlecht.«

Er hörte den Schlaf in ihrer Stimme, als spräche sie aus einem Traum.

»Mir geht's genauso«, sagte er.

»Ist was passiert?«

»Soll ich den ganzen Scheiß lassen?«, fragte er.

»Wie meinst du das?«

»Den nächsten Flieger zu euch nehmen.«

»Aber du hast einen Job.«

»Scheiß auf den Job.«

»Spricht jetzt Erik Winter?«

»Natürlich.«

»Du kannst doch nicht ohne deinen Job leben.«

»Scheißgerede.«

»Das war ein bisschen viel Scheiße auf einmal.«

»Ihr seid am wichtigsten«, sagte er.

»Dir bekommt es nicht, allein zu sein«, sagte sie.

»Da hast du verdammt recht.«

»Jetzt fluchst du wie deine Schwester.«

»Die Leute lügen so verflucht viel«, sagte er.

»Ist das etwas Neues?«

»Ich hätte gern einen Job, bei dem man sich auf die Menschen verlassen kann.«

»Was für einen zum Beispiel?«

»In der Politik vielleicht.«

»Das ist eine gute Idee. Spanische Politik.«

»Sag ich doch.«

»Wir werden es nicht schaffen, dich von deiner Arbeit loszureißen, Erik.«

Er antwortete nicht. Er konnte sich selbst nicht losreißen, wollte es nicht. Er wollte nur ihre Stimme hören. Er war einsamer denn je. Das bekam ihm nicht.

»Ist heute Nacht etwas passiert?«, fragte sie.

»Jede Nacht passiert etwas«, sagte er. »Ich habe eben geträumt, dass ich gesehen habe, wie jemand aufgehängt wird. Ich war auch aufgehängt.«

»Du lieber Gott.«

»Zum Glück hat Bertil angerufen und mich geweckt.«

»Du hast heute Abend keinen Whisky getrunken?«

»Ich schwöre. Überhaupt keine Halluzinogene.«

»Es hilft ja doch nicht, wenn ich dir sage, dass du die Arbeit im Schlaf loslassen sollst.«

»Glaub bloß nicht, ich wollte es nicht.«

»Das weiß ich.«

»Sie beherrscht mich«, sagte er. »Sie hat mich immer beherrscht.«

»Du willst es doch nicht anders«, sagte sie.

»Meinst du das im Ernst?«

»Hab ich etwa nicht recht?«

»Ich bin nicht einzigartig«, sagte er.

»Meiner Meinung nach schon«, sagte sie. »Ich weiß, dass du es bist.«

»Alle Menschen sind einzigartig.«

»Alle Menschen sind gleich, aber manche sind gleicher als andere.«

»Sind wir gleich, Angela?«

»Was meinst du?«

Er sah sich um in dem einsamen Zimmer, die einsamen Wände, die Nachttische, der Stuhl in der Ecke, die Kommode, die einsamen Bücher auf dem Tisch, die Geschichten sich selbst überlassen, gelesen oder ungelesen, das Fenster und die falsche Stadt da draußen, Lügen über Lügen, die Dunkelheit in der Wolfsstunde. Er hatte sich dafür entschieden, er ganz allein.

»Wir sind gleich«, sagte er.

Zuerst gingen sie zu Amanda Bersér. Der Jungfruplatsen war in Nebel gehüllt. Vielleicht würde es ein schöner Tag werden.

»Sie haben nicht danach gefragt«, sagte sie, als sie in ihrem Wohnzimmer saßen. Draußen lichtete sich der Nebel bereits. Winter sah blauen Himmel. Er war jetzt ruhig. Das Gespräch mit Angela war seine nächtliche Therapie gewesen.

»Ich dachte, das spielt keine Rolle«, fuhr sie fort. »Dass es nicht wichtig ist.«

»Ist es nicht wichtig?«, sagte Winter.

»Doch natürlich, für mich.«

»Wie heißt Ihr Sohn?«, fragte Ringmar.

»Gustav. Wissen Sie das nicht?«

»Wo wohnt er?«

»Er … wohnt bei seinem Vater.«

»Wo?«

»Guldheden. Das wissen Sie sicher auch.«

»Wann wohnt er bei Ihnen?«, fragte Winter.

»Er … wohnt nicht hier.«

»Warum nicht?«

Sie blieb stumm. Winter konnte ihr Gesicht nicht sehen. Das Fenster strahlte jetzt wie ein Scheinwerfer, als der Himmel aufriss und die Sonne durch die Wolken brach. Er konnte ihre Augen nicht sehen.

»Warum wohnt Ihr Sohn nicht bei Ihnen?«, fragte Ringmar.

»Das hat sich … so ergeben. Er wohnt bei seinem Vater.«

»Aus welchem Grund?«, fragte Winter.

»Ich weiß nicht, was ich darauf antworten soll.«

»Wir werden mit ihm sprechen, aber wir möchten zuerst hören, was Sie dazu sagen.«

»Wir treffen uns jede Woche«, sagte sie.

»Hier?«

Sie schwieg, aber sie schüttelte den Kopf.

»Hatte das etwas mit Jonatan zu tun?«, fragte Winter.

»Nein …«

»Nicht?«

»Nein.«

»Womit denn?«

»Ich weiß es nicht«, sagte sie laut.

»Wird er jetzt zu Ihnen ziehen?«, fragte Ringmar.

»Bin ich zu hart mit ihr umgegangen?«

Sie saßen in Winters Mercedes und waren in Richtung Westen unterwegs. Es war ein furchtbar schöner Tag, der schönste Tag des Jahres. Im Himmel sangen die Engel.

»Wenn es der Fall war, dann gilt das auch für mich«, sagte Winter.

»Was zum Teufel will sie verbergen?«

»Wer Jonatan war«, sagte Winter. »*Was* er war.«

»Was war er, Erik?«

»Vielleicht besonders nett zu seinem Stiefsohn.«

»Warum sollte sie deswegen lügen? Ihren Mann vor ihrem Sohn schützen?«

»Keine Ahnung«, sagte Winter. »Normalerweise muss doch der Sohn geschützt werden.«

Aneta Djanali parkte fünfzig Meter von dem Haus entfernt bei der Guldhedenschule. Einige Mädchen gingen vorbei, vermutlich auf dem Weg zum Unterricht. Die durften heute länger schlafen, dachte sie. Das hab ich immer so gemocht.

Mårten Lefvanders Villa war imposant. Sie sah nach altem Geld aus. Aneta Djanali wusste nur, dass der Mann Jurist war, vermutlich besaß er altes und neues Geld. Als Polizistin würde sie solchen Menschen gegenüber ewig unterlegen bleiben, einzig und allein Erik war gleichwertig. Er war in der Oberschicht zu Hause. Das war bei vielen Ermittlungen hilfreich gewesen, bei denen niemand anders die Codes deuten konnte. Er war der Einzige mit dem richtigen Hintergrund. Auch in der Oberschicht wurden furchtbare Verbrechen begangen. Vielleicht gab es deswegen so wenige Polizisten aus dem Adel. Sie hatte noch nie einen Menschen umgebracht. Hatte Erik schon einmal jemanden getötet? Im Moment konnte sie sich nicht erinnern, und fragen konnte sie ihn nicht.

Sie hörte ein Geheul, das klang, als käme es direkt vom blauen Himmel.

Sie sah einen jungen Mann aus dem riesigen Holzhaus rennen, mitten auf die Fahrbahn, ihr entgegen.

Sie riss die Tür auf und sprang aus dem Auto.

»Bleib stehen!«

Er war schon vorbei, warf ihr einen schnellen Blick zu, als würde er sie gar nicht wahrnehmen, und lief weiter.

»Bleib stehen!«

Aber sie sah nur noch seinen Rücken.

Er dachte gar nicht daran, stehen zu bleiben.

Sie drehte den Kopf zum Haus, aber dort war es still. Keine Schreie mehr, es war nur ein Schrei gewesen, und dann war der Junge herausgestürzt. Er war fünfzehn, höchstens sechzehn Jahre, es musste Gustav Lefvander sein, Amandas Sohn, er musste es sein.

Jetzt war er schon fünfzig Meter entfernt, was konnte sie tun? Ihm in den Rücken schießen, der Erste, den sie tötete, danach würde es leicht sein.

Und dann: das schreckliche Geräusch von Reifen, die sich in Asphalt fraßen, Geheul, lauter als das, was sie eben gehört hatte, Bremsgeräusche, das Auto dort vorn, das in einem beängstigenden Bogen in der Nähe des Jungen schleuderte, sehr nah, das Auto war rechts von der Kreuzung gekommen, und jetzt erkannte sie es, sah die Silhouette hinter dem Steuer, Winters Mercedes, Winter am Steuer, jetzt auf zwei Rädern, dem Jungen immer noch entsetzlich nah, immer noch in Todesnähe, nur wenige Zentimeter mehr, und sie selbst wäre ihm nie so nah gewesen.

6

Er sah den Jungen wie ein Gespenst aus Träumen vorbeifliegen. Winter riss das Steuer herum, Reflexe, nur nackte Reflexe.

»Was zum ...«, hörte er Bertils erstickten Ruf.

Aber das Auto stand, mitten auf der Kreuzung, der Mercedes zitterte noch. Winter zitterte nicht, er war schon dabei, auszusteigen, sah Aneta in einiger Entfernung, mitten auf der Straße, sah den Jungen hinter einem der Hochhäuser beim Doktor Fries torg verschwinden.

Winter hatte nicht die Absicht zu laufen. Es ging immer schief, wenn er lief.

Aneta dagegen lief, blieb vor ihm stehen, viel Farbe im dunklen Gesicht.

»Er ist wie ein Verrückter aus dem Haus geschossen gekommen«, sagte sie.

»Bist du im Haus gewesen?«

»Noch nicht.«

»Wo ist der Vater?«

»Von seinem Arbeitsplatz unterwegs hierher.«

Winter schaute zum Haus, sah Ringmar an, sein Auto, die stolzen Wolkenkratzer um den Doktor Fries torg.

Von Süden näherte sich ein Auto und hielt hinter Anetas Dienstwagen vor dem Haus. Ein Mann stieg aus, etwas über vierzig wie alle anderen in der Ermittlung, im Anzug, sah aus wie ein Bourdí, konnte es wohl nicht sein, kein Mantel, zurückgegelte Haare, was offenbar immer noch die Lieblingsfrisur von Anwälten war, Winter misstraute jedem mit diesem Schniegel-Look, das war eine kriminelle Frisur, besonders bei Anwälten.

Der Mann schaute in ihre Richtung. Ringmar winkte.

»Was sollte das denn?«, sagte Winter.

»Ich wollte nur zeigen, dass wir in friedlicher Absicht hier sind.«

»Sind wir nicht«, sagte Winter und ging auf den Mann mit dem angeklatschten Haar zu. Die Haustür wirkte genauso geschniegelt wie der Besitzer.

»Was ist passiert?«, fragte Lefvander. »Wo ist Gustav?«

»Er ist abgehauen«, antwortete Winter.

»Abgehauen? Wie abgehauen?«

»Er ist vor einigen Minuten aus dem Haus gestürzt gekommen. Ich hätte ihn auf der Kreuzung fast überfahren .«

»Was sagen Sie da?!«

»Er hatte es sehr eilig.«

»Ich kapier kein Wort.«

»Haben Sie ihn von unterwegs angerufen?«, fragte Winter.

»Ja. Aber es war besetzt.«

Winter nickte.

»Jesus!« Lefvander nahm das Handy aus der Innentasche seines Jacketts und gab eine Kurznummer ein, wartete, starrte Winter wie ein Gespenst an. Ja. Ich komme aus deinen Träumen. Ich bin das.

»Er kann sich nicht melden. Dafür läuft er zu schnell.«

»Jesus«, wiederholte Lefvander, als wäre er gläubig. Aber er missbrauchte den Namen des eingeborenen Sohnes. Winter wusste nicht, ob Gustav auch das einzige Kind war.

»Ist noch jemand da drin?« Winter wies mit dem Kopf auf das Haus.

Lefvander drehte sich um, als sähe er die Bude zum ersten Mal. Dann blickte er wieder zu Winter.

»Nein, nein, wir beide leben allein.« Wieder betrachtete er das Haus, dann Winter, das Haus. »Glauben Sie ... da drin ist jemand?«

»Wir gehen rein«, sagte Winter.

Im Haus war es dunkler, als Winter geglaubt hatte. Die Fenster waren nicht so groß, wie sie von außen wirkten.

»Jemand muss ihn angerufen haben«, sagte Lefvander. Sie standen in einer Diele, nachdem sie zwei Zimmer und die Küche durchquert hatten. Winter hatte sich im Obergeschoss umgesehen und war wieder heruntergekommen. Nirgends schien ein Kampf stattgefunden zu haben.

»Wer war es?«, fragte Ringmar.

»Wie soll ich das wissen?«

»Gibt es auch einen Festnetzanschluss?«

»Ja ...«

»Wo finde ich ein Telefon?«

»In der Küche.«

Sie kehrten in die Küche zurück. Sie hätte eine Renovierung nötig gehabt, müsste ausgetauscht werden. Lefvander wirkte nicht, als könnte er das selbst bewerkstelligen, aber wer war Winter, darüber zu urteilen? Er wusste nicht einmal, wo er den Hammer zuletzt hingelegt hatte, vor zwei, drei Jahren, nachdem er einen Doppelhaken in die Wand geschlagen hatte, um eine gerahmte Katy-Anderson-Fotografie aufzuhängen, auf der ein Kind im Ballettkleid vor einem alten Klavier in einem Haus in Houston, USA, posierte, Sparrow Song, sie hatten die Fotografie für viel Geld in einer kleinen Galerie in Paris, in der Nähe von La Bastille, erworben.

Lefvander hob das Telefon aus dem Halter und sah auf das Display.

»Es hat tatsächlich jemand angerufen«, sagte er.

»Was ist es für eine Nummer?«

Lefvander antwortete nicht. Ungläubig starrte er auf das Display, sah Winter an, Ringmar und dann wieder auf das Display.

»Wer hat angerufen?«, fragte Winter.

»Jonatan«, antwortete Lefvander.

»Wie bitte?«

»Jonatan Bersér. Ich kenne seine Nummer.« Er sah wieder Winter an. »Ist er nicht ermordet worden?«

»Das ist ja nicht zu fassen«, sagte Ringmar.

»Was wollte der von dem Jungen?«, sagte Winter.

Sie saßen wieder in seinem Auto. Sie waren noch nicht gestartet. Gustav Lefvander war immer noch irgendwo da draußen, hoffentlich am Leben. Der Mörder hatte Kontakt zu dem Jungen aufgenommen. Oder jemand, der das Handy gefunden hatte. Sie hatten es immer wieder versucht, aber auf Bersérs Handy hatte sich niemand gemeldet. Kannte Gustav den Anrufer? Er war davongestürzt, ja davon*gestürzt*. War er gewarnt worden? Wer war Mårten Lefvander? Wer war Amanda Bersér? Wer war Robert Hall gewesen? Jonatan Bersér?

Und all die Namen, die noch folgen werden, dachte Winter.

»War es eine Warnung?«, sagte Ringmar.

»Hab grad dasselbe gedacht.«

»Eine Warnung, dass wir kommen?«

»Er kann sich nicht versteckt halten.«

»Kann ein alter Anruf sein, der plötzlich auftaucht«, sagte Ringmar. »Alte Nummer. Das passiert mir dauernd.«

»Ist mir noch nie passiert«, sagte Winter.

»Wäre aber möglich.«

»Kann wer weiß was sein.«

»Sollen wir eine Suchmeldung rausgeben?«

Winter antwortete nicht.

Er fuhr jetzt, vorbei am Doktor Fries torg und bei Winters Zahnarzt, es war bald wieder Zeit für die jährliche Kontrolle, er wollte schließlich noch lange kauen können, kauen, kauen, T-Bone, Rippchen, gegrillte Meereskrebse, roh Geriebenes, kauen, kauen, bis ins hohe Alter. Er bog in den Kreisverkehr am Wavrinskys plats ein, fuhr die Guldhedsgatan am Sahlgrenschen Krankenhaus vorbei, dachte eine Sekunde an Angela, wäre sie zu Hause, hätte sie jetzt wahrscheinlich in dem Komplex gearbeitet, *zu Hause*, dachte er, das gibt es vielleicht gar nicht mehr, nicht in dieser Stadt, und ich bin daran schuld, nicht nur, weil ich die Familie zum ersten Mal mit an die Sonnenküste geschleppt habe.

»Womöglich ist er in Gefahr«, sagte Ringmar, »Gustav, meine ich.«

»Nein.«

»Nicht?«

»Er ist auf dem Weg zu seiner Mutter.«

»Sie meldet sich nicht.«

»Er ist unterwegs zu ihr.«

»Sind wir das auch?«

»Auf die Idee bin ich gerade gekommen.« Winter fuhr über die durchgezogene Mittellinie, nahm einem albernen Straßenbahnwagen vor der Jubiläumsklinik die Vorfahrt, fuhr geradewegs auf das Gelände und zurück um den Zeitungskiosk herum und wieder raus auf die Guldhedsgatan Richtung Westen. Nach ein paar hundert Metern bog er nach Toltorpsdalen ab.

»Mit was für Menschen haben wir es hier zu tun?«, sagte Ringmar.

»Wie meinst du das?«

»Sind die alle verrückt?

»Nicht verrückter als andere.«

Winter parkte hinter dem Einkaufscenter des Jungfruplatsen, das schon von Gott vergessen war, bevor es gebaut wurde. Vor ihm reihten sich schläfrig die Häuser, eins ans andere, drei Stockwerke hoch, roter billiger Backstein, man könnte weinen bei dem deprimierenden Anblick, darüber weinen, dass Menschen in diesem Aschgrau und Pissgelb leben mussten. Der Name dieses Ortes war ein Witz, jedenfalls, wenn man bedachte, was daraus geworden war. Er wusste nicht, wer zuerst da gewesen war, das Ei oder die Henne, der Teufel oder seine Großmutter, aber eine Pizzeria gab es natürlich, die gab es überall. Ein Königreich für eine Kohlroulade, Kohlpudding, Bratensoße, Pellkartoffeln, Erbsensuppe.

Nebel hüllte den Platz ein, ein hübscher Nebel, der den Jungfruplatsen veränderte. Winter blieb im Auto sitzen, auch mit ihm machte der Nebel etwas, es war, als befände er sich an einem anderen, besseren Ort, auf einem anderen Planeten. Als wäre er ein anderer. Er schaute auf seine Hand, hob sie, sie war die Hand eines anderen, eines besseren Menschen. Sein übriger Körper war wie gelähmt. Jemand musste den Motor abgestellt haben, das muss er selbst gewesen sein. Ich bin dabei, den Verstand zu verlieren. Bald wird Bertil es merken. Es ist nur eine Frage der Zeit, alles ist eine F-r-a-g-e-d-e-r-Z-e-i-t. Das ist der Entzug von Whisky. Man stirbt innerlich ab. Die Hand bewegt sich noch, aber man ist tot.

»Was ist, Erik?«

»*Weltschmerz.*«

»Aha.«

»Dann wollen wir mal reingehen.«

Der Junge öffnete die Tür. Er hatte sie durchs Fenster gesehen, sie hatten ihn gesehen, ein blasses Oval in einem schwarzen Fenster. Er sah ängstlich aus, mit seinem Gesicht war etwas. Sonst war es still.

Winter zeigte seinen Ausweis.

»Ich erkenne Sie.«

»Hast du mich bei deinem Tempo überhaupt gesehen?«

»Wie haben Sie mich gefunden?«

»Reine Vermutung.«

Der Junge nickte, als wäre er an Vermutungen gewöhnt.

»Bist du den ganzen Weg hierher gerannt?«

»Ja.«

Es stimmte. Gustav Lefvanders Hemd war noch immer schweißnass. Die Jacke lag auf dem Fußboden.

»Dürfen wir reinkommen?«, fragte Winter.

Der Junge zog sich in die Diele zurück.

Winter schloss die Tür hinter sich.

»Warum bist du weggelaufen, Gustav?«

»Da hat jemand angerufen.«

»Wer?«

»Ich weiß es nicht.«

»Trotzdem hast du es mit der Angst zu tun bekommen.«

»Ich habe die Nummer gesehen.«

»Was war das für eine Nummer?«

Der Junge antwortete nicht.

»Wer war es?«, fragte Ringmar.

»Es hat sich niemand gemeldet.«

»Was sagst du da?«, fragte Winter.

»Kein Wort ... ich hab ... na ja, hallo oder so was gesagt ... ich kann mich nicht erinnern.«

»Wir wissen, dass es jemand war, der Jonatans Handy benutzt hat«, sagte Winter. »Wir haben die Nummer gesehen.«

Der Junge schaute Winter an, ohne ihn zu sehen.

Es war jemand, der etwas zu ihm gesagt hat. Er will es nicht sagen. Er *darf* es nicht sagen.

»Hast du etwas gehört?«, fragte Ringmar.

»Was gehört?«

»Geräusche? Irgendwas anderes?«

»Nein ...«

»Warum bist du weggelaufen?«

»Das ... die Nummer.«

Winter nickte.

»Ich wollte nicht im Haus bleiben.«

»Du wusstest, dass wir auf dem Weg zu dir waren.«

»Ich wollte nicht bleiben«, wiederholte Gustav. Jetzt wirkte er sehr jung, jünger als fünfzehn, eher wie zehn, das war wie zwanzig Jahre in der Zeitrechnung eines jungen Menschen, zwanzig Minuten, wenn man alt war.

»Hast du Angst vor uns gehabt?«

»Nein ... ja.«

»Warum hattest du Angst vor uns?«

Die Marconihalle war nicht gerade der schönste Bau der Welt. Für eine Eissporthalle war das nicht wichtig. Das Eis war wichtig. Und das Dach. Jetzt bedeckte die Halle den ganzen alten Marconiplatz, auf dem Winter sein letztes Match bei FC Finter gespielt hatte. In der Halle hatte Bäcken HC Heimrecht.

Er wusste nicht, wann die Marconihalle hochgezogen worden war, es konnte noch nicht lange her sein. In der nächsten Umgebung wurde überall gebaut, Mehrfamilienhäuser mit humanem Wohnraum, hübscher als am Jungfruplatsen, nicht höher, vielleicht fröhlicher, sie standen um eine Art Platz herum, der Marconipark genannt wurde, aber es gab gar keinen Park. Der Marconiplan war der Park gewesen, ohne Gras, ein Schotterplatz, Steine, Kreide, Schweiß und Blut, sein Blut, seine Knie. Seine Jugend. Sie hatte bis in sein siebenunddreißigstes Lebensjahr gedauert. Da war er der jüngste Kriminalkommissar des Landes geworden. Da war er fast erwachsen gewesen.

In der Halle war die Kälte des Eises zu spüren. Die Fläche war gähnend leer, obwohl die Tür offen stand. An der Wand stand GO BÄCKEN!, das Erste, was man sah, wenn man hereinkam.

Hier herrschte Eiseskälte. Er trug immer noch einen Wintermantel über dem Anzug, fror aber trotzdem, fror bis ins Mark. Das war sein erstes Gefühl, einsam. Er schauderte.

Auf der anderen Seite der Eisfläche stand jemand.

Er sah eine Silhouette, unbeweglich, als würde sie auf etwas warten, als ob jemand ein Spiel auf dem Eis verfolgte, das nur in seiner Phantasie stattfand.

Winter ging auf der Tribüne entlang, gegenüber schien es keine zu geben. Die Gestalt entfernte sich von ihm, in die andere Richtung, um die Tribüne herum, ein Mann, keine Mütze, blond, er sah nicht alt aus, vielleicht um die dreißig, vielleicht jünger, er drehte das Gesicht in Winters Richtung, ging weiter, Winters Magen krampfte sich zusammen, ein widerliches Gefühl, als müsste er sich übergeben, sich direkt über der Bande erbrechen. Er blieb stehen, starrte zu Boden und schluckte.

Als er wieder aufsah, war die andere Seite der Eisfläche leer. Was passiert mit mir? Der Teufel sitzt in meinen Gedärmen.

Er konnte sich wieder bewegen. Die Übelkeit ließ langsam nach, er konnte sich von dort weg bewegen, auf den Ausgang zu, der genauso einsam wirkte wie alles andere in der Halle.

Draußen war der Mann nirgends zu entdecken, er war zwischen den Baustellen verschwunden, Bagger krochen wie Spinnen über die schwarze Erdkruste.

Auf der anderen Seite der Marconigatan sah er das Schild

von Ruddalens Pizzeria und dahinter eine Autowaschanlage, Clear Park. Einige jämmerliche Figuren drückten sich in das Wartehäuschen beim Musikvägen, schwarze Silhouetten wie in einem Trauerspiel. In der Luft war Schnee, der wie Asche auf die Erde schwebte. Alles war jetzt schwarz und grau. Winter fuhr einige hundert Meter die Norra Dragspelsgatan hinauf und hielt vor einem der abstoßenden neunstöckigen Mietshäuser, die totengrau verkleidet waren, eine Farbe, die die Idioten von Stadtplanern mit Bedacht gewählt hatten, die idiotischen Sozis, immer noch keine Scham im Leib, eine Zusammenrottung von Blödmännern in den wilden Sechzigern, das Jahrzehnt, in das er hineingeboren wurde, damals noch unschuldsvoll, ein hübsches kleines Kind, das in einer gestörten Familie landet. Und in den Siebzigern, dachte er, haben sie weiterhin Verbrechen an der Göteborger Bevölkerung begangen.

Oben in Robert Halls Wohnung stand die Zeit natürlich still, würde nicht eher wieder in Bewegung kommen, bis ein anderes armes Schwein einzog, hingerissen von der Aussicht über Västra Frölunda. Warum flog kein Flugzeug in diese Hochhäuser? Die Häuser hatten nichts mit dem Himmel gemeinsam.

Er sah die Stelle, an der Hall gestorben war, umgeben von schlummernden Büschen, sah die Absperrbänder, die noch nicht entfernt waren, der einzige Farbtupfer in all dem Grau. Der April war ein Monat ohne Farbe, es gab nur harten, farblosen Wind und Erde, die noch darüber nachdachte, ob es sich lohnte, ein weiteres Mal erweckt zu werden. Menschen mit Tendenz zu Depressionen mieden den April wie die Pest, übersprangen den ganzen Mist, flohen in andere Welten.

Er trat an das Ostfenster im Wohnzimmer. Mit etwas Phantasie konnte er den Jungfruplatsen in Mölndal und die Büsche neben dem Krankenhaus sehen. Das Heizkraftwerk, neben dem Jonatan, kalt wie Eis, gelegen hatte. Die alten Gebäude, in denen Personal untergebracht gewesen war, Bersér hatte schräg gegenüber von Haus U 1 gelegen. Einmal hatte es dort überall Leben gegeben, das Lachen junger Frauen, die die Menschheit retten wollten. Er sah sie vor seinem inneren Auge in weißen und blauen Uniformen durch das Sommergras gehen, Göteborgs Farben. Mitten hinein in das warme Bild von Lebensfreude klingelte sein Handy. Es war Öberg.

»Ja?«

»Wir haben die Farbe analysiert.«

»Ja?«

»Farbe für Außenanstrich. Es ist eine Deckfarbe von der Firma Alcro, für Holzfassaden. Eine von mehreren schwarzen Nuancen. Jetzt, wo ich sie sehe, erkenne ich sie, mein Bruder hat sie mal benutzt. Ja, wie dem auch sei, wir haben sie.«

»Wenn dein Bruder sie benutzt hat, ist es wohl eine übliche Farbe, Torsten?«

»Leider ja.«

»Wer zum Teufel streicht seine Fassade schwarz an? Die Gothics oder wie die heißen, die vom Grufti Metal. Die Polizei müsste doch die Subkultur kennen?«

»Haben die eigene Häuser?«

»Du weißt, was ich meine, Torsten.«

»Sie ist wohl für schwarze Details gedacht, nehme ich an. Ich weiß es auch nicht.«

»Okay, noch was?«

»Tja, die Farbe heißt Beständig, da sie Farbe und Glanz behalten soll und all das.«

»Der Kerl ist kein Risiko eingegangen«, sagte Winter.

»Haha.«

Winter war an die Fenster zurückgekehrt, die auf den Frölunda torg gingen.

»Wir müssen den Farbhandel in der Umgebung überprüfen«, sagte er ins Mikrophon. »Man kann nie wissen. Vielleicht gibt es ja noch irgendwo eine Quittung.«

»Man kann nie wissen.«

»Bestenfalls finden wir eine geöffnete Dose für dich, Torsten.«

»Herzlichen Dank.«

»Und einen Pinsel.«

»Wenn du die Dose findest, findest du auch den Pinsel, Erik.«

»Ich glaube wirklich, dass ich es schaffe.«

»Ich weiß, dass du es schaffst.«

»Ich stehe gerade in Halls Wohnung.«

»Da gibt's wahrscheinlich keine Dose.«

»Hier gibt es überhaupt nichts«, sagte Winter. »Ich fühle hier nichts.«

»Vielleicht verstehe ich, was du meinst.«

»In dieser Wohnung ist alles tot«, sagte Winter. »Ich glaube, hier muss ich nicht noch mal hin.«

Vor dem Haus gab er Jonatan Bersérs Handynummer ein. Der Ruf ging durch. Jemand schaute auf das Display, während das Handy klingelte, und vielleicht wusste er, dass der Anruf von Winter kam.

Winter rief Robert Halls Handy an. Kein Freizeichen, nur die affektierte Frauenstimme, die mitteilte, dass der Abonnent im Augenblick nicht erreichbar sei.

Er stieg ins Auto, stellte Frisells Gitarren weit über Tinnitusniveau, es war entsetzlich schön, und er fuhr über die Dag-Hammarskjöld-Umgehung in Richtung Stadt ohne das übliche Brausen in den Ohren, nur Reverb, Dezibel, Frisell Gibsons Geheul gegen den beständigen Himmel, schwarz wie die Hausfassaden des Teufels.

7

Winter briet ein Lammkarree, französische Zerlegung, in Butter und Olivenöl an, dann Salz und Pfeffer, weder Knoblauch noch Kräuter, dreizehn Minuten in den auf 200 Grad vorgeheizten Backofen und fünf Minuten auf dem Schneidebrett ruhen lassen.

Winter schnitt die Koteletts auf dem Tisch. Dazu ein einfacher Salat, ein wenig Olivenöl, Sardellen, ein großes Stück Parmigiano Reggiano, dreizehn Monate gelagert, von dem sie sich während des Essens Scheiben abschnitten.

»Sehr gut«, sagte Ringmar, nachdem er eine Weile schweigend gekaut hatte.

»Danke, Bertil.«

»Ich hab schon lange keine anständige Mahlzeit mehr zu mir genommen.«

»Das habe ich mir gedacht.«

»Ist es mir anzusehen?«

»Wer nicht gut isst, wird unglücklich.«

»Sehe ich unglücklich aus?«

»Manchmal.«

»Du wirkst aber auch nicht gerade fröhlich, Erik.«

»Im Augenblick bin ich froh.«

»Man kann nicht jede wache Minute vor einem köstlichen Lammkarree sitzen«, sagte Ringmar.

»Ach nein?«

»Und was für ein teuflisches Tischgetränk.«

»Was stört dich an Dewar's?«

»Whisky zum Essen. Und dann noch blended.«

»Zum Essen kannst du keinen Malt trinken.«

»Aber Dewar's passt, oder wie?««

»Nicht zu allem. Joe Dogs Iannuzzi empfiehlt ihn zu gewissen Gerichten. Er hat in den siebziger- und achtziger Jahren für die Mafia gekocht, und er hat *The Mafia Cookbook* geschrieben. Ich hab das hier irgendwo. Tolle Rezepte.«

»Das leuchtet mir ein«, sagte Ringmar. »Die Jungs wollen gut essen, da jede Mahlzeit ihre letzte sein könnte.«

»Iannuzzis Ossobuco ist das beste, was ich je gemacht habe«, sagte Winter.

»Auch dazu Whisky?«

»Nein, aber zu seinem Schweinebraten in Dijon-Senf. Dewar's White Label, on the rocks.«

»In Asien trinken sie Whisky zum Essen«, sagte Ringmar. »Johnny Walker Black Label.«

»Zu orientalischer Küche passt Whisky nicht so gut.« Winter schnitt wieder eine Scheibe ab. Die rosa Farbe war perfekt. »Erschlägt die Gewürze, alle Gewürze.«

»Es geht um den Status«, sagte Ringmar. »Die Neureichen kümmern sich nicht um Geschmack.«

»Wo hast du das denn gehört?«

»Mensch, Erik, das weißt du doch.«

»Was soll ich wissen?«

»Hast du mich deswegen heute zum Essen eingeladen? Mit Whisky.«

»Das musst du mir jetzt erklären, Alter.«

»Da gibt es nichts zu erklären.«

»Okay, dann erzähl's mir eben.«

Ringmar hob das dickwandige Glas an. Es war leer. Er nahm die Flasche und goss sich einen Fingerbreit ein, gab zwei Stückchen Eis dazu. Er trank, setzte das Glas ab und schaute Winter an.

»Martin hat dir von den Essgewohnheiten der Asiaten erzählt«, sagte Winter. »Das konnte er, weil er als Koch im Hotel Shangri-La in Kuala Lumpur arbeitet.«

»Als Küchenchef«, sagte Ringmar.

»Küchenchef. Er hat viel Erfahrung.«

Ringmar schwieg. Er betrachtete den Whisky durchs Glas. Der war hell, dünn, wie sein Urin mitten am Tag.

»Irgendwann musst du mir erzählen, warum du keinen Kontakt mehr zu ihm hast, Bertil.«

»Warum zum Teufel sollte ich das?«

»Weil du es musst.«

»Und wenn ich es nicht weiß?«

Winter nahm einen Schluck. Er hatte erst zwei Gläser getrunken, das bedeutete nur zwei Fingerbreit, nicht mehr, als er vorm Essen in der Badewanne getrunken hatte.

»Und wenn ich es nicht weiß?«, wiederholte Ringmar. »Was zum Teufel soll ich dir dann erzählen? Hä?« Er stand auf. »Du machst es mir schwer, Erik. Verstehst du das?«

Winter antwortete nicht. Er hielt ein Kotelett in der Hand. Es war noch etwas auf dem Schneidebrett übrig. Das Fleisch hatte eine schöne Farbe, schöner als die Whiskyfarbe, dunkler.

Ringmar ließ sich schwer auf den Stuhl sinken, aus dem Glas schwappten ein paar Tropfen Whisky. Bertil war nicht betrunken. Er war nicht froh.

»Ich weiß nichts, Erik, gar nichts.«

»Gibt es noch etwas?

»Noch etwas? Soll das ein Verhör sein?«

»Nein.«

»So kommt es mir aber vor.«

»Es ist kein Verhör.«

»Wie dem auch sei, ich bin unschuldig«, sagte Ringmar.

Winter schwieg. Er wusste nicht, was er sagen sollte.

»Was sagt der Verhörleiter dazu?«

»Bertil ...«

»Du hast doch angefangen«, sagte Bertil. »Auf was verdammt noch mal willst du raus, Chef?«

»Ich bin nicht dein Chef.«

»Ach nein, jedenfalls benimmst du dich so. Und formell bist du Chef, übrigens nicht nur formell, du verdammter *Snob*.«

»Es ist noch etwas zu essen da, Bertil.«

»Was?«

»Iss, bevor das Fleisch stirbt.«

»Willst du auch darüber bestimmen, wann ich esse?«

»In meiner Küche bestimme ich.«

»Ich bin unschuldig«, sagte Ringmar. »Er will nichts von mir wissen, und ich weiß nicht, warum.«

»Kannst du nicht versuchen, mit ihm zu reden?

»Glaubst du, ich hätte es nicht versucht?«

»Ich weiß, Bertil. Entschuldige.«

»Er antwortet weder auf E-Mails noch auf Anrufe.«

»Warum nicht hinfahren?«

»Ich trau mich nicht.«

»Was hast du zu verlieren?«

Ringmar antwortete nicht. Er spießte ein Stück Fleisch auf die Gabel, hob sie aber nicht zum Mund. Das Fleisch war inzwischen kalt geworden.

»Du hast nichts zu verlieren«, wiederholte Winter.

»Nein, du hast recht. Nichts zu verlieren.«

»Fahr hin.«

»Dann will ich, dass du mitkommst, Erik.«

Sein Vater stand über ihn gebeugt. Er wollte etwas von ihm, brachte es jedoch nicht heraus. Er war ein Schatten.

Der Vater berührte ihn, schüttelte ihn, wie er selbst manchmal seinen Teddybär schüttelte.

Er hatte geschlafen.

Papa war in sein Zimmer gekommen.

Er hörte Mama in der Küche lachen, lachen, lachen.

Noch jemand lachte.

Es war ein unheimliches Lachen. Er wollte nicht, dass sie auf diese Art lachten.

Er wollte nicht, dass es wieder passierte. Das Schütteln tat ihm weh. Es tat weh im Kopf, in den Armen.

Er war erst zwei Jahre alt, konnte nicht älter gewesen sein.

Er wusste, dass er zwei Jahre alt war, und er wusste, dass er sich nicht erinnern würde.

Ich werde mich nie erinnern, dachte er, als er zwei Jahre alt war in einem einsamen Bett in einem einsamen Zimmer in der Stadt Göteborg.

Der Schatten kehrte zurück.

Und es wurde weiter gelacht, gelacht. Das Lachen füllte das ganze Zimmer, sein kleines Bett, das schwarze Zimmer.

Der Schatten berührte ihn erneut, zog an seinem Arm. Es roch nach etwas im Zimmer, er wusste nicht, wonach.

Winter erwachte mit einem Schrei.

Er richtete sich im Bett auf.

Vielleicht hatte er die ganze Zeit gesessen.

Er versuchte sich zu erinnern, wer er war.

Er würde nie mehr in einen Traum fallen, sich nie mehr in eine Landschaft locken lassen, aus der er nicht herausfand.

Er sprang aus dem Bett, sein Zwerchfell traf eine plötzliche Übelkeit wie eine Faust, er lief durch den Flur, schlug sich den Kopf an der Toilettentür und erbrach sich heftig, heftig, heftig.

Aus seinen Augen spritzten Tränen.

Er atmete wie ein Ertrinkender.

Wer bin ich? dachte er.

Wer bin ich geworden?

Sind Träume wahr? dachte er.

Er dachte an Bertil. Ist er noch da? Ich kann mich nicht erinnern, dass er nach Hause gegangen ist. Ich erinnere mich, dass er noch mehr Whisky geholt hat.

Der Wecker auf dem Nachttisch zeigte Viertel vor sechs. Über Vasastan wurde es hell, Winter sah die Kupferdächer vor den Fenstern blinken.

Er stand auf. Sein Schwanz war erigiert, ein prächtiger Ständer zum Pinkeln.

Ringmar saß in dem Lamino-Sessel im Wohnzimmer. Er war schon angezogen. Auf den Knien balancierte er seinen Laptop, das blaue Licht des Bildschirms beleuchtete auf unheimliche Weise sein Gesicht.

»Ich bin gleich wieder da«, sagte Winter und ging rasch durch den Flur zur Toilette. Er versuchte sich zu erinnern, wann und wie er ins Bett gekommen war. Hatten sie noch über Väter und Söhne gesprochen? So musste es gewesen sein. Er hatte diesen merkwürdigen, ekelhaften Traum gehabt.

Ringmar schaute auf, als Winter zurückkam.

»Ich habe erst mal Halls und Bersérs E-Post des vergangenen Jahres heruntergeladen.«

»Okay.«

»Mit Hall bin ich schon fertig.«

»Und?«

»Der Kerl hatte niemanden, dem er schreiben konnte. Der hat bloß Spam gekriegt.«

»Aber die Kinder?«

»Kein Mailkontakt zu ihnen.«

»Wir müssen seine Festplatte haargenau untersuchen.«

»Klar, aber ich glaube nicht, dass er viel Privates gelöscht hat. Das ist mehr als ein Gefühl.«

»Und Bersér?«

»Gerade angefangen. Da geht's lebhafter zu. Eben ein Sportlehrer.«

»Direktor. Sportdirektor.«

»Na klar. Warum gibt's so was nicht bei uns? Polizeidirektor? Geschäftsführender Direktor Winter«, sagte Ringmar und sah auf den Bildschirm, scrollte sich durch die Informationen, das blaue Licht des Monitors flackerte. »Geschäftsführender Vizedirektor Ringmar.«

»Möchten Sie Kaffee?«

»Sag ruhig du zu mir.«

»Möchtest du Kaffee?«

Ringmar fuhr seinen Laptop herunter. Sein Gesicht verschwand in Dunkelheit.

»Hoffentlich hast du vergessen, worüber wir heute Nacht geredet haben, Erik.«

»Worüber haben wir geredet?«

»Hattest du mir nicht einen Kaffee angeboten?«

Ringmar kratzte sich in den Bartstoppeln, als sie am Küchentisch saßen. Er schien in seinen Klamotten geschlafen zu haben, aber er hatte wahrscheinlich gar nicht geschlafen. Ein Auge war blutunterlaufen. Winter war mit dem Fahrstuhl nach unten gefahren und hatte in der Bäckerei am Vasaplatsen noch warme Croissants gekauft. Er hatte kalte Butter aus dem Kühlschrank genommen und eine Marmelade aus Schottland. Der Kaffee war vietnamesisch, Kaffeebohnen aus Buon Ma Tuot, verdammt gut.

»Da können wir auch hinfahren«, sagte Ringmar.

»Wie bitte?«

»Wenn wir nach Malaysia fahren. Dann können wir auch nach Vietnam fahren. Ich habe das Land schon seit der Schlacht um Dien Bien Phu kennenlernen wollen.«

»Ich hab sogar den Krieg der Amerikaner verpasst«, sagte Winter. »Als der vorbei war, war ich gerade mal Teenager.«

»Sei froh, du. Dir ist es erspart geblieben, Demonstranten zu verprügeln.«

»Hast du das getan?«

»Mein erster Diensteinsatz bei den Verrückten in Stockholm. Aber ich habe es nicht getan. Ich hab mich gedrückt und daran gedacht, die Uniform auszuziehen und mich auf die Seite der Demonstranten zu schlagen.«

»Du warst schon damals einzigartig, Bertil.«

»Hoffentlich findet das mal in irgendeinem Zusammenhang Beachtung«, sagte Ringmar, der ein Croissant mit Butter bestrich.

»Es findet jetzt Beachtung.«

»Ich bin wieder nüchtern«, sagte Ringmar und schaute auf. »Vielleicht sollte ich die Chance wahrnehmen und hinfahren. Martin wird nicht nach Göteborg kommen.«

»Wenn der Fall geklärt ist, fahren wir hin«, sagte Winter.

»Das kann Jahre dauern.«

»Ich schätze Mittsommer.«

»So schnell? Weil dann die Familie kommt? Du brauchst es mir nicht zu verschweigen. Ich ertrage es.«

»Weil mir diese Ermittlung nicht gefällt.«

»Haha.«

»Es geht nicht nur um die Opfer auf der Erde.«

»Wie geht's dir, Erik?«

»Nicht gut.«

Es war immer noch Morgen. Ringmar hatte nicht weiter gefragt, noch nicht. Sie hatten ihr Frühstück schweigend beendet. Die Sonne im Osten drang in die Wohnung, im Flur blitzte etwas auf.

Winters Handy fing an, auf dem Tisch herumzukrabbeln. Es blinkte mit einem roten Auge, jammerte, piepste.

»Ja?«

Es war Halders.

»*Here we go again*«, sagte er.

o

Der Platz war noch da, er würde nie verschwinden, er würde immer größer werden, bis er ganz Frölunda und die hunderttausend Menschen, die dort wohnten, bedeckte. Er hatte am Fenster gestanden und zugeschaut, wie der Platz sich stetig weiter ausbreitete. Zuerst vor dem Fenster in der alten Wohnung auf der Mandolingatan und jetzt hier in der neuen. Er mochte die neue Wohnung nicht, er hatte es gesagt, war jedoch trotzdem eingezogen. Der Umzug war ein Teil seines Planes.

Er las ihn noch einmal durch, es war ein guter Plan. Er schaute zu den Handys auf dem Sofatisch, sah das Papier, das auf dem Tisch lag.

In der Schneeluft war Sonnenlicht, und ein Regenbogen spannte sich wie eine Brücke über den Himmel. Niemand betrat sie, und das war besser so, denn um diese Jahreszeit gab es eigentlich keine Regenbogen.

Er erinnerte sich an den Regenbogen, den er gesehen hatte, als sie zum Meer hinausfuhren. Es hatte geregnet, und der Regenbogen spannte sich über Himmel und Meer. Sie waren fröhlich gewesen. Für sie alle war es das erste Sportlager.

Man braucht nur reinzuspringen!

Hinterher machen wir ein Match!

In Klamotten schwimmen!

Zeit, was zu trinken!

Er nahm das Blatt vom Tisch. Er las den Namen. Darunter standen noch mehr Namen, aber dieser stand zuoberst, wenn man es so sah. Nummer drei auf der Liste, wenn man es für eine Liste hielt.

Erneut las er ihren Namen.

8

Im Park duftete es nach Gras und Feuchtigkeit. Winter war im Lauf der Jahre einige Male hier gewesen, aber viel zu selten. Der Gedanke kam ihm immer, wenn er hier war. Das Palmenhaus. Die Rosen. Die Schatten unter den Eichen an einem warmen Tag. Das Wasser im Wallgraben, das langsam vorbeiströmte. Die Stille. Dies Schweigen hier mitten im Tosen der Stadt. Seit er den Tinnitus bekommen hatte, war er nur einmal im Park gewesen. Die Stille hatte den Tinnitus verstärkt.

Jetzt war er wieder hier.

Die Frau lag unter einem Ahorn nahe beim Kanal. Vom anderen Ufer aus war sie nicht zu sehen gewesen. Ein Parkarbeiter hatte sie um halb acht gefunden. Da war sie schon seit mindestens fünf, sechs Stunden tot, stellte Pia Fröberg fest.

Die Leute der Spurensicherung beendeten schweigend ihre Arbeit. Jetzt hatten sie Winter erlaubt, den Tatort zu betreten.

Die Tote hatte eine blaue Plastiktüte über dem Kopf.

Ihre Arme waren auf dem Rücken zusammengebunden.

Ihr Unterleib ist noch da, wenn man es so ausdrücken kann, dachte Winter. Niemand scheint ihren Unterleib berührt zu haben, er war nicht entblößt.

Matilda Cors. Ein angestrengtes Lächeln auf dem Führerscheinfoto. Lange betrachtete Winter das Gesicht, als käme es ihm bekannt vor. Vielleicht war es bekannt.

An ihrer Jacke war ein Stück Karton mit einer Sicherheitsnadel befestigt, ein »I« wie ein Ausrufezeichen in schwarzer Farbe, wahrscheinlich Farbe für den Außenanstrich, Beständig.

Matilda Cors hatte keinen Bestand mehr.

Winter fiel ein, was er auf einem antiken Grabstein in Rom gelesen hatte, ein Grabstein aus jener Zeit, als die alten Götter noch verehrt wurden: *Mich gab es nicht, es gab mich, mich gibt es nicht, es ist mir gleich.*

Kein ewiges Leben im alten Rom.

Hatte Matilda Cors von einem ewigen Leben geträumt?

Es sah aus, als hätte da unten auf der schwarzen Erde ein Kampf stattgefunden.

»Keine Schläge gegen den Kopf«, hatte Pia vor einer Weile festgestellt.

Winter hatte die schreckliche Szene vor seinem inneren Auge gesehen. Der Kampf der Frau am Boden. Strampelnde Beine und Füße, ihr Körper ein rotierendes Karussell, die Stiefel, die ins tote Gras hacken. Daneben der Mörder, beobachtend, schweigend.

Das war schlimmer als ein Schlag auf den Hinterkopf, erst dann folgte barmherzige Bewusstlosigkeit. Diesmal *sollte* es schlimmer sein, sie sollte noch härter bestraft werden, Hose runter oder nicht, das war irrelevant, die Botschaft war schon angekommen. Es würde weitergehen.

Winter schaute auf die Botschaft. Sie hatten ein R, sie hatten ein O, sie hatten ein I. Sie hatten immer noch kein Wort, möglicherweise eine Abkürzung.

Ist es ein langes Wort? dachte er.

»Sie sollte noch härter bestraft werden«, sagte er zu Halders, der neben ihm kauerte und die Leiche aus einem anderen Blickwinkel betrachtete. »Sie ist ja eine Frau. Sie hätte das nicht tun dürfen, was sie getan hat. Es ist schlimmer, wenn man eine Frau ist. Dann ergeht's einem so wie ihr. Was hat sie hier im Park gemacht? Wie ist sie hereingekommen? Der war doch abgeschlossen? Jemand hat sie mit hineingenommen. Hat sie mitten in der Nacht eingeladen.«

»Sie hat den Mörder gekannt, genau wie die anderen.«

»Dasselbe Alter«, sagte Halders. »Ich glaube, sie hat gut ausgesehen, als sie noch lebte.«

»Cors. Ist das nicht eine Biermarke?«

»Wird mit zwei o geschrieben, glaube ich.«

»Wir brauchen noch mehr Vokale.«

»Aber das würde mehr Leichen bedeuten.«

»Wir haben einen hellen und einen dunklen Vokal.«

»Noch ein dunkler Vokal würde es bringen. Zum Beispiel ein A.«

»Wir setzen voraus, dass wir es schon haben. Es taucht in allen Wörtern auf.«

»Okay.«

Winter und Ringmar standen in Matilda Cors' Wohnung. Sie hatten Aussicht über den Park, so wie man das Kulturhaus in Frölunda von Robert Halls gottverlassener Wohnung sehen konnte.

Diese Wohnung war nicht von Gott vergessen, eine Drei-Zimmer-Wohnung in einem kürzlich renovierten Mietshaus auf der Stora Nygatan am anderen Ufer des Wallgrabens gegenüber vom Park.

»Sie hat gewohnt, wie es sich für eine Juristin gehört«, sagte Ringmar.

»Ja.«

»Noch dazu Juristin in Steuerfragen.«

»Ja.«

»Einsame Steuerjuristin.«

»Mit einem Ex.«

»Es gibt wahrscheinlich mehrere Ex.«

»Wir fangen mit dem letzten an.«

Rupert Montgomery wohnte auch am Wallgraben, in der Lilla Kyrkogatan. Er war zu Hause, als sie ihn anriefen. Sie baten ihn, auf sie zu warten.

»Wie kann ein Schwede so heißen?«, sagte Ringmar, während Winter vor dem Gebäude falsch parkte.

»Es gibt alte Verbindungen zwischen Briten und Göteborgern«, sagte Winter, »und Iren.«

»Ja, dein Name ist ja auch nicht schwedisch.«

»Mehr oder weniger.«

»Montgomery klingt wie reinste Oberschicht.«

»Wir werden sehen.«

»Du übernimmst das Reden, Erik.«

»Warum?«

»Du gehörst zur Oberschicht.«

»Wir haben uns schon seit einigen Monaten nicht mehr getroffen«, sagte Montgomery.

Ringmar hatte recht, der Mann sah nach Oberschicht aus. Die Wohnung war auf eine Art schlampig und schmuddelig, wie es sich nur die Oberschicht leisten kann, möglicherweise auch noch die unterste Unterschicht. Es waren die beiden sozialen Klassiker, die einander am meisten glichen. Das Klassensystem in Großbritannien bestand weiterhin, und in Schweden etablierte es sich gerade wieder. Winter gehörte zur mittleren Oberschicht, Ringmar zur unteren oberen Mittelschicht.

Rupert Montgomery gehörte *chatting classes* und *drinking classes* an. Sein Gesicht kam Winter irgendwie bekannt vor, genau wie das Gesicht seiner ehemaligen Freundin ihn an jemanden erinnert hatte, oder an etwas.

»Sind wir uns schon einmal begegnet?«, fragte er.

»Das will ich nicht hoffen«, sagte Montgomery.

»Ich meine es rein gesellschaftlich.«

»Ich auch.«

»Ich glaube, wir setzen das Gespräch lieber im Untersuchungsgefängnis fort«, sagte Ringmar.

»Das können Sie nicht machen«, sagte Montgomery.

»Wir können machen, was wir wollen. Wir können uns eine Menge einfallen lassen.«

»Wie zum Beispiel hierherzukommen.«

Das war kein guter Start für das Verhör. Es wurde mit schwarzem Humor erfüllt wie so vieles andere in diesem ewigen Leben, dachte Winter.

Monty trug eine Maske. Dahinter war er vor Entsetzen erstarrt.

»Erzählen Sie von Matilda«, sagte Winter. »Das Erstbeste, was Ihnen einfällt.«

»Ich bin natürlich sehr traurig darüber, was passiert ist.« Montgomery sah jetzt wirklich traurig aus. »Verzweifelt.«

»Erzählen Sie von ihr.«

»Sie war eine gute Juristin.«

Winter nickte aufmunternd.

»Sie hatte viele Freunde.«

»Männer?«, fragte Ringmar.

»Soll das ein *good cop, bad cop*-Spiel werden?«

»Wir sind beide gute Cops«, sagte Ringmar. »Hatte sie mehrere Männer?«

»Nicht dass ich wüsste.«

»Warum haben Sie Schluss gemacht?«

»Ja ... das war nun mal so.«

»Was war?«

»Die Menschen ... es funktioniert eben nicht immer.«

»Bei Ihnen nicht, meinen Sie?«

»Nein.«

»Warum nicht?«

»Das habe ich doch schon beantwortet.«

»Geht es nicht ein bisschen genauer?«

»Sie ... sie hatte nie Zeit.«

»Zeit für was?«

»Für mich. Für unser Verhältnis.«

»Wie lange hat es gehalten?«

»Ungefähr ein halbes Jahr.«

»Hat sie sich bedroht gefühlt?«

»Von was?«

»Irgendwas«, sagte Ringmar.

»Nein, mir ist nichts aufgefallen.«

»Wie viel hat sie gearbeitet?«

»Immer, würde ich sagen.«

»Was arbeiten Sie?«

»Gar nichts.«

»Warum nicht?«

»Ich habe es nicht nötig.«

»Wird das auf Dauer nicht langweilig?«

»Schon.«

»Ein bisschen einsam, oder?«

»Ja.« Montgomery sah aus, als wollte er in Tränen ausbrechen, ein kleinbürgerliches Gefühl, das er nicht verbergen konnte. »Ich führe ein einsames Leben. Besonders jetzt. Ich habe seit Matilda keinen ... niemanden mehr gehabt.«

Du hast uns, dachte Winter.

»Sind Sie mit dem General verwandt?«, fragte Ringmar. »Monty?«

»Das fragt mich jeder.«

»Was antworten Sie?«

»Ja. Aber das ist gelogen.«

Winter und Ringmar gingen zu Ahlströms. Die Konditorei war nicht weit von Montgomerys Wohnung entfernt. Ihr Tisch war frei, sie brauchten keine Rentner zu verscheuchen. Beide bestellten sich eine Napoleonschnitte, die hatten sie heute nötig.

»Das macht alles noch komplizierter«, sagte Ringmar, als sie bei Kaffee und Torte saßen, »eine Frau unter den Opfern.«

»Oder umgekehrt«, sagte Winter.

»Da ist noch keine Lösung in Sicht.«

»Wir haben einen neuen Buchstaben.«

»Könnte eine falsche Fährte sein.«

»Nein.«

»Ist es tödlicher Ernst? Die Schmiererei auf dem Karton?«

»Ganz sicher.«

»Warum dieser Aufwand?«

»Welchen Aufwand meinst du?«

»Die Pinselei.«

»Es ist genauso wichtig wie das Töten. Es gehört zum Töten.«

»Um die Geschichte zu erzählen?«, sagte Ringmar.

»Die ganze Geschichte zu erzählen. Aber nicht an einem Stück.«

Einige ältere Frauen schauten in ihre Richtung. Winter nickte freundlich. Sie nickten ebenfalls und guckten sie weiter an.

»Wir sind berühmt«, sagte Winter.

»Weswegen?«

»Wir können gut Puzzle legen.«

»Wenn es denn ein Puzzle ist.«

»Zwei Männer und eine Frau«, sagte Ringmar.

»Mindestens.«

»Geht es um ein Treffen? Um eine Art Begegnung?«, sagte

Ringmar. »Vor langer Zeit. Da gab es Erwachsene und es gab Kinder.«

»Ja.«

»Ein Lager.«

»Ja, eine Art Lager.«

»Pfadfinderlager?«

»Erwarte nicht zu viel, Bertil.«

»Ich hasse Pfadfinder.«

»Immer noch?«

»Die gehören verboten.«

»Wie alle Lager«, sagte Winter.

»Es hat genug Lager auf der Welt gegeben«, sagte Ringmar. »Dabei kommt nie etwas Gutes raus. Es hat immer Unheil gebracht, wenn viele Menschen in ein Lager gesteckt wurden.«

»Drei sind ein Volksauflauf«, sagte Winter.

»Wer hat das behauptet?«

»Vielleicht Mussolini?«

»War das nicht Hitler?«

»Der mochte Lager.«

»Ach?«

»Wir suchen einen gemeinsamen Nenner für die drei Toten, und hier haben wir ihn vielleicht«, sagte Winter. »Sie sind in einem Lager gewesen.«

»Oder sie waren ganz einfach Päderasten«, sagte Ringmar, »im Netz aktiv, wir müssen nur noch die Beweise finden.«

Winter schwieg.

»Vielleicht kannte die Frau einen der Männer«, sagte Ringmar, »das haben wir noch nicht nachgeprüft.«

»Sie kannte sie, aber dafür gibt es keinen Beweis«, sagte Winter. »Der wird sehr sorgfältig versteckt. Darauf kommt es dem Täter an. Wir werden keine Mails, Briefe, Telefongespräche oder SMS finden, die sie miteinander in Verbindung bringen. Wenn wir etwas finden, hätten sie einen Fehler begangen, und die haben in all diesen Jahren keine Fehler gemacht.«

»In all diesen Jahren?«

»Da heute kein offenkundiger Zusammenhang zwischen ihnen besteht, gehen wir davon aus, dass vor Jahren etwas zwischen ihnen vorgefallen ist, oder?«

»Wie hat er sich also verhalten?«

»Wenn wir das wissen, wissen wir alles.«

»Auf technische Beweise scheinst du dir kaum Hoffnung zu machen.«

Winter antwortete nicht. Draußen auf der Korsgatan ging eine Familie vorbei. Sie sah deutsch aus. Vor einigen Stunden hatte die Stena-Fähre aus Kiel angelegt. Mit der Stena-Line war Winter einmal gefahren. Er und Angela waren verlobt gewesen und hatten beschlossen, mit dem Mercedes eine Reise durch Europa zu unternehmen. Damals war die Welt noch neu. Sie sind die gesamte Côte d'Azur von Marseille bis Nizza entlanggefahren. *Socca* und *pissaladiere* in Nizza, ganz zu schweigen vom *estoficada*, der allein war schon eine Reise wert. Das Restaurant in der Rue Hotel de Ville, das Der Stockfisch hieß, L'Estoficada, in dem sie zum ersten Mal den göttlichen Stockfisch-Sardelleneintopf gegessen haben. Das Restaurant gab es immer noch. Eine Köchin. Er war noch mehrere Male im Stockfisch gewesen. Der Wein kam von einem kleinen Gut in den Bergen innerhalb der Stadtgrenze, er war blass wie Ziegel, die seit Christi Geburt von der Sonne ausgelaugt wurden. Damals gehörte Nizza zum römischen Reich. Nizza. Im vergangenen Herbst hatte die ganze Familie an der Costa del Sol den Zug genommen und war am Mittelmeer entlanggereist. Solchen Dingen sollte sich ein zivilisierter Mensch widmen, nicht spießiger Arbeit. Die Deutschen da draußen waren nicht in Nizza gewesen, das konnte er an ihrem Gang erkennen. Sie fuhren nach Norden, nach Göteborg, in die falsche Richtung. Hier wurden die Leute umgebracht. Die Rache ist ein Gericht, das eiskalt serviert werden muss. Oder sollte es heiß serviert und kalt verzehrt werden? Das unterscheidet sich vielleicht von Person zu Person, von Tat zu Tat, Erinnerung zu Erinnerung.

»Ich habe meine ganze Hoffnung auf technische Beweise gesetzt«, beantwortete Winter Ringmars Frage.

»Tun wir das nicht alle? Das war nicht die Frage.«

»Wie lautete sie denn?«

»Sie ist mir noch nicht eingefallen.«

»Die Frage ist, wie lange wir durchhalten, bis der Frust quälend wird.«

»Es hat schon angefangen«, sagte Ringmar, »das hast du doch selbst gesagt.«

»Ein Lager«, sagte Winter. »Wollen wir davon ausgehen?«

»Wo liegt es?«

»Im Großraum Göteborg.«

»Pfadfinderlager?«

»Jetzt bis du schon wieder da, Bertil.«

»Sportlager?«

»Vielleicht.«

»Sportverein?«

»So was in der Art.«

»Hall, Bersér und Cors waren im selben Sportverein?«

»Klingt wahrscheinlich, findest du nicht?«

»Bis jetzt wissen wir, dass sich nur Bersér mit physischem Training beschäftigt hat.«

»Bis jetzt wissen wir nicht viel.«

»Vereine haben Mitgliederverzeichnisse, einige jedenfalls.«

»Das ist doch schon mal ein Anfang.«

»Ein Anfang ohne Ende, Erik. Das ist eine Idiotenarbeit.«

»Dann müssen wir eben Idioten damit beauftragen.«

»Also den ganzen Laden.«

»Ich hätte nie gedacht, dass du zynisch werden würdest, Bertil.«

»Entschuldige bitte.«

Die älteren Frauen waren gegangen. Die deutsche Familie war hereingekommen und setzte sich an einen Tisch. Sie sprachen, als kämen sie aus Bayern, aber das musste nicht stimmen. Meistens kamen Norddeutsche für einen Kurzurlaub mit der Fähre nach Göteborg, einfache Alltagsmenschen, die eine preiswerte Abwechslung brauchten. Sie waren glücklicher, als er je sein würde. Er fand das Einfache sympathisch, er versuchte zu werden wie sie, denn er wusste, dass sie sich nie fühlen würden wie er.

Ringmar schien immer noch über seinen Zynismus nachzugrübeln. Das war das Schlimmste, was einem Polizisten widerfahren konnte. Wenn einen Zynismus befiel, konnte man nur noch das Handtuch schmeißen.

»Warum ist der erste Mord in Frölunda geschehen?«, sagte Winter.

»Das passte dem Mörder.«

»Aber warum?«

»Er folgt einem Plan, einer Reihenfolge.«

»Sie wurden alle in der Nähe ihrer Wohnungen ermordet.«

»Das ist nicht das Wichtigste, es geht um den praktischen Ablauf.«

»Ach?«

»Der Plan wird bestimmt von dem Ort, wo sie wohnen. Aber Frölunda ... das ist etwas anderes.«

»Spricht jetzt die Intuition?«

»Natürlich. Ich versuche sie in Logik zu pressen.«

»Das musst du vermutlich, pressen, meine ich.«

Winter antwortete nicht. Die Deutschen unterhielten sich in ihrem Dialekt. Jetzt hörte er es, sie kamen aus dem alten

Osten, vielleicht aus Leipzig, von dort stammte Angela, ein langes gefährliches Abenteuer, Flucht aus Leipzig in die Freiheit, Papa Doktor am Steuer. Die Familie an dem Tisch dahinten brauchte nur an Bord der Fähre ins Paradies zu gehen, brauchte keine falschen Pässe vorzuweisen, überhaupt keine Pässe. Keine bewaffneten Wachen, keine Mauer, keine erschossenen Jugendlichen in der entmilitarisierten Zone oder im Kattegatt.

»Frölunda ist die Schlüsselszene«, sagte Winter und stand auf.

9

Winter betrat das Haus in der Bellmansgatan. Diese Straße war er zweitausend Mal entlanggegangen, gegenüber lag die Sigrid Rudebecks Schule. Dort hatte er in den späten siebziger Jahren als Gymnasiast den Jazzclub gestartet, es war wie eine andere Welt. Damals war Bruce Springsteen eine fast unbekannte Größe für ihn gewesen. Angela hatte ihm ein wenig über Rockmusik beigebracht, aber es fiel ihm schwer zu verstehen, was daran gut sein sollte. War er schon als alter Mann geboren worden? Nein, er war nur anders, jemand muss ja anders sein.

Matilda Cors' Eltern öffneten beide die Tür, als hätten sie im Flur gestanden und auf ihn gewartet.

Sie führten ihn in ein Zimmer mit Aussicht auf die Schule. Die Fenster waren relativ klein, aber es war sehr hell im Raum.

Die Personen, die vor ihm standen, waren um die sechzig. Sie sahen älter aus, aber Winter wusste, dass sie in den vergangenen Tagen um zehn Jahre gealtert waren. Die Eltern hießen Bengt und Siv, genau wie seine. Das war sehr merkwürdig.

Er hörte Musik im Zimmer, konnte jedoch nicht herausfinden, woher sie kam. Er sah nur einen elisabethanischen Esstisch mit sechs Stühlen und einem Kristallleuchter über dem Tisch. Hier drinnen war alles weiß, als hätten sie sich schon auf ihre Trauer vorbereitet.

Sie merkten, dass er nach der Musik lauschte.

»Bach«, sagte der Mann.

Winter nickte.

»Die einzige Musik, die man ertragen kann.«

»Mein Beileid«, sagte Winter.

»Sie war ein gutes Mädchen.«

Djanali und Halders standen mitten im Marconipark. Es gab nicht einen einzigen Menschen, da es auch keinen Park gab.

»Warum nennen die das Park?«, sagte Halders. »Marconipark.«

»Es klingt eben hübsch«, sagte Djanali.

»Aber es muss doch zum Teufel einen Park geben, wenn man etwas Park nennt?«

»Regt dich irgendwas auf, Fredrik?«

»Der Typ Marconi hatte was mit Langwellenempfängern zu tun. Ich glaube, seine Erfindungen waren auf der *Titanic* installiert. Das hat denen ja auch verdammt viel genützt.«

»Warum fluchst du heute so?«

»Weil ich sauer bin auf diese verdammte Farbkleckserei.«

»Fluchen hilft aber auch nicht.«

»Er macht sich über uns lustig, dieser Mistkerl.«

»Ich glaube, die Sache ist doch ein bisschen ernster.«

»Es ist ganz sinnlos, in diesem Viertel die Wohnungstüren abzuklappern. Hier sieht oder hört niemand etwas, genau wie in den Ghettos von Angered.«

»Du weißt, dass es nicht sinnlos ist.«

Sie kamen an der neuen Eissporthalle vorbei.

»Hier habe ich als junger Mann Fußball gespielt, auf dem Platz, der unter dem ganzen Scheiß liegt.«

»Gespielt ist wohl kaum der treffende Ausdruck.«

»Was zum Teufel meinst du damit?«

»Du wurdest immer vom Platz verwiesen, wenn ich es richtig verstanden habe.«

Halders antwortete nicht.

»Wir gehen rein«, sagte sie.

Drinnen wurden sie von GO BÄCKEN! empfangen.

»Was für ein Scheiß-Verein«, sagte Halders. »Jesus, sind die noch nicht ausgeschlossen worden? Lauter Nieten.«

Sie standen in der Halle. Die Eisfläche war leer.

»Hast du die verdammte Werbung auf dem Eis gesehen?! So ein Scheiß hat dafür gesorgt, dass ich mir kein Hockey mehr im Fernsehen angucke.«

»Gerade gestern Abend hast du noch geguckt.«

»Heute ist Schluss. Es ist sinnlos.«

»Was ist *nicht* sinnlos, Fredrik?«

»Kaffee und Kuchen.«

Auf der anderen Seite der Spielfläche stand ein Mann. Er wirkte noch relativ jung, höchstens dreißig, und er sah nicht aus wie ein Wachmann. Er stand still da, setzte sich jedoch in Bewegung, als sie hereinkamen.

»Wer ist das denn?«, sagte Halders. »Hast du gesehen, dass er sich verdrückt hat, als wir kamen?«

»Sei beruhigt, er ist noch da.«

»Er ist auf dem Weg nach draußen.«

Halders ging los.

»Was hast du vor?«

»Wir sind hier, um Fragen zu stellen, oder was?«

Halders ging auf den Ausgang zu, er lief nicht, plötzlich wollte er laufen, er lief und lief.

Im Vorraum war niemand.

»Hallo? Hallo!«

Der Kerl war abgehauen.

Er hat uns gesehen. Er wollte nicht mit uns reden. Er hatte Schiss. Nein, er hatte keinen Schiss.

Halders stürmte auf die Türen zu.

Er ist es! Das ist *er*! Er ist *hier*.

Halders spürte, wie sich der Flaum auf seinem kahlen Schädel aufrichtete.

Auch draußen war niemand.

Er lief nach rechts, auf den Marconipark zu, sah niemanden, keine verdammte Menschenseele, er lief weiter um die Eissporthalle herum, zwischen Halle und Weg rührte sich nichts, er war zurück am Eingang, niemand dort, kein Auto startete auf dem Parkplatz, er schaute zur Straßenbahnhaltestelle Musikvägen auf der anderen Seite, dort wartete niemand, kein Schwein da, die Acht kam angeglitten, den ganzen Weg von Angered, von Ghetto zu Ghetto, hielt an, jemand stieg ein, jemand stieg *ein*, an der Haltestelle hatte niemand gestanden, der Mistkerl musste sich hinter einem Reklameschild versteckt haben, Halders nahm eine Gestalt im Wagen wahr, das war er, die Straßenbahn fuhr an, Halders begann zu laufen, Aneta Djanali kam aus der Halle, rief etwas, aber er hörte sie nicht, er lief zehn Schritte, dann wurde ihm klar, dass er das Auto nehmen musste, lief zurück zum Parkplatz. »Leg einen Zahn zu!«, rief er, warf sich hinters Steuer, Aneta folgte ihm, er bog in die Marconigatan ein und raste hinunter zur Haltestelle am Frölunda torg. Da vorn sah er die Acht schon halten, die Strecke vom Musikvägen war kurz, so was Idiotisches, die Leute stiegen aus, waren schon ausgestiegen, fast rammte er das Auto in den Arsch der Straßenbahn, sprang heraus, lief am Wagen entlang, auf einer Bank saßen ein paar junge Mädchen, er sah einige Rücken auf dem Weg zu diesem verdammten Konsumtempel, der mit einem einzigen Haps Millionen von kaufwütigen Menschen verschlang.

Hinter sich hörte er Aneta.

»Er ist da drin«, schrie er und lief, die Treppen zu Eingang C 1 hinauf, an Subway vorbei, vorbei an allen Idioten, die glotzten und im Weg standen, jetzt war er mittendrin, Millionen Menschen im Center, hunderttausend Männer im Alter zwischen fünfundzwanzig und dreißig, ein leeres Gesicht nach dem anderen wandte sich ihm zu, falsche Gesichter, er wirbelte herum, drehte sich einmal um sich selbst, der Kerl war weg, es war sinnlos.

»Ein gutes Mädchen«, sagte Bengt Cors.

»Es ist so sinnlos«, sagte seine Frau.

»Nein«, sagte der Mann.

»Wie meinst du das?«, sagte sie.

»Es war kein Verkehrsunfall. Dahinter steckt ein Sinn.«

»Herrgott«, sagte sie.

»Was für ein Sinn?«, fragte Winter. »Wie meinen Sie das?«

»Es war doch Mord. Das ist eine sinnlose Tat, aber sie hat irgendeinen Sinn.«

»Manchmal«, sagte Winter.

Halders sah ein, dass es sich nicht lohnte, hier weiter nach dem Mörder zu suchen. Selbstverständlich war er es. Wer sonst läuft vor Fredrik Halders davon? Das Schwein war in der Menge untergetaucht. Die Menschen starrten ihn an, seine Erregung, seinen schweißbedeckten Schädel, seine Tics. Die Gesichter wirkten ängstlich, als ob *er* gefährlich wäre, als ob *er* jemandem etwas angetan hätte. Das machte ihn noch wütender.

»Schlag jetzt nicht so was Blödes vor, wie den Frölunda torg abzusperren«, sagte er zu Aneta, die ihn eingeholt hatte.

Sie schwieg.

»Scheiße, das war er. Das war er!«

Sie schwieg immer noch.

»Du sagst ja gar nichts, Aneta?«

»Was soll ich denn sagen? Ich darf ja nichts Blödes sagen.«

»Irgendwas Intelligentes. Dann sag was Intelligentes. Gib mir recht, gib mir nicht recht.«

»So habe ich dich noch nie erlebt«, sagte sie.

»Nein, nicht wahr? Ich werde langsam wie Winter. Die Intuition übernimmt die Führung und jagt mich durch das ganze gottverdammte Frölunda! Wird man so, wenn man Kommissar ist?«

»Ich weiß es nicht, ich werde wohl keine Kommissarin mehr werden.«

»Du wirst die erste schwarze Kommissarin des Landes«, sagte er und sah sich wieder um, nach vorn, nach hinten, als ob diese pathetischen Kopfbewegungen helfen würden. Er sah nur die Menge, grau wie die Welt.

»Jetzt weiß er es.«

»Weiß was?«

»Dass wir ihn gesehen haben«, sagte Halders.

»Würdest du ihn wiedererkennen?«

»Nein. Er sah aus wie jeder andere Dreckskerl.«

Winter war aufgestanden und schaute zur Schule hinüber. Er konnte durch die Fenster direkt in die Klassenzimmer sehen. Sie hatten sich nicht verändert, seit er selbst dort gesessen hatte. Nur die Gesichter hatten sich verändert, junge Gesichter. Es war noch gar nicht lange her. Er konnte sich sogar noch daran erinnern.

Bengt Cors stand neben ihm. Sie waren ungefähr gleich groß. Siv Cors war auch groß. Er wusste, dass Matilda groß gewesen war, aber er hatte sie nie stehend gesehen. Die Eltern hatten sie nicht tot im Park liegen gesehen.

»Was hat sie dort gemacht?«, sagte Bengt Cors. »Im Park?«

Ist gestorben, dachte Winter, sie ist gestorben.

»Wir wissen es nicht«, antwortete er.

»Wie konnte sie um die Tageszeit hineingelangen?«

»Das wissen wir auch nicht.«

»Haben Sie mit Rupert gesprochen?«

»Ja.«
»Was sagt er?«
»Nicht viel.«
»Ich habe ihm nie getraut«, sagte Cors.
»Warum nicht?«
»Das kann ich nicht erklären.«
»Nein«, sagte Winter.
»Sie scheinen das zu verstehen.«
»Bis jetzt verstehe ich gar nichts.«
»Möchten Sie es verstehen?«
»Wie meinen Sie das?«, fragte Winter.
»Sie sehen so viel Schreckliches. Möchten Sie es verstehen?«
»Ich will es immer verstehen«, sagte Winter. »Das ist mein Problem.«
»Ich bin Psychiater«, sagte Cors.
»Ich bin Kommissar.«
»Ja, das sagten Sie schon. Aber ich sehe doch, dass es Ihnen nicht besonders gutgeht.«
»Es ist sehr selbstlos von Ihnen, sich mitten in Ihrer Trauer Gedanken über mich zu machen.«
»Der Schock hat noch nicht nachgelassen«, sagte Cors. »Es scheint, als würde ich versuchen zu arbeiten.«
»Mit mir?«
»Bekommen Sie keine psychologische Unterstützung im Dienst? Sonst kann ich mich für Sie um einen Gesprächstermin kümmern«, sagte Cors.
»Mit wem?«
»Mit mir. Oder mit einem Kollegen, natürlich einem Kollegen.«
»Würde es mir helfen zu verstehen?«
»Möglicherweise nur soweit, dass Sie sich selbst verstehen. Aber das würde Ihnen vielleicht etwas Erleichterung verschaffen.«

»Erleichterung von was?«

»Das wissen Sie selbst am besten.«

»Ich weiß absolut nichts.«

»Sie wollen nur über die Arbeit reden.«

»Ihre Tochter ist ermordet worden«, sagte Winter.

»Ich weiß, aber ich verstehe es nicht.«

»Ich nehme gern eine Telefonnummer mit«, sagte Winter.

Halders hatte angerufen und erzählt, was passiert war. Winter war gerade nach Hause gekommen.

»Ich habe ihn erschreckt. Vielleicht war er auch nur irgendein unbedeutendes Würstchen.«

»Wenn er's war, kommt er zurück in die Eissporthalle.«

»Fährst du hin?«

»Morgen Vormittag.«

Angela rief an, als er gerade ein Bad eingelassen hatte und in die Wanne steigen wollte. Das Wasser war heiß wie die Hölle. Auf dem Badewannenrand stand ein kleiner Whisky, zwei Kinderfinger breit. Draußen war es dunkel und kalt, die frühen Aprilwinde, die alles zu Boden drückten, auch ihn, April war nicht sein Lieblingsmonat, war es nie gewesen. Niedergeschlagen, okay. Aber ein Gespräch mit einem Seelenklempner?

»Es hört sich an, als würdest du gerade abgekocht.«

»Nur die Eier«, sagte er.

»Ein Glück.«

»Vielen Dank.«

»Wie geht es?«

»Keine Ahnung. Noch weiß er mehr als wir.«

»Machst du dir Sorgen?«

»Noch nicht.«

»Ich mache mir Sorgen.«

»Ich weiß.«

10

Er träumte, jemand erzähle ein Märchen. Er konnte den Erzähler nicht sehen, er hörte seine Worte nicht, wie konnte er dann wissen, dass jemand ein Märchen erzählte?

So sind Träume.

Er wusste, wovon das Märchen handelte. Er hatte es viele Male gehört. Es begann in einem kleinen Haus, das in einem Garten stand, eine Spielhütte, seine Spielhütte, er war noch klein, vielleicht war er gerade zur Schule gekommen, nein, er ging noch nicht zur Schule, aber bald.

Das Märchen endete, als er aufwachte, also im Traum aufwachte. Er erfuhr nicht, wie der Traum ausging. Er wusste, dass er es nie erfahren würde, wenn er es erführe, könnte er nicht weiterleben. Es war ein böses Märchen, das böseste Märchen der Welt.

Es war kein Märchen. Er hatte es erlebt, *er*, Erik, das Märchen handelte von dem, was ihm widerfahren war. Gib acht auf mich, ich bin so klein. Wohin ich mich auch wende, leg ich mein Glück in Gottes Hände.

Jemand hatte ihn berührt. Weiter kam er nicht im Traum, er wollte nicht weiter! Es war wie damals, er war zwei Jahre alt gewesen, als etwas passiert war, an das er sich nicht erinnern konnte, das ihn aber durchs ganze Leben begleitet hatte. Es geschah jetzt, im Traum, als er einige Jahre älter war, jemand bewegte sich, kam näher, war das Papa? Er wollte nicht *träumen*, dass jemand näher kam, er wollte nicht träumen, er wollte nicht! Er wollte nicht schlafen. Er traute sich nicht zu schlafen.

Winter erwachte mit einem Knacken im Genick. Er hatte den Kopf vor- und zurückgeworfen und wieder nach vorn, wie bei einem Autozusammenstoß, als hätte er einen Airbag gehabt, der nicht richtig funktionierte.

Er griff sich in den Nacken, er wusste schon, dass er Genickstarre bekommen würde, es war nicht das erste Mal. Er war wach, er fror, er hatte Angst.

Winter hatte nur einen Gedanken im Kopf: *Es ist vor langer Zeit geschehen.*

Es ging um ihn, aber auch um eine andere Person. Halders hatte den Mann in der Eissporthalle ebenfalls gesehen. Um diesen Mann ging es. Winter wusste, genau wie Halders, dass sie den Täter gesehen hatten. Jetzt würde er nicht zurückkehren. Zurück wohin? Eine gottverlassene Eissporthalle, ausgekühlt und grau. Es war kein Zufall. Es war nicht derselbe Mann. Würde nicht jeder vor Halders davonrennen, jeder, der einen gesunden Selbsterhaltungstrieb hatte, rennen um sein Leben. Es war kein Zufall. Es war sein Platz. *Sein Platz.*

Er stand auf und ging zur Toilette. Sein Urin war dunkel, ein dünner Strahl. Vielleicht war er krank, ausgetrocknet. Er trank zu wenig Wasser und andere gesunde Getränke. Er hatte seinen Whiskykonsum reduziert, jedenfalls gestern. Wenn er nicht trank, brauste es weniger in seinen Ohren. Jeder Idiot musste das kapieren.

Er spülte und kehrte ins Schlafzimmer zurück. Der Wecker auf dem Nachttisch zeigte auf fünf. Er sah den Zettel neben seinem plattgedrückten Kopfkissen, den Abdruck seines kostbaren Kopfes, den Zettel mit der Telefonnummer von einem guten Psychiater, die kraftvolle Handschrift von Bengt

Cors. Erik Winters lebenslange existentielle Pein könnte ein Ende finden. Davor hatte er Angst.

Um sieben Uhr war er auf der Vasagatan unterwegs zum Sprängkullen, trug Trainingsklamotten, gutes Schuhwerk, hatte eine schlechte Kondition. Polizisten sollten eine gute Kondition haben, auch Chefs, im Terminplan standen Trainingszeiten, aber er schaffte es nie, schließlich musste er arbeiten, oder?

Er arbeitete auch jetzt, es war dumm, nicht zu laufen, nicht in erster Linie deshalb dumm, weil er eine bessere Kondition brauchte, sondern weil das Training Sauerstoff in sein Gehirn pumpte, oder was da nun passierte, Blut in den Kopf, jedenfalls konnte er besser denken, wenn er fünf Kilometer durchhielt, lieber noch zehn, die Gedanken liefen gewissermaßen mit, bekamen auch Kondition, viele Male schon war er mit einem Problem losgelaufen und mit der Lösung nach Hause gekommen, zumindest mit Fragmenten einer Lösung, hatte verschwitzt in der Küche gesessen und den Gedanken aufgeschrieben, der ihm beim Laufen gekommen war. Während des Laufens wollte er nicht diktieren, das würde Kraft vom Laufen, vom Gehirn abziehen.

Jetzt war er in der Sprängkullsgatan, auf dem Weg zum Schlosswald hinauf. Hier befand er sich auf heiligem Laufterrain, die letzten Kilometer vom Göteborg-Marathon, wo manchen die Kraft ausging, das war ihm auch schon passiert, in Höhe vom Botanischen Garten war er von Aussätzigen überholt worden, verfaulte Körper, die sich über den Asphalt geschleppt hatten, oder hundertjährige Stockholmer, die aus reiner Boshaftigkeit vorbeikrabbelten, während er mit Tod in den Lungen und Leere im Gehirn Luft getreten hatte. Bei anderen Läufen war er an Gazellen aus Kenia vorbeigeflogen, die nach Göteborg gekommen waren, um zu gewinnen. In seinen Tagträumen konnte er immer noch gewinnen. Jetzt lief er durch den Park, am Minigolfplatz vorbei, lief über die Spazierwege, vorbei an Grünflächen, die auf neues Leben warteten, rannte vorbei an toten Bäumen, die wiederauferstehen würden, rannte vorbei an jungen Frauen, die Kinderwagen schoben, sich unterhielten und sehr glücklich aussahen, kam vorbei an Radfahrern, die aus irgendeinem Grund abgestiegen waren, einer von ihnen trug einen Helm, der aussah wie ein nasses Schweinchen, war das erlaubt? Er lief weiter zur Villa Belparc hinunter, die sich auch nach dem wahren Frühling sehnte. Wenn gutes Wetter war, konnten sie mit der ganzen Familie hierhergehen, gegrilltes Fleisch essen und etwas Gutes trinken.

Er atmete noch. Seine Kondition war besser, als er geglaubt hatte. Es war nicht kalt, er fror nicht. Die Sonne war gestiegen, es würde ein schöner Tag werden, der perfekte Start in den Tag. Er fühlte sich stark. Er dachte an die ermordeten Menschen, jetzt begann es, er dachte an die Orte, an denen sie umgebracht worden waren, er sah sie vor seinem inneren Auge, einen nach dem anderen, perfekt, die Leichen wurden alle von der Sonne beleuchtet, obwohl keine Sonne geschienen hatte, als er sie zum ersten Mal sah, vor allen Dingen nicht, als sie umgebracht wurden, es war Nacht gewesen, sie waren in die Nacht hinaus gelockt worden. Überredet worden, etwas zu tun, was sie nicht ablehnen konnten, es war unmöglich gewesen, sich zu weigern, sie hatten Angst gehabt, sich jedoch nicht getraut, zu Hause zu bleiben, es wäre schlimmer gewesen, zu Hause zu bleiben, warum wäre es schlimmer gewesen, zu Hause zu bleiben, dachte er, er dachte an zu Hause, er dachte an den Abstand zum Mordplatz, während er die Steigung zum Seehundsteich hinauflief, er sah keinen Seehund, sie sahen ihn nicht, jetzt spürte er Spannung in den Schenkeln, die Pumpe schien okay, die Lungen okay, bald hatte er den höchsten Punkt erreicht, das Handy in seiner

Brusttasche vibrierte über dem Herzen, er trug schon die Kopfhörer.

»Ja?«

»Hallo, Chef, ich hab dich hoffentlich nicht geweckt?«

»Ich bin draußen und laufe, Fredrik.«

»Joggst du?«

»Das Wort nehme ich nicht in den Mund«, sagte Winter.

»Oje. Denk an deinen Lauf übers Eis im letzten Winter.«

»Was willst du?«

»Der Junge, Gustav, ist heute Nacht nicht nach Hause gekommen.«

»Nach Hause wohin?«

»Zu seiner Mutter. Im Augenblick wohnt er anscheinend bei ihr.«

»Und er ist nicht bei seinem Vater, Lefvander?«

»Nein.«

»Er könnte bei unserem Täter sein.«

»Hab ich auch schon gedacht.«

Winter überlegte. Er wollte nicht aufhören mit Laufen. Dann wäre alles umsonst gewesen. Er kehrte um, lief den Hügel hinunter.

»Wann hast du es erfahren?«

»Die Mutter hat vor einer halben Stunde angerufen, also Amanda Bersér.«

»Aber der Junge ist doch schon die ganze Nacht weg!«

»Sie hat geglaubt, er sei bei seinem Vater. Er hat offenbar gesagt, dass er bei ihm übernachten wollte.«

»Herr im Himmel.«

»Ja.«

»Wie hat sie erfahren, dass der Junge nicht beim Vater ist?«

»Der hat angerufen und nach dem Jungen gefragt. Vater und Sohn hatten irgendwas vor.«

Winter war jetzt unten. Er lief weiter zum Linnéplatsen.

»Haben wir nicht einen tollen Job«, sagte Halders. »Es macht ja solchen Spaß, mit Menschen zu arbeiten. Besonders mit diesem Typ.«

»Hast du eine Suchmeldung rausgegeben?«

»Wollte erst mit dir sprechen, Chef.«

»In einer halben Stunde bin ich da«, sagte Winter.

»Aber vorher duschen.«

»Such zu Hause bei den Opfern nach Videofilmen«, sagte Winter. »Nimm alles mit, alte VHS, überspielt auf CD, alles, was nicht niet- und nagelfest ist.«

»Okay.«

»Auch von den Familien, der Frau in Borås, Amanda in Mölndal, Lefvanders, alles, alle.«

»Ist dir das grad eingefallen?«

»Mir fällt immer was ein, wenn ich laufe.«

»Klingt verdammt anmaßend. Wie oft läufst du?«

»Ich kann nicht mehr mit dir reden, Fredrik. Ich muss denken.«

»Apropos Laufen, wir haben wieder eine Einladung zum Polizeifußball gekriegt«, sagte Halders. »Unser Verbrechen ist verjährt.«

»Dein Verbrechen.«

»Ist ja egal.«

»Nur über meine Leiche.«

Bevor er ins Präsidium fuhr, hatte es ihn hierher getrieben. Dafür würde es später eine Erklärung geben, nichts konnte im Voraus erklärt werden.

Hier hatte Jonatan Bersérs Leiche gelegen, im Schatten des Heizkraftwerks, keine Wärme mehr, eisiger Wind, eisiger Wind über der Leiche.

Winter zog sich den Schal fester um den Hals, ging zwischen der Stelle, wo sie die Leiche gefunden hatten, und den ehemaligen Personalunterkünften umher, Haus U 1, das klang wie ein Teil des Puzzles, mit dem sie sich gerade beschäftigten, bis jetzt noch kein »U«, war er auf den nächsten Buchstaben neugierig? Würde der sie voranbringen? Vielleicht würde das Puzzle etwas deutlicher werden, klarer, aber er fragte sich, ob das etwas änderte, vielleicht wussten sie die Antwort schon, waren dort gewesen, *hier* gewesen. Er schaute sich wieder um, er war allein, es war Vormittag, aber er war allein, er folgte der Häradsgatan in nördlicher Richtung, es war nicht weit. Bald erreichte er das bizarre kleine Zentrum, in dem er während einer kurzen Zeitspanne oft gewesen war, vielleicht vor zehn, zwölf Jahren, als sie an einem Fall gearbeitet hatten, in dem es einigen Menschen sehr übel ergangen war, in einem der Hochhäuser zum Beispiel, die er linker Hand sah – die Wohnung ... als sie sie betreten hatten ... die Köpfe auf den Opfern ... das Entsetzen, das unerhörte Entsetzen, er hatte den Geruch des Entsetzens wahrgenommen, ein unausrottbarer Gestank, er war noch da, er nahm ihn wahr, als er an Brogyllens Konditorei vorbeiging, die hatte es damals schon gegeben, sie war fast das Einzige, was noch übrig geblieben war, die wenigen Läden da hinten.

Alles hier gehörte der Vergangenheit an und gleichzeitig in die Gegenwart. Er war wieder hier, weil der gewaltsame Tod in die Nachbarschaft zurückgekehrt war, er kam immer wieder.

Gustav Lefvander dagegen war nicht zurückgekommen. Mårten Lefvander war in der Wohnung am Jungfruplatsen. Die Exeheleute hielten sich an den Händen, als hätten sie etwas gemeinsam, bei dem es nicht nur um eine Katastrophe ging. Katastrophen führten Menschen immer zusammen, Winter hatte es viele Male gesehen. Die Menschheit brauchte Katastrophen, um zusammenzuhalten.

»Was um alles in der Welt ist los?«, sagte Lefvander.

Winter und Aneta Djanali antworteten nicht, es war keine Frage gewesen. Winter hatte Aneta auf dem Weg zum Jungfruplatsen angerufen. Sie hatte Videos aus Halls Wohnung in Frölunda geholt, einige CDs. Viel gab es nicht.

»Warum ruft er nicht an?«, sagte Bersér.

Ja, warum nicht. Winter schaute Djanali an.

Wo ist er?

Hat jemand gesagt, dass er nicht anrufen soll?

»Ihnen fällt nicht ein, wo er sein könnte?«, fragte Djanali. Sie fragte schon zum zweiten Mal.

Der Vater des Jungen machte eine Geste, die besagte, dass er sich überall und nirgends da draußen in dem schönen Sonnenschein aufhalten konnte.

»Vielleicht möchte er ... allein sein«, sagte die Mutter des Jungen.

Winter nickte, Djanali fragte: »Warum?« *Good cop, bad cop.*

»Ist das so merkwürdig?«, sagte Bersér.

»Herrgott«, sagte Lefvander.

»Haben Sie seine Freunde angerufen?«

»Haben Sie sie nicht angerufen?«

»Jetzt frage ich Sie«, sagte Winter so freundlich er konnte.

»Wir haben alles versucht.«

»Es ist ja noch nicht viel Zeit vergangen«, sagte Lefvanders Exfrau.

»Was zum Teufel meinst du damit?«

»Ganz ruhig.«

»Ruhig? Bin ich nicht ruhig?« Lefvander sah Winter an, als erwarte er Unterstützung von ihm. »Herr im Himmel.«

Winter schaute Amanda Bersér an. Was weiß sie, was wir nicht wissen? Sie starrte ins Leere, in das wunderbare Sonnenlicht vor dem Fenster.

Was weiß sie, das niemand erfahren darf?, dachte er. Etwas, von dem sie nicht wissen will, dass sie es weiß?

»Sind Gustav und Jonatan gut miteinander ausgekommen?«, fragte er.

Ihr Blick kehrte zurück.

»Was ist das für eine Frage?«, sagte Lefvander.

Das ist eine Frage, vor der ihr euch sehr fürchtet, dachte Winter. Alle beide. Habt ihr darüber gesprochen?

»Gab es Probleme in ihrer Beziehung?«

»Nein.« Das war sie. »Sie haben sich gut vertragen.«

»Gustav hat nicht bei Ihnen gewohnt.«

»Das war von Anfang an so abgemacht.«

»Von welchem Anfang?«

»Bei der Scheidung natürlich.«

Winter sah Lefvander an. Der wandte den Blick ab.

»Hatte Gustav Angst vor Jonatan?«, fragte Winter.

»Warum sollte er Angst haben?«, sagte Bersér.

»Ich weiß nicht, warum«, sagte Winter.

»Warum fragen Sie dann?«

Es war schwierig. Es war kompliziert. Es war heikel.

»Ist etwas passiert?«

»Was soll passiert sein?«, sagte sie.

»Sie beantworten jede Frage mit einer Gegenfrage«, sagte Winter.

»Was soll ich denn darauf antworten?«

»Erzählen Sie, wie das Verhältnis zwischen Ihrem Sohn und Ihrem Mann war.«

»Gut«, antwortete sie. »Sie erwarten vielleicht eine andere Antwort, aber ich habe keine andere.« Sie sah ihren Exmann an. Er nickte, aber nicht zu ihren Worten. Winter war überzeugt, dass sein Nicken nicht ihren Worten galt.

»Glaubst du, Bersér hat sich an seinem Stiefsohn vergangen?«, fragte Aneta Djanali, als sie in Winters Mercedes auf dem Parkplatz saßen.

»Hat man das gemerkt?«

»Glaubst du es?«, wiederholte sie.

»Ganz auszuschließen ist es nicht«, antwortete Winter.

»Vielleicht ist etwas passiert«, sagte Djanali.

»Sie wissen es beide.«

»Es könnte mit dem Mord an Jonatan Bersér zusammenhängen.«

»Das ist möglich.«

»Waren sie es? Oder nur Lefvander?«

»Aber warum?«

»Rache für etwas, was er dem Jungen angetan hat. Gustav.«

»Und die anderen Morde?«

»Hm«, machte sie. »Das kompliziert die Sache, nicht wahr?«

»Die absolut falsche Spur«, sagte Winter.

»Wir glauben nicht daran«, sagte Aneta Djanali.

»Aber irgendetwas stimmt hier nicht«, sagte Winter. »Da ist was Dunkles. Mal sehen, wohin es uns führt. Kannst du versuchen, etwas mehr aus Gustavs Freunden herauszubekommen?«

»Klar.«

»Wo zum Teufel steckt der Bengel?«, sagte Winter und ließ den Motor an.

Er saß am Laptop und schrieb, löschte etwas, fügte etwas hinzu. Im Hintergrund liefen Coltranes *Ballads*. Später würde er vielleicht schwerkalibrigen Coltrane-Stoff auflegen, wenn er es ertrug, weiter einzudringen, wenn er überhaupt eine Möglichkeit bekam.

Unten auf dem Vasaplatsen summten leise die Straßenbahnen. Oder war es das Sausen zwischen seinen armen Ohren? Heute Abend trank er keinen Whisky, nicht weil er keinen brauchte, sondern weil er es nicht wollte. Würde er sich für einen Fingerbreit Whisky entscheiden, dann war es seine Entscheidung, alles war sauber, einfach und selbstverständlich.

Er schrieb: Robert Hall. Jonatan Bersér. Matilda Cors. Er schrieb: Drei Amigos. Er schrieb: Vereint in einem Verein. Er schrieb: Verein? Er schrieb: Bäcken HC. Er schrieb: Marconiplatz. Er schrieb: RNI, NIR, NRI. Er sah, dass er Bersérs O gegen ein N ausgetauscht hatte, das kam wahrscheinlich von Bertils Gerede über Napoleon. Er schrieb: ROI, IOR, OIR, ORI.

Und dann schenkte er sich einen winzigen Schluck Dallas Dhu ein, breit wie ein Kinderfinger am Boden eines furchtbar großen Glases.

11

Die Spielhütte sah aus wie in all seinen Erinnerungen. Sonst waren Gegenstände, Orte der Kindheit in der Erinnerung immer größer als in Wirklichkeit, wenn man im Erwachsenenalter mit ihnen konfrontiert wurde, die Erinnerung vergrößerte alles, aber mit der Spielhütte seiner Kindheit war das anders.

»Erik?«

Er hörte die Stimme seiner Schwester hinter sich und drehte sich um.

»Ich hab dich durchs Fenster gesehen«, sagte sie. »Du bist aus dem Auto gestiegen und am Haus vorbei direkt hierher gegangen. Was ist, Erik?«

»Wie meinst du das?«

»Du siehst ...« Sie brach ab.

»Ich hab keinen Kater«, sagte er.

»Nein, nein, ich ... warum stehst du hier? Bei der Spielhütte?«

»Ich weiß es nicht«, sagte er.

Lotta Winter saß ihrem Bruder am Küchentisch gegenüber. Ein Vogel prallte gegen die Fensterscheibe, war verschwunden, ehe Winter feststellen konnte, was für ein Vogel es war. Er würde es ohnehin nicht erkennen, er erkannte nur Dompfaffen an ihrer roten Brust.

»Vielleicht hast du zu früh wieder angefangen zu arbeiten«, sagte sie.

»Zwei Jahre Freiheit sind lang«, sagte er.

»Manchmal ist es kein Scheiß«, sagte sie.

»Red doch nicht so vulgär daher.«

Sie lachte.

»Ich hatte die Nase voll von der Freiheit«, sagte er.

»Und wie ist es jetzt? Gefällt dir die Arbeit?«

»So viel Spaß hab ich nicht mehr gehabt, seit ich den Tinnitus gekriegt habe«, sagte er.

»Der geht nicht weg, solange du deinen Job nicht aufgibst.«

»Ich kann damit leben.«

»Können andere das?«

»Was?«

»Wie lange halten andere es mit dir aus?«, sagte sie. »Du hast dich verändert.«

Er antwortete nicht, schaute aus dem Fenster, er sah das kleine Holzhaus im Garten.

»Ich bin wegen der Spielhütte gekommen«, sagte er nach einer Weile. »Ich versuche, mich an etwas zu erinnern.«

»Hängt das mit der Hütte zusammen?«

»Ich glaube, ja. Ich träume manchmal von ihr.«

»Hast du eine Ahnung, was es sein könnte?«

»Nein.« Er sah sie an. »Oder doch. Ich hoffe, es stimmt nicht. Wenn, dann ist mir etwas passiert. Etwas, was Papa getan hat.«

»Wann?«

»Als ich noch klein war, ist doch klar. Als du auch noch klein warst.«

»Nicht so klein wie du.«

»Nein, ich bin immer der Kleinere gewesen«, sagte er.

»Darüber hast du noch nie gesprochen.«

»Es kann mit dem neuen Fall zusammenhängen«, sagte er.

»Ich hab ja gesagt, dass du deinen Dienst zu früh wieder aufgenommen hast.«

»Vielleicht ist es gut«, sagte er. »Irgendwann muss ich es ja doch erfahren. Ich muss wissen ... ob es um Papa geht. Ob ich von ihm träume. Mir kommt es so vor.«

»Du musst wissen, was passiert ist?«, fragte sie.

»Ja. Was mit mir passiert ist.«

»Wenn etwas passiert ist«, sagte sie.

Er schwieg. Der Vogel vor dem Fenster war zurückgekehrt. Er hatte einen Freund mitgebracht. Es ist gut, nicht allein zu sein. Einsamkeit macht nicht stark.

»Übergriff«, sagte er und sah sie an. »Beim neuen Fall geht es vielleicht um Übergriffe.«

»Ich will es nicht wissen«, sagte sie.

»Die Spielhütte«, sagte er. »Und mein Kinderzimmer.«

Sie betrachtete ihn. Sie schaut mich an, als sähe sie mich zum ersten Mal, dachte er. Als wäre ich ein Monster, als wäre ich ein Monster geworden.

»Nein, nein, nein«, sagte sie.

»Willst du mich jetzt bitten zu gehen?«

»Nein, nein, nein, Erik.«

Sie hatte sich erhoben.

»Hast du nie einen Verdacht gehabt?«, fragte er.

»Halt's Maul.«

»Ich glaube, es ist etwas passiert, ich kann mich nur nicht daran erinnern, was«, sagte er. »Irgendetwas Gewaltsames. Aber ich bin mir keinesfalls sicher.«

»Dann komm wieder, wenn du dir deiner Sache sicher bist!«

»Möchtest du das wirklich?«

»Das hängt davon ab!«, rief sie, sie schrie.

Er stand auf.

»Du bist ja richtig krank«, sagte sie. »Wie kannst du so was überhaupt denken, Erik?«

»Ich habe nicht gedacht. Ich habe geträumt.«

»Hast du ein Gesicht im Traum gesehen?«

»Ich glaube, es ist Papa. Aber es ist mehr das Zimmer, vielleicht die Spielhütte. Und jemand, der kommt.«

»Pass bloß auf, was du denkst«, sagte sie.

»Das ist ja so, als würde man sagen, pass auf, was du träumst«, sagte er.

»Oder welchen Beruf man hat. Aufpassen, was man mit seinem Leben macht«, sagte sie.

»Raus aus meinem Traum und rein in mein Leben«, sagte er. »Das ist eine Zeile aus einem Lied.«

»Lied? Du hörst dir doch keine Lieder an? Du hörst dir doch nur dreißig Minuten lange Jazzsolos an.«

»Hab mir vor einer Woche eine Scheibe gekauft«, sagte er. »Ein Album.«

Sie hatten sich beide wieder gesetzt. Jetzt waren drei Vögel vorm Fenster, das Gerücht hatte sich herumgesprochen. Sie hatten unterschiedliche Farben, unterschiedliches Gefieder, es waren unterschiedliche Arten, das beruhigte ihn.

»Michael Bolton heißt der, glaub ich. Schon mal was von dem gehört?«

»Michael Bolton?!«

»Ja. Hab unterwegs zu unserem Strand ein paar Lieder im Radio gehört. Ausnahmsweise mal gute Popmusik.«

»Scheiße, Erik. Michael Bolton?«

»Gute Stimme, guter Sound, sieht gut aus auf den Fotos. Sympathische Texte, der Mann wirkt sympathisch. Was irritiert dich denn so? Ist er nicht gerade in? Du weißt ja, dass ich keine Ahnung von so was habe, ich kümmre mich nicht darum.«

Sie antwortete nicht. Die Vögel vorm Fenster waren vor Entsetzen geflohen. Sie sah ihn wieder an.

»Weiß Angela davon?«

»Deine Stimme klingt, als hätte ich ein Verbrechen begangen.«

»Michael Bolton ist noch nie in gewesen, Erik.«

»Auch gut«, sagte er.

»Du bist einzigartig, Erik.«

»Der Text ist von ihm. Raus aus meinem Traum und rein in mein Leben.«

Als er ins Auto steigen wollte, ging auf der anderen Straßenseite eine Frau mit einem Kinderwagen vorbei. Er wusste nicht, ob sie ihn gesehen hatte oder so tat, als hätte sie ihn nicht gesehen. Er folgte der Frau mit dem Blick, bis sie das Grundstück zu einem der Häuser etwas weiter unten an der Straße betrat. Er kannte den Namen des Kindes, diesen Erinnerungen würde er nie entgehen, nicht, solange er das Haus seiner Schwester aufsuchte, das Haus seiner Kindheit, solange Lotta ihm erlaubte, wiederzukommen.

Als er an der Hagenschule vorbeifuhr, drückte er Michael Bolton in den CD-Spieler, »Soul Provider«, was war daran falsch, es war sympathisch. Er stellte die Musik lauter, wenn dies hier Pop war, dann konnte man allen Pophörern nur gratulieren, es war die perfekte Musik beim Autofahren, die ganze Oskarsumgehung, durch den Tunnel, am Hauptbahnhof vorbei zum Präsidium, er versuchte, seinen Schädel mit Musik zu reinigen, in den Augen seiner Schwester war er ein Idiot, von ihm aus gern.

Ich habe gesagt, dass ich dich liebe, sang Michael Bolton jetzt, dass es mehr als Liebe ist, was ich fühle, habe gesagt, dass ich dich liebe, aber ich habe gelogen, *said I loved you but I was wrong, love can never ever feel so strong*, was war daran falsch?

12

Winter hatte Mårten Lefvander gebeten, am Vormittag zu Hause zu bleiben, und als Winter einparkte, wartete Lefvander schon an der Haustür, als hätte er den ganzen Morgen hier gestanden.

»Es ist entsetzlich«, sagte Lefvander.

Der Morgen war nicht besonders kalt. In der Luft lag eindeutig Frühling, vielleicht noch mehr, ein Versprechen. Winter dachte daran, wie es sein würde, die Nacht draußen zu verbringen, es war eine kalte Nacht gewesen. Der Junge würde es nicht aushalten, wenn er keinen Schutz hatte. Aber warum sollte er die Nacht draußen verbringen?

»Entsetzlich«, wiederholte Lefvander.

»Können wir hineingehen?«

Lefvander hatte die Jalousien weder hochgezogen noch schräg gestellt. Trotzdem versuchte die Sonne, durch die Ritzen ins Haus zu dringen, die Frühlingssonne, stark, überheblich, unbesiegbar.

Winter saß in einem der Ledersessel. Im Zimmer roch es nach Geld. Dem Mann gegenüber half das im Augenblick nichts. Geld half nie. Wenn die Leute das nur begreifen würden. Die Spielgesellschaften müssten alle schließen und auch die staatlichen Lottoanstalten. Kriminelle würden nett werden.

»Wo kann er nur sein?«, sagte Lefvander.

»Das wissen Sie wahrscheinlich besser als wir«, sagte Winter.

»Haben Sie mit seinen Freunden gesprochen?«

»Mit denen, die wir erreichen konnten. Denen, die wir kennen.«

»Ich habe alles gesagt, was ich weiß«, sagte Lefvander.

»Haben Sie alles über Bersér gesagt?«

»Jetzt verstehe ich Sie nicht.«

»Wer war Bersér?«

Lefvander antwortete nicht sofort, das wäre unmöglich, geradezu verdächtig gewesen. Wie fasst man ein Leben zusammen?

»Aus ihm wurde man nicht klug«, sagte der Mann nach einer Weile.

Winter nickte aufmunternd, ungefähr wie ein Interviewer, ein Journalist. Aber dies hier hatte nichts mit Journalismus zu tun. Es ging um die Wahrheit.

»Was sie an ihm gefunden hat ... ich verstehe es nicht.«

»Das denken vielleicht alle Männer, denen die Frauen Hörner aufgesetzt haben«, sagte Winter.

»Hörner aufgesetzt? Was ist das denn für ein blöder Ausdruck?«

»Ein alter«, sagte Winter. »Ich bin zehn Jahre älter als Sie.«

»Hörner aufgesetzt«, wiederholte Lefvander für sich selbst, sah Winter an. »Aber Sie täuschen sich. Amanda hat ihn erst getroffen, als wir schon geschieden waren.« Er bewegte sich auf dem Sofa, als hätte das Leder angefangen zu glühen.

»Sie wurden also überrascht?«

»Wovon?«

»Bersér. Dass sie ihn kennengelernt hat. So einen Typ.«

»So ein Typ, genau. Er war ein Typ.«

»Inwiefern?«

»Das ist schwer zu beschreiben.«

»Nennen Sie mir ein Beispiel.«

»Er schien eigentlich gar nicht besonders an Amanda interessiert zu sein.«

»Konnten Sie das erkennen?«

»Wollen Sie mich provozieren, Kommissar?«

»Ist das nötig?«

»Sie wirkte nicht glücklich, wie man so sagt. Wir mussten uns ja hin und wieder treffen, weil wir das gemeinsame Sorgerecht für Gustav haben.«

»Nicht glücklich?«, fragte Winter. »Hat sie etwas angedeutet?«

»Jedenfalls nicht mir gegenüber.«

»Wem gegenüber denn?«

»Vielleicht einer ihrer Freundinnen. Haben Sie mit ihnen gesprochen?«

»Wir sind dabei.«

»Der Polizeijob besteht wohl überwiegend aus Reden«, sagte Lefvander. »All die Fragen.«

»Genau wie im Anwaltberuf, nehme ich an.«

»Fragen und Antworten«, sagte Lefvander.

»Weniger Antworten.«

»Das stimmt.«

»Auch heute nicht«, sagte Winter.

Lefvander sah ihn an, die Augen des Mannes wirkten grün in dem ausgesperrten Licht, wie die Augen einer Schlange.

»Ich habe über etwas nachgedacht«, sagte Lefvander schließlich. »Oder besser gesagt, an etwas gedacht, das ich nicht denken wollte.«

»Hat Gustav nichts gesagt?«, fragte Winter.

»Wissen Sie es?«

»Ja.«

»Woher wollen Sie das wissen?«

»Phantasie«, sagte Winter. »Intuition.«

Lefvander betrachtete Winter mit seinen Juristen-Schlangenaugen.

»Nein«, sagte er, »Sie phantasieren nicht. Es steckt etwas dahinter.«

Sie haben auf den Rasenflächen und Gehwegen zwischen den Häusern gekickt, angemeckert von den älteren Anwohnern, aber darum haben sie sich nicht gekümmert. Es machte Spaß, obwohl sie keine richtigen Tore hatten. Der große Fußballplatz war tabu, selbst wenn keine Mannschaft spielte, durfte man nicht dorthin.

Dann war ein Onkel gekommen und hatte gesagt, sie dürften auf dem Platz spielen. Jemand hatte dafür gesorgt, dass sie dort von einigen Großen trainiert wurden, der Onkel war auch manchmal dabei, meistens spielten sie mit zwei Mannschaften auf zwei Tore, und es war klasse, auf einem richtigen Fußballplatz zu spielen.

Er war gut, vielleicht der Beste. Dies war wie ein richtiger Club, er war noch nie in einem richtigen Club gewesen, niemand von ihnen. Die, die sie trainierten, wussten, dass keiner von ihnen in einem Fußballclub gewesen war.

Gib ab!

Schieß!

Gut!

Prima!

Es war Frühling, und das Wetter war schön. Warm. Er spielte in kurzen Hosen, Ende April, der Schotter schürfte ihm die Knie auf, als er versuchte, jemanden anzurempeln, sein Trainer versorgte die Wunde, wischte das Blut ab. Es gab auch eine Tante, die half. Nie hat er gesehen, dass sie einen Ball schoss.

Manchmal hielten der Onkel und die Tante Händchen.

13

»Der Junge hatte Angst vor Bersér«, sagte Winter und setzte sich an den Tisch im Konferenzzimmer. Der innerste Kreis war versammelt, obwohl sie nicht im Kreis saßen. Wir müssten einen runden Tisch haben, dachte Winter, ich werde einen bestellen. Das wird gemütlicher, wie in einem Chinarestaurant, ein Tisch mit einer Drehscheibe, auf der wir die Fotos von Mordopfern herumschicken können.

»Was sagt die Mutter?«, fragte Halders.

»Nichts.«

»Totale Verdrängung«, sagte Halders.

»Man hört nie auf sich zu wundern«, sagte Ringmar.

»Jetzt mal ruhig«, sagte Aneta Djanali.

»Wir sind ruhig«, sagte Halders.

»Lefvander hat einen Verdacht, aber er ist sich keineswegs sicher«, sagte Winter.

»Ein Verdacht reicht häufig schon aus«, sagte Halders.

»Das kann lebensgefährlich sein«, sagte Djanali.

»Wie in diesem Fall«, sagte Halders.

»Wessen Verdacht ist gefährlich?«, fragte Winter.

»Gute Frage«, sagte Halders.

»Kennt der Junge den Mörder?«

»*Ist* der Junge der Mörder?«, sagte Halders.

»Wir haben es mit einem Jungen zu tun, der in Todesangst abgehauen ist«, sagte Winter.

»Wenn er noch lebt«, sagte Halders. »Vielleicht ist er das vierte Opfer.«

»Er passt nicht ins Muster«, sagte Ringmar.

»Man kommt immer zu einem Punkt, an dem jemand vom Muster abweicht«, sagte Halders.

»Ist das eine Metapher?«, fragte Djanali.

»Nein.«

»Es gibt ein Muster«, sagte Winter. »Vielleicht passt der Junge nicht in die Pläne des Täters. Dann kann er zu einem Problem werden.«

»Was geht das den Täter an?«, sagte Halders. »Er weiß wahrscheinlich nicht mal, dass der Junge von zu Hause abgehauen ist.«

»Familie Bersér ist ihm nicht unbekannt«, sagte Winter.

»Jonatan Bersér, Stiefvater«, sagte Halders. »Willkommen in einer neuen Familienhölle, mein Sohn.«

»Du urteilst schon«, sagte Djanali.

»Ist das was Neues?«, sagte Halders.

»Wo ist übrigens Gerda?«, fragte Ringmar.

»Holt Informationen über Tortenkartons ein«, sagte Winter.

Winter hatte die Kartons ernst genommen. Die Spurensicherung hatte sie mit den Produkten der üblichen Hersteller verglichen, und der Karton, auf den der Täter seine Buchstaben gepinselt hatte, zählte zu den ungewöhnlicheren Alternativen, die von der Paul Hall AG in Jönköping hergestellt wurden. Etwas steifer, etwas fester, etwas teurer. Etwas für die klassischen Konditoreien in der Stadt, mit Kunden, die etwas mehr bezahlen konnten. Wie Winter.

Aber wie zum Teufel sollte sich jemand hinterm Tresen erinnern? Die Konditoreien hatten jeden Tag Hunderte von Kunden, allein im Zentrum. Die einzige Möglichkeit, *ihren*

Kunden zu finden, bestand darin, dass er nackt oder so gekleidet gewesen wäre, als käme er vom Mars, oder aus Jönköping, aber nicht mal das würde unbedingt ausreichen, um in einer so intellektuellen Großstadt wie Göteborg Aufmerksamkeit zu erregen. Und jetzt stand Gerda Hoffner in der Korsgatan in Ahlströms Konditorei, gegründet anno 1901, und versuchte so viel zu erklären, wie sie von der Ermittlung preisgeben durfte. Die Frau hinterm Tresen war etwa in ihrem Alter, auf der falschen Seite der dreißig, auf der richtigen Seite der vierzig, die besten Jahre für alle, die Verstand genug hatten, mitzufühlen.

»Wann soll das gewesen sein?«, fragte die Frau. Sie hieß Maja, das stand auf dem Schildchen über ihrer linken Brust. Den Nachnamen konnte Hoffner nicht entziffern. »Wann soll der Kauf stattgefunden haben?«

»Schwer zu sagen«, antwortete Hoffner. »Das erste Verbrechen ist vor zwei Wochen begangen worden.«

»Vor zwei Wochen«, wiederholte Maja gedehnt. »Aber die Kartons können doch zu irgendeinem anderen Zeitpunkt gekauft worden sein.«

»Der Kuchen in den Kartons ...«

Maja sah aus, als würde sie nachdenken, oder als würde sie überhaupt nicht denken.

»Kartons«, sagte sie jetzt. »Er hat Kartons gekauft.«

»Wer hat Kartons gekauft?«

»Er hat eine kleine Torte gekauft und mehrere große Kartons«, sagte Maja. Sie sah ängstlich aus, als hätte sie dem Teufel die Hand geschüttelt und sein Geld angenommen. Sie betrachtete ihre Hand, als erwarte sie, sie würde schwarz werden.

Das war so ein Augenblick, der nur in der Wirklichkeit passiert.

»Es ist vielleicht einen Monat her«, sagte Maja.

»Wie hat er ausgesehen?«, fragte Hoffner.

»Warum ist das so wichtig?«, sagte Amanda Bersér.

Nach so vielen Jahren traut man trotz allem manchmal seinen Ohren nicht, dachte Ringmar.

»Es geht um diesen Fall«, sagte Winter geduldig. »Um Ihren Mann.«

»Gustav hat nichts damit zu tun«, sagte sie.

Sie sah ängstlich aus, bei Gott. Ringmar beugte sich vor, vielleicht um ein wenig bedrohlich zu wirken.

»Hatte er Angst vor seinem Stiefvater?«, fragte er.

»Nein, nein, nein.«

Das waren mindestens zwei »nein« zu viel. Ringmar sah Winter an, Winter sah Amanda Bersér an. Sie starrte auf den Tisch. Dort gab es nichts zu sehen, nicht einmal ein Spiegelbild. Es ist schon lange her, seit Tischplatten etwas reflektiert haben, dachte Ringmar, das war in meiner Kindheit.

»Was hat er getan?«, fragte er. Seine Stimme klang lauter, als er beabsichtigt hatte. Sein Herz schlug heftiger, sein Puls ging schneller.

Jetzt sah sie wirklich aus, als hätte sie Angst.

»Bertil«, mahnte Winter.

»Sie wissen, was er getan hat«, sagte Ringmar. »Warum zum Teufel verschweigen Sie uns das?«

»Bertil!«, rief Winter.

Sie war aufgestanden. Ihr Gesicht war weiß wie Gips. Es ging um Bertil, nicht um sie, nicht um ihren Sohn oder den Mörder ihres Mannes. Bertils eigene Nachtmahre könnten sie zerbrechen, sie brauchte keine fremden Nachtmahre. Sie schaute Winter an.

»Bitte, entschuldigen Sie.« Winter zog Ringmar vom Stuhl hoch, raus aus der Küche, durch den Flur, zur Tür hinaus, zum Auto.

»War das geplant?« Ringmar wirkte wie betäubt, der Körper sehr weich, unter Schock.

»Setz dich hin und sei still«, sagte Winter und öffnete die Autotür mit der linken Hand.

Das Meer war ein Spiegel. Tief in den Buchten lag noch Eis, es war unglaublich, bald Ostern und noch Eis auf dem Wasser.

Winter warf einen flachen Stein, er hüpfte ein-zwei-drei-vier-fünf Mal. Der Stein flog wie ein Vogel aufs offene Wasser hinaus.

Der Sand knirschte unter ihren Schuhen. Das Strandgras war wie gesponnenes Eis, von einer eigentümlich grünen Farbe, die einzigartig sein mochte, nur für heute. Die Steine in ihren Händen waren kalt. Ringmars Wurf war plump, wie immer beim ersten Wurf.

Er dachte, so will Winter seinen Privatstrand haben, genau so, und vielleicht am liebsten zu dieser Jahreszeit, wenn alles ein besseres Leben verspricht, ein wärmeres Leben.

Winter schaffte eins-zwei-drei-vier-fünf-sechs-sieben-acht-*neun* Hüpfer.

»Hast du das gesehen, Bertil?«

»Du bist fantastisch.«

Winter bückte sich nach einem neuen Stein, richtete sich wieder auf.

»Wie fühlst du dich jetzt?«, fragte er.

»Das geht dich einen Scheißdreck an.«

»Es geht auch um mich«, sagte Winter.

»Ich weiß.«

»Wir können nichts abgeben.«

»Nein.«

Winter warf den Stein, ein misslungener Wurf, der Stein versank auf halbem Weg.

»Weißt du nicht, dass dieser Stein zehn Millionen Jahre gebraucht hat, um an Land zu kommen, und jetzt wirfst du ihn innerhalb von zehn Sekunden wieder zurück«, sagte Ringmar.

»Das ist mein Satz«, sagte Winter.

»Ich könnte weinen, wenn ich daran denke.«

Winter drehte sich zu Bertil um, seinem Mentor, Vater, Kollegen, Kamerad.

»Du bist unschuldig, Bertil.«

»Jonatan Bersér ist nicht unschuldig.«

»Alle wissen es«, sagte Winter.

»Warum so viele Lügen? Warum wird bei dem ganzen Scheiß immer so viel gelogen?«

»Sonst wären wir arbeitslos, Bertil.«

Ringmar stieß ein Lachen aus. Es floss über das Wasser wie Feldstein. Es würde nicht zurückkehren.

»Es sind die Lügen, die dich schließlich versenken«, sagte er. »Wie die Steine da draußen versinken.«

»Es sind die Menschen«, sagte Winter. »Immer sind es die Menschen, es gibt nichts anderes.«

»Sind sie Steine?«

Winter antwortete nicht. Es gab keine fertige Antwort. Während seiner langen Karriere hatte er Menschen getroffen, die hatten nichts anderes als Steine hinter den Augen gehabt, oder Kohlestückchen. Aber er hatte auch Menschen mit Diamanten hinter den Augen getroffen, Kohlestückchen, die Diamanten geworden waren. Es war wunderbar, wenn es geschah. Allein das war es wert.

»Ich hab das Gefühl, wir warten auf seinen nächsten Schritt«, sagte Ringmar.

»Dann sind wir einen Schritt zurück«, sagte Winter.

»Nein, nein.«

»Sein Hass wird ihn versenken«, sagte Winter.

»Vielleicht hatten Robert, Matilda und Jonatan in ihrer Jugend etwas gemeinsam«, sagte Ringmar.

»Alle waren vielleicht nicht darin verwickelt.«

»Irgendwie waren sie das, glaube ich. Jedenfalls haben sie es alle verschwiegen.«

»Muss man bestraft werden, weil man schweigt?«

»Schweigen kann auch ein Verbrechen sein.«

»Die Strafe dafür ist genauso groß.«

»Ja, genauso streng.«

»Irgendwo gibt es die Antwort auf alles«, sagte Winter.

»Will er sich zu dem Ziel buchstabieren?«

»Da bin ich nicht sicher, Bertil.«

»Was soll dann der ganze Scheiß?«

Winter wog einen Stein in der Hand. Er hatte die perfekte Form für einen Rekordwurf.

»Es soll uns weiter führen.«

»An den richtigen Ort?«

»Ja.«

»Und was geschieht dort?«

Winter warf. Der Stein tanzte wie ein Schmetterling über die kalte Wasseroberfläche, als wäre er auf dem Weg in ein wärmeres Land, in dem er überleben konnte. Der Tanz setzte sich fort über die Bucht, weit hinein in die Sonne.

»Herrgott«, sagte Ringmar. »Niemand schafft so einen Wurf. Kein Mann, der von einer Frau geboren wurde.«

»Dann ist wohl ein Kaiserschnitt nötig«, sagte Winter.

»*Macbeth*«, sagte Ringmar.

»Macduff wurde mit Kaiserschnitt geboren«, sagte Winter.

»Mensch, das weiß ich doch.«

»Niemand wird glauben, dass Bullen so gebildet sein können wie wir«, sagte Winter.

»Was passiert am Ort aller Orte, Erik?«

»Ich weiß nur, dass ich dort sein werde«, sagte Winter und setzte sich in Bewegung. Er wusste nicht, ob er je zurückkommen würde. Sein Leben würde wieder gefährlich werden.

14

Gerda Hoffner und Winter verhörten die Konditoreiangestellte Maja, die mit Nachnamen Åkersdotter hieß. Sie war keine Isländerin, Winter hatte sie gefragt, sie hieß ja nicht Åkersdottir. Åke ist einer der ältesten altnordischen Namen, das wusste er, vielleicht sogar der älteste, Odins Sohn Thor hieß eigentlich Åke-Thor, der Name bedeutet Reisender, also ein Reisender, der unterwegs ist, um Priestern in Frankreich und Irland den Kopf abzuschlagen.

Sie saßen in Winters Büro. Winter hatte noch Sand an den Schuhen. Er hatte einen Duft nach Meer mit ins Zimmer gebracht, den die beiden anderen nicht wahrzunehmen schienen. In der Hosentasche hatte er einen Stein, den würde er weit über die Wasseroberfläche werfen, wenn er wieder an den Strand kam, wenn er wieder einmal in Sicherheit war.

»Ich weiß nicht, warum er mir aufgefallen ist«, sagte Maja Åkersdotter. »Es waren wohl die Kartons.«

»Ist es ungewöhnlich, dass Leute leere Kartons kaufen?«, fragte Hoffner.

»Ja ... sie müssen die Kartons dann doch selbst zusammenfalten.«

»Klar«, sagte Winter.

»Was hat er getan?«, fragte Åkersdotter.

»Wir wissen nicht, wer es ist«, sagte Winter. »Sie könnten uns helfen.«

»Ich kann mich nicht erinnern, was für eine Torte er gekauft hat«, sagte sie. »Ich erinnere mich nur an die Kartons.«

»Das ist gut.«

»Ich kann mich auch an Sie erinnern«, sagte sie. »Sie sitzen oft mit einem älteren Herrn bei uns in der Konditorei.«

Älterer Herr. Das Band würde er Bertil später vorspielen, aber das war vermutlich gemein, ach, scheiß drauf, ich bin ja selbst bald ein älterer Herr.

»Ja, wir sitzen manchmal dort«, sagte Winter. »Ist der Junge, den Sie gesehen haben, früher mal da gewesen?«

»Nicht soweit ich weiß.«

»Würden Sie ihn wiederkennen, wenn Sie ihn sähen?«

»Vielleicht ...«

»Woran würden Sie ihn wiedererkennen?«

»An den Haaren. Seine Haare waren wie Sand«, sagte sie.

Winter und Ringmar saßen bei Ahlströms, es war am selben Nachmittag. Sie sahen niemanden mit Sand im Haar. Maja arbeitete an diesem Tag nicht. Nach dem Verhör hatte sie erschöpft ausgesehen, alle waren erschöpft nach einem Verhör, auch die Unschuldigen. Ringmar hatte Sand an den Schuhen, rund um den Tisch lag Sand auf dem Fußboden, auch unter Winters Stuhl. Es war privater Sand, nicht viele konnten sich damit brüsten, dieser Sand hatte nur eine Stunde gebraucht, um vom Meeresufer in die Korsgatan zu gelangen, mit der natureigenen Geschwindigkeit hätte es fünfzig Millionen Jahre gedauert.

»Ist er es?«, sagte Ringmar.

»Ja.«

»Warum Ahlströms? Ein Zufall?«

»Nein.«

»Hat er uns beobachtet?«

»Ja.«

»Er wollte, dass wir es wissen.«

»*Absolutamente.*«

»Ganz schön dreist.«

»Das auch.«

»Er will sich zeigen«, sagte Ringmar.

»Er will bestätigt werden.«

»Von uns? Jede Null, die ein Verbrechen begeht, wird von uns bestätigt.«

Winter schaute auf seine Napoleonschnitte hinunter. Er hatte sie noch nicht angerührt und würde sie wohl auch nicht anrühren, die Bestellung war reine Tradition. Bertil hatte seine Budapesttorte auch noch nicht angerührt, aber er würde sie essen. In diesem Punkt waren sie unterschiedlich, hatten sie unterschiedliches Temperament.

»Er will beweisen, dass er keine Null ist. Er ist ein Opfer.«

»Das hängt häufig zusammen«, sagte Ringmar.

»Er könnte zu nahe kommen«, sagte Winter.

»Daran hab ich auch schon gedacht«, sagte Ringmar. »Die endgültige Bestätigung.«

»Drei Tote. Im Kursbuch wird das Serienmord genannt.«

Aneta Djanali und Halders verhörten Lasse Butler, Arbeitskollege von Jonatan Bersér an der Johannebergsschule. Jetzt hatten sie zwei ermordete Lehrer. Sie saßen in einem Café in der Nähe, alles von »Delicato«, nichts aus der eigenen Backstube. Halders aß eine Rumkugel. Die schmeckte wie Rum, der von einem toten Sklaven in der Dominikanischen Republik gepisst worden war.

»Hatte er viele Freunde?«, fragte Djanali.

»Er war wohl eher ein Eigenbrötler.«

»Wohl?«

»Ich weiß es nicht genau«, antwortete Butler.

Er war ein sportlicher Typ wie Bersér. Halders gefiel das

nicht. Er war auch sportlich, aber Leute, die zehn bis fünfzehn Jahre jünger waren als er, sahen sportlicher aus, das war ungerecht. Halders hielt sich ja fit, er war nicht aus Marzipan wie die Pisserumkugel, die er halb aufgegessen auf dem Teller hatte liegen lassen. Der Teller war angestoßen und sah aus, als hätten ihn Hungernde angenagt. Er würde Winter an das Polizeiturnier erinnern, die Anmeldefrist lief in wenigen Tagen ab, bei Gott, sonst würde er die Mannschaft anmelden, ohne zu fragen, wie wär's unter dem Namen »Schwerstverbrecher«? Butler sah aus wie ein Mittelfeldspieler, vielleicht hatte er in einer unteren Liga Fußball gespielt, Bersér hatte vermutlich auch Fußball gespielt.

»Hat Bersér Fußball gespielt?«, fragte Halders.

»Äh ... ich glaub ja.«

»In welchen Clubs?«

»Keine Ahnung.«

»Hat er nicht darüber gesprochen?«

»Nein.«

»Woher wissen Sie es dann?«

»Wahrscheinlich hat es jemand erzählt.«

»Jemand hat es erzählt? Wer?«

»Daran ... kann ich mich im Augenblick nicht erinnern.«

»Was hat die Person gesagt?«

Butler antwortete nicht sofort. Er starrte auf seine eigene Rumkugel, die er nicht probiert hatte, er war klüger als Halders. Er hatte auch seinen Kaffee nicht angerührt, er hatte sich selbst kaum gerührt.

»Hat er eine Mannschaft trainiert?«, fragte Halders.

»Das ... könnte sein.«

»Nun machen Sie schon den Mund auf«, sagte Halders. Dies war wichtig. Er fühlte es in seinem Schwanz, immer dort spürte er es, wenn etwas anders war, *wichtig war*, es fuhr ihm wie ein Eiszapfen direkt in den Schwanz, er hatte nie versucht, es jemandem zu erklären, zum Beispiel Aneta, auch sonst niemandem. »Nun machen Sie schon«, sagte er.

»Ist es so wichtig?«, fragte Butler.

Scheiß drauf, du mieser Lakai, dachte Halders und starrte den Mann an, beugte sich vor, siehst du meine Augen, meine Arme? »Wir wissen nicht, was wichtig ist«, hörte er die diplomatische Aneta sagen, »alles kann wichtig sein.« Geschwafel, aber gutes Geschwafel, dem Herrn Lehrer vielleicht neu, eine Lektion aus dem Leben.

»Ist es vielleicht ein Geheimnis?«, fragte Halders, wahnsinnig diplomatisch, ich weiß, an dem Tag an der Polizeihochschule war ich krank, ich war immer krank, wenn nicht gerade Kampfsport auf dem Stundenplan stand.

»Nein ... warum sollte das ein Geheim...«

»Sie zögern offensichtlich.«

»Ich kann mich bloß nicht erinnern.«

»Woran können Sie sich nicht erinnern?«

Butler sah Halders an, als würde er ihn wirklich für verrückt halten. Halders versuchte es noch einmal.

»Wer hat Ihnen erzählt, dass Bersér eine Mannschaft trainiert hat?«

»Ich weiß nicht mal, ob es wirklich so war.«

»Wer hat es erzählt?«

»Daran ... kann ich mich im Augenblick nicht erinnern. Wenn ich noch etwas darüber nachdenken darf ...«

»Okay, denken Sie nach.« Halders stand auf. »Wir drehen inzwischen eine kleine Runde.«

Der Stapel auf seinem Schreibtisch war nicht besonders hoch. Er nahm eine der VHS-Kassetten herunter. Daneben lagen vier oder fünf CDs. Jemand vom Dezernat der Spurensicherung hatte die Ausrüstung in seinem Büro auf den neuesten Stand gebracht, er wollte in seinem Büro arbeiten.

Das Handy vibrierte über seinem Herzen.

»Hallo, Angela.«

»Wir haben Sehnsucht nach dir«, sagte sie.

»Du kommst schnell zur Sache!«

»Macht es dich verlegen?«

»Ein bisschen.«

»Bei uns ist es schon Frühling«, sagte sie.

»Das wird der dritte spanische Frühling, den ich erlebe«, sagte er.

»Versprich nicht zu viel.«

»Hier haben wir alles unter Kontrolle.«

»Das klingt ein bisschen albern.«

»Ich wüsste nicht, was mich daran hindern sollte, euch zu besuchen.«

»Was machst du im Moment?«

»Heimkino.«

»Heimkino?«

»Wir haben Familienvideos von den Familien der Opfer eingesammelt.«

»Aha.«

»Ich hab noch nicht angefangen zu gucken.«

»Jetzt kommt Elsa«, sagte sie.

Er wartete, hörte das Geklapper durch die europäische Luft, das Sausen und Brausen, plötzlich fielen ihm seine Ohren ein, an die hatte er den ganzen Tag nicht gedacht. Das war ausgezeichnet.

»Hallo, Papa!«

»Hallo, Schätzchen.«

»Wann kommst du?«

»Bald, das weißt du doch.«

»Versprochen?«

»Versprochen! Was machst du heute?«

»Wir haben frei!«

»Warum?«

»Ich weiß es nicht. Wir gehen an den Strand.«

»Wollt ihr baden?«

»Bist du verrückt?«

»Lässt du ein Butterbrot für mich hüpfen?«

Elsa kicherte. Butterbrot werfen, so nannten sie das Steine hüpfen lassen in der Familie.

»Mit *queso* oder *jambón*?«

Sie war jetzt spanischer als schwedisch, Angela hatte erzählt, dass Elsa und Lilly am liebsten Spanisch sprachen.

»Piedra«, sagte er.

»Okay«, sagte sie. »Welche Farbe?«

»Weiß«, sagte er.

»Es gibt keine weißen Steine, Papa.«

»Aber es gibt ja noch mehr Strände. Ihr müsst eben suchen.«

»Wie du«, sagte sie. »Hast du den gemeinen Kerl schon gefunden?«

»Es gibt wahrscheinlich mehrere, Mäuschen«, sagte er, und dann wollte er nicht mehr darüber reden, nicht jetzt, nie mehr.

15

Während Lasse Butler nachdachte, drehten Halders und Aneta Djanali eine Runde durch Johanneberg, ein Stadtviertel, das teilweise eine Oase mitten im Zentrum war.

»Vielleicht sollte man hier wohnen«, sagte Djanali.

»Was hast du an Lunden auszusetzen?«

»Nichts«, sagte sie. »Ich dachte nur plötzlich, dass ...«

»Plötzlich wünschst du dir ein Haus, das von Anfang an unser Heim gewesen wäre«, unterbrach Halders sie. »Ein neues Haus, ein neues Leben.«

»Du bist Psychologe von Weltklasseformat«, sagte sie.

»Ich bin nicht dumm«, sagte er, »nicht so wie Butler.«

»Er ist nicht dumm.«

»Okay, dann stellt er sich eben dumm.«

»Es ist komplizierter«, sagte sie, »es geht nicht nur darum, sich zu erinnern.«

»Sein Kumpel Bersér ist doch tot, verdammt noch mal«, sagte er.

Lasse Butler hatte versucht, nachzudenken, aber ihm waren kein Name und kein Gesicht eingefallen. Er erinnerte sich an etwas anderes.

»Es war vermutlich eine Mannschaft von Jugendlichen«, sagte er. »Oder von Knirpsen.«

»Das ist ein großer Unterschied«, sagte Halders.

»Was spielt das für eine Rolle?«, sagte Butler. »In diesem Fall?«

»Was spielt es für eine Rolle, dass sich die Erde um die Sonne dreht?«, gab Halders zurück.

»Was?«

»Welcher Club war es?«

»Ich weiß es nicht.«

»Was verdammt noch mal wissen Sie eigentlich?«

»Fredrik«, sagte Djanali.

»Wo hat Bersér diese Knirpse trainiert? Auf welchem Platz?«

»Das ... weiß ich auch nicht.«

»Haben Sie den ganzen Scheiß nur geträumt, Butler?«

»Nein ... irgendjemand ... hat mal was erzählt.«

»Danke bestens«, sagte Halders.

Butler sah ihn mit einem dunklen Blick an. Aber er stand nicht auf und gab ihm keine aufs Maul. Ich hätte das getan, dachte Halders. So was habe ich mir noch nie bieten lassen. Er sah Aneta an. Sie machte diese kaum merkbare Bewegung mit dem Kopf, die bedeutete »jetzt reicht's«, in anderen Kulturen bedeutete das eine Bestätigung, in Indien, soweit er sich erinnerte, Südindien, nicht, dass er schon mal dort gewesen wäre, aber Aneta hatte es ihm bei einer Gelegenheit erklärt, als sie ihn bilden wollte, sie hatte die Bewegungen wie eine echte Südinderin gemacht, dabei war sie doch Burkinesin.

»Mit wem können wir sonst noch sprechen?«, fragte Djanali.

»Ich weiß es nicht«, antwortete Butler.

»Ist das Ihre Standardantwort, wenn Ihre Schüler Sie etwas fragen?«, sagte Halders.

»Geh raus, Fredrik«, sagte Djanali.

»Avec plaisir, mon amour«, sagte Halders, ging auf die Straße und atmete Johannesbergparfüm von einem Müllwagen

ein, der im Leerlauf vor der Konditorei hielt. Er sah auf die Uhr, der Aashaufen musste schon mehrere Minuten hier gestanden und geröhrt haben. Er könnte hingehen und die Leute zur Sau machen. Er wollte es und wollte es nicht. Ihm ging es gut, und es ging ihm nicht gut. Schon jetzt fehlte ihm Aneta an seiner Seite, seine Begleiterin, ha! Vielleicht brauchte er eine Art Medizin. Er brauchte körperliche Aktivität, viel körperliche Aktivität, sie beruhigte. Warum zum Teufel wollte Winter nicht beim Polizeifußball mitspielen? Das tat allen gut, Erik brauchte es auch, alle auf dieser verdammten Erde, die um die verdammte Sonne schnurrte, brauchten es. Alle suchten nach ihrer Oase, seine war der Fußballplatz, das wunderbare Geräusch, wenn Knorpel auf Knochen traf, die herzliche Kameradschaft, Gemeinschaft, die Euphorie, wenn die eigene Mannschaft ein Tor schoss, jeder strebte nach diesem Gefühl.

Aneta kam heraus. Butler saß noch in der Konditorei und weinte.

»Ja?«

»Ich glaube, du musst mit jemandem sprechen, Fredrik.«

»Ich habe gerade eben mit dem Lakai da drinnen gesprochen.«

»Das ist das Problem.«

»Nein, es war Verhörtaktik.«

»Red dich nicht raus.«

»Hat er was Vernünftiges von sich gegeben, nachdem ich ihn ein bisschen provoziert habe?«

»Irgendwann hat jemand erzählt, dass Bersér mit Kindern gearbeitet hat, eine Mannschaft trainiert hat, wenn es überhaupt eine Mannschaft war.«

»Wenn es überhaupt eine Mannschaft war?«

»Das macht es so schwierig, sagt er. Vielleicht waren es nur irgendwelche Kinder.«

»Ach.«

»Er hat gesagt, er sei so überrascht gewesen, dass er sich an nichts erinnern kann.«

»Wir sind alle überrascht. Die ganze Erdbevölkerung ist überrascht.«

»Diese Aussage ist wichtig, Fredrik.«

»Meinst du, ich hätte das nicht kapiert? Beleidige mich nicht. Deswegen bin ich doch so verdammt engagiert. Ich fühl's bis in die Eier.«

Winter sah Leben auf dem Bildschirm, ein anderes, glücklicheres Leben. Es war ein Haus, dort war er noch nicht gewesen. Robert und Linnea Hall waren draußen, waren im Haus, zusammen mit den Kindern, Tyra und Tobias, sie waren jünger, älter, wieder jünger, die Videobilder bewegten sich mit den Figuren, ein Hüpfer hierhin, ein Hüpfer dahin, eine Art Stummfilm, ungewollt komisch, obwohl das Ganze keine Spur von Komik enthielt, nur verlorene Jahre, sinnlose Jahre. Nein, das stimmte nicht. Kein Familienmitglied in den Filmen wusste, was es erwartete, das war das große Geschenk Gottes an die Menschheit, das totale Unwissen um die Zukunft. Wenn wir es wüssten, würden sich die meisten von uns aufhängen. Daran hatte er keinen Zweifel. Vor der ersten Wahrsagerin, die nach seiner Handfläche gegriffen hatte, war er schnell geflohen.

Er sah die Filme noch einmal an, es waren nicht viele. Es gab Familien, die dokumentierten jede wache Stunde des Lebens, auch die schlafenden Stunden, im Lauf der Jahre hatte er Filme von Idioten gesehen, die ihre schlafenden Kinder aufgenommen hatten, er empfand es jedes Mal als Übergriff. Er hatte Filme von toten Kindern gesehen, er würde solche Filme ansehen müssen, so lange er böse Onkels und Tanten jagte. Er brauchte Whisky, wenn er solche Bilder gesehen hatte, er brauchte die Flucht. Das war nicht gut, aber es war nötig.

Familie Hall hatte sich mit wenigen bewegten Bildern ihres gemeinsamen Lebens begnügt, als ob sie gewusst hätte, dass es bald beendet sein würde. Es gab nicht viele Freunde auf den Bildern, einige etwas ältere Personen, Großeltern, vermutete Winter, er hatte ihre Namen in den Ermittlungsdokumenten festgehalten, aber er suchte nach anderen Gesichtern, nach dem Gesicht eines Kindes, eines Kameraden; er sah mehrere, und er würde sich an sie erinnern, wenn er in Filmen über anderes Leben nach Gesichtern suchte, er hatte eine Heidenarbeit vor sich.

Die Familie Winter-Hoffmann hatte nie eine Videokamera besessen, Angela hatte es vermutlich verstanden, Elsa und Lilly fragten nicht danach. Sie hatten Fotos, das war besser, nichts bewegte sich, die Zeit war auf bessere Art stehen geblieben, besser für die Erinnerung, vielleicht auch für die Zukunft.

Es gab Filme aus seiner eigenen Kindheit, sie lagen irgendwo in Lottas Haus in Hagen. Er hatte sie seit dreißig Jahren oder noch länger nicht mehr angesehen, irgendetwas hatte ihn zurückgehalten, aber das Etwas kam nun wieder hervor, kroch durch seine Kehle hoch, in sein Gehirn, wollte sein Leben übernehmen, zerstören, was es gab.

Er legte einen neuen Film ein. Die Bilder flimmerten und flatterten, als ob der Fotograf betrunken gewesen wäre. Sie wurden deutlicher, aber die Farben waren verblasst, Farben der achtziger-, vielleicht neunziger Jahre. Ein Film der Familie Bersér, der *alten* Familie, in der Jonatan Sohn im Haus gewesen war, da war er eben über zwanzig, ein hübscher Junge, er kasperte mit einigen gleichaltrigen Männern auf dem Rasen vor dem Haus in Påvelund herum, Robert Hall war nicht dabei, so einfach war es nie, und unter den Mädchen keine Matilda Cors. Sie kickten sich einen Ball zu. Von hinten kamen einige jüngere Jungen mit einem Ball angestürmt. Sie alberten sich an den älteren vorbei, klauten auch ihren Ball, wurden gejagt, alle grinsten wie besessen, schließlich verschwand die ganze Meute hinterm Haus. Winter spulte zurück, studierte die Gesichter der Jungen, die etwa zehn Jahre alt waren, es waren fünf, was machten sie dort?

Ringmar und Winter warteten vor dem Backsteinhaus in Påvelund, eins von vielen, das in den vierziger Jahren gebaut worden war, vier Zimmer, Garage und Hobbyraum im Keller.

»Es gab Leute, die haben sich den Sozis widersetzt«, sagte Ringmar. »Ein Haus zu bauen, das war verdammt konterrevolutionär. Ist es immer noch.«

»Bist du kein Sozi, Bertil?«

»Das hat damit gar nichts zu tun.«

»Hast du dich vom Marxismus-Leninismus losgesagt?«

»Nicht mehr als du, Erik.«

»Ich bin immer zu jung gewesen«, sagte Winter. »Ich war zu jung für Le Duc Tho.«

»Und ich war zu alt.«

»Bei Gott nicht.«

»Ich hab tatsächlich ein FNL-Abzeichen an der Jacke getragen«, sagte Ringmar. »Natürlich nur wenn ich nicht im Dienst war.«

»Wenn du es an der Uniformjacke getragen hättest, wärst du von deinen eigenen Leuten über den Haufen geschossen worden.«

»Das wurde ich trotzdem.«

»Es gibt einiges, wofür ich dich bewundere, Bertil.«

»Dass ich über den Haufen geschossen wurde?«

Bevor Winter mehr sagen konnte, öffnete sich die Tür vor ihnen.

Der Mann in der Türöffnung war um die siebzig, weißes Haar, schien gut in Form zu sein. Seine Stimme am Telefon hatte fest geklungen, als Winter ihn aus dem Dezernat angerufen hatte.

»Sind das die Detektive?«, fragte er.

»Kriminalkommissar Erik Winter.« Winter hielt seine Legitimation hoch. »Und das ist mein Kollege Bertil Ringmar.«

»Dann kommen Sie bitte herein.« Der Mann machte eine Geste ins Innere des Hauses. »Ich bedaure, aber meine Frau ist nicht da.«

Winter nickte.

»Sie ... hat es nicht ausgehalten«, sagte Gunnar Bersér.

»Wir verstehen das«, sagte Winter.

»Wie kann so etwas passieren?«, sagte Bersér. »Warum passiert es?«

»Das fragen wir uns jedes Mal«, sagte Ringmar. »Wir versuchen, die Antwort zu finden.«

»Gelingt Ihnen das immer?«

»Wir finden nicht alle Antworten. Aber wir finden fast immer den Täter.«

Bersér hielt die Zeitung hoch, die er in der Hand gehalten hatte, als er die Tür öffnete. »Haben Sie die Presse gelesen? Die schreiben über gar nichts anderes mehr. Haben Sie es gesehen?«

»Wir versuchen, es zu vermeiden«, sagte Winter.

»Wie gelingt Ihnen das?«

»Können wir reingehen?«, sagte Winter.

Gunnar Bersér schaute mit angespanntem Blick auf die Bilder, als sähe er einen Film aus einer Vergangenheit, mit der er endgültig abgeschlossen hatte, von der er geglaubt hatte, dass er sie nie wieder erleben müsste; die Zeit war nicht mehr dieselbe, sie war nicht mehr glücklich, unschuldig, verewigt wie eine bessere Zeit. Der junge Mann, der mit seinen Freunden herumalberte, war immer noch Gunnars Sohn, aber jetzt war alles Vergangenheit, und dorthin konnte er nicht zurückkehren. Winter hatte es viele Male gesehen: Die Angehörigen von Opfern einer Gewalttat können sich in keine andere Zeit flüchten, weil die Gegenwart zerstört ist, die Vergangenheit liegt in Trümmern, und die Zukunft ist Verzweiflung. Die Zeit heilt keine Wunden, hat noch nie etwas geheilt.

Bersér schaute auf.

»Ich kann mich kaum noch daran erinnern«, sagte er.

»Wer hat gefilmt?«

»Wahrscheinlich ich. Marianne hat nie gefilmt.« Sein Blick kehrte zum Bildschirm zurück. Der war jetzt dunkel, mit einem goldenen Schimmer vom Fenster hinter dem Fernseher. »Sie wollte es nie lernen.«

»Kennen Sie die anderen Jungen? Die in Jonatans Alter?«

»Ja ... einen, glaube ich. Peter Mark ... den hab ich nicht mehr gesehen, seit Jonatan zu Hause ausgezogen ist.«

»Wissen Sie, wo er wohnt?«

»Nein ... ja ... ich weiß, wo seine Eltern gewohnt haben. Ich glaube, sie wohnen immer noch dort. Wir sind uns einige Male im Supermarkt in Käringberget begegnet.«

»Wie war das Verhältnis der jungen Leute zueinander?«

»Wie ... sie waren eben befreundet.«

»Was haben sie zusammen unternommen?«

Bersér machte eine Handbewegung zu dem toten Bildschirm. Auch der Hauch von Gold war nun verschwunden. Nur das Spiegelbild des Mannes war noch da, wie ein blasses Gespenst. Seine Augen wirkten tot, als er sich zu Winter und Ringmar umwandte. Das ist mehr als Trauer, dachte Winter, es ist etwas anderes, noch Größeres, Schlimmeres.

»Sie haben wahrscheinlich Fußball gespielt«, sagte Bersér.

»In welchem Club?«

»Jonatan war in keinem Club«, sagte Bersér.

»Ist er mal in einem gewesen?«

»Nein.«

»Warum nicht?«

»Ist das von Bedeutung?«

»War er als Kind in irgendeinem Fußballverein?«

»Nein.«

»Aber er mochte doch Fußball.«

»Ja.«

»Durfte er keinem Club beitreten?«

»Wie? Wer sollte ihm das verboten haben?«

»Sie.«

»Nein, nein. Warum sollte ich ihm das verbieten?«

»Wann haben Sie Ihren Sohn das letzte Mal gesehen?«, fragte Winter.

Bersér antwortete nicht sofort. Er schaute auf den Bildschirm, als sollten die Bilder aus der Vergangenheit wiederkehren. Aber Winter wusste, dass nur Schatten in die Zukunft zurückkehrten, entsetzlich lange Schatten.

»Das … ist schon eine Weile her«, sagte Bersér.

»Ist etwas zwischen Ihnen vorgefallen?«

»Nein, nichts.«

»Was waren das für Jungen?«, fragte Ringmar.

»Was?«

»Die kleinen Jungen in dem Film. Wer waren sie?«

»Ich weiß es tatsächlich nicht. Die sind wohl von irgendwoher gekommen. Zu der Zeit gab es viele Kinder im Viertel. Sie liefen zwischen den Grundstücken herum.«

»Woher kamen sie?«

»Das weiß ich nicht.«

»Haben Sie Jonatan gefragt?«

»Das hab ich wahrscheinlich getan.«

»Was hat er geantwortet?«

»Daran kann ich mich nicht erinnern, es ist schon zu lange her.«

»Glauben Sie, dass es Ihnen wieder einfällt?«, fragte Ringmar.

Bersér antwortete nicht.

»Wann haben Sie sie zum ersten Mal gesehen?«

»Wie bitte?«

»Die Jungen. Sie waren doch sicher nicht zum ersten Mal in Ihrem Garten?«

»Doch, ich glaube schon.«

»Gehörten sie zu einem Verein?«

»Das weiß ich nicht.«

»Demselben Verein, in dem Jonatan und seine Freunde waren?«

»Das ... ist möglich«, sagte Bersér.

»Könnte er in einem Verein gewesen sein, ohne dass Sie davon wussten?«

»Er war über zwanzig«, sagte Bersér. »Er war erwachsen.« Sein Blick glitt wieder zum Bildschirm. Er bewegte die Lippen, als würde er sich selbst etwas erklären.

»Wo ist Ihre Frau im Augenblick?«, fragte Winter.

»Was?«

Winter wiederholte seine Frage.

»Ich weiß es tatsächlich nicht«, sagte Bersér.

»Wird sie lange wegbleiben?«

»Ich glaube, ja.«

Das Licht über dem Vasaplatsen blieb weit länger als üblich. Winter hatte sich jetzt an die Dunkelheit gewöhnt, der lange Tag mischte sich auf unhöfliche Art ein, besonders in der Sommerzeit, jetzt war Sommer, aber die Temperaturen blieben unverändert unter null und dort unten lag noch Schnee um den Obelisk wie ein dekorativer Kranz.

Winter saß zu Hause und guckte sich einen Film an. Er spulte den Film aus Bersérs Garten vor und zurück, alle Gesichter kannte er nun, die kleinen, die größeren.

Beim dritten Mal machte er eine Entdeckung.

Der Fotograf richtete die Kamera auf die Giebelseite des Hauses, als die etwa zehnjährigen Jungen herangestürmt kamen, aber nicht erst in dem Moment, als sie auftauchten. Winter wartete. Bersér hatte die Kamera gehalten. *Die sind wohl von irgendwoher gekommen*, hatte er vor einigen Stunden gesagt. Aber er hatte gewusst, dass sie kommen würden.

Winter hob das Glas mit Bruichladdich und atmete den Duft von Islay und der wiedereröffneten Destille ein. Auf der Insel war er in einer anderen Zeit gewesen, berauscht vom Meer, von Torf, Wind, Heide, Korn und Eiswasser, ein Zustand, in dem man sich ständig befinden sollte, man musste nur das Glas anheben oder eine Reise buchen oder zu seinem eigenen Strand fahren, wo es schon fast alles gab.

Winter nahm die Scheibe heraus und legte eine neue ein, Filme vom Heim der Familie Hall in dem gottverlassenen Nest Borås.

Jemand hatte Geburtstag. Er sah einen jungen Robert Hall, eben über zwanzig, das musste er später genauer überprüfen, eine junge Frau, die Linnea sein könnte, ein älteres Paar, wohl ihre Eltern, das Haus war dasselbe, in dem sie jetzt mit den Kindern wohnte, entweder ihr oder sein Elternhaus, vermutlich ihr Elternhaus, da ihre Eltern auch auftauchten, sie mussten etwa in dem gleichen Alter gewesen sein, in dem er heute war, gut fünfzig, aber sie sahen älter aus, vielleicht war es die Zeit oder seine Konstitution oder das Wasser des Lebens, das er zum Mund führte, vorsichtig davon trank, es fast nur einatmete, bevor er das Glas wieder absetzte und zu erkennen versuchte, was im Hintergrund passierte, auf einer Wiese links vom Haus, hinter einer hohen

Hecke: eine Bewegung, vor und zurück, ein Ball, einige Gestalten.

Es war schwer zu erkennen. Auf der Wiese ging irgendetwas vor sich. Ein Spiel, vielleicht ein Fußballspiel. Er ließ die Filmsequenz noch einmal laufen, aber alles geschah weit entfernt. Das mussten sie sich in der Spurensicherung näher ansehen, sicherheitshalber. Er spulte zur nächsten Sequenz weiter. Eine andere Zeit. Zwei Kinder, die Rad fuhren, es waren Robert Halls Kinder, sie lachten in die Kamera, glücklich, glücklich. Ihre Mama beugte sich vor und lachte in die Kamera, Linnea war glücklich. Es war Sommer, die Sonne schien, die ganze Welt war glücklich.

Und dann wurde der Bildschirm schwarz. Jetzt war es dunkel im Zimmer, endlich war der richtige Abend gekommen, der falsche war vom Himmel aufgesogen worden. Winter stellte den Laptop auf den Holzfußboden, stand vom Sessel auf, ging zur Musikanlage und drückte wieder die Scheibe mit Michael Bolton ein, *How am I supposed to live without you*, das war eine gute Frage, relevant. Michael hatte bei seiner Arbeit gut funktioniert, er hatte begriffen, dass der, der sich Bolton anhörte, Freiwild war, ein Paria, ungefähr wie wenn man beim Masturbieren vor einer m.i.f-side ertappt wird, mitten im Akt auf Video eingefangen und in YouTube gestellt.

Er würde Michael für sich behalten. *How can we be lovers if we can't be friends*, das war richtig gut, wie können wir einander lieben, wenn wir nicht Freunde sein können?

Mit einem weichen Brummen begann das Handy um das Whiskyglas auf dem Sofatisch herumzukriechen. Winter sah auf die Uhr, einige Minuten vor Mitternacht, Sommerzeit. Er schaute aufs Display, wurde aber nicht klüger.

»Ja?«

»Ist da Erik Winter?«

»Ja?«

»Hallo, hier ist Dick Benson, Ermittlungsdezernat, Gewaltsektion in Stockholm.«

»Hallo, Benson, ich kenne Ihren Namen.«

»Und ich kenne Ihren. Okay, es ist so: Uns wurde ein Mord in Vasastan gemeldet, der Sie wahrscheinlich interessiert. Wir sind über Ihre Ermittlungen informiert.«

»Ich höre.«

»Das Opfer ist ein Mann, lag im Vasapark, hatte eine Plastiktüte über dem Kopf und heruntergezogene Unterhosen. Wir haben auch einen Buchstaben gefunden, ein A.«

»Ich glaubs nicht.«

»Klingt bekannt, nicht wahr?«, sagte Benson.

»Ist er schon identifiziert?«

»Ja.«

»Hat er in der Nähe des Fundortes gewohnt?«

»Ja. Hälsingegatan 3. Hundert Meter Fußweg.«

»Und in Sichtweite, vermute ich«, sagte Winter. »Ich nehme den ersten Flieger morgen früh.«

16

Ringmar meldete sich nach dem zweiten Klingeln. Seine Stimme klang wach, frisch, als hätte er auf den Anruf gewartet.

»Es ist wieder passiert. In Stockholm«, sagte Winter.

»Stockholm. Hm. Wo liegt das?«

»Die haben ihren eigenen Vasapark. An einer Stelle, die Astrid Lindgrens Terrasse genannt wird.«

»Göteborger?«

»Weiß ich noch nicht. Der Täter hat einen Buchstaben hinterlassen.«

»Ich wage nicht zu raten.«

»*Numero uno*«, sagte Winter.

»A? Den Buchstaben A?«

»Ja.«

»Was haben wir dann bis jetzt ... O ... R ... I ... und A. Wann hast du die Nachricht bekommen?«

»Grad eben. Ich fliege gleich morgen früh.«

»Gut.«

»Ich hatte keine Zeit, Alphabetkombinationen auszuprobieren«, sagte Winter.

»Damit fang ich sofort an«, sagte Ringmar. »Dann geh ich vielleicht in die Nacht raus.«

Ringmar ging hinaus in die Nacht, die noch gar keine richtige Nacht war. Es war kalt, der Schnee war liegen geblieben. Ringmar hatte das Gefühl, als sei ewiger Winter. Er hatte kalte Füße, seine Schuhsohlen waren zu dünn, er stand auf Eis unter dem kahlen Ahorn vor Bersérs Haus, Bersér dem Älteren. Einige Fenster waren erleuchtet. Er sah einen Schatten, der ihn vielleicht auch sah, überquerte die Straße, betrat das Grundstück und klingelte. Die Tür wurde nach wenigen Sekunden geöffnet, er wurde erwartet, war gesehen worden.

»Spionieren Sie mir nach?«, fragte Bersér.

»Wollte mich nur überzeugen, dass Sie noch nicht zu Bett gegangen sind, bevor ich klingle.«

»Ich bin allein zu Hause.«

»Wo ist Ihre Frau?«

»Ich weiß es nicht, das hab ich Ihnen doch gesagt. Danach haben Sie mich schon mal gefragt.«

»Darf ich hereinkommen?«, fragte Ringmar.

»Warum? Ist wieder etwas passiert?«

»Ja. Darf ich hereinkommen? Es ist kalt.«

»Haben Sie nach dem Mord an Jonatan mit Peter Marks Eltern gesprochen?«, fragte Ringmar.

»Nein, warum sollte ich?«

»Haben Sie den Sohn getroffen?«

»Nein, auch nicht. Warum fragen Sie das?«

»Ist die Frage denn so merkwürdig?«

»Wir möchten mit unserer Trauer in Ruhe gelassen werden«, sagte Bersér.

Ringmar nickte.

»Verstehen Sie das?«

»Ich kann es verstehen.«

»Ist Ihnen schon einmal etwas Ähnliches passiert?«

»Nein.« Ringmar blickte auf etwas neben Bersér. Dort war

nichts, es gab nur schwarze Schatten, die auch nicht verschwinden würden, wenn alle Lichter im Haus gelöscht waren.

»Sie sehen aus, als würden Sie um etwas trauern«, sagte Bersér.

»Nicht zu vergleichen mit Ihrer Trauer«, sagte Ringmar und schaute Bersér wieder an. »Wer ist Johan Schwartz?«

Bersér antwortete nicht sofort, aber er wirkte nicht überrascht. Er schien die Schatten hinter Ringmar zu studieren, als ob er in ihnen die Antwort finden könnte. Und dort waren sie, irgendwo in den Schatten gab es sie immer. Den Scheiß aus ihnen hervorzulocken, das war sein Job.

»Er ist das neue Opfer?«, fragte Bersér schließlich.

»Ja.«

»Stammt er von hier?«

»Wir wissen nicht genau, woher er kommt.«

»Aber warum fragen Sie mich?«

»Ist Ihnen der Name bekannt?«, fragte Ringmar.

»Ja.«

Bersérs Antwort war aus den Schatten gekommen, in die er starrte, als erwarte er, mehr schwarzes Wissen in ihnen zu finden. Wissen war fast immer schwarz, nicht wie Ruß, eher wie von Menschenhand hergestellte Farbe, wie die Farbe auf den Kartons. Teile eines Wortes, dachte Ringmar, ein schwarzes Wort.

»Ich glaube, er ist so alt wie Jonatan.«

»Stammt er von hier?«

»Ich weiß nicht, über welchen Schwartz wir reden«, sagte Bersér.

»Wenn es sich aber um den Ermordeten handelt?«, fragte Ringmar.

»Wenn er es wirklich ist, dann war er mit auf einem der Filme, die wir uns angesehen haben.«

Ringmar fuhr zur Fältgatan, zu Peter Marks Elternhaus. Als er ausstieg, spürte er den Wind vom Hinsholmskilen, es waren nur einige hundert Meter bis dorthin, die Silhouetten der Boote auf der Werft spreizten sich vor dem Himmel wie Skelette. Der Wind war ein Hauch aus dem Unbekannten, das hinter den südlichen Schären begann, irgendwann würde er es erforschen, das Unbekannte wirklich erforschen.

Wie zum Beispiel, wo Peter Mark sich befand. Das war unbekannt. Der Jugendfreund, dachte Ringmar, jemand aus einer lang vergangenen Zeit. Zwanzig Jahre waren eine lange Zeit, aber er wusste nicht, *ob*, wusste nicht, *wann*, und auch nicht, *wo*. Alles war unbekannt. Das einzig Wirkliche waren die vier toten ehemaligen Jugendlichen. Waren sie auch Freunde gewesen? Erik hatte alle Extrakräfte, die er hatte auftreiben können, darangesetzt, Robert Halls, Jonatan Bersérs und Matilda Cors' Leben im Netz inklusive E-Postverkehr zu überprüfen. Aber sie hatten keine Verbindung gefunden. Sie brauchten mehr Vergleichsmaterial. Sie brauchten mehr Namen. Einen neuen Namen hatten sie: Johan Schwartz. Das war der einzige Schritt vorwärts, und obwohl es ironisch klang, es war die Wahrheit: Klarheit würden sie nur bekommen, wenn es noch komplizierter wurde, viel, viel komplizierter.

So wie etwa, dass dieser Peter Mark, der als junger Mann einmal in einem Garten vor einer Kamera herumgealbert hatte, mit einem zukünftigen Mordopfer zusammen gewesen und genau wie das Mordopfer im Geruch des Meeres aufgewachsen war, dieser Peter Mark, der etwas mit Kindern gemacht hatte, etwas Gutes, wie alle freiwilligen Einsätze wohl gut sind, dass der sich jetzt nicht auf seinem Handy meldete und auch nicht in seiner Wohnung in Majorna aufzuhalten schien. Ringmar war eben dort gewesen, hatte mit dem Dietrich vor der Tür gezögert, war umgekehrt und wieder hinuntergegangen durch ein Treppenhaus, das einer dringenden Renovierung bedurft hätte, und das schon seit fünfzehn Jahren.

Jetzt stand er vor dem Haus in der Fältgatan, schaute auf die Uhr und klingelte. Nicht weit nach Mitternacht, keine Panik, in einem Fenster war noch Licht, vielleicht eine Nachttischlampe, es war ihm egal. Seit Eriks Anruf spürte er das alte Fieber in seinem Körper, verheerend, willkommen, tödlich.

Er klingelte noch einmal. Im Haus rührte sich etwas, ein dumpfes Geräusch in der Diele, als wäre etwas umgefallen, vielleicht ein Schirmständer.

Die Tür wurde von einer älteren Frau geöffnet, Ringmar schämte sich wegen der späten Stunde, hörte auf sich zu schämen, zeigte seine Legitimation, sah den Mann hinter der Frau, auch er alt, sie mussten nicht mehr ganz jung gewesen sein, als sie Eltern wurden, zum Glück keiner von beiden in Nachtzeug. Auf dem Fußboden lag ein Schirmständer, es gab immer noch Leute, die so etwas besaßen, in Göteborg müssten eigentlich alle einen haben, Göteborg hatte den dritthöchsten Niederschlag auf der Welt, nach Cherrapunji und Bergen in Norwegen.

»Worum geht es?«, fragte die Frau. Sie schien mehr Kraft zu haben als der Mann, hatte fast eine Angriffshaltung vor dem Eindringling angenommen.

»Entschuldigen Sie bitte, dass ich so spät störe«, sagte Ringmar, »aber manchmal lässt sich das nicht vermeiden.«

»Also, was wollen Sie?«

Ältere Menschen gehen früh zu Bett, das war sein Vorurteil. Was machten diese beiden Fünfundsiebzigjährigen um Mitternacht? Warteten sie auf jemanden, auf etwas? Ganz ruhig, Bertil.

»Darf ich reinkommen?«, fragte er.

Er machte zwei Schritte über die Schwelle. Seine Zehen waren kalt, in der Diele gab es keine Fußbodenheizung, die würde es erst in einer späteren Evolution geben, das Haus war vielleicht in den dreißiger Jahren gebaut worden, hier würde er heute Abend nicht weiterkommen.

»Ich suche nach Peter«, sagte er.

»Hat das nicht bis morgen Zeit?«, fragte die Frau.

»Was um alles in der Welt?«, sagte der Mann.

»Er wohnt nicht hier«, sagte die Frau.

»Um Mitternacht!«, sagte der Mann.

»Er hat nichts getan«, sagte sie.

»Was hätte er auch getan haben sollen«, sagte ihr Mann.

»Sie brauchen ihn doch nur anzurufen«, sagte sie.

»Oder zu ihm zu fahren«, sagte er, »zu einer anständigen Tageszeit.«

»Ich kann Ihren Sohn nicht erreichen«, sagte Ringmar.

»Sagen Sie uns wenigstens, um was es geht«, sagte sie.

»Ich möchte ihm nur ein paar Fragen stellen«, antwortete Ringmar.

»Sonderbar«, sagte der alte Mann.

»Es geht um Jonatan Bersér«, sagte Ringmar.

Jetzt schwiegen die beiden. Sie wirkten sehr klein in der schwachen Dielenbeleuchtung. Es war sein Licht, das Licht, in dem er arbeitete, vom Gewerbeaufsichtsamt nicht gerade empfohlen, es war ein Licht für die Lichtscheuen.

»Wissen Sie, was mit Jonatan passiert ist?«, fragte er.

Die Frau nickte. Vielleicht ist der Mann stocktaub, schoss es Ringmar durch den Kopf, oder er hört nur das, was er hören will. Womöglich ist er senil.

»Entsetzlich«, sagte sie.

»Wir versuchen mit allen zu sprechen, die ihn kannten«, sagte Ringmar.

Sie wirkten traurig in der kleinen Diele, in den Schatten, als ob die Erinnerung an ihren erwachsenen, älter gewordenen Sohn sich nie verflüchtigen würde.

»Peter kann uns vielleicht helfen«, sagte Ringmar. »Aber ich kann ihn nicht auf seinem Handy erreichen.«

»Er ist gar nicht in Göteborg«, sagte die Frau.

Ihr Mann schüttelte den Kopf, über was?

»Er ist in Stockholm«, sagte sie.

o

Draußen huschte die Landschaft vorbei. Der Zug brauste durch Städte, aber es ging so schnell, dass er die Schilder auf den Bahnhöfen nicht lesen konnte. Er fuhr zum ersten Mal mit dem neuen Express, wahrscheinlich war er der Letzte im Land, der noch nie damit gefahren war.

Jetzt war er endlich auf dem Weg in die Hauptstadt, auch das zum ersten Mal, selbst in diesem Punkt war er der Letzte. Alle waren schon in der Hauptstadt gewesen, viele sind dorthin gezogen, dachte er, sind vor mir geflohen. Ich habe etwas vor, dachte er.

Es ist nichts!

Wenn du nicht.

Wenn du nicht.

Das hatten sie gesagt. Wenn du nicht. Dann. Dann. Dann. Du weißt, was dann passiert.

Es war passiert, aber nicht das, was sie geglaubt haben oder glauben.

Er wusste, dass sie sich all die Jahre vor ihm versteckt hatten.

Eine Gruppe quer gegenüber vom Gang hatte angefangen zu trinken, obwohl es erst elf Uhr morgens war. Es roch nach Alkohol im Waggon, niemanden schien das zu stören, der Schaffner sagte nichts. Es war abscheulich. Im Wagen waren auch Kinder, er sah einen kleinen Jungen, der die vier anschaute, die mitten am helllichten Tag soffen, guck nicht hin, geh weg. Er könnte aufstehen, zwei Schritte über den Gang, und dem Kerl eine runterhauen, der den Plastikbecher mit dem Schnaps hob und lachte, ein schreckliches Lachen, aber dann würde ich nicht in der Hauptstadt ankommen, dachte er, höchstens in Handschellen. Das war nicht der Sinn seiner Reise. Er schloss die Augen und dachte daran, was er in Stockholm vorhatte.

17

Johan Schwartz, Johan Schwartz. Ein junger Mann von einundvierzig Jahren, er lächelte Winter von seiner Facebookseite an, er hatte ein paar Freunde, nicht Hunderte, Versicherungsangestellter, so einer hatte vielleicht nicht viele Freunde. Winter hatte keine eigene Facebookseite, auch Ringmar nicht, aber Halders hatte eine. Winter hatte sie natürlich noch nie besucht, er sah den Kerl ja jeden Tag und manchmal auch nachts. Wenn ich nicht arbeite, bin ich nicht besonders kontaktfreudig, hatte Winter gedacht, als er von Halders' Exhibitionismus hörte. Nenn die Seite Facebox 2.0, hatte er vorgeschlagen.

Regen schlug gegen die Fensterscheibe, endlich war die Regenperiode da. Endlich! Der eiskalte Sonnenschein des vergangenen Monats hatte ihn nicht froh gestimmt, der trockene Wind über der Tundra der Parks, der Staub, der sich wie gelber Ruß ausbreitete, der ironische Himmel, riesiges Blau, höhnisch, die Minusgrade in den Knochen der Menschen, in den armen Seelen. War es nur das, was seine Niedergeschlagenheit verursachte? Er könnte ein gutes Leben in der warmen Sonne haben. Unter der kalten Sonne konnte er nicht leben. Das wusste er jetzt. Um das zu erkennen, hatte er die Einsamkeit gebraucht. Er sah sich in dem riesigen Zimmer um, viel zu groß für eine Person, und dennoch hatte er hier jahrelang allein gelebt, bevor Angela einzog und die Kinder kamen.

Er las die Banalitäten auf Schwartz' Homepage. Herr im Himmel. Womit beschäftigten sich die Menschen in ihrer kostbaren Freizeit? Das Leben wurde so klein, so dürftig. Für Schwartz war es schon vorbei. Er lächelte immer noch auf seiner Homepage, als würde sie ihm ewiges Leben bescheren. Sie wurde sein Epitaph und verlieh ihm schließlich Größe.

Steel bars wrapped all around me, I've been your prisoner since the day you found me, sang Michael Bolton im Hintergrund, in Ketten gelegt bin ich dein Gefangener geworden, seit du mich gefunden hast. Das war die Wirklichkeit, das war etwas anderes als die banale Einsamkeit auf Facebook. Bolton war 1953 geboren, nur sieben Jahre vor Winter, Bolotin, wie er früher geheißen hatte, er hatte gut daran getan, seinen Namen zu ändern. Gab es eine Biographie über ihn? Es musste massenhaft geben.

Angela rief an, er hatte sie darum gebeten, es war nach Mitternacht, das war ihre Zeit.

»Trinkst du?«, fragte sie. Das war ihre erste blöde Frage, das Erste, was sie sagte.

»Ich fliege morgen früh um sechs nach Stockholm, also in fünfeinhalb Stunden.«

»Danach habe ich nicht gefragt.«

»Zum Teufel, Angela.«

»Es ist zu deinem eigenen Besten.«

»Ich habe die schlimmste Phase hinter mir.«

Er hörte das übliche statische Brausen in der Leitung, wenn es denn statisch war. Es sauste durch Milliarden von Jahren, es machte die Erdenbewohner klein.

»Was ist in Stockholm passiert?«, fragte sie.

»Ein weiterer Mord. Er hängt mit den Morden in Göteborg zusammen.«

»In welcher Beziehung?«

»In jeder Beziehung, scheint es.«

»Es ist nicht das erste Mal, dass sich ein Fall ausweitet«, sagte sie.

»Weitet sich nach außen aus und schrumpft nach innen, wie ich zu sagen pflege.«

»Himmel, wie prätentiös.«

»Darauf bin ich stolz«, sagte er.

»Was ist das für Musik im Hintergrund?«

»Michael Bolton.«

»Gehört der zur Ermittlung?«

»Wie meinst du das?«

»Hat eins der Opfer Michael Bolton gehört?«

»Nein. Ich hab mich selbst für ihn entschieden.«

»Für Michael Bolton?«

»Ja.«

»Du bist ja verrückt.«

»So was Ähnliches hat Lotta auch gesagt.«

»Sie hat recht.«

»Gegen diesen Künstler gibt es wahrscheinlich viel Animosität. Das ist wie mit Strindberg. Ich rufe dich später noch mal an, Angela.«

Er saß sehr still und starrte auf das leere Display, es war wie ein böses Auge.

Dann kam wieder Leben ins Handy.

»Ja?«

»Entschuldige, dass ich dich wecke«, sagte Halders.

»Ich habe noch nicht geschlafen.«

»Viel Glück in Tollholm.«

»Danke.«

»Ich bin gestern Abend wieder bei Lasse Butler gewesen. Er kennt keinen Schwartz, behauptet er.«

»Aha.«

»Aber er hat wieder was von einem Volontär-Training für Jugendliche oder Kinder gemurmelt. Vielleicht haben sie sich mit so was beschäftigt. Ein paar Mal in der Woche Fußball oder so.«

»Ist das üblich?«

»Weiß ich nicht, glaub ich aber nicht. Gibt ja schließlich Vereine in Schweden. Hier ist es doch nicht wie in den fucking USA.«

»Nein.«

»Irgendeine Aktivität also. Du hast ja die Filme gesehen.«

»Es gibt noch mehr Filme. Ich werde heute Nacht noch ein bisschen gucken.«

»Geh lieber schlafen.«

»Okay, Boss.«

»Wie lange hat Schwartz in Tollholm gewohnt?«, fragte Halders.

»Jahrelang«, sagte Winter. »Morgen weiß ich mehr. Werde Dick Benson treffen.«

»Dieser Scheißprotz.«

»Er ist okay.«

»Grüß ihn nicht von mir. Er hat beim EU-Gipfel mit Bush schlecht gearbeitet.«

»Wer hat gut gearbeitet?«

»Ich wollte sagen, der Kollege, der den Idioten erschossen hat, aber ich hab's nicht gesagt.«

»Gut.«

»Und noch etwas, und das nur, weil es noch viel akuter ist. Morgen ist der letzte Anmeldetag für das Polizeiturnier.«

»Fredrik ...«

»Diesmal gewinnen wir, Erik. Diesmal gehen wir in die Geschichte ein.«

»Wir sind schon in die Geschichte eingegangen, besser gesagt, du.«

»Ich bin ein anderer geworden. Ich bin Kommissar.«

»Das sind wir alle.«

»Ich möchte sogar Aneta und Gerda und vielleicht ein paar Frauen vom Dezernat mit in die Mannschaft nehmen. Ein weicherer Touch. Was sagst du jetzt?«

»Ich bin sprachlos.«

»Gut, danke, Chef«, sagte Halders und beendete das Gespräch.

Drei Sekunden später klingelte es wieder. Was für ein verdammtes Geklingel. Jetzt war es Bertil.

»Schwartz ist auch auf diesem Film«, sagte Ringmar. »Dem Bersér-Film.«

»Gut.«

»Das ist ein Durchbruch. Es ist die erste bestätigte Verbindung zwischen zwei der Opfer.«

»Wie hast du das erfahren?«

»Durch Papa Bersér.«

»Du hast den Film also nicht selbst gesehen?«

»Hab ich die Filme oder hast du sie?«

»Reg dich nicht auf.«

»Ich bin müde.«

»Deine Stimme klingt ganz munter.«

»Adrenalin. Ein riesiger Unterschied. Ich weiß, dass du für den morgigen Tag Schlaf brauchst. Aber da ist noch was. Dieser Peter Mark, der mit auf demselben Film war, hält sich im Augenblick in Stockholm auf, hat mir seine Mutter erzählt. Ich war vor einer Weile bei ihr.«

»Du bist ja ein richtiger Nachtschwärmer, Bertil.«

»Das ist meine Natur.«

»Interessant, Mark in Stockholm.«

»Ja. Sie weiß nicht, wo in der Stadt er sich aufhält, aber sie hat gesagt, er wollte sich einen Job suchen.«

»Wir haben es hier mit erwachsenen Menschen zu tun, die schon auf halbem Weg zum Grab sind, trotzdem haben ihre alten Eltern sie immer noch unter Kontrolle«, sagte Winter.

»Das hab ich auch gedacht.«

»Worauf deutet das hin?«

»Dass sie nicht loslassen können. Dass es einen Grund dafür gibt.«

»Wer kann nicht loslassen, die Eltern oder die Kinder?«

Später rief er in Marbella an, sehr viel später.

»Ich bitte dich wegen Bolton um Entschuldigung«, sagte sie. »Jeder darf sich anhören, was er will. Erich Honecker mochte die ABBAs, wusstest du das?«

»Durften die anderen deswegen ABBA nicht hören?«

»Das durften wir«, sagte sie. »In dem Punkt war die Diktatur smart. Als ich zehn war, konnte ich problemlos ABBA hören.«

»In Leipzig«, sagte er.

»In Leipzig.«

»Möchte wissen, ob Björn und Benny das wissen«, sagte er.

»Sei vorsichtig in Stockholm«, sagte sie.

»Na klar. In Stockholm muss man immer vorsichtig sein.«

»Wann warst du zuletzt dort?«

»Kann mich nicht erinnern. Wir waren doch alle zusammen da, im Vergnügungspark.«

»Ja. Wir haben im Diplomat gewohnt. Wohnst du diesmal auch dort?«

»Keine Ahnung«, sagte er. »Das erfahre ich morgen.«

»Sei vorsichtig, Erik.«

»Du weißt, dass ich es bin, Liebling.«

Sie sagte etwas, das er nicht verstand.

»Was hast du gesagt?«

»Das Krankenhaus möchte bis Ende Mai meine Entscheidung haben«, sagte sie.

Er sah die Klinik vor seinem inneren Auge, die hellen Zimmer, nur zweihundert Meter entfernt das Meer, das Café auf dem Weg dorthin, die vier Palmen zwischen den Tischen. Sie war jetzt Chefin, irgendeine Art Chef von mehreren Ärzten.

Er sah sich selbst am späten Nachmittag im gesegneten Schatten des Cafés Ancha sitzen, ihre Wohnung auf der anderen Seite der schmalen Calle Ancha, er hob die Hand zum Gruß, und Elsa und Lilly winkten ihm vom Balkon zu. Papa arbeitet. Nicht. Angela machte das Zeichen für Mittagessen. Er sollte aufstehen und hinauf in die hübsche Küche mit dem Ostfenster kommen, sich an die marmorne Arbeitsfläche stellen und Sardellen zu *anchoiada* und *tostada* für die Vorspeise mörsern, die ganze Woche, jeder Tag ein Festtag.

»Darüber sprechen wir, wenn ich komme«, sagte er.

»Die sind nicht froh in der Klinik, wenn ich aufhöre.«

»Nein.«

»Niemand freut sich«, sagte sie.

Ihre Stimme klang nicht froh. Er wollte fröhliche Stimmen hören, er ertrug es nicht, in seiner Freizeit keine fröhlichen Stimmen zu hören, er wusste, dass sein Wunsch übertrieben war.

»Ohne Liebe hast du nichts«, sagte er.

»Das hast du schön ausgedrückt«, sagte sie.

»Es ist von Michael Bolton.«

»Aha.«

»Vielleicht kriege ich irgendeinen Beraterjob an der Sonnenküste«, sagte er. »In Marbella mangelt es nicht an Verbrechen.«

»Du würdest verrückt werden«, sagte sie.

»Ich bin verrückt.«

»Nein«, sagte sie. »Noch nicht.«

»Danke.«

»Du bist nur nicht richtig froh.«

»Ich will immer froh sein«, sagte er. »Ich möchte fröhliche Menschen um mich haben, fröhlich, besoffen und dick.«

»Dann musst du in Skandinavien bleiben.«

»Ich meine fröhlich auf spanische Art. Melancholisch fröhlich auf spanische Art.«

»Die Spanier sind die Skandinavier des Mittelmeeres, träge und müde«, sagte sie. »Das hast du selbst mal gesagt.«

»Ja, bevor ich ein Rückkehrer war. Und das ist lange her.«

Er konnte nicht aufstehen, er versank im Sessel, über seinem Gesicht flimmerte der Bildschirm, Bilder von Menschen, die sich in seltsamen Mustern bewegten, Kunststücke vor der Kamera aufführten, vor dem, der dahinter stand, das konnte wer weiß wer sein, es könnte der Schildpinsler sein, IRAO, RIOA, ORIA, OAIR. Noch nicht endgültig, so einfach war es nicht. Mehr Leichen, mehr Buchstaben. Das ganze Alphabet? Nein. Das wäre ein Weltrekord. Solche Rekorde wurden in Skandinavien nicht aufgestellt. Das ganze Alphabet. Dann konnte er aufhören, konnte sich an der Sonnenküste sonnen, bis alles vorbei war.

Jetzt richtete er sich auf, schrieb etwas.

NOIR, schrieb er, tauschte das A gegen N aus.

Er zählte Buchstaben. A war Nummer eins im Alphabet, *selbstverständlich*, I Nummer neun, O Nummer fünfzehn, R Nummer achtzehn. Die Summe ergab dreiundvierzig. Lange saß er da und schaute darauf, dreiundvierzig.

Sie enthielten Matilda Cors' ganzes Leben, von der Wiege bis zum Grab, ein Grab in einem öffentlichen Park nach dessen Schließung. Sie war immer ein hübsches Kind gewesen.

Über den Filmen lag eine gewisse Eleganz, eine Frage der Klasse, obere Klasse, größere Eleganz, das genügte auf Dauer nicht. Es war wie mit den Filmen aus seiner eigenen Kindheit.

Sie machten einen nicht froh. Er würde sich zwingen, sie ebenfalls anzuschauen. Sie hingen mit dem hier zusammen. Das war das Schreckliche. Er war nicht nur der Jäger. Er würde es wissen, wenn er es sah. Wissen, was ihm passiert war.

Jetzt lächelte Matilda in die Kamera, ein breites weißes Lächeln, wie eine Schneelandschaft im Februar, wenn die Erde am schönsten ist, der Himmel übrigens auch.

Er wusste nicht, wo die Bilder aufgenommen worden waren. Der Ort kam ihm vage bekannt vor, als wäre er selbst schon einmal dort gewesen, vielleicht vor zwanzig Jahren oder mehr. Es war ein Garten, nicht zu Hause bei Hall in Borås, nicht bei Bersér senior, nicht bei ... seinem Gehirn fielen keine weiteren Namen ein. Jetzt arbeiteten seine Augen. Sie versuchten, das Licht zu lesen, es war das Licht, es war ein spezielles Licht, es kam von Westen, hielt sich im Westen, nah am Meer. Ein Steinwurf. Es konnte auf einer Insel sein, die Familie Cors hatte selbstverständlich ein Sommerhaus in den südlichen Schären besessen, war es Vrångö? Er musste es wieder überprüfen, es könnte Vrångö sein, eine Insel, aber wäre das Licht dann nicht heller? Es mochte von der Zeit abhängig sein, von der Qualität der Kamera, des Films, von allem.

Mehr Menschen bewegten sich durch das Gras. Gesichter schwebten vorbei.

Dort tauchte ein junges Gesicht auf.

Die Kamera hatte den Jungen aufgespürt, er stand neben einem Baum, fast hinter dem Baum.

Der Fotograf hinter der Kamera kannte den Jungen.

Der Junge wandte sich ab.

Der Abstand war groß, die Gesichtszüge waren nicht genau zu erkennen, erst beim zweiten Durchlauf sah Winter mehr.

Der Junge, der Baum, das Gesicht, der Abstand. Dann war

er weg. Die Kamera kehrte zurück zum Gesicht der jungen Cors, unanständig nah, Peeping Tom, dachte er, aber Matilda lächelte, lächelte.

Die Kamera glitt über den Garten, über alle Menschen, ein Garten voller Menschen. Kein Junge. Wo habe ich sein Gesicht schon einmal gesehen? dachte Winter, nicht jetzt, früher, er spürte die wohlbekannte Kälte über seinem Schädel, wie Eis, ein erstickender Schauder durch den Kopf, den er die wenigen Male, als er sich etwas Unerhörtem näherte, empfunden hatte.

Ich habe ihn irgendwo gesehen, an einem anderen Ort, auf einem anderen Video. Das ist er.

18

Im Taxi zum Flughafen träumte er: Brennende Helikopter kreisten über ihm, als er den Blick hob, eins-zwei-drei-vier-fünf. Sie fielen auf die Erde wie tote, leuchtende Sterne.

Ein Mann in der Abflughalle, der ihm in einem gut gebügelten Anzug gegenübersaß, aß eine Banane, behielt die Schale in der Hand, vielleicht als Erinnerung. Winter versuchte, den Automatenkaffee zu trinken, brachte es aber nicht über sich. Er schloss die Augen und dachte an das Gesicht des Jungen. Dann dachte er an das Gesicht eines jungen Mannes, den er auf der gegenüberliegenden Seite einer Eisfläche gesehen hatte. Er dachte an Übergriffe, die vielleicht nie stattgefunden hatten. Es ging nicht nur um ihn. Er musste aufhören, um sich selbst zu kreisen.

In der Schlange vor dem Boardingschalter telefonierte er.

»Wir überprüfen alle Abgänge nach Tollholm«, sagte Halders, »Flug und Bahn. Eine Nadel im Heuhaufen, aber was sollen wir machen.«

»Vielleicht hat er das Auto genommen«, sagte Winter.

»Wenn es Gott gibt, hatte Mark eine Karte von Shell«, sagte Halders, »und war blöd genug, sie in Ödeshög zu benutzen.«

Kriminalkommissar Dick Benson wartete mit einem zivilen Dienstwagen vor dem Terminal. Benson war sechs Jahre jünger als Winter, immer noch auf dem Weg hinauf an die Spitze, früher oder später würden sie sich treffen, vielleicht schon bald, wenn Winter beschloss, abwärts zu klettern, aber warum sollte er? Daran hatte er während des Fluges gedacht, seine Seele brauchte nichts weiter als viel, viel Zeit in Sonne und Wärme.

Benson trug einen Anzug, vielleicht von Vlach. Winter trug seinen Oscar Jacobson, er wollte nicht in Lumpen in der Hauptstadt auftreten, aber auch nicht als Pfau. Hier war er kein Pfau. Bensons Haare waren kurz geschnitten, und er hatte einen Drei-Tage-Bart. Benson wollte an der Jugend festhalten, doch sehr bald würde das seinen Charme verlieren. Winter war immer ein wütender junger Mann gewesen, aber mit dreiundfünfzig veränderte sich seine Wut, jedenfalls in den Augen der anderen.

Sie fuhren in die Stadt. Im Radio wurden Nachrichten heruntergerattert, sie handelten überwiegend vom Verkehr. Sie handelten immer von Verkehr und Tod. Häufig hing beides zusammen, wie ein Teil seiner eigenen Welt. Der Verkehr in Richtung Süden war dicht, die Leute aus Uppland waren unterwegs zu den Goldgruben in Klondyke. Die Armen und Intellektuellen fuhren mit der Bahn. Jetzt lachten sie wie verrückt im Radio. Benson schaltete es aus.

»Das Gegacker ist unerträglich«, sagte er.

»Bei Radio Göteborg wird nie gegackert«, sagte Winter.

»Ich kann mir nicht vorstellen, dass Sie sich den Scheiß anhören.«

»Ich bekomme Rapporte.«

»Hier oben muss man alles selbst abhören«, sagte Benson.

»Wohin sind wir jetzt unterwegs?«

»Als Erstes zum Vasapark, hab ich gedacht. Oder möchten Sie etwas im Hotel abstellen?«

»In welchem Hotel?«

»Nordic Light. Im Diplomaten war kein Zimmer mehr frei.«

»Woher wissen Sie, dass ich im Diplomat wohnen wollte?«

»Intuition«, sagte Benson.

Astrid Lindgrens terrass lag auf der anderen Seite der Dalagatan 46, wo die berühmte Schriftstellerin so viele Jahre gelebt hatte, tatsächlich den größten Teil von Winters Leben. Er hatte ihre Bücher gelesen, die Filme gesehen, auch seine eigenen Kinder kannten sie. Auf diese Weise war Astrid Lindgren größer als das Leben.

So eine Chance hat Johan Schwartz nicht einmal in seinem halben Leben bekommen. Er war unter einer großen Rosskastanie neben dem Minigolfplatz niedergeschlagen worden. Vier fest verankerte Bänke oberhalb des Tatortes verliehen dem Mord ein eigentümliches Bild von Öffentlichkeit. Aber es war im Dunkeln geschehen, in einer leeren Dunkelheit.

»Der Schlag auf den Hinterkopf könnte tödlich gewesen sein«, sagte Benson, »wir werden sehen.«

»Keine Zeugen?«

»Nein, jedenfalls bis jetzt nicht. Ein Mann auf dem Heimweg von Tennstopet hat die Leiche entdeckt und die nächste Polizeiwache alarmiert.«

»Wann war das?«

»Gegen zwei Uhr heute Nacht. Der Typ war betrunken, aber nicht total voll.«

»Hat das Restaurant so lange geöffnet?«

»Gute Frage, Winter. Er hat wohl erst eine Runde gedreht, um wieder nüchtern zu werden, wie er es ausdrückte.«

»Er hat etwas entdeckt, wovon er nüchtern geworden ist.«

»Ich hätte Sie eher anrufen sollen, aber es dauerte etwas, bis der Rapport bei uns einging. Sie wissen, wie das manchmal zugeht. Ich war erst am späten Nachmittag im Dezernat und habe mit den Überprüfungen begonnen. Es sind ja die Buchstaben, die die Fälle miteinander verbinden, und der Buchstabe wurde im ersten Rapport nicht erwähnt.«

»Nicht?«

»Das Stück Pappe befand sich nicht am Körper der Leiche. Die Spurensicherung hat erst später festgestellt, dass es an der Jacke des Opfers befestigt war, die aber war nicht da, als die Kollegen aus der Surbrunnsgatan kamen. Sie lag ein Stück von hier entfernt.« Benson zeigte zur Dalagatan hinauf. Auf der anderen Seite sah Winter einen Blumenladen, eine chemische Reinigung, das Schild vom Wasahof und das Schild eines persischen Restaurants. Der Wasahof war ein Fisch- und Schalentierrestaurant, das wusste er. Es klang wie ein Witz, Schalentiere an der Ostküste, vielleicht alles tiefgefroren. »Da hinten bei den Büschen«, fuhr Benson fort, »um die fünfzig Meter entfernt.«

»Gut, dass ihr die Pappe auch mitgenommen habt.«

»Verdammt gut. Der Karton war umgedreht, den Buchstaben haben sie gar nicht gesehen. Stellen Sie sich vor, es waren Bissspuren auf der Pappe. Ein Fuchs, was sagen Sie dazu?«

»Hat der Zeuge die Pappe beim Opfer gesehen?«

»Er sagt, nein. Wir haben ihn gefragt.«

»Haben Sie selbst mit ihm gesprochen?«

»Ja. Sie können sich auch gern mit ihm unterhalten, aber ich glaube, es ist nicht nötig.«

Winter nickte. Er schaute zur Odengatan, auf der anderen Seite gab es einen Antiquitätenladen, eine Buchhandlung, eine Querstraße, die Hälsingegatan, er hatte den Stadtplan studiert.

Benson folgte seinem Blick.

»Ja, Hälsingegatan, eine Spazierganglänge zum Tod.«

»So war das bei allen«, sagte Winter.

»Was bedeutet das? Faule Opfer?«

»Sie sind nicht so witzig, wie Sie aussehen«, sagte Winter.

»Kommen Sie mir nicht mit irgendeinem blöden Göteborgschnack«, sagte Benson.

»Er wollte ihnen etwas zeigen«, sagte Winter.

»Wie meinen Sie das?«

»Ihnen etwas zeigen oder sagen. Zeigen und sagen. Etwas, das die Opfer nicht ablehnen konnten. Sie fühlten sich in der Nähe ihrer Wohnung sicher, sie konnten das Licht in ihrer Wohnung sehen.«

»Ist das Ihre Arbeitsweise, Winter?«

»Ist das ein Kulturschock für Sie?«

In dem Haus, in dem Schwartz gewohnt hatte, Hälsingegatan 3, gab es das Aliastheater, und Fiasco, einen Frisiersalon, soweit Winter erkennen konnte. »We Fucking Love You«, riefen sie, Schwartz hatte es jeden Tag gesehen, ein aufmunternder Zuruf, wie »We Love You Fucking« oder »You Fucking Love Me« oder »You We Fucking Love«, nein, nicht astrein, sein Gehirn war wieder beim Alphabet, AOIR … RIOA.

»Im obersten Stockwerk«, sagte Benson, das bedeutete vierte Etage, wenn Winter richtig gezählt hatte. »Hat hier seit zwei Jahren gewohnt.«

Sie krochen unter der Absperrung hindurch, Benson öffnete mit einem Schlüssel.

»Vorm Haus steht ein Wagen mit einer Wache«, sagte er.

Jetzt waren sie in der Wohnung, zwei Zimmer, Küche, Balkon.

Winter trat auf den Balkon hinaus. Hier oben war der Wind stärker, frischer, jeder wusste, dass die Luft in Stockholm auf eine Art deutlich tödlicher war als in Göteborg.

Quer über die Straße lag das Jüdische Museum, an der Ecke der Odengatan eine Arztpraxis, ein Musikladen. Im Frühling und Sommer 1945 waren dreißigtausend Überlebende des Krieges nach Schweden gekommen, ein Drittel davon waren Juden.

Benson stand neben ihm.

»Sind Sie schon mal hier gewesen?«, fragte er. »Ich meine, in dieser Straße.«

»Sie meinen, in dem Museum da unten«, sagte Winter. »Nein.«

»Scheiße, ich bin selbst Jude«, sagte Benson. »Aus dem Westen, das hört man am Namen.«

»Ich dachte, Benson stammt aus Värmland«, sagte Winter.

»Was meinen Sie, hat Schwartz das Museum besucht?«, fragte Benson.

»Natürlich.«

»Von hier aus kann man den Park sehen«, sagte Benson. »Jedenfalls bevor die Bäume grün werden.«

Winter sah die Bäume, das Café, den Golfplatz, die Stelle, wo das Opfer gelegen hatte.

»Alle hatten einen Ausblick auf ihr Schicksal«, sagte er. »Sie konnten die Stelle sehen, wo sie sterben würden, ihren eigenen Todesort. Es genügte nicht, dass sie ihn bequem zu Fuß erreichen konnten.«

»Der Täter kann seine Opfer ja wohl kaum nach der Lage ihrer Wohnung ausgewählt haben?«, sagte Benson.

»Nein, genau umgekehrt.«

»Was zum Teufel soll das bedeuten?«

Winter antwortete nicht. Er drehte sich um und kehrte in die Wohnung zurück, um etwas zu sehen, aber er wusste, dass er nichts sehen würde. Dort gab es nichts, was mit dem Leben zusammenhing. Schwartz' Computer befand sich bereits in Bensons Dezernat zusammen mit all dem anderen einschließlich einiger Videofilme *von anno dazumal*. In der Hälsingegatan gab es ein Fitnessstudio, einen Laden, der Trolle und Wichtel verkaufte, noch einen Schönheitssalon, der Siebte Welle hieß, und ein Buddha House nah beim Karlsbergsvägen. Die vierstöckigen Mietshäuser, die die Straße säumten, waren an die hundertfünfzig Jahre alt, eine ruhige Straße, Backstein und Putz, viel in Ocker. Das Vasa-Gymnasium lag wie eine Burg aus dem späten Mittelalter an der Südseite. Das war Vasastan. Die Gustav Vasa Kirche lag unten am Odenplan. Es war einer der großen Stadtteile, nicht so scheußlich wie viele andere Stadtteile Stockholms. Weniger Morde und wenn, dann in der oberen Mittelschicht. Der Odenplan war nicht hübsch, aber auch nicht abstoßend, jetzt war er zerstört von Umbauten, aber das gehörte zum Großstadtleben. Die Großstadt, die nicht ständig ihr eigenes Innenleben verzehrte, war tot, eine Schale nur, eine hübsch gepuderte Leiche.

»Ich bin aufs Vasa gegangen«, sagte Benson, als sie am Karlsbergsvägen umkehrten und wieder zum Park gingen.

»Hat es geholfen?«

»Merken Sie das nicht, Sie eingebildeter Göteborger?«

»Ich bin auf einem Privatgymnasium gewesen«, sagte Winter, »Sigrid Rudebecks.«

»Das weiß doch die ganze Welt. Das gehört zu Ihrem Stil.«

»Sie sind der Snob, Benson.«

»Ich rede vom Ganzen.«

Winter fühlte sich vertraut mit Benson. Hin und wieder brauchte er jemanden für einen kurzen Schlagabtausch, gerade so viel, dass der Geist geschmeidig und der Schrecken in Reichweite blieb, immer in Reichweite.

Jetzt waren sie bei der Odengatan angekommen. Winter drehte sich um. Es war nicht weit bis zu Schwartz' Hauseingang. Irgendwann am späten Abend hatte dieser das Haus zum letzten Mal verlassen, hatte die Odengatan überquert, und es waren nur noch wenige Schritte bis zu seinem Tod gewesen. Was hatte er gewusst?

Sie bogen nach links ab, gingen an der Konditorei Ritorno vorbei, einer klassischen Konditorei mit klassischem Namen, danach leere Geschäftsräume, über die Dalagatan zu Tennstopet, Winter las die Menükarte: Kalbsleber Anglais, Biff Rydberg, Wallenberger, gebratener Hering mit Preiselbeeren. Das war der Inbegriff vom echten Schweden, Hausmannskost, bodenständige Gerichte.

»Zu früh zum Essen«, sagte Benson, »die öffnen erst in zwei Stunden.«

»Ja, leider.«

»Haben Sie Hunger?«

»Na, was denken Sie denn?«

»Wir können in das Café gehen, an dem wir gerade vorbeigekommen sind«, sagte Benson. »Schließlich müssen wir uns über diesen Scheiß unterhalten.«

Der Junge saß auf der Erde neben der OK-Tankstelle unterhalb der Frölunda-Abfahrt. Dort hatte er eine Stunde gesessen, als Ana Martini zu ihm ging und ihn fragte, was los sei. Er war ihr mehrmals in dieser Zeit aufgefallen, wann er gekommen war, hatte sie nicht bemerkt. Er sah aus wie ein Penner oder wie ein Bettler, aber er bettelte nicht. Er war ethnisch schwedischer Herkunft, oder wie das hieß, sah jedenfalls schwedisch aus. Ana war von Geburt keine Schwedin, aber jetzt war sie es, und im Herbst würde sie anfangen, Medizin zu studieren, wenn sie nicht vorher bei der Verfolgung von Spritdieben erschossen wurde oder an Abgasen starb oder daran, dass sie zu viele von den grässlichen Würstchen aß, die sie im Laden grillen musste.

Der Junge schaute auf, als sie vor ihm stand, aber er schien sie nicht zu sehen. Die Sonne hinter ihr knallte in seine Augen, er sah aus wie blind.

»Hallo«, sagte sie.

Er antwortete nicht. Auf seiner Jacke waren dunkle Flecken. Sein Haar war zerstrubbelt, aber nicht absichtlich der augenblicklichen Mode entsprechend. Ein junger Fixer, der von der Bushaltestelle am Marktplatz herübergetaumelt war? Nein, es war etwas anderes.

»Komm, ich helfe dir«, sagte sie und streckte eine Hand aus.

Er zuckte zurück wie ein erschrockenes Tier.

Sie griff nach dem Arm des Jungen, und er entglitt ihr wie Wasser.

Arne Winkler, der Leiter der Tankstelle, sagte etwas hinter ihr. Sie hatte ihn nicht kommen hören.

»Der Junge ist in schlechter Verfassung«, sagte er. »Ich habe einen Krankenwagen gerufen. Und die Polizei.«

Gerda Hoffner und Aneta Djanali saßen an Gustav Lefvanders Bett in der Notaufnahme. Bald würde er auf eine Pflegestation verlegt werden. Er war ausgetrocknet, unterkühlt, erschöpft, ausgehungert. Er war zwei Tage lang verschwunden gewesen. Das kann eine sehr lange Zeit sein, einsam im Dschungel.

Er lag mit offenen Augen da.

»Kannst du mich hören, Gustav?«, fragte Aneta Djanali.

Er nickte.

»Wo bist du gewesen?«

Er antwortete nicht, starrte zur Decke, wie er in den Himmel gestarrt hatte, als sie gleichzeitig mit dem Krankenwagen an der Tankstelle eingetroffen waren.

Sichtbare physische Verletzungen hatte er nicht, keine Zeichen von Schlägen, sie wussten noch nicht, woher die Flecken auf seiner Jacke stammten.

»Wo warst du?«, fragte Djanali.

Er richtete den Blick auf sie und sah sie an, so wie jemand nach einem Geräusch oder einem Schatten schaut.

»Nicht mehr«, sagte er.

»Nein, nicht mehr«, sagte Djanali.

Der Junge versank wieder im Bett wie in einer Art Geborgenheit.

»Du bist jetzt bei uns«, sagte sie. »Du brauchst keine Angst mehr zu haben.«

»Wo ist er?«, fragte er.

»Wen meinst du?«

»Wo ist er?«

Die Stimme des Jungen war lauter geworden, er hatte den Oberkörper zehn Zentimeter angehoben, als wollte er sie verlassen, um in die Wildnis zurückzukehren.

»Wie heißt er?«, fragte Djanali.

»Ist er weg?«

»Er ist nicht hier«, sagte Djanali. »Wo wohnt er?«

»Zu Hause«, antwortete Gustav.

»Wo ist zu Hause?«

Er antwortete nicht.

Gustav sah sie mit einem Blick an, der sagte, dass sie überhaupt nichts kapiere. Er verstand alles, aber sie verstand gar nichts.

»Zu Hause bei dir?«, fragte sie.

19

Die Konditorei Ritorno war größer als das Leben, das Ritorno hatte es schon vor ihrer Zeit gegeben und würde es auch noch nach ihnen geben, das war vielleicht die einzige Wahrheit, die es noch auf der Welt gab.

»Das ist mein Stammcafé«, sagte Benson, als sie vor ihren Tortenstücken saßen, Napoleonschnitte für Winter, Budapester für Benson.

»Also, vier Mordopfer«, sagte Winter. »Bis jetzt haben wir eine eventuelle Verbindung zwischen zwei von ihnen gefunden. Ein Zeuge hat ausgesagt, dass Johan Schwartz auf einem Video von vor zwanzig Jahren zu erkennen ist, zusammen mit Jonatan Bersér, dem zweiten Opfer. Ich habe das Video angesehen, aber zu dem Zeitpunkt kannte ich Schwartz noch nicht.«

»Kumpels also«, sagte Benson.

»Kann sein. An den Filmen ist irgendwas seltsam.«

»Was denn?«

»Ich weiß es nicht. Plötzlich taucht ein Rudel Kinder auf. Ich habe mehr Filme gesehen, von den anderen. Im Hintergrund gibt es etwas ... oder im Vordergrund ... Ich muss sie mir noch mal anschauen.«

»Was meinen Sie?«

»Ich weiß es noch nicht.«

»Schwartz und Bersér können diese Details nicht mehr ergänzen«, sagte Benson, »das müssen Verwandte und Freunde tun. Hier und in Göteborg.«

»Hat Schwartz in Stockholm Verwandte?«

»Nicht soweit wir bis jetzt herausgefunden haben. Sie dürfen mir dabei in Göteborg helfen.«

Winter hob seine Tortengabel mit einem Stückchen Torte. Die Komposition war zermatscht. Er legte die Gabel wieder hin, hörte ein kurzes Lachen. Im Café waren nur wenige andere Gäste, zwei junge Mädchen kicherten an einem Tisch neben der Tür, ganz besonders, wenn sie zu den beiden finsteren alten Schweden im Anzug am Fenster schauten. Die sahen aus, als planten sie ein Verbrechen, einen Banküberfall vielleicht, irgendwas Aufsehenerregendes, aber vielleicht waren es auch nur zwei Türsteher, die nach Ende der Nachtschicht wach werden wollten. Die Mädchen versuchten, für den Unterricht in der Vasaschule wach zu werden, nachdem sie die ersten Morgenstunden geschwänzt hatten.

»Warum sind diese Mädels da nicht in der Schule?«, sagte Benson, der sich nach dem Lachen umgedreht hatte.

»Sie sehen aus, als würden Sie am liebsten zu ihnen gehen und sie auffordern, Ihnen ihre Stundenpläne zu zeigen.«

»Das täte ich verdammt gern. Haben Sie Kinder?«, fragte Benson, der sich wieder Winter zugewandt hatte.

»Zwei Mädchen, die Älteste geht in die dritte Klasse. Die Jüngste kommt nächstes Jahr in die Schule.«

»Ich habe einen Teenager«, sagte Benson und lächelte sein bitteres Lächeln. »Jenny, also meine Frau, und ich haben frühzeitig angefangen, die Erde zu bevölkern. Agnes ist, wie gesagt Teenager, und plötzlich haben wir einen Alien im Haus. Warten Sie nur, bis es bei Ihnen so weit ist. Sie wissen nichts über Teenager, erst wenn Sie versuchen, mit Ihren Töchtern in dem Alter klarzukommen. Dagegen ist unser Job ein Kinderspiel.«

»Klingt spannend«, sagte Winter.

»Einen Dreck wissen Sie. Außerdem sind Sie dann ein Opa. Wie alt sind Sie jetzt, zweiundfünfzig, dreiundfünfzig? Dann sind Sie an die sechzig, wenn die Hölle losbricht, in Ihrem Fall sogar zwei Mal. Sie brauchen Kraft, und ich rate Ihnen, von nun an kein Fitnesstraining mehr zu versäumen.«

»Ich bin dieser Tage gelaufen. Und gerade jetzt hat mein Kollege uns zu einem Polizeifußball angemeldet.«

»Gehe jede Wette ein, das war Halders.«

»Kennen Sie Fredrik?«

»Dieser verdammte Psychopath ist in sämtlichen Polizeipräsidien von Ystad bis Haparanda bekannt. Überall hängen Anschläge an den Wänden, sind die Ihnen noch nicht aufgefallen? Warnung für Leib und Leben.«

»Ich wusste gar nicht, dass er so berühmt ist«, sagte Winter.

»Viel berühmter als Sie«, sagte Benson. »Ich hab gesehen, dass er Kommissar geworden ist, und erwogen, meine eigenen Sterne zu verbrennen. Jesus Christus.«

»Es ist gut, ihn in der Mannschaft zu haben.«

»In welcher war er während des EU-Gipfels? Nicht in unserer.«

»Damals haben wir den Sieg nicht verdient, um's mal sportlich auszudrücken.«

»Während dieser Demonstrationen wurde eine neue Sprache erfunden«, sagte Benson, »die kann man unmöglich lernen.«

»Haben wir das überhaupt versucht?«

»Ihr habt Scheiße gebaut, Winter. Ihr wart die Gastgeber.«

»Ich höre heraus, dass da noch eine Rechnung offen ist.«

»Vor allen Dingen, wenn in der Geschichte herumgestochert wird.«

»Tu ich das denn? Sie stochern. Dafür haben wir jetzt keine Zeit.«

»Wissen Sie, dass ich mich fast mit Halders geprügelt hätte?«

»Ach, jetzt lassen wir mal Halders.«

Die Mädchen standen auf und gingen, sie kicherten nicht mehr, vielleicht fanden sie, dass die Stimmung am anderen Tisch bedrohlich geworden war. Winter nickte ihnen lächelnd zu, versuchte nett zu sein. Ich versuche immer, nett zu sein, dachte er, es richtig zu machen. Andere können machen, was sie wollen, wann sie wollen, aber ich muss mich selbst und andere ständig bei Laune halten.

»Die haben Glück, dass Halders nicht hier sitzt«, sagte Benson.

»Sie sind ja geradezu von Halders besessen«, sagte Winter, »handelt es sich womöglich um ein homoerotisches Problem?«

»Dann wäre es kein Problem.« Benson lächelte.

»In dieser Ermittlung haben wir es außerdem mit einem Jugendlichen zu tun«, sagte Winter, als sein Handy in der Innentasche des Jacketts zu zischen begann.

»Ja?«

»Aneta hier.«

»Das habe ich gesehen.«

»Wir haben Gustav gefunden.«

»Hast du schon mit ihm gesprochen?«

»Ja, deswegen hat es ein bisschen gedauert, ehe ich dich anrufen konnte. Er war unterkühlt, aber unverletzt.«

»Wo ist er gewesen?«

»Das haben wir noch nicht aus ihm rausbekommen.«

»Warum ist er abgehauen?«

»Angst.«

»Angst vor wem?«

»Vor jemandem zu Hause, aber was er damit meint, weiß ich noch nicht.«

»Welchem Zuhause?«

»Auch das versuchen wir gerade rauszufinden.«

»Hast du Lefvander vorgeladen? Den Vater?«

»Nein, noch nicht, die Mutter auch nicht.«

»Bestell Lefvander zum Verhör ein«, sagte Winter. »Es ist an der Zeit. Übergib es Bertil.«

»Okay.«

»Wo habt ihr den Jungen gefunden?«

»Frölunda. OK-Tankstelle.«

»Schon wieder Frölunda«, sagte Winter.

»Das Zentrum der Welt.«

»Gute Arbeit, Aneta. Ruf mich sofort an, wenn du was Neues weißt«, sagte Winter, drückte auf Aus und legte das Handy auf den Tisch.

»Bersérs Stiefsohn war verschwunden und ist in die Welt zurückgekehrt«, sagte er zu Benson.

»Hm.«

»Na, das haben Sie ja gehört.«

»Er hat Schiss.«

»Ja.«

»Möchte wissen, wer außer ihm im Augenblick Angst hat«, sagte Benson.

»Wie meinen Sie das?«

»Es ist ja nicht gerade ein Geheimnis, was passiert ist, die Presse ist mehr denn je hinter uns her. Gibt es zukünftige Opfer? Warum sollte es mit diesem letzten Mord ein Ende haben? Wie viele wissen, dass es ihnen auch passieren kann? Dass sie einen Grund haben, um ihr Leben zu zittern.«

»In die Richtung hab ich auch schon gedacht«, sagte Winter.

»Was ist mit diesen verdammten Buchstaben?«

»Könnte eine Botschaft sein. Kann auch gar nichts bedeuten, ein Witz, den wir nie verstehen werden, eine Ablenkung, kann viel sein.«

»Meine Erfahrung in solchen Dingen ist, dass der kranke Teufel dadurch etwas mitteilen möchte. Er will uns testen, will sehen, wie smart wir sind. Ob wir smarter sind als er. Aber er kennt das Finale.«

Winter nickte. »Wir haben vier Buchstaben, es können acht werden, oder sechs oder weiß der Geier wie viele.«

»Ein Ort?«, sagte Benson. »Ein Name?«

»Während des Fluges habe ich über die Reihenfolge nachgedacht, wer welchen Buchstaben bekommen hat«, sagte Winter, »Robert Hall ein R, Jonatan Bersér ein O, Matilda Cors ein I und jetzt Johan Schwartz ein A.«

»Sollen wir das so lesen, ROIA?«

»Oder stehen die einzelnen Buchstaben für etwas? Ist es kein Zufall, dass Hall ein R bekommen hat und so weiter? Die Frage ist auch Teil dieses Puzzles.«

»Oder es ist ein Mysterium«, sagte Benson, »vielleicht gibt es gar kein Puzzle. Es gibt keinen letzten Buchstaben, kein letztes Teil vom Puzzle.«

Torsten Öberg rief Aneta Djanali an, als sie vorm Polizeipräsidium parkte. Sie stellte den Motor ab.

»Wir haben die Jacke des Jungen geprüft«, sagte Öberg. »Die Flecken sind kein Blut, falls das jemand geglaubt hat. Es ist Farbe.«

»Schwarze Farbe«, sagte Djanali.

»Ich habe sie mit meinem Test verglichen, es scheint sich um dieselbe Farbe wie auf der Pappe zu handeln«, sagte Öberg. »Aber wir wollen ja auf Nummer sicher gehen, nicht wahr? Ich hab die Pappe schon ans Kriminaltechnische geschickt, sie haben eine besondere Methode, die hundertprozentig ist. Außerdem geht es schnell.«

»Wie schnell?«

»Einen Tag oder so.«

»Gustav hat ihn also getroffen«, sagte Djanali.

»Ja, ich glaub nicht, dass der Junge die Jacke auf der Straße gefunden hat.«

Johan Schwartz' Freundin wohnte in Söder, Ringvägen. Die Freundin hieß Lisa.

Benson fuhr am Zinkensdamm vorbei, durch die Tantogatan mit einer Hertz-Filiale, Konditorei Bananza, dort gab es Dunlop, dort gab es alles. Der Ringvägen machte einen trägen Bogen um die Randgebiete von Söder, Nummer 42 befand sich in einem modernen vierstöckigen Gebäudekomplex aus rotem Backstein, der sich die Straße entlang bis hin zum Krankenhaus zog.

Benson parkte. Der Bus 43 nach Ruddammen fuhr vorbei. Winter war hier nicht zu Hause, hier war er tatsächlich noch nie gewesen. Dies war nicht das Söder, woran die Leute allgemein dachten, wenn der Stadtteil erwähnt wurde, das Söder der Kneipen, das Söder der Promis, das intellektuelle Söder, das Söder der hirntoten Fußballfanatiker.

Dieses Söder war moderner, eine moderne Großstadt, die die Wirklichkeit geblieben war, in der die meisten lebten und arbeiteten. Im Erdgeschoss von Nummer 42 gab es einen Teletechnikladen und eine chemische Reinigung. »Wir waschen alles.« Winter dachte an die Wäscherei in der Karl Johansgatan in Majorna, an der er tausend Mal vorbeigekommen war: »Wir waschen alles – außer Geld.«

Im Lift betrachtete er sein Gesicht im Spiegel, Bensons Gesicht neben seinem. Sie waren ungefähr gleich groß, sahen auf unterschiedliche Art unglücklich aus, ein dunkler Schimmer unter den Augen, ein blauer Schimmer über den Köpfen, zwei Männer mitten im Leben, die keine Ahnung hatten, wie sie hierher geraten waren, in diesen Lift, was das alles für einen Sinn hatte, was der wahre *Sinn* war.

Benson klingelte an der Wohnungstür, und sie wurde sofort geöffnet, die Frau musste direkt dahinter gestanden und gewartet haben, seit er vom Ritorno angerufen hatte.

Sie sah ängstlich aus. Das war keine Angst vor ihnen, sie hatte Angst vor allem anderen.

»Lisa Asklund?«, fragte Benson.

»J ... ja.«

»Dürfen wir kurz hereinkommen?«

Sie mochte um die vierzig sein, wie alle anderen in der Ermittlung, stellte Winter sofort fest. Die meisten, mit denen er zusammenarbeitete, waren jetzt jünger, früher war es umgekehrt gewesen, das war kein Problem, das Alter war kein Problem, die Zeit war das Problem.

Unter den Augen verschmierte Mascara. Es war wie immer, es verstärkte die Trauer. Oder was es sein mochte, was sie fühlte.

»Ich kann nicht aufhören zu weinen«, sagte sie.

»Nicht lange«, wiederholte Benson.

»Was?«

»Wir bleiben nicht lange. Wir möchten Ihnen nur ein paar Fragen stellen. Dann gehen wir wieder.«

Sie sah aus, als hörte sie ihn gar nicht, als würde sie auf etwas lauschen, das nur sie wahrnahm. Winter hörte das Brausen in seinem Kopf, er hatte es den ganzen Morgen und Vormittag verdrängt, wie meistens, aber jetzt war sein Tinnitus wieder da, wie eine Erinnerung an das Leben, das er früher gelebt hatte, ohne Nachdenken, nur dem Instinkt folgend, eine tierische Intelligenz. Jetzt hörte er alle Meere der Welt in seinem Kopf rauschen, jede Welle, die siebte Welle. Es gab keinen Schutz, würde es nie geben.

Winter stand in Lisa Asklunds Wohnzimmer. Das Sonnenlicht am Himmel von Söder war stark, die Sonne stand an ihrem höchsten Punkt. Im Innenhof sah er eine große Schaukel, dahinter einen Felsen, eine einsame Holzbank. Im Haus gegenüber hatte jemand eine Tüte vom Billigmarkt auf dem Balkon stehen gelassen, es gab also auch hier Arme, die ihre Moneten zusammenhalten mussten. Lisas Balkon war leer, verwüstet vom unbarmherzigen Winter, staubig, dreckig, als wäre die Nachricht von der Ankunft des Frühlings noch nicht bei ihr angekommen. Das Thermometer in Bensons Auto hatte fünfzehn Grad angezeigt, fünfzehn Grad in der Sonne, aber immerhin, bis jetzt der wärmste Tag des Jahres, der Tag, an dem das Leben nach Stockholm zurückkehrte, nur nicht in dieses leuchtende Zimmer, nicht auf den verlassenen Balkon.

Er hörte Benson etwas sagen und drehte sich um.

»Wann haben Sie sich das letzte Mal gesehen?«, hörte er Benson fragen.

»G ... ich ... es war wohl vorgestern. Ich kann mich nicht erinnern.«

»Wo haben Sie sich getroffen?«

»Hier.«

»In Ihrer Wohnung?«

»Ja ...«

»Sie scheinen zu zögern.«

»Nein, es war hier.«

»Wann war das?«

»Die Frage ... hab ich doch beantwortet?«

»Nein.«

»Himmel.« Sie verbarg ihr Gesicht in den Händen.

»Haben Sie sich vorgestern Abend gesehen?«, fragte Benson.

Sie hob den Kopf, sah ihn an.

»Ja.«

»Hier?«

»Ja.«

»Ist Johan oft über Nacht geblieben?«

Sie zuckte, als Benson seinen Namen nannte, als hätte der Polizist neben ihr auf dem Sofa, der eher wie ein Hooligan aussah, schon die Grenze überschritten, es war nur eine Frage der Zeit.

»Was ... spielt das für eine Rolle?«, sagte sie.

Winter hörte Geräusche aus dem Innenhof, drehte sich um, zwei Kinder, etwa zehn Jahre alt, schaukelten, lachten, schaukelten, das Lachen stieg zwischen den Häusern auf wie in einem Amphitheater.

Winter schob die Balkontür auf. Der Frühling glitt herein, der Duft, ein milderer Wind. Wieder ertönte Lachen. In dieser Wohnung fehlte das Leben, alle waren tot, nichts rührte sich. Die Kinder da unten sahen ihn jetzt, als er nicht mehr von Glasreflexen verborgen war, sie winkten, schaukelten immer höher, winkten wieder, er winkte zurück, winkte, winkte Elsa und Lilly zu, er wollte sie im Arm halten, sie lange fest an sich drücken, als wäre es das letzte Mal, als ständen sie am Ufer vor der größten Welle, ein erschreckender Gedanke, eine furchtbare Vorahnung. Er schloss die Balkontür. Er wollte weg von hier, über den freundlichen Wolken sein, auf dem Weg in den Süden. Mit Lichtgeschwindigkeit. Er wollte fliehen.

»Es spielt eine Rolle«, hörte er Bensons Stimme hinter sich.

»Vorgestern Abend haben wir uns nicht gesehen«, hörte er sie sagen. Er drehte sich um.

Benson schwieg, wartete. Winter wartete.

»Er war mit jemandem verabredet«, sagte sie.

Benson nickte das übliche ermunternde Nicken, halt es offen, mach jetzt nichts kaputt.

»Er war am Nachmittag hier ... es würde spät werden ...«

»Es würde spät werden?«

»Wir wollten ... gestern Morgen telefonieren«, sagte sie und verbarg ihr Gesicht in den Händen. Es war, als hätte die ekelhafte Wahrheit angefangen, sich einzunisten wie ein Krebsteufel, der ihren Körper nie mehr verlassen würde, nie mehr.

Benson nickte.

»Aber dann ... aber dann ...«

Benson nickte wieder.

»Wer?«, fragte sie. »Wer hat das getan?«

»Wen wollte er treffen?«, fragte Benson.

»Einen alten Freund«, antwortete sie.

20

Gustav Lefvander war ein stiller Junge. Er hatte gesagt, was er meinte sagen zu müssen, wollte nicht mehr sagen. Er brauchte Zeit, um ins Leben zurückzukehren, wie es so schön heißt. Er wollte nicht sagen, wo er gewesen war. Es kann sich um eine Todesdrohung handeln, dachte Aneta Djanali. Wann fühlt er sich sicher? Wir müssen nach der Jacke fragen. Wo er war. Aber er soll nicht hierherkommen. Jetzt geht es um seinen Vater.

Dieser Vernehmungsraum mit den neutralen Wänden, dem neutralen Licht und all den neutralen Sachen, der Technik, die nichts wusste, das war die Methode zu zeigen, dass wir nichts wissen, wir möchten so gern wissen, bitte, hilf uns, bitte.

Mårten Lefvander sah keinen Grund, warum er hier saß, gegenüber von Ringmar und Djanali auf der anderen Seite des kargen Tisches in diesem erschreckenden Milieu.

»Machen Sie das immer so?«, fragte er.

»Wenn Sie das Verhör meinen, ja«, sagte Ringmar.

»Das meine ich nicht. Ich meine *mich*.«

»Ist es so überraschend, dass wir Sie verhören wollen?«, fragte Ringmar.

»Ja.«

»Ihr Sohn war verschwunden.«

»Glauben Sie, ich hätte mir keine Sorgen gemacht?«

Ringmar und Djanali schwiegen.

»Was soll das?«, sagte Lefvander. »Was ist mit Ihnen los? Glauben Sie mir nicht?«

»Warum ist Gustav verschwunden?«

»Er hatte Angst.«

»Angst vor wem?«

»Herr im Himmel, da draußen läuft jemand rum und erschlägt Leute, darunter seinen Stiefvater. Wer sollte es nicht mit der Angst zu tun bekommen?«

»Haben Sie Angst gehabt?«, fragte Djanali.

»Was?«

Djanali wiederholte ihre Frage.

»Seinetwegen, natürlich.«

»Haben Sie nach Gustav gesucht?«

»Das ist doch wohl nicht meine Aufgabe?«

Sie antworteten nicht.

»Ich habe alles getan, was ich konnte«, sagte Lefvander.

»Was meinen Sie damit?«, fragte Ringmar.

»Ich habe getan, was ein Vater tun soll.«

»Was soll ein Vater tun?«, fragte Djanali.

»Haben Sie Kinder?«, fragte Lefvander zurück.

»Antworten Sie einfach auf die Frage«, sagte Ringmar.

»Welche Frage?«

»Was tut ein Vater, der alles tut?«

»Kümmert sich um seinen Sohn, wenn es nötig ist.«

»Wann war es nötig?«

»Also ... Gustav wollte nicht bei Amanda und Jonatan wohnen, okay? Es gefiel ihm nicht bei ihnen. Er wollte bei mir wohnen. Sagt das nicht alles?«

»Was sagt es?«

»Dass er bei mir sein wollte.«

»Was sagt das über seine Mutter aus?«

»Ziehen Sie Amanda nicht mit hinein.«

Ringmar nickte Djanali hastig zu.

»Wie meinen Sie das, Herr Lefvander?«

»Sie ist unschuldig.«

»Unschuldig woran?«

»An allem.«

»Was ist das, alles?«

»Das, was passiert ist.«

»Was ist passiert?«

»Dass Gustav abgehauen ist, ist doch wohl klar«, sagte Lefvander.

»So meinen Sie das nicht.«

»Ach nein?«

»Sie meinen etwas anderes.«

»Was meine ich denn?«

»Das fragen wir Sie.«

»Ich habe keine Ahnung.«

»Sprechen Sie nicht von Bersér?«

»Über ihn will ich nicht reden.«

»Verbergen Sie etwas, wenn es um Bersér geht?«

»Warum sollte ich das?«

»Ich frage Sie.«

»Gustav hat nie etwas gesagt.«

»Wovon?«, fragte Djanali. »Wovon hat er nichts gesagt?«

Lisa Asklund wusste nicht, wer Johans alter Freund war. Sie wusste nicht, wo sie sich treffen wollten. Sie hatte gefragt, aber Johan hatte nicht geantwortet, und sie hatte daraus geschlossen, dass es nicht so wichtig war. Er hatte nicht gerade besorgt gewirkt, vielleicht ein wenig gestresst.

»Inwiefern?«, fragte Winter.

»Ja ... als wäre er doch nicht so gelassen vor dem Treffen, wie er tat.«

»Hat er etwas von der Verabredung erzählt?«

»Nur, dass sie sich auf ein Bier treffen würden. Und dann wollte er nach Hause gehen. Es war irgendwo in der Nähe, also in der Nähe seiner Wohnung. Haben Sie ... das überprüft? Wo sie sich getroffen haben? Ob sie sich überhaupt getroffen haben?«

»Bis jetzt haben wir die Stelle noch nicht gefunden«, sagte Benson.

»Vielleicht ist es gar nicht zu einem Treffen gekommen«, sagte sie.

»Jemanden muss er getroffen haben«, sagte Benson.

»Was hat er sonst noch von diesem Freund erzählt?«, fragte Winter.

»Dass er aus Göteborg kam«, sagte sie.

»Jetzt? Ist er jetzt nach Stockholm gekommen?«

»Ich nehme an, er ist jetzt gekommen, um ... Jonatan zu treffen. Aber vielleicht haben sie sich auch nur verabredet, weil er sowieso in der Stadt war.«

»Was meinen Sie, was Johan davon gehalten hat?«

»Wovon?«

»Dass diese Person gerade nach Stockholm gekommen war?«

»Ich weiß es nicht ... ich kann mich nicht erinnern.«

»Wir sollten noch einmal die ganze Zeit genau durchgehen«, sagte Benson.

Winter hörte wieder Lachen von draußen, als ob die Zeit dort unten gar nichts bedeutete, den Kindern nichts bedeutete, als würde es die Zeit gar nicht geben.

Dick Benson fuhr in seinem aufgemotzten Audi davon, das kurze blonde Haar, die dunkle Sonnenbrille und der sündhaft teure Anzug machten ihn zur Klischee-Erscheinung eines Gangsters. Ich möchte ein Stück zu Fuß gehen, hatte Winter gesagt, brauch einen freien Kopf, es war ein langer Tag.

Er ging den Ringvägen entlang, die Häuser folgten der Straßenbiegung, er kam an einem großen Vergnügungslokal vorbei, »Ringos«, WIR LASSEN DIE SAU RAUS, stand in fetten Buchstaben an den Fenstern, er versuchte sich vorzustellen, wie Lisa Asklund dort hinging, vielleicht wegen Johan, er wusste absolut nichts über Johan Schwartz, weniger als über die anderen Opfer. Hier war Winter ein Fremder, war Johan das auch gewesen? War er hierhergeflohen, geflohen vor was? Wer war Peter Mark, was machte er in diesem Augenblick in Stockholm, erschlug seinen alten Freund, eine Jagd bis ans Ende der Welt, warum gerade jetzt?

Winter bog nach links ab, überquerte das Gelände des Rosenlund-Krankenhauses.

Er ging ein paar Treppenstufen zu einer Gasse hinunter, die Timmermansgränd hieß. Ein Paar Schuhe baumelten von einem antiken Telekabel, es sah aus wie ein Trick, eine schwarze Nummer. Der Himmel war blau, die Schuhe waren schwarz, aber gegen diesen Himmel war alles schwarz.

Er kam zu einem Spielplatz, einem Fußballplatz, er sah Kinder und Mütter, ein hübsches Bild, aber hier wirkte alles ein bisschen kaputt, ein bisschen schäbig, ungepflegt, er las einen Anschlag auf dem Platz, dass die Södermalmsallén instand gesetzt werden sollte. Es roch anders als in Göteborg, es roch nach einer größeren Stadt, viel größer, noch schlimmer. Es war das Böse, er fühlte es, gleichzeitig verwässert und konzentriert. Es rief ein Echo hervor, Entsetzen, wie ein Schrei aus weiter Ferne, ein wildes Tier, gefangen in einem Schlageisen, es würde sein Bein abnagen, schließlich würde es auf einen zukommen, niemand würde ihm entgehen, niemand-würde-ihm-entgehen.

Er stand jetzt auf dem Mariatorget, es war viele Jahre her, seit er hier gewesen war. Eine Gruppe Säufer lallte im Park, schwankte im Wind, der zugenommen hatte, während Winter durch Söder gegangen war. Er stand vorm Rival, an den Tischen auf der Straße saßen schöne Frauen mit dunklen Sonnenbrillen, sie verstärkten das absurde Gefühl, dass er sich in einem Traum befand, auf den Tischen standen Weingläser, es war noch nicht zwölf, es war Frühling, über dem Platz flirrte der Staub im Sonnenlicht wie Wüstenstaub. An Winter gingen Menschen vorbei, die aussahen, als wären sie auf dem Weg zu ihrer eigenen Hinrichtung, aber so sah es überall im Land aus, das war nicht spezifisch für die Hauptstadt, hier gab es nur so viel mehr Menschen, die Alltagsmenschen, die die Sinnlosigkeit des Lebens besser erfasst hatten als die größten Philosophen der Welt, die sich in einem Konferenzzimmer versammelt hatten. Gutes Gefühl, anders zu sein, dachte er, ein Mann der Zukunft, er erwog, ins Ming Palace zu gehen, aber das Lokal sah so abschreckend aus, dass er es nicht wagte, er wollte noch nicht sterben, nicht auf diese Art, sich hinterher draußen auf dem Trottoir von drei kleinen Plagen windend, die zu einer einzigen riesigen Pein wurden. Morgen würde Benson ihm erzählen, dass das Restaurant sogar besser als okay war, aber das wusste Winter noch nicht.

Er überquerte die Hornsgatan, betrat das Black & Brown Inn und bestellte ein Käsebrot und ein kleines Bier. Am Fenster war noch ein Tisch frei. Er setzte sich und sah einen Mann auf der anderen Straßenseite ein wattiertes Kuvert in einen Briefkasten werfen. Sein Handy klingelte.

»Wo bist du?«, fragte Ringmar.

»Sitze in einem Pub und starre aus dem Fenster. Hab grad Ernst Brunner ein Päckchen in den Briefkasten werfen gesehen.«

»Oha, das war sicher ein Buch. Ein Buch von ihm selbst. Hast du dir ein Autogramm geholt?«

»Er war schon verschwunden, ehe ich draußen war. Wie von der Großstadt verschluckt.«

»Wie geht's?«

»Schrecken und Erniedrigung wie üblich. Schwartz war an dem Abend, als er ermordet wurde, mit jemandem verabredet. Sagt seine Freundin.«

»Könnte es Peter Mark gewesen sein?«

»Das kann wer weiß wer gewesen sein.«

»Auf seinen Namen ist weder ein einfaches noch ein Rückreiseticket gebucht«, sagte Ringmar.

»Schon das ist ja verdächtig.«

»Wenn man außerdem vermuten muss, dass er sich die Reise gar nicht leisten kann.«

»Altes Geld«, sagte Winter.

»Wir reden jetzt nicht von dir, Erik.«

»Nein, genau, ich hab ja noch einen Job.«

»Trinkst du?«

»Nur ein Ale.«

»Wir haben Mark auch in keinem Hotel oder so was Ähnlichem gefunden.«

»Was macht er in Stockholm?«, sagte Winter. »Wen kennt er hier?«

»Schwartz.«

»Du meinst, kannte. Aber das ist zu einfach.«

»Was ist zu einfach?«

»Dass er es ist. Und wenn, warum jetzt?«

»Wir werden ihn fragen müssen«, sagte Ringmar.

Winter bekam sein Käsebrot. Er zupfte zwei Salatblätter und zwei rohe Ringe Paprika vom Brot und legte alles auf den Tellerrand. Es gab nichts Grässlicheres auf einem Butterbrot als rohe Paprika, trotzdem ließen Cafés und Bars Jahrzehnt um Jahrzehnt nicht davon ab.

»Wenn ich hier fertig bin, nehme ich ein Taxi zum Hotel und versuche nachzudenken«, sagte Winter. »Wie geht es mit Lefvander?«

»Ich weiß es nicht. Er ist wieder zu Hause. Arrogante Person. Bersér war nicht sein bester Freund. Ich weiß nicht, was das zu bedeuten hat. Möglicherweise ist er der Grund, dass sein Sohn abgehauen ist. Ich weiß es nicht. Er lügt, aber ich weiß nicht, wann er lügt. Alle lügen, die mit mir reden, ausnahmslos alle.«

»Ich lüge nie, Bertil.«

»Du belügst dich nur selbst.«

»Das ist jetzt vorbei. Vor einer Weile war ich sogar froh. Es ist der Frühling.«

Halders und Aneta Djanali waren auf dem Weg nach Påvelund. Djanali saß am Steuer. Sie parkte vor Gunnar Bersérs Haus.

Die Sonne verschwand hinter Wolken. Vorher war das Licht sehr stark gewesen. Die Fenster des Hauses waren schwarz. Auf ihr Klingeln öffnete niemand. Halders ging zu dem Fenster links von der Haustür und weiter zum nächsten, verschwand aus Djanalis Blickfeld. Nach einigen Minuten hörte sie einen Ruf, und Halders kam um die Giebelseite gelaufen, »ruf einen Krankenwagen«, schrie er, riss seinen Schlüsselbund hervor, versuchte das Schloss mit dem Dietrich zu öffnen, fummelte herum, fluchte, und dann waren sie im Haus, Djanali hatte die Notrufzentrale erreicht, die Adresse genannt und folgte Halders durch die Diele ins Wohnzimmer, das auf den Garten hinterm Haus hinausging, in dem vor langer Zeit all das Lustige passiert und auf einem Film von Papa Bersér festgehalten worden war, er hing mitten im Raum an einem Haken an der Decke, der normalerweise einen Kristalllüster gehalten hatte. Der Leuchter lag auf dem Fußboden neben dem umgestoßenen Stuhl, Bersérs Körper schwankte sehr langsam hin und her wie in einem sanften Frühlingswind.

O

Als er sich schließlich bei ihnen meldete, war es, als käme er von einem anderen Planeten, als wäre er nie ein Teil ihres Lebens gewesen. Als hätten sie sein Leben nicht zerstört.

Als er an seinem Plan zu arbeiten begann, wurde ihm klar, dass sie *hinterher* keinen Kontakt mehr miteinander gehabt hatten. Sie schienen alle auf verschiedenen Planeten zu leben.

Aber sie kamen. Er wählte die Plätze aus, es konnte ja nicht zu Hause bei ihnen passieren, doch er wollte, dass es in der Nähe ihrer Wohnungen passierte.

Es sollten fast genauso viele Schritte von ihrem Heim entfernt sein, wie er damals vom Haus ins Wasser gelaufen war.

Sie sollten nicht zurücklaufen können.

Er erklärte nichts, das hätte ihnen die Chance gegeben, selbst etwas zu erklären, aber es gab keine Erklärung, dafür war es jetzt zu spät. Dann hätten sie niemals dort gestanden. Er hätte keine Chance gehabt.

Sie hatten ihn beim Wiedersehen nicht erkannt. Er war größer, viel größer. Er war ein anderer, er war Glad.

Es war keine Rache, es war Gerechtigkeit.

Ich war das nicht.

Ich hab nichts gewusst.

Ich habe dir geholfen, oder etwa nicht?

Was willst du haben?

Er wollte nichts mehr haben, nur das eine. So einfach war

das. Jeder könnte es tun. Nein. Es war etwas zwischen ihm und ihnen.

Die Polizei musste unbedingt erfahren, dass dies nichts war, was irgendwer irgendwem antun konnte.

21

Benson hatte die Reisetasche in der Rezeption abgegeben. Winter checkte ein und ging auf die Fahrstühle zu. In der Lobby des Nordic Light Hotels hatte ein Fest begonnen, es wurde Wein getrunken, als gäbe es weder ein Morgen noch ein Gestern. Zwei Frauen auf einem Sofa links von ihm hoben ihre Gläser, prosteten vielleicht ihm zu, vielleicht dem nordischen Licht, das durch die Glaswände von der Vasagatan hereinströmte. *Primavera. Spring. Printemps.* Wer beschwipst und fröhlich ist, kann jede Sprache sprechen. Die Frauen trugen Namensschilder auf der Brust, es fand also kein Fest statt, es war immer noch Arbeit, sicher eine staatliche Institution, der Wetterdienst, die Einwanderungsbehörde, was wusste er, vor dem Eingang war er fast über zwei Bettler an Krücken gestolpert, sie waren auf dem Weg zum Fest in die Lobby, vielleicht als Teil des Festes, dann war es die Einwanderungsbehörde, Fallstudie oder nur Unterhaltung, zurück ins Mittelalter, Zwerge, beinlose Moldawier, Bären, irgendwo gab es eine Bühne oder war es nur ein Buffet.

Das Fenster in seinem Zimmer ging auf eine Straße nach hinten, die parallel zu den Bahngleisen verlief. Da unten fuhren Taxis hin und her, es war der Mittelpunkt der Stadt. Er war ihr ganz nahe, es war der richtige Platz. Er hängte seinen Mantel auf einen Haken an der Tür, zog das Sakko aus, legte sich aufs Bett, dachte an Gesichter, große, kleine, hörte das

Brausen in seinem Kopf, dachte ans Meer, schlief ein, träumte, er stehe an einem Strand und werfe Steine aufs Meer, unklar wo, das Meer wurde größer, der Strand wurde kleiner, und das Wasser stieg, stieg an ihm hoch, und er begriff, dass es seine Schuld war, die Steine heben das Meeresniveau, das weiß jeder Oberstufenschüler, aber er kapierte es einfach nicht, er bückte sich unter Wasser, um mehr Steine heraufzuholen und sie wieder fallen zu lassen, hoffentlich ist es nur ein Traum, träumte er, sonst bin ich schlecht dran. In seinem Kopf summte, schrillte, bellte es, er war wieder unter Wasser, versuchte, einen riesigen verdammten Felsbrocken zu packen, auch dort unten brauste es, er schlug die Augen auf, um ihn herum war es hell, er atmete heftig, er sah die weiße Decke über sich, das war nicht der Himmel, er war im Nordic Light Hotel, das Brausen kam von seinem zischenden Handy und mischte sich mit dem Klingeln des Hoteltelefons neben ihm auf dem Nachttisch. Er griff nach dem Hörer.

»Ja?«

»Warum meldest du dich nicht, Erik?«

»Ich melde mich doch.«

»Am Handy.«

»Ich bin eingeschlafen, Bertil.«

»Du liebe Zeit.«

»Das war nicht geplant. Muss die Stockholmer Luft sein.«

»Bersér senior hat sich aufgehängt.«

»Ich höre.«

»Das klingt, als hättest du es geahnt.«

»Wann ist es passiert?«

»Irgendwann heute Nacht. Er war allein zu Hause.«

»Es scheint so, als wäre er die ganze Zeit allein gewesen«, sagte Winter, »seit sein Sohn ermordet wurde.«

»Wir haben mit seiner Frau gesprochen, der Mutter, sie hat bei einer Freundin in Kungsbacka gewohnt.«

»Warum?«

»Trauer, sagt sie.«

»Trägt man die nicht gemeinsam?«

»Ich habe sie gefragt, aber keine Antwort bekommen.«

»Und jetzt ist es doppelte Trauer«, sagte Winter.

»Sie scheint es nicht einmal richtig realisiert zu haben.«

»Gab es einen Abschiedsbrief?«

»Nein, nichts.«

»Was sagen Pia und Torsten?«

»Selbstmord, bis jetzt. Wir untersuchen das Haus. Der Strick sah neu aus.«

»Vielleicht gibt es noch mehr Filme«, sagte Winter.

»Was passiert bei dir?«

»Ich geh wieder nach Vasastan.«

»Heute Abend?«

»Ja, was denkst du denn?«

»Nimm jemanden mit.«

Das Licht schien gar nicht enden zu wollen. Einfach so, dachte sie, plötzlich ist es da, ohne Übergang, von Dunkelheit zu diesem Licht. Kein Wunder, dass manche Leute nervös werden, es geht zu schnell, wir können nicht Schritt halten, es geht zu schnell, wie wenn man nach einem halben Jahr tiefster Dunkelheit ins Licht tritt.

Fredrik spielte Tiamat auf dem CD-Player des Autos, er war in seiner jährlichen Tiamat-Periode, sie sagte nichts dazu, wenigstens war es nicht Michael Bolton. Tiamat hatte Songs mit Bouzouki, Hardrock mit Bouzouki, mit Mandoline, aber vor allen Dingen mit einem Gibson Explorer, der einen Sound hatte, wie wenn warmes Messer durch Butter fuhr.

Sie waren unterwegs zum Marconipark. Die untergehende Sonne veränderte die neuen Gebäude entlang der Marconigatan. Furchtbar scharfkantige Umrisse, als wären die Zimmer in den Häusern abgeschnitten. Es war schön und brutal, hier gab es nur Glas, Beton und glänzenden Asphalt. Am Frölunda torg wurde ständig gearbeitet, ein Perpetuum mobile, ein Traum für die Frierenden.

»Ich bin nur einmal in Tollholm gewesen, und das waren Tage voller Schrecken«, sagte Halders zur Windschutzscheibe, als die Musik verstummte. Er parkte vor der Eissporthalle. »Da fahr ich nie wieder hin.«

»Deine Kinder müssen doch die Hauptstadt des Landes kennenlernen«, sagte sie.

»Das hat mein Vater auch gesagt.«

»Wie soll ich das denn verstehen?«

»Na, als er mit uns nach Tollholm fahren wollte!«

»Was ist passiert?«

Halders schaltete den Motor ab. Sie hörte eine Möwe schreien und sah ein Netz von schwarzen Vögeln vor dem dunkelblauen Himmel. Die Luft war wie Rauch. Aneta fröstelte.

»Ich muss zehn gewesen sein. Zu der Zeit hatten die Autos noch Buchstabenkennzeichen der einzelnen Landesteile, so dass die Leute sehen konnten, aus welchem Provinznest man kam.«

»Aus welchem seid ihr gekommen?«

»Damals aus F. Das bedeutete Jönköpings Provinz. Wir haben ein halbes Jahr in Eksjö gewohnt, und in der Zeit hat mein Vater einen gebrauchten Borgward gekauft, auf dem Kennzeichen stand F, damit sind wir nichts Böses ahnend für einen Zwei-Tage-Urlaub nach Stockholm gefahren.«

»Und was ist passiert?«

»Vater ist am Narvavägen in eine Prügelei mit einem Stockholmer Idioten geraten.«

»Du machst Witze, Fredrik.«

»Darüber kann man gar keine Witze machen. Wir waren

auf dem Narvavägen Richtung Norden unterwegs, meine Eltern hatten ein billiges Hotel in der Nähe vom Vanadisbad gefunden und haben sozusagen zwei Fliegen mit einer Klappe geschlagen. Mein Bruder, meine Schwester und ich saßen hinten, meine Eltern rauchten frenetisch, zum ersten Mal in ihrem Leben in der Großstadt, mein Vater glaubte, dass er sich verfahren hatte, mein Bruder musste vom Rauch kotzen, Vater bremste, hinter uns fing ein Auto an wie verrückt zu hupen, Vater drehte das Seitenfenster herunter, und wir hörten jemanden brüllen ›Fahr nach Hause, du Bauer!‹ in diesem nasalen, widerlichen Dialekt der Stockholmer, du weißt, wie Amerikanisch, und dann das wahnsinnige Gehupe, mein Vater zog die Handbremse an, sprang aus dem Auto, stürmte zu dem Wagen hinter uns, riss die Tür auf und zerrte den Stockholmer Idioten heraus.«

»Nein.«

»Doch, so wahr ich hier sitze. Der Kerl war im selben Alter und genauso groß wie mein Vater. Es war also ein ausgeglichener Kampf. Sie verpassten einander ein paar gute Schläge und schnappten nach Luft, als die Bullen in einem Amazon-Streifenwagen ankamen. Das war der Moment, in dem ich beschloss, Polizist zu werden.«

»Hast du darüber nachgedacht?«

»Worüber nachgedacht?«

»Dass du Polizist werden wolltest, als dein Vater festgenommen wurde.«

»Komm mir jetzt nicht mit Freud, Aneta. Es war die Karre, die mich zu dem Entschluss gebracht hat.«

»Was ist mit deinem Vater passiert?«

»Ein Bulle hat ihn und den anderen Typ zu einem Revier in der Nähe mitgenommen. Ich war nicht dabei. Einer der Polizisten hat uns in unserem Borgward Isabella zum Hotel gefahren. Mutter hatte keinen Führerschein. Er war nett, jung, soweit ich mich erinnere. Ich durfte seinen Gummiknüppel anfassen, was meinst du, hätte Freud dazu gesagt? Vater kam nach einigen Stunden zurück, keiner von beiden hat den anderen angezeigt, ich glaub, sie haben später sogar darüber gelacht am Telefon, aber eigentlich gab es da nichts zu lachen. Meine Schwester hat sich bei der Prügelei in die Hose gepinkelt. Sie war vierzehn. Mein Bruder und ich haben sie nie damit aufgezogen.«

»Schon damals ein Gentleman«, sagte Djanali.

»Das Ereignis lief in der Familie unter dem Namen ›Die Schlacht bei Narwa‹.«

»Und du wolltest nie wieder nach Stockholm.«

»Nein. Ich weiß nicht, was es mit mir machen würde, Doktor. Wer ich dann werden würde.«

»Vielleicht ein geläuterter Mensch.«

»Ich bin ein ganzer Mensch«, sagte Halders, setzte seine Sonnenbrille wieder auf, öffnete die Autotür und stellte seine Füße auf die karge Erde.

Djanali spürte den Wind vom Eismeer, sie sah ihn über den Schotter vom Marconipark streichen. Dort würde niemals Gras wachsen, nichts Richtiges würde dort wachsen, nur Häuser. Sie fror, jetzt war überall Kälte. Fredrik schien nicht zu frieren, er war schon mit federnden Schritten auf dem Weg zum Eis in der Halle, als hätte er eine Verabredung.

Winter schaute sich den Film an. So hatte Johan Schwartz also ausgesehen, als er lebte, achtzehn Jahre jünger, ein bewegtes Bild für die Nachwelt, Winter war die Nachwelt, eine Zukunft, die es für das Gesicht auf dem Video nicht mehr gab. Es war Sommer, Leute huschten von links nach rechts durchs Bild wie in einer Choreographie, konnten sonst wer sein, Winter erkannte nur Schwartz, ein Junge kickte einen Fußball in die Luft, die Kamera folgte dem Ball in den Himmel und wieder zurück, jemand fing ihn, ein Paar kleine Hände, drei Sekunden lang ein Gesicht auf dem Bild, ein Junge, Winter spürte die Eiseskälte im Nacken, sie kroch über seinen Hinterkopf wie ein Tier, er spulte den Film zurück und schaute wieder. Das war er, es war der Junge auf den Filmen, die sie aus Matilda Cors' Elternhaus mitgenommen hatten, das musste er sein, er war hier und dort. Er war die Verbindung zwischen den toten Buchstaben. Er war die Antwort. Er war alles. Winter wählte Ringmars Nummer. Ringmar meldete sich sofort, als ob er schon gewartet hätte.

»Guck dir auf der Stelle die Filme an, Bertil. Alle. Auf mindestens zwei ist ein Junge dabei, derselbe Junge. Ich bin sicher.«

»Ich habe die Schwartz-Kopie gerade bekommen.«

»Er ist dabei.«

»Okay. Gut.«

»Wir müssen sie allen Familien zeigen. Jemand muss etwas wissen.«

»Mir scheint, du ahnst einen Durchbruch«, sagte Ringmar.

»Weiß der Teufel. Aber in meinem Schädel braust es, in meinem Nacken hämmert es. Ich friere. Ich schwitze.«

»Gut, mein Sohn.«

Es war immer noch hell, als er das Hotel verließ, doch langsam senkte sich Dämmerung über Vasastan.

In der Drottninggatan wimmelte es von Menschen. Er ging in Richtung Norden. Die Straßencafés hatten die Saison eröffnet, wahrscheinlich heute. Er kam an einem Schaufensterschild vorbei, auf dem stand »Stolze Lieferanten eines urbanen Lebensstils«.

Der Platz vorm Blauen Turm war von Sushidevil übernommen worden. Strindberg hatte er schon lange nicht mehr gelesen. Er hatte sich Bolton angehört. Sushi mochte er nicht besonders, auf längere Sicht ein Geschmack ohne Zukunft, erschlagen von Wasabi. Im Lokal saßen überwiegend Jugendliche, Sushi entsprach ihrem Geschmack, ungefähr wie Pizza.

Er ging die Västmannagatan entlang, an der Gustav-Vasa-Kirche und an Tennstopet vorbei, Benson hatte vorgeschlagen, dort gemeinsam zu essen. Er hatte versprochen, sich bei Benson zu melden, es aber nicht getan.

Jetzt stand er vor dem Jüdischen Museum.

Der Balkon auf der anderen Straßenseite lag im Halbschatten.

Die Dämmerung war bis zum dritten Stock der Häuser in Vasastan hinaufgekrochen. Von fern konnte man keine Gesichter mehr erkennen. Winter betrachtete die Haustür von Hälsingegatan 3, nichts rührte sich. Fiasco hatte für heute geschlossen, hatte irgendwo seine *fucking love* gefunden. In diesem Augenblick sehnte er sich nach einer Zigarre, ein absurder Gedanke. Er rauchte schon seit drei Jahren nicht mehr, aber das Verlangen würde ihn nie verlassen, es war wie mit dem Alkohol, wie mit der Sehnsucht nach Seelenfrieden.

In der Straße war es still. Rundherum tobte das Nachtleben der Großstadt, aber nicht hier. In einiger Entfernung wurde ein Auto gestartet, das in Richtung Karlsbergsvägen fuhr. Die Autoscheinwerfer blendeten in der Abenddämmerung. Winter stand immer noch ganz still, als wäre er unfähig, sich zu bewegen. Er konnte nirgends einen Wagen vom Wachpersonal entdecken. Hatte Benson nicht gesagt, dass vor dem Haus einer stehen würde?

Ein Radfahrer näherte sich und hielt einige Meter von Winter entfernt an. Er trug keinen Helm, ein Mann um die dreißig, vielleicht ein bisschen älter. Strickmütze, kurze Jacke. Die Fahrradbeleuchtung hatte nicht funktioniert, Winter war ganz überrascht, als das Rad plötzlich auftauchte.

Er sieht mich nicht, dachte Winter. Der Radfahrer stand still und schaute an der Hausfassade von Nummer 3 hinauf.

Zu dem Balkon? Schwartz' Balkon? Da oben ist es dunkel, das muss er sehen. Dort oben ist alles dunkel, aber er starrt trotzdem hinauf. Er klingelt nicht an der Haustür.

Der Radfahrer stand immer noch da, schaute sich um, dann wieder an der Fassade hinauf, sah sich wieder um, bemerkte ihn nicht, so viel war Winter klar.

Aus der anderen Richtung kamen zwei Radfahrer, ein Junge und ein Mädchen. Durchgangsstraße für Radfahrer, dachte Winter. Er hörte Bruchstücke eines Gesprächs, es hallte zwischen den Hausfassaden wider.

Der einsame Mann streckte den Rücken und stieß sich mit dem rechten Fuß ab.

Winter machte einen Schritt aus dem Schatten der Hauswand.

Der Mann drehte sich um, sah die Bewegung und begann, in die Pedale zu treten.

»Hallo! Anhalten! Hallo!«

Der Mann wurde schneller, fuhr an den anderen beiden vorbei, war schon halbwegs auf der Straße.

»Anhalten! Polizei!«, rief Winter. »Polizei!«

Jetzt war es so weit. Der Mann da vorn war auf der Flucht. Und ich stand hier, konnte Winter gerade noch denken, etwas hat mich hierhergezogen, er hat mich hierhergezogen.

Das Paar war bei Winters Rufen abgestiegen, sah ihn an, sah dem Flüchtenden nach. Winter lief die wenigen Schritte zu den beiden. »Ich leih es mir nur aus«, schrie er, riss dem Jungen den Lenker aus der Hand, ein junger Mann von etwa zwanzig, dünn, geschockt, klug genug, keinen Widerstand zu leisten, als Winter ihm das Fahrrad wegnahm, es umdrehte, im Fahren aufsprang und unterwegs war, auf der Jagd.

22

Das Fahrrad war ein Racer, Winter blieb in den Gängen hängen, der Fliehende vor ihm bog nach rechts auf den Karlbergsvägen ein und war verschwunden. Winter presste den Daumen gegen die Hebel der Gangschaltung am Lenker, schaltete den Gang herunter, spürte, dass die Kette griff, spürte, dass das Rad schneller wurde, schaltete in einen höheren Gang, jetzt kann ich es, er erreichte die Kreuzung, bog nach rechts ab und sah ein flackerndes Rücklicht, das war *er*, das rote Rücklicht vor ihm war plötzlich zum Leben erwacht, perfekt, es war wie ein Wegweiser für die guten Kräfte, Fahrradbeleuchtung stand immer für die guten Kräfte, das wusste doch jeder, ich bin das Licht und die Wahrheit und der Weg, der Weg endete am Odenplan, Winter wusste nicht, ob der andere wusste, dass er verfolgt wurde, es war nicht zu erkennen, ob sich der Kerl umgedreht hatte, aber er trat in die Pedale, als wüsste er, dass jemand hinter ihm her war, er weiß es, das muss jetzt die Odengatan sein, der andere zog davon, hier ging es sachte bergab, Winter fummelte an der Gangschaltung herum, bekam sie nicht in den Griff, bekam sie in den Griff, versuchte, sie besser in den Griff zu kriegen, wurde schneller, er spürte den Wind in den Haaren, sein Mantel flatterte wie der Mantel eines Zauberers, warum zum Teufel hatte er den Mantel nicht weggeworfen, als er das Fahrrad klaute, der fing den Wind wie ein Segel in der falschen Richtung auf, der Schlips flatterte vor seinen Augen, ein verdammt unpraktisches Kleidungsstück beim Radsport, der Sakko spannte über seinen Schultern, die Anzughose spannte im Schritt, definitiv die falsche Ausrüstung, der vor ihm war locker und weich gekleidet wie für den Giro di Stockholm, jetzt war es ein offizielles Rennen, sie begegneten keinen Autos, keinen anderen Verkehrsteilnehmern, keinen Fußgängern, als wäre Stockholm abgesperrt für dieses Rennen, es wurde aus weitem Abstand verfolgt, vielleicht via Satellit, und jeder wusste, dass vom Ausgang dieses Rennens alles abhing, alles, was sie wissen wollten, würde im Ziel erklärt werden, wenn Winter der Schnellste war, den besten Spurt hinlegte, der schon bald kommen würde, vielleicht schon heute Abend oder in der Morgendämmerung.

Halders ging zu einem Wachmann auf der Spielfläche, der Kerl könnte Eismann genannt werden, dachte er.

»Haben Sie viele Besucher, wenn hier kein Match stattfindet?«, fragte er, nachdem er sich vorgestellt hatte.

»Wie meinen Sie das?«

»Leute, die in die Halle kommen, tagsüber zum Beispiel.«

»So wie Sie?«

»Nein, nicht wie ich, ich bin ja dienstlich hier.«

»Viele kommen nicht, soweit ich weiß.«

»Wer könnte es denn wissen?«

»Ich.« Der Mann lächelte. Halders dachte an Beckett, so ungebildet war er nun doch nicht, dass ihm in einer Situation wie dieser nicht Beckett einfiel.

»Dann frage ich Sie«, sagte er.

Hinter sich hörte er Aneta Djanali, sie hatte den Weg in die Kälte gefunden, in den Permafrost, und stellte sich vor.

»Irgendwelche Besucher, meinen Sie?«, fragte der Wachmann und sah Halders an.

»Jemand, der regelmäßig kommt, sagen wir mal.«

»Ein regelmäßiger Besucher, der herkommt, wenn kein Match stattfindet?«

»Ja.«

»Seltsam«, sagte der Wachmann, er hatte seinen Namen genannt, er hieß Glenn.

»Seltsamkeiten sind mein Job«, sagte Halders.

»Eigentlich hat kein Außenstehender das Recht, sich hier aufzuhalten«, sagte Glenn.

»Okay.«

»Aber ich kann ja nicht alle unter Kontrolle halten. Ich bin schließlich kein Polizist.«

»Ein relativ junger Mann, etwas über zwanzig, helle Haare, sandfarben, mittelgroß und normaler Körperbau, wie es so schön heißt.«

»Haben Sie ihn gesehen?«, fragte Glenn.

»Ja.«

»Hier in der Halle?«

»Ja.«

»Ist er hier herumgeschlichen?«

»Ich habe Sie gefragt, ob Sie jemanden gesehen haben, auf den die Beschreibung zutrifft.«

»Vielleicht ...« Glenn schaute über die Eisfläche, als würde der Mann dort stehen.

»Haben Sie ihn gesehen?«, fragte Djanali.

»Vielleicht«, wiederholte Glenn, »jetzt wo Sie es sagen ... einige Male hat dahinten ein junger Mann gestanden.« Er wies mit dem Kopf auf die gegenüberliegende Seite. »Und dann ist er weggegangen. Das ist mehrmals vorgekommen. Ich hab mich nicht um ihn gekümmert, dafür habe ich keine Zeit.«

»Haben Sie mit ihm gesprochen?«

»Nein, nein.«

»Was meinen Sie, hat jemand anders mit ihm gesprochen?«

»Ich bin allein hier.«

»Haben Sie mit jemandem über ihn gesprochen?«

»Nein. Da müssen Sie das Personal oben im Büro fragen. Vielleicht hat ihn jemand gesehen.«

»Schon erledigt«, sagte Halders. »Keiner hat ihn gesehen.«

»Verstehe, die kommen nie von oben runter.«

Halders nickte.

»Denen ist es hier unten zu kalt« sagte Glenn.

»Ist Ihnen noch etwas anderes an diesem Besucher aufgefallen?«

Glenn antwortete nicht. Er war um die fünfzig, vielleicht ein wenig jünger, in einem Alter, als alle Jungen, die in Göteborg geboren wurden, Glenn getauft wurden. Er schaute über die Eisfläche, als rechne er damit, der Sandmann könnte auftauchen und Sand aufs Eis streuen, das geschah überall in der Stadt, warum nicht auch hier?

»Ich glaube, dass er ...« Glenn brach ab.

Djanali und Halders warteten.

Von irgendwoher hörten sie Rufen, und dann Kinderstimmen aus dem Vorraum. Vielleicht würde gleich ein Match stattfinden. Oder ein Abendtraining.

»Es ist komisch ... wenn man anfängt, über etwas zu reden, woran man vorher nicht mal gedacht hat ...«, sagte Glenn.

»Das kennen wir«, sagte Djanali.

»Er hat etwas getan ...«, fuhr Glenn fort, »deshalb erinnere ich mich überhaupt an ihn.«

Er verstummte wieder. Einige kleine Jungen kamen auf Schlittschuhen hereingelaufen, ganz plötzlich, wie aus einem geheimen Umkleideraum hervorgeschossen. Sie trugen gelbe Pullover und blaue Hosen, die schwedische Nationalmannschaft der Zehnjährigen. Die Helme waren größer als ihre

Köpfe. Alles wirkte größer als sie. Glenn schaute sie an, als kennte er jeden einzelnen.

»Was hat er getan?«, fragte Djanali.

»Wie meinen Sie das?«

»Was hat der Besucher getan, um den es hier geht?«

»Ich glaube, er hat geweint«, sagte Glenn mit Verwunderung in der Stimme. Oder Zweifel.

Das Fahrrad vor ihm war nach rechts abgebogen, ein letztes rotes Signal vom Rücklicht. Winter lag hundert Meter zurück, der Abstand wurde nicht geringer, nahm aber auch nicht zu, Winter versuchte, das Handy vorzuholen und auf Alarm zu drücken, aber das Scheißding glitt ihm aus der Hand, fiel zwischen seine Beine, rutschte über den Asphalt. Sie waren jetzt auf dem Weg in Richtung Süden, die Kreuzung hatte er genommen wie ein Speedwayfahrer, es war eine gerade Strecke, der Verkehr war wieder da, aber Winter registrierte ihn kaum, nur er und der andere waren unterwegs, es ging allein um sie. Er spürte keine Müdigkeit, er hatte noch Kraft, den Job erledigte das Fahrrad, es gab keine Steigungen, keinen Widerstand. Er *lebte*, zum ersten Mal auf dieser Reise fühlte er sich *lebendig*, das Gefühl wollte er nicht loslassen, niemals loslassen, sie könnten bis nach Norrköping fahren, und er würde es nicht loslassen, bis Marbella. Jetzt hatte er ihn aus den Augen verloren. Jetzt sah er ihn wieder. Der Mann trug eine helle Jacke mit einem dunkleren Streifen auf dem Rücken, bei Tageslicht war der Streifen vielleicht rot, jedenfalls war er deutlich zu erkennen, ein Fehler, begangen von jemandem, der nicht damit gerechnet hatte, *auf diese Art verfolgt zu werden*, Winter meinte zu sehen, dass der Kerl vor ihm sich mehrmals umdrehte, das Aufblitzen wie von einem Gesicht, ein hellerer Schatten, guck du nur, ich bin hier, ich bin noch da, sie waren jetzt in eine leichte Linkskurve gebogen, in einen Boulevard, der nach Süden führte, Winter erkannte die Birger Jarlsgatan, dahinten links war der Humlegården, in einer anderen Inkarnation war er dort spazieren gegangen mit einer Frau, an die er sich im Augenblick nicht erinnern konnte, nur ein einziges Mal waren sie spazieren gegangen, damals war er noch auf der Polizeihochschule, es war Frühling gewesen, wie jetzt, er stand kurz vor der Beendigung seiner Ausbildung, und der Ernst des Lebens würde beginnen, das Verhältnis mit der Frau würde auch enden, und er würde sein Leben an einem anderen Ort fortsetzen, zu Hause, in Mamas Straße, ein Muttersöhnchen kehrt zurück zu seiner Mama und ihren Martinis, nicht zu Papa, jetzt lag der Humlegården hinter ihnen, er konnte das Gesicht seines Vaters nicht vor seinem inneren Auge sehen, er sah sich selbst nicht, nicht die Frau, sie hieß irgendwas mit N oder war es ein M, dann kam ein A, da vorne war der Stureplan, auf der Kreuzung zur Kungsgatan geriet sein Opfer ins Schwanken, stürzte aber nicht, kreuzte zwischen einigen Taxis durch, zwischen all den Stockholmern, die die Erlaubnis hatten, sich nach Einbruch der Dunkelheit draußen aufzuhalten, die vor dem Sturehof saßen, aßen, tranken bei Small-Talk, irgendwann werde ich dorthin gehen, dachte er, wenn dieser Fall aufgeklärt ist. Sie waren jetzt vorbei am Sturehof, vorbei an dem Geglitzer und Frohsinn, vorbei an Saus und Braus, Winter konnte nichts mehr hören, das Adrenalin hatte sich seines Tinnitus' angenommen, das Adrenalin hatte ihn erschaffen, und jetzt schützte es ihn, darauf kam es an, den Körper bis zu dem Grad unter Druck zu setzen, dass die Säure aus den Ohren spritzte, alles herausspülte, was nicht hineingehörte, jedenfalls für eine kostbare Weile, wie jetzt, er war immer noch nicht müde, seine Schenkel waren angespannt, aber er war nicht müde, er schwitzte wie ein Skilangläufer, er musste den Schweiß, der ihm über die Stirn rann, aus den Augen blinzeln, aber er war nicht müde, würde nie müde werden, der andere würde nie müde werden, er war zu böse, er hatte zu große Angst, er war zu dumm, er war zu klug, er war all das, er scherte jäh nach links aus, eine scharfe Biegung, er verschwand, Winter folgte ihm, wäre fast gegen die Hauswand gegenüber geknallt, Grev Turegatan stand auf dem Schild an der Wand, Winter musste absteigen, das Fahrrad wenden und die Straße weiter hinauffahren, da oben war kein Radfahrer mehr, Teufel, es gab gar nichts mehr, alle waren auf dem Stureplan, auch hier gab es Kneipen, aber der Stureplan war anziehender, Stockholm war wie die Provinzstädte, wie zum Beispiel Sävsjö, dort gab es auch einen Stureplan, Winter wusste es, da ein ehemaliger Kollege nach Sävsjö gezogen war und für die Polizei von Eksjö arbeitete, an seinem Haus stand Stureplan 1, dort war der Platz ein bescheidener Verkehrskreisel, den die Autodiebe nie bemerkten, auch niemand anders, Winter hatte ihn nicht bemerkt, das einzige Mal, als er dort gewesen war, jetzt war er oben auf der Kreuzung, Humlegårdsgatan, links, rechts? Das war nicht logisch, wenn der andere umgekehrt war, Winter wusste, dass der Mann die Stadt nicht besonders gut kannte, aber er würde nicht umkehren, das tat niemand, der einen Verfolger auf den Fersen hatte, Winter fuhr nach rechts, auf den Östermalmstorg zu, kam an der Markthalle vorbei, ein wunderbarer Tempel für Delikatessen, sauteuer, wie eine Strafe für diejenigen, die auf Östermalm wohnten und sehr gern zahlten, er selbst zahlte, was gefordert wurde, wenn es das Beste war, die Markthalle lag jetzt still und dunkel da, Winter bog ohne nachzudenken direkt nach rechts ab, hinunter zum Nybroplan, das böse rote Auge starrte ihn vom Wasser her an, das war *er*, er war noch da, sie waren immer noch zusammen auf Stockholms Straßen unterwegs, immer einsamer, je mehr sie sich vom Zentrum der Welt entfernten.

Gerda Hoffner stand vor Gustav Lefvanders Zimmer. Sie hatte die Tür noch nicht geöffnet. Das Licht im Flur war krankenhausblau, eine Farbe, die es auf der Palette nicht gab. Sie öffnete die Tür. Im Zimmer das gleiche Licht. Gustav hatte ein Einzelzimmer. Er schaute auf, als sie eintrat. Man hatte ihr gesagt, er schlafe. Niemand wollte eigentlich, dass sie zu ihm ging. Nur eine Minute, hatten sie gesagt.

»Entschuldige, dass ich so spät störe«, sagte sie.

Er antwortete nicht.

»Ich möchte nur eins wissen«, sagte sie.

»Nicht jetzt«, sagte er.

»Wir haben Farbe an deiner Jacke gefunden«, sagte sie. »Schwarze Farbe. Weißt du, woher sie stammt?«

»Nein.«

»Wann hast du die abgekriegt?«

»Ich weiß es nicht.«

»War das kürzlich?«

»Glaub ich nicht.«

»Wusstest du, dass du Farbe an der Jacke hast?«

Er antwortete nicht.

»Die Frage kann doch nicht schwer zu beantworten sein.«

»Ich wusste, dass ich Farbe am Ärmel habe«, sagte er.

Farbe am Ärmel, dachte Hoffner. Sie hatte keinen Ärmel erwähnt.

»Wann hast du sie entdeckt?«, fragte sie.

»Kann mich nicht erinnern.«

»Hast du in letzter Zeit jemanden getroffen, der von Beruf Maler ist?«

»Nein.«

»Bist du bei jemandem zu Hause gewesen, der etwas anstreicht?«

»Nein, hab ich doch gesagt. Wahrscheinlich hab ich mir den Ärmel bei meinem Vater vollgeschmiert.«

»Bei deinem Vater?«

»Er hat Malerfarbe in der Garage stehen. Das hat doch wohl jeder?«

Ringmar hielt es zu Hause nicht aus. Er hatte versucht, sich die Filme anzuschauen, aber das bewegte Leben auf den Bildern schien seine Gedanken abzustumpfen, als wäre der Tod zu weit davon entfernt, als handelten sie nicht vom Tod, wovon sie doch eigentlich immer handelten. Eben hatte er an seinen Sohn gedacht, als wäre Martin einer schwedischen Sommerszene in einem Garten voller fröhlicher Menschen entstiegen und hätte wieder Ringmars Haus betreten, aber das würde Martin nicht tun, nie mehr, so hatte es den Anschein, und Ringmar wollte es gern verstehen, konnte es jedoch nicht. Er wusste nicht, was für ein Verbrechen er begangen hatte. Ich muss zu ihm fahren, koste es, was es wolle. Kuala Lumpur ist eine zivilisierte Stadt, er kann mich ja nicht einfach in den Fluss werfen, wenn ich komme, den schmutzigen Fluss, das bedeutet der Name, ich weiß gar nicht, ob es dort einen Fluss gibt, ich weiß, dass es hohe Häuser und in jeder Straße einen Stand gibt, an dem Essen verkauft wird, Stühle und Tische, wir könnten dort sitzen und ein Bier trinken, gebratenen Reis essen und einander wieder an der Hand halten, und niemand braucht über irgendetwas ein Wort zu verlieren. Ringmars Handy klingelte, der Laut schien von weit her wie aus einem anderen Teil der Welt zu kommen.

»An Gustavs Jacke sind Spuren von schwarzer Farbe«, sagte Hoffner, »kein Blut. Torsten meint, es könnte sich um dieselbe Farbe handeln, mit der die Buchstaben geschrieben wurden. Er ist fast sicher.«

»Das ist ja ein Ding. Wann weiß er es sicher?«

»Das Kriminaltechnische meldet sich in ein paar Tagen.«

»Gut, sehr gut.«

»Ich habe Gustav vor einer Weile gefragt«, sagte sie. »Er glaubt, er hat sich die Flecken in der Garage seines Vaters geholt. Dort verwahrt Mårten Lefvander Farbdosen.«

»Wer hat keine Farbeimer in der Garage?«, sagte Ringmar.

»Das hat Gustav auch gesagt.«

»Ich rufe Molina an«, sagte Ringmar. »Wir brauchen auf der Stelle einen Hausdurchsuchungsbeschluss beim Herrn Papa. Ach was, um den Richter kümmern wir uns gar nicht. Dafür haben wir keine Zeit. Lefvander ist auf einer sogenannten Dienstreise, das Timing ist perfekt. Kommst du mit?«

Ringmar verließ das Haus und setzte sich ins Auto. Überm Garten stieg die Dämmerung auf, hüllte alles in einen hübschen Schatten. Der Scheißkerl von Nachbar hatte seine Weihnachtsbeleuchtung schließlich doch noch abgebaut, er brauchte zwei Monate, um sie zu montieren, und zwei Monate, um sie wieder abzubauen, und alles wurde ständig überprüft. Ringmar hasste nur einen Menschen auf der Welt, und das war sein Nachbar. Er hatte es ihm gesagt. Er hatte Verlängerungskabel aus dem Stecker gezogen. Er hatte Kabel durchgeschnitten. Der Kerl konnte ihm nichts beweisen, hatte mit Polizei gedroht – bitte sehr, die Polizei steht vor Ihnen, hatte Ringmar gesagt. Es war zu der Zeit gewesen, als Birgitta ausgezogen war. Möchtest du eine Lampe mitnehmen?, hatte er geschrien, als sie in der Diele stand, nimm den ganzen Scheiß mit, hatte er geschrien und eine Stehlampe umgeworfen, sie hatte hässliche Scharten im Holzfußboden hinterlassen, ich komm am besten im Dunkeln klar, hatte er geschrien, während die zehn Milliarden Watt vom Nachbargrundstück strahlten, alles vergewaltigten, was ihm gehörte, und den ganzen Weg bis hinunter zur Straße erleuchteten, wo ihr Taxi wartete.

Er startete das Auto, fuhr rückwärts auf die Margretebergsgatan, dann hinunter zum Schlosswaldwall und hinaus auf die Dag-Hammarskjöld-Umgehung, bog zum Sahlgrenschen ab, fuhr am Krankenhaus vorbei, weiter zum Guldhedstorget und über den Wavrinskys plats, einem der charmantesten Plätze von Göteborg, und vorbei an der Guldhedsschule und am Doktor Fries torg.

Hoffner wartete fünfzig Meter von Lefvanders stillem Haus entfernt. Ringmar stieg aus dem Auto.

»Wenn er Farbeimer in seiner Garage hatte, dann sind sie jetzt weg«, sagte er.

»Wäre das nicht sehr verdächtig?«

»Wahrhaftig«, sagte Ringmar. »Finden wir nichts, ist das in gewisser Weise also gut. Finden wir etwas, ist es aber auch gut. Das nennt man eine Win-win-Situation. Wollen wir reingehen?«

Sie gingen auf das Haus zu. In der Straße war es still. Einige wenige Fenster der Häuser, die in großem Abstand voneinander standen, waren erleuchtet. Es war ein Gefühl, als spazierten sie durch eine wohlhabende Vorstadt.

Ringmar zog Handschuhe über und drehte am Griff der Garagentür. Sie glitt problemlos und lautlos auf.

»Das ist ja, als würden wir erwartet«, sagte Ringmar. »Mårten Lefvander hat nichts zu verbergen.«

Er knipste die Garagenbeleuchtung an.

Keine einzige Farbdose. An der hinteren Längswand standen zwei leere Regale, die sich gegen die Wand lehnten.

»Dann müssen wir also eine richtige Hausdurchsuchung vornehmen«, sagte Hoffner.

»Glaubst du, die Farbflecken auf der Jacke stammen von hier?«

»Nein«, sagte Hoffner. »Aber irgendwas stimmt hier nicht. Irgendwas stimmt nicht mit Mårten Lefvander.«

Ringmar fuhr nach Mölndal, parkte auf dem Jungfruplatsen, überquerte ihn und ging auf das Mietshaus zu, in dem Amanda Bersér wohnte, er begegnete niemandem, alle saßen wahrscheinlich vorm Fernseher, er stieg die Treppen hinauf, klingelte an der Wohnungstür und stellte sich so hin, dass sie ihn durch den Spion in der Tür gut erkennen konnte, er versuchte, freundlich auszusehen, er war freundlich, viel zu freundlich, das musste ein Ende haben, vielleicht nicht gleich heute Abend, aber später, spätestens morgen. Er würde ihr nichts von dem Besuch in Lefvanders gut aufgeräumter Garage erzählen.

Sie öffnete die Tür.

»Es ist spät«, sagte sie.

»Ich bleibe nicht lange«, sagte er.

»Was wollen Sie?«

»Darf ich einen Moment hereinkommen?«

Aus dem Wohnungsinnern hörte er Gemurmel vom Fernseher, die Nachrichten, sie waren gestern darin vorgekommen, oder war es vorgestern, nein, gestern, Mord in Stockholm, Morde in Göteborg, jetzt fehlte nur noch Malmö, nun mach schon, Malmö.

»Kommen Sie herein«, sagte sie.

Sie schloss die Tür hinter ihnen.

»Ich bin noch nicht lange zu Hause«, sagte sie.

»Okay.«

»Ich war bei Gustav. Er hat geschlafen. Ich habe nicht mit ihm gesprochen.«

»Morgen wird er vermutlich entlassen«, sagte Ringmar.

»Dann wissen Sie mehr als ich«, sagte sie.

»Morgen«, sagte er.

Sie antwortete nicht.

»Wir möchten ihn nicht im Krankenhaus verhören«, sagte Ringmar.

»Was wollen Sie von mir?«, fragte sie.

23

Der Kerl fuhr im Zickzack durch die Slums von Östermalm, sie waren wieder auf dem Weg nach Norden, dann nach Osten, Winter wusste, dass sie auf der Riddargatan waren, das wusste sogar er, hier hatte er als grüner Neuling patrouilliert, das einzige Problem, das einem in dieser Straße begegnete, waren betrunkene Offiziere, die sich verlaufen hatten, weil sie vergessen hatten, dass die Garnisonen schon vor Jahrzehnten verlegt worden waren, die Kerle waren stockbesoffen in der Dämmerung, je mehr Sterne auf der Schulterpolsterung, umso arroganter der Typ, die wären ein gefundenes Fressen für Halders gewesen. Winter war wieder auf dem Weg zum Wasser, da unten blinkte es, blinkte rot, seine Schenkel spannten noch stärker, sein Herz hielt durch, aber die Beine machten nicht mehr lange mit, er hatte zu wenig trainiert, war zu wenig gelaufen, für diesen Tag hätte er trainieren müssen, hätte wissen müssen, dass er kommen würde, im Winter war er außerhalb von Göteborg über Eis gelaufen, jetzt fuhr er mit dem Rad durch Stockholm, dreiundfünfzig ist kein Alter für jemanden, der etwas für seinen Körper tut, sorgfältig seine Medizin schluckt, wenn dies hier vorbei war, würde er ein kleines Bier und einen einundzwanzig Jahre alten Glenfarclas trinken, falls sie den in den Bars dieser Stadt hatten, jetzt versuchte er an Whisky zu denken, Maltwhisky, der nichts mit Milchsäure zu tun hatte. Der andere war jünger, Winter hatte es in dem kurzen Moment gesehen, als der Mann still gestanden und zu Schwartz' Wohnung hinaufgestarrt hatte, vielleicht war er gut trainiert, vielleicht würde er entkommen, wenn Winter schlappmachte, Winter dachte an alles, was nicht erschlaffen würde, angefangen bei seinem Schwanz bis zu Rosen auf einem Foto, oder umgekehrt, er versuchte sich auf alles zu konzentrieren, was das Leben lebenswert machte, Sex, Alkohol, Blumen, die Familie, er dachte an das Café Ancha, dort würde er sitzen, wenn alles vorbei war, würde sitzen bleiben, bis die warme Dunkelheit ihn umschloss und die Treppen hinauf zum Balkon treiben würde zu der Aussicht aufs Mittelmeer, den blinkenden Lichtern da draußen, alle gelb, keine roten, Gelb ist hübsch, Gelb ist nett, er hatte es immer für eine freundliche Farbe gehalten, besonders wenn man ein bisschen betrunken ist, wie er betrunken auf dem Balkon sein würde, wenn alle schliefen, nicht Angela, sie würde eine weitere Flasche holen, Gott segne sie.

Amanda Bersér führte ihn ins Wohnzimmer, es sah unverändert aus, aber seit seinem letzten Besuch waren Dinge geschehen, Menschen waren verschwunden, kehrten zurück oder starben, von dort gab es wenige Wege zurück, soweit die Wissenschaft bis jetzt wusste, die Gläubigen wussten es, es waren viele, vielleicht hatten sie recht. Manchmal glaubte Ringmar, er würde nur in den Himmel kommen, wenn die Hölle überbelegt war, aber manchmal wagte er zu glauben, dass er gut genug für den Himmel war. Er wollte überhaupt nichts glauben, und das war das Schlimmste, denn für den Ungläubigen endet alles in der Finsternis des Nichts, er mochte Dunkelheit, manchmal liebte er sie, aber nicht die Finsternis.

»Was passiert hier?«, fragte sie.

»Woran denken Sie?«

Sie schaute ihn an, als wäre er ein Idiot oder noch etwas Schlimmeres. Ein Mann der Dunkelheit.

»Irgendetwas Entsetzliches geht hier vor sich«, sagte sie.

Wer wollte ihr widersprechen? Aber was sie sagte, war nicht nur eine Banalität in diesem furchtbaren Zusammenhang. Sie sah das Ganze, das Bild, das er zu sehen versuchte, aber nicht sehen konnte.

»Jonatans Vater«, sagte sie, als wagte sie nicht, seinen Namen auszusprechen, wie um die bösen Geister abzuwehren.

Ringmar nickte, manchmal übernahm er die Rolle eines Jasagers. Vielleicht war er wirklich jemand, der alles abnickte, vielleicht war es die sogenannte Wurzel zum sogenannten Bösen.

»Was wusste Gunnar?«, sagte sie.

»Wir sind hingefahren, um ihn zu fragen«, antwortete Ringmar.

»Sie selbst?«

»Nein.«

»Hat er sich das Leben genommen, weil er deprimiert war?«

»Deprimiert weswegen?«, fragte Ringmar.

Sie warf ihm wieder diesen Blick zu, diesen Dunkelblick.

»Hat er schon an Depressionen gelitten, bevor sein Sohn gestorben ist?«

»Ermordet wurde«, korrigierte sie.

»Ja.«

»Das Wort ›starb‹ klingt, als wäre jemand still entschlafen.«

»Da geb ich Ihnen recht.«

»Wenn er deprimiert war, dann hat er es gut verborgen«, sagte sie.

»Standen die beiden einander nahe?«

»Was bedeutet das?«

»Ich weiß es nicht genau«, sagte Ringmar.

»Das ist doch nur eine Floskel, ›standen einander nahe‹, was bedeutet es eigentlich?«

»Eine gute Frage«, sagte Ringmar.

»Wollen Sie mir Honig um den Bart schmieren?«

»Sie haben doch gar keinen Bart«, sagte Ringmar.

»Wagen Sie es, in dieser Situation Witze zu reißen?« Sie erhob sich. »Ich könnte Sie anzeigen. Hierherzukommen und sich über einen Menschen lustig zu machen, der trauert.«

»Bitte, entschuldigen Sie«, sagte Ringmar.

»Wollen Sie mich aufmuntern?«

»Nein, nein, das ist nicht meine Aufgabe.«

»Was ist denn Ihre Aufgabe?«

»Fragen zu stellen«, sagte er. »Würden Sie sich bitte wieder setzen? Ich versuche Antworten zu finden. Das ist gar nicht so einfach. Es gibt verschiedene Arten, nach Antworten zu suchen. Das Beste ist es, mit Menschen zu sprechen. So viel Dramatisches, wie die Leute glauben, geschieht gar nicht.«

»Gewaltsame Morde sind dramatisch.« Sie setzte sich wieder. »Gewaltsame Selbstmorde.«

»Das danach«, sagte er, »was hinterher geschieht.«

»Mir kommt es so vor, dass Gewalt ständig gegenwärtig ist«, sagte sie. »Jetzt, da ich einen Einblick in diese Welt bekommen habe. Wobei, meinen Sie, kann ich Ihnen denn helfen?«

»Mit Informationen über Jonatans Vergangenheit zum Beispiel.«

»Er hatte keine. Oder besser gesagt, er hatte nichts Besonderes zu erzählen, das hat er jedenfalls behauptet, nur das Übliche.«

»Das müssen Sie mir erklären.«

»Habe ich das nicht schon? Eine ganz gewöhnliche Kindheit, man wird Jugendlicher, dann ist man erwachsen und wird alt.«

»Eine gute Zusammenfassung«, sagte Ringmar.

»Nun wollen Sie mir schon wieder schmeicheln.«

»Kennen Sie frühere Jugendfreunde von ihm?«

»Bitte hören Sie auf, mich reinlegen zu wollen, dass ich Ihnen antworte.«

»Ich will niemanden reinlegen.«

»Das ist Ihr Job, aber erweisen Sie mir so viel Respekt, dass Sie mir nicht dieselben Fragen aus verschiedenen Richtungen stellen.«

»Sie könnten Vernehmungsleiterin werden«, sagte er.

»Worauf wollen Sie hinaus mit diesem Verhör?«

»Wer«, sagte er. »Darauf konzentriere ich mich im Augenblick. Wer es getan hat.«

»Das ist vielleicht am wenigsten wesentlich«, sagte sie.

»Momentan nicht.«

»Warum nicht?«

»Womöglich müssen noch mehr sterben.«

Sie antwortete nicht. Er konnte ihre Gedanken nicht lesen. Sonst war er gut darin, besonders bei der fortgeschrittenen Vernehmung von jemandem, der unschuldig war. Wenn es in diesem Wohnzimmer eine Unschuldige gab, dann war sie es.

»Genau aus dem Grund ist vielleicht das ›Warum‹ wichtiger«, sagte sie.

»Das ist der zweite Grund, warum ich hier sitze«, sagte er.

»Ich denke an Gustav«, sagte sie.

»Und was denken Sie?«

»Er ist auch mein Sohn.«

»Natürlich. Was werden Sie ihn fragen, wenn er nach Hause kommt?«

Sie antwortete nicht, aber er sah, dass sie wusste, was sie ihn fragen würde.

»Versuchen Sie ihn zu schützen?«, fragte Ringmar.

Jetzt waren sie auf dem Strandvägen und fuhren gerade am Hotel Diplomaten vorbei, Winter würde vielleicht wieder dort wohnen, von hier bot sich jetzt die allerschönste Silhouette, das schwarze Wasser, die Holme dort draußen, wenn die Stockholmer etwas gut gemacht hatten, dann war es die Wassernähe, die menschliche Nähe, in Göteborg hatten die Idioten alles mit so etwas wie Umgehungen überbaut, den Fährterminalen, die sich wie die Berliner Mauer zwischen den Menschen und dem offenen Wasser dahinzogen, Scheiße, dachte er, während er sich auf dem Drahtesel abstrampelte, er musste wirklich kämpfen, wenn ich jetzt richtig stinksauer werde, dann hilft es mir vielleicht, dieses Tempo noch einen Kilometer weiter durchzuhalten, wer hat denen das Recht gegeben, mich von meinem Wasser zu trennen, diese verdammten Sozis oder waren es die liberalen Scheißer, die hatten ein Kartell mit der Stena-Line, weiß doch jeder, dass Göteborg eine Stadt der Mafia ist, immer gewesen ist, deswegen nehmen die uns nie ernst, Herrgott, was für ein Handicap, das Erste, was man bei seiner Geburt merkt, wenn man mit dem Schädel auf die Erde knallt, ist, dass man versuchen muss, für Gerechtigkeit in Göteborg zu sorgen, wenn es nur alle wüssten, warum wissen sie es nicht, warum erzählen nicht die es, die es wissen, alle haben Angst, ich habe Angst, Angst um meine eigene Haut, Angst um meinen Job, was für ein Job, guckt mich an, ja, glotz du nur, du blöder Kerl mit Hut, der gerade vorbeigeht, da kommt noch einer, glotzt, wahrscheinlich ist es mein rotes Gesicht, wo sind die Streifenwagen, sind die denn alle nach Södertälje beordert worden, ich bin allein, verlassen, der Einzige, der das Gute auf Stockholms Straßen verteidigt, nimm meine Hand und lass dir Stockholms Straßen von mir zeigen, lass mich dich am *Arsch* packen, jetzt zischt er ab, kann kaum noch das Rücklicht erkennen, dort hinten liegt die Berwaldhalle, da bin ich mal gewesen, wie hieß sie noch, sie mochte klassische Musik, sie war kühl und schön, wir sind hingegangen, und es war schön, Ulrike, wo ist sie jetzt, er biegt nach Gärdet ab, Oxenstiernsgatan, er will ins Fernsehen oder Radio, ich bin schon in beidem aufgetreten, ein Vergnügen, das überschätzt wird.

»Vor wem sollte ich ihn schützen?«, fragte Amanda Bersér.

»Das wissen Sie besser als ich.«

»Haben Sie mit Mårten gesprochen?«

»Wir haben ihn verhört, ja.«

»Ist dies ein Verhör?«

»Technisch gesehen, schon. Jedes Gespräch ist ein Verhör.«

»Ist es auch ein Verhör, wenn Sie mit Ihrer Frau sprechen?«

»Nein.«

Ringmar war ihrem Blick rasch ausgewichen. Sie hatte es gesehen.

»Sind Sie nicht verheiratet?«

»Ja ... nein ...«

»Sie wissen es nicht?«

»Meine Frau ist ausgezogen.«

»Das ist traurig.«

Ringmar antwortete nicht.

»So etwas ist immer traurig.«

»Warum haben Sie sich scheiden lassen, Sie und Mårten?«

»Das hat nichts mit dieser Sache zu tun«, sagte sie.

»Mit welcher Sache, meinen Sie? Mit dem Mord? Mit Gustavs Verschwinden?«

»Die Scheidung hat mit beidem nichts zu tun.«

»Haben Sie versucht, Gustav zu schützen?«, fragte Ringmar wieder. »Hatten Sie einen Verdacht?«

»Was für einen Verdacht meinen Sie?«

»Das müssen Sie selbst am besten wissen.«

»Sie verstehen es nicht«, sagte sie. »Man ist total verwirrt. Man weiß gar nichts mehr.«

»Aber man weiß, dass man einen Verdacht hat«, sagte Ringmar. »Er kommt von irgendwoher.«

»Das klingt, als hätten Sie persönliche Erfahrungen«, sagte sie.

»Verlust«, sagte er, »das ist meine persönliche Erfahrung.«

»Was haben Sie verloren?«

»Meinen Sohn. Wir haben keinen Kontakt mehr.«

Er vermied es, sie anzusehen, richtete den Blick auf etwas anderes. Deswegen hatte er sie nicht aufgesucht. Aber von irgendwoher kam es, er hatte es mitgebracht, er wollte es mit jemandem teilen, mit einem fremden Menschen.

24

Rechts von ihm war die schwedische Rundfunkanstalt, Studio 1, Kulturnachrichten, Anpflanzen mit P1, Das philosophische Zimmer, Kino, alle Klassiker wurden in den Studios hergestellt, ganz zu schweigen von P2, es war ein magischer Moment, an diesem Tempel vorbeizuradeln, schade, dass er nicht anhalten konnte, vielleicht könnte er ein Autogramm ergattern von jemandem, der gerade rauskam, egal von wem, sogar von jemandem von P3 oder P4, aber jedes Ding hat seine Zeit, dachte Winter, der andere vor ihm sauste davon, vielleicht drehte er sich um, Winter konnte kaum etwas sehen durch all den Schweiß, der ihm übers Gesicht floss, er brannte wie Pisse in den Augen, das Wasser aus dem Toten Meer, es war, als hätten sich Salzkristalle in seinen Augen gebildet, vor dem Hotel Diplomaten hatte er sich den Schlips abgerissen, vielleicht hatte es jemand gesehen, deutete es als eine Art Protest, es war ein sehr teurer Schlips von Twins, er dachte an das Zentrum von Göteborg wie an einen Freund, Straßen, die wie Hallen in seinem eigenen Zuhause waren, Göteborg war sein Zuhause, zumindest das Zentrum und der Westen, in Richtung Långedrag, die Inseln, hier in der Hauptstadt war er ein Bauerntölpel vom Lande auf einem gestohlenen Fahrrad unterwegs in den Abgrund, der führte jetzt nach links, auf einen neuen Boulevard, Karlavägen, lang wie die Hölle, bis hin zum Karlaplan, still und lang, kein Verkehr, natürlich keine Kollegen, er ganz allein mit dem Abend und dem Zombie vor sich, jetzt war er so müde, dass er anfing, an seinem Urteilsvermögen zu zweifeln, vielleicht war es von Anfang an Wahnsinn gewesen, seine klinische Depression war in Wahnsinn übergegangen, Wahnvorstellungen, echte Paranoia, es gab gar keinen zweiten Radfahrer, es gab nur ihn, demnächst der ehemalige Kriminalkommissar Erik Winter, früher einmal der jüngste des Landes, jetzt ein Wrack, das sich am Fahrradlenker festklammerte wie ein Besoffener, der anfing zu schwanken, der immer noch das Tempo hielt, aber wie lange noch? Der nichts sah, der zu schreien versuchte, der weiter hinter einem Schatten herjagte, der ein Licht vor sich sah, einen leuchtenden Ball, wie eine Diskokugel, dort fand vielleicht ein Fest statt, er war auf dem Weg mitten hinein ins Fest.

Glenn, der Wachmann in der Marconihalle, hatte gesagt, es habe ausgesehen, als hätte der fremde Besucher geweint. Djanali hatte vorsichtshalber noch einmal nachgehakt.

»Es hat jedenfalls so ausgesehen.«

»Sind Sie sicher?«

»Vielleicht war er ja auch erkältet. Aber ich glaube nicht.«

»Was hat er gemacht?«

»So genau konnte ich das nicht erkennen.«

»Aber Sie haben gesehen, dass er geweint hat.«

»Ich glaube es.«

»Was hat er dann getan?«

»Ist weggegangen.«

»Und Sie sind ihm gefolgt?«, fragte Djanali.

»Woher wissen Sie das?«

»Sind Sie ihm gefolgt?«

»Ja …«

»Warum?«

»Ich … ich hab mir wahrscheinlich Sorgen gemacht. Ich

weiß nicht ... vielleicht bin ich zu nett oder wie man das nennen soll, hab gedacht, dass er krank sein könnte. Ich weiß es nicht.«

»Was ist passiert?«

»Er hat einfach die Straße überquert, heißt wohl Marconigatan, rüber zur Haltestelle. Oder dran vorbei.«

»Oder vorbei? Sind Sie stehen geblieben und haben ihm nachgeschaut?«

»Eine Minute oder so. Er schien auf dem Weg zur Pizzeria zu sein. Oder dem Thailokal. Mehr gibt es hier ja nicht. Und die Autowaschanlage. Aber er hatte kein Auto.«

»Wie war er gekleidet?«, fragte Halders.

»Weiß nicht mehr.«

»Arbeitskleidung?«

»Vielleicht ...«

»Arbeitsuniform?«

»Was meinen Sie damit?«

»Blaumann oder so was in der Richtung.«

»Vielleicht ... er hatte eine Jacke an.«

»Taschen an der Hose?«

»Ich ... glaube.«

»Schwarze Hose?«

»Ja, oder grau, grauschwarz.«

»Was ist dann passiert? Nachdem er an der Haltestelle vorbeigegangen ist?«

Jetzt schauten alle zu der Straßenbahnhaltestelle. Sie sahen einige Leute warten, regungslose Silhouetten. Menschen, die auf einen Bus oder eine Straßenbahn warten, bewegen sich nie, sie befinden sich in einer Situation, die weder Leben noch Tod ist, das weiß jeder. Die Fahrt selbst, wenn sie beginnt, ist voller Leben, verglichen mit dem Warten, eine Fahrt führt immer an ein Ziel, selbst wenn es nur der fucking Frölunda torg ist.

»Ich glaube, er ist in die Autowaschanlage gegangen«, sagte Glenn.

»Warum hat Jonatan nichts von seiner Vergangenheit erzählt?«, fragte Ringmar. »Wollten Sie nichts wissen?«

»Habe ich das gesagt?«, fragte Amanda Bersér zurück.

»In einem früheren ...«

»... Verhör«, ergänzte sie.

»Ja.«

Sie stand auf.

»Möchten Sie etwas trinken?«

»Gern, warum nicht.«

»Kaffee?«

»Äh ... nein danke, dafür ist es zu spät für mich. Oder besser gesagt für meinen Magen.«

»Tee?«

»Dasselbe, leider.«

»Bier?«

»Wenn Sie ein leichtes Bier haben? Ich muss noch fahren.«

»Ich fürchte, ich habe nur Wein.« Sie sah fast schuldbewusst aus, als hätte sie ein Buffet für Ringmar vorbereiten sollen, wenn sie nur rechtzeitig Bescheid bekommen hätte. »Aber Sie sind ja im Dienst.«

»Formell gesehen, ja«, sagte Ringmar.

Er könnte ein oder zwei Gläser Wein trinken und ein Taxi nehmen. Das Auto morgen früh abholen, sie wollte reden, es gab etwas, was sie sagen wollte, er wollte zuhören, vielleicht eine große Chance, er wollte es wissen.

Er wollte sie auch trösten. Da war ein Gefühl, das er zurückhielt.

»Wir sind ja keine Roboter«, sagte er. »Ich trinke gern ein Glas Wein mit Ihnen zusammen.«

»Wollen wir es dann Gespräch nennen?«

»Wir können es nennen, wie wir wollen. Aber es gibt nichts, das im Vertrauen heißt«, sagte Ringmar, »ich bin kein Journalist.«

»Man kann also im Vertrauen kein Verbrechen gestehen?«

»Mir nicht.«

»Nutzen Sie Verbrecher nicht aus? Drücken Sie bei kleinen Ganoven nicht ein Auge zu, um mit ihrer Hilfe die großen Schurken zu schnappen?«

»Sie sind gut informiert über unsere Welt«, sagte Ringmar.

»Ich habe beim Sozialamt gearbeitet.«

»Ja, das ist teilweise mit unserer Welt zu vergleichen«, sagte Ringmar.

»Vielleicht mache ich jetzt einen Fehler, wenn ich Sie zu einem Glas Wein einlade«, sagte sie.

»Mea culpa«, sagte Ringmar, *»mea maxima culpa.«*

Er konnte ihn nirgends auf dem Karlaplan entdecken. Herrgott, ich lass den Kerl doch jetzt nicht entkommen, ich lasse ihn nicht entkommen! Hier biege ich rechts ab, fahre im Kreis, ich kann nicht mehr denken, er ist da drin, ich fahre rein, er kann sich verstecken, aber nicht vor mir, vielleicht versteckt sich noch jemand anders, der mir sein Handy leiht oder den ich bitten kann, die Notrufnummer zu wählen, warum haben die modernen Fahrräder keine Telefone, dafür werde ich sorgen, wenn ich wieder zu Hause bin, Diensttelefone an Dienstfahrrädern, es ist Trial and Error, es ist wie mit allem, ist Halders nicht was passiert, als er ein kleiner Junge war, die Familie war im Urlaub, hat er nicht von einem Zwischenfall auf dem Narvavägen erzählt, ich bin nie als kleiner Junge hier gewesen, Papa ist hier gewesen und hat Geld gewaschen, ich durfte nie mitkommen, er hat im Diplomaten gewohnt, mein einziges Erbe, da geh ich später hin, die Bar muss für mich öffnen, auch wenn sie schon geschlossen hat,

Vater ist in den sechziger Jahren hier gewesen, er hat Stockholm erbaut, sein Zaster hat die Stadt erbaut, oder hat sie abgerissen, abgerissen und wieder aufgebaut, dahinten bewegt sich was, das ist er, hinter der Eiche oder was es nun ist, ich sehe das Rad, Licht fällt auf das Rad, er kann nicht mehr, er denkt, er ist smart, versteckt sich, ich bin klüger, ich bin müder und klüger, ich bin hier, es ist so weit! Er sieht mich, das Rad verschwindet hinterm Stamm, zu spät, mein Junge!

Er hatte ein Glas Wein bekommen, Rotwein, die Flasche hatte er nicht gesehen. Vor ihr stand ebenfalls ein Glas. Der Wein schmeckte kräftig, vielleicht aus Südafrika, nicht dass er etwas von Wein verstand, außer dass er sauer geworden oder vergorener Traubensaft war, wie Snobs sagten, die behaupteten, etwas von Wein zu verstehen. Er glaubte nicht recht daran, verbinde dem berühmtesten Weinexperten der Welt die Augen, und er kann nicht mal unterscheiden, ob in dem sauteuren Weinglas roter oder weißer Boxenwein ist. Etwas hatte Winter Ringmar über Wein und Stil beigebracht: Es muss sündhaft teurer Wein sein, der im allerbilligsten Glas serviert wird. Mit so was kann sich die Oberschicht ohne Risiko amüsieren. Amandas Gläser sahen ganz normal und billig aus, und die Flasche zeigte sie vermutlich deshalb nicht, weil der Wein aus dem Hahn einer Box kam. Jedenfalls lag alles, was jetzt geschah, in seiner Verantwortung. Sie sollte kein schlechtes Gewissen haben, weil sie in ihrem eigenen Wohnzimmer mit einem Kripobeamten Alkohol trank. Und mein Dienst ist beendet. Ich versuche, mir eine Zukunft aufzubauen. Gerda muss morgen den Jungen verhören, so wird es am besten sein. Was macht Erik? Wollte er mich nicht anrufen? Oder sollte ich ihn anrufen? Er wollte heute Abend nach Vasastan. Ich geh jede Wette ein, dass er allein losgezogen ist, obwohl ich ihm befohlen habe, jemanden mitzunehmen. Vielleicht ist das eine Art Todessehnsucht, der Idiot kann ohne Gefahr nicht leben. Allein auf den Straßen von Stockholm nach Einbruch der Dunkelheit. Lebensgefährlich.

Ringmar schaute auf die Uhr.

»Entschuldigen Sie mich bitte.« Er stand auf.

»Was ist?«, fragte sie. »Wohin wollen Sie?«

»Ich muss nur mal eben telefonieren.« Er ging in die kleine Diele und wählte Winters Nummer, wartete, lauschte dem Anrufbeantworter. Was trieb der Kerl? Er sollte sich melden, immer, es war sein Job, sich zu jeder Tages- und Nachtzeit zu melden, besonders wenn Bertil Ringmar anrief.

Erik war vermutlich in den Park gegangen, zum Tatort, und danach in die Wohnung des Ermordeten. Sie lag in der Nähe. Ringmar hatte es auf dem Stadtplan überprüft, verdammt nah lag sie. Was hatte Winter dann getan? Er hat mich nicht angerufen, ich weiß, dass er mich anrufen wollte.

Ringmar wählte Winters Handynummer, bekam aber nur eine Automatenantwort. Er rief im Hotel an. In Winters Zimmer meldete sich niemand. Keiner im Hotel wusste etwas, das war sein Leben, sein Job, sie hatten es ihm beigebracht. Erik hatte ihm Dick Bensons Nummer gegeben, zum Glück, gute Tat des Unterbewusstseins. Benson meldete sich, seine Stimme klang besoffen, er räusperte sich, zog die Nase hoch.

»Bertil Ringmar hier, Landeskriminalamt Göteborg. Habe ich Sie geweckt?«

»Äh ... ja.«

»Ich versuche Erik zu erreichen, Erik Winter. Haben Sie heute Abend mit ihm gesprochen?«

»Nein. Wir wollten eventuell zusammen essen gehen, aber er hat sich nicht gemeldet. Er wollte vor sieben anrufen, wenn er wollte. Oder konnte.«

»Wie konnte?«

»Er hatte vor, noch einiges zu überprüfen.«

»Zum Beispiel was?«

»Den Vasapark, nehme ich an, Hälsingegatan.«

»Ist er dort gewesen?«

»Soviel ich weiß nicht.«

»Haben Sie Männer zur Überwachung der Wohnung abgestellt?«

»Im Augenblick nicht.«

»Wird das Haus bewacht?«

»Ja, klar. Wachunternehmen an beiden Enden.«

Bensons Stimme klang jetzt munterer, als hätte er sich aufgerichtet.

»Heute Abend ist nichts passiert?«, fragte Ringmar.

»Nicht soviel ich weiß.«

»Können Sie das überprüfen? Sofort? Die Wachleute. Und das nächste Polizeirevier oder was zum Teufel noch, Sie wissen schon.«

»Okay, ich melde mich wieder«, sagte Benson.

Ringmar kehrte ins Wohnzimmer zurück.

Sie saß noch auf demselben Platz. Ihren Wein hatte sie nicht angerührt. Sein eigenes Glas war noch fast voll.

»Was ist passiert?«, fragte sie.

»Ich versuche nur einige Sachen in Stockholm zu klären«, antwortete er.

»Um diese Zeit?«

»Manchmal ist das unumgänglich.«

»In Ihrem Beruf sind wohl alle die ganze Nacht wach.«

»Ja.«

»Wollen Sie sich nicht wieder setzen?«

»Ich bin so rastlos.«

Er setzte sich trotzdem. Er wollte nichts mehr trinken, zwei Schlucke reichten, um den Kopf zu vernebeln. Meistens war das ein Segen, aber nicht jetzt.

»Was ist mit Stockholm?«, fragte sie.

»Dort ist ein Opfer gefunden worden. Die Tat scheint mit den Morden in Göteborg zusammenzuhängen. Mein Kollege ist in Stockholm.«

In ihrem Blick war etwas, er sah es. Es ging um Stockholm, sie hatte reagiert, als er Stockholm nannte.

»Waren Sie kürzlich dort?«, fragte er.

»Nein.«

»Jonatan?«

»Ja ...«

»Und wann?«

»Vor ... etwa einem Monat. Oder einigen Monaten. Ich kann mich nicht genau erinnern. Nein, weniger als zwei. Er wollte jemanden treffen.«

»Wen?«

»Ich ... er hat es mir nicht erzählt.«

»Ist das nicht sonderbar?«

»Er hat wahrscheinlich einen Namen genannt ... einen Vornamen. Er ist nur für einen Tag gefahren, hin und zurück mit dem X2000.«

»Er war tagsüber mit jemandem in Stockholm verabredet?«

»Ja. Am Abend war er wieder zu Hause.«

»Warum wollte er die Person treffen?«

»Es ging um ein neues Produkt ... irgendwas mit Sport ... er wollte mit jemandem an der GIH oder GCI sprechen.«

»Meinen Sie die Sporthochschule?«

»Ja.« Sie schaute ihr Weinglas jetzt an, als wäre es ein großes Glas mit Essig, was es im Prinzip wohl auch war. »Deswegen habe ich wahrscheinlich nicht genau hingehört. Es ... hat mich nicht interessiert.«

»Wie war Jonatan, als er nach Hause kam?«

»Es war spät. Ich schlief schon halb. Wir haben nur ein paar Worte gewechselt, und dann bin ich eingeschlafen.«

»Und am nächsten Morgen?«

»Er ist gegangen, bevor ich aufgestanden bin, hat nur tschüs gerufen.«

»Und abends?«

»Nichts … Besonderes«, sagte sie.

»Hat er etwas von der Reise erzählt?«

»Nein, eigentlich nicht.«

»Sie haben nicht gefragt?«

»Nur, ob alles gutgegangen ist, und das hat er bestätigt.«

»Ist etwas von dort gekommen?«, fragte Ringmar.

»Danach müssen Sie in der Schule fragen«, sagte sie.

Das würde er tun, aber es würde nichts geben, weder an der einen noch der anderen Schule. Sie hatten Bersérs Kontoauszüge überprüft. Seine Fahrten nach Stockholm hatte er bar bezahlt. Aber warum sollte sie lügen? Vielleicht aus demselben Grund, aus dem alle logen.

»Herr im Himmel«, sagte sie und stand heftig auf, wie jemand, der plötzlich die Kunst des Gehens und Stehens gelernt hatte. »War es … wer ist in Stockholm umgebracht worden?«

»Er hat nicht an der GIH gearbeitet«, sagte Ringmar.

25

Das schwarze Geäst barst, es war mitten im Park, der radfahrende Idiot schoss über den Schotterweg davon, Winter schrie etwas, *anhalten*, vielleicht, er verstand es selbst nicht, oder *Polizei*, aber das klang sogar in seinen Ohren albern, der radfahrende Polizist war kein Geheimnis mehr, hier fährt der Polizist, mitten auf der Straße fährt er, niemand andern stört er, der zeigt mit Bedacht, wie man es richtig macht, Winter war wieder auf seinem Racer, verhedderte sich im rechten Pedal, war unterwegs, sein Hintern brannte, er hatte eine kleine Hämorrhoide, einige Jahre schon, fast unsichtbar oder besser gesagt, nicht zu spüren, aber jetzt brannte das Mistding wie Feuer, er hatte keine Zeit anzuhalten und Salbe draufzuschmieren, hatte die Tube ja auch gar nicht dabei, es gibt Grenzen, was man alles für jede Gelegenheit mit sich herumschleppt, man kann zum Beispiel nicht immer einen Fahrradhelm dabeihaben, falls es mal nötig ist, ein Fahrrad zu klauen, dieser Racer war gut, vielleicht sollte er ihn als Beweismaterial konfiszieren, darum mussten sie sich später kümmern, jetzt hatte er den Karlaplan verlassen, sie waren wieder auf dem Weg zum Wasser, der andere war nach rechts abgebogen, und jetzt bog er nach links ab, Winter sah ihn, als er selbst abbog, nein, sich auf die Kreuzung *warf*, die Grevgatan war still und dunkel und lang, ein Gefühl, als wären sie allein, er und seine Beute, in einem eigenen Universum, voller Schweiß, Adrenalin und Milchsäure, voller Schrecken, Angst, Erniedrigung, Hass, vielleicht war es Hass, sein eigener Hass, der des anderen, der Hass von anderen, Winter raste über die Linnégatan, ohne nach rechts oder links zu sehen, hinüber auf die Storgatan.

»Glauben Sie, ihm ist etwas passiert?«, fragte sie.

»Bei dem Idiot weiß man nie.«

»Ich höre heraus, dass Sie einander nahestehen.«

»Er ist mein Sohn. Oder mein kleiner Bruder«, sagte Ringmar.

»Wann erfahren Sie es?«, fragte sie.

»Erfahre was?«

»Was passiert ist.«

Ringmar antwortete nicht, es gab keine Antwort, jetzt war es die Frage, warum er hierblieb, bei ihr, schließlich war er nicht von ihrem Festnetzanschluss abhängig. *Er* war womöglich in den achtziger Jahren hängengeblieben, aber nicht die Technik.

»Soll ich Ihnen ein Bett auf dem Sofa machen?«, fragte sie.

Sein Handy klingelte.

»Hab mit der Surbrunnsgatan gesprochen«, sagte Dick Benson, »dem Polizeirevier.«

»Ja? Ja!«

»Von der Hälsingegatan wurde heute Abend ein Diebstahl gemeldet. Ein Fahrrad. Die Beschreibung des Diebes trifft auf Winter zu.«

»Himmel, was hat der Kerl sich denn jetzt wieder einfallen lassen?«

»Nach Zeugenaussage hat er das Fahrrad mitten auf der Straße an sich gerissen und ist wie ein Pfeil nach Süden gerast. Hat was von Polizei geschrien, aber der Junge hat es nicht ernst genommen.«

»Nein, das verstehe ich.«

»Winter kann also auf Fahrradjagd unterwegs sein«, sagte Benson.

»Was jagt er?«

»Verdammt gute Frage, Ringmar. Ich habe Patrouillen losgeschickt.«

»Erik ist womöglich schon auf dem Weg nach Norrtälje.«

»Wir konzentrieren uns erst mal auf Stockholms Zentrum.«

Wieder am Diplomaten vorbei, die Bar war geöffnet oder war es das Esplanade, jetzt ging es schnell, blinkende Barlichter rechts am Strandvägen, links glitzerte die Nybrobucht vorbei, er fuhr im höchsten Gang, mit Lichtgeschwindigkeit, er war nachtblind, versuchte den Blick auf ein Licht zu heften, das vor ihm flackerte, dieses verdammte Rücklicht, es verhöhnte ihn nun schon seit einer Stunde, eine Stunde mussten sie jetzt unterwegs sein, mehr als das, Winter sah ein blaues Licht da vorn, es zuckte am Horizont, war es sein eigener Schädel, der explodierte? Er hatte gehört, dass alles blau wurde, wenn das Gehirn explodierte, der Schlaganfall war klar wie ein tiefer Himmel, man ertrank, es hämmerte in Blau, der Nybroplan vorm Dramaten, vielleicht eine Galapremiere nach Mitternacht, warum nicht, in einer Hauptstadt war alles möglich, aber das waren natürlich endlich die Kollegen, er war noch nie im Dramaten gewesen, warum zum Teufel eigentlich nicht, er war sicher, dass er Theater mochte, gutes Theater, wie schwer es auch sein mochte, es zu mögen, da vorn standen zwei Streifenwagen, jetzt sah er sie, den anderen Radfahrer sah er nicht, die Kollegen wollten doch hoffentlich nicht ihn stoppen, vielleicht wurde nach ihm gefahndet, womöglich war Fahrraddiebstahl in Stockholm ein größeres Verbrechen als andernorts, hing mit dem Milieu zusammen, einen Schritt voraus, er hörte sich selbst etwas brüllen, während er auf die Wegsperre zuraste, aus dem Weg, verdammt, wo ist der andere, meine Konzentration ist hin, die haben mir einen Strich durch die Rechnung gemacht, muss Benson sein, er vernichtet Beweise, das ist unmöglich, wenn ich es nur durch die Sperre schaffe, wir sind auf dem Weg zum Schloss, ich weiß es, der König ist auch darin verwickelt, Jesus, ich kann nicht mehr, mein Arsch blutet.

»In sieben Stunden hole ich Gustav ab«, sagte sie.

»Sie müssen schlafen«, sagte er.

»Sie dürfen gern hier sitzen bleiben und warten«, sagte sie.

»Was meinen Sie mit warten?«

»Auf die Nachricht, was mit Ihrem Kollegen passiert ist.«

»Ich werde fahren«, sagte Ringmar. Er hatte keinen Wein mehr getrunken. Sie auch nicht.

»Bleiben Sie«, sagte sie.

»Das geht nicht. Ich habe Ihre Gastfreundschaft schon zu lange ausgenutzt.«

»Sie sind doch nicht als Gast gekommen.«

»Nein, das stimmt.«

»Dann gibt es auch nichts auszunutzen.«

»Es ist also okay, wenn ich hier sitze?«

Sie antwortete nicht, stand auf, verließ das Zimmer mit dem Weinglas in der Hand. Er hörte den Wasserhahn in der Küche laufen, wahrscheinlich goss sie den Wein weg. Er starrte wie ein Idiot auf sein Handy. Er dachte daran, dass zu Hause niemand auf ihn wartete. Er dachte daran, dass sie Angst haben und unter Schock stehen musste nach allem, was passiert war. Er hatte zu dem Schock beigetragen, war hereingetrampelt und hatte seine gewalttätige Welt mitgebracht, Telefongespräche in der Nacht, Verwirrung, Schrecken, noch mehr Verwirrung.

Ich bleibe sitzen, dachte er. Sie fühlt sich in meiner Anwesenheit sicher. Morgen fahren wir zusammen ins Sahlgrensche und holen den Jungen ab. Wir sammeln Gerda ein, sie muss ihn verhören, sie ist die Richtige. Ich kann hier auf dem Sofa schlafen, falls ich schlafen kann, brauch kein Bettzeug. Es ist warm im Zimmer, ich brauche nicht einmal eine Decke. Jetzt kommt sie zurück.

»Wo ist er?!«, schrie Winter, ein weiterer Halbkreis Polizisten vor ihm, »aus dem Weg, verdammt!«, schrie er und der Kreis öffnete sich, es gab noch Hoffnung, immer noch strampelte da vorn ein Mensch um sein Leben oder was es war, Winters Beute, schwankte auf den Nybrokai zu, Winter wurde klar, dass der Kerl genauso müde war wie er, müder, Giro di Stockholm ohne fachliche Dopingkontrollen, das überlebt niemand auf Dauer, jetzt war es vorbei, Winter brauchte nur noch die nächsten hundert Meter zu schaffen, ihn schnappen, nein, das schaffte er nicht, ihn verhören, warum er geflohen war, ob er geflohen war, all das würde er aufdecken, wenn er wieder normal atmen konnte.

Ringmar wartete, sie saß auch auf dem Sofa, er verstand nicht, warum sie nicht ins Bett ging, sie brauchte den Schlaf.

Sein Telefon klingelte. »Ja?«

»Nybroplan«, sagte Benson.

»Was ist passiert?«

»Ich bin unterwegs dorthin«, sagte Benson. »Winter ist dort.«

»Was hat er getan?«

»Hab noch nicht mit ihm gesprochen.«

»Ist er okay?«

»Er kann offenbar immer noch Rad fahren«, sagte Benson, und Ringmar meinte, ein kurzes Lachen zu hören.

»Bitten Sie ihn, dass er mich anruft, wenn er kann.«

»Wird gemacht.«

»Haben Sie jemanden festgenommen?«

»Da läuft irgendwas.«

»Vielleicht sind wir der Lösung nahe«, sagte Ringmar.

»Man braucht nur nach Stockholm zu fahren«, sagte Benson.

»Ja, dass wir mal aus Göte zu Ihnen raufkommen.«

»So habe ich es nicht gemeint.«

»Gute Nacht, Herr Kommissar«, sagte Ringmar, beendete das Gespräch und schaute auf.

»Es ist offenbar gutgegangen«, sagte Amanda Bersér.

»Das weiß ich nicht.«

»Was geschieht jetzt?«

»Ich warte auf einen weiteren Anruf«, sagte er. »Wollen Sie nicht schlafen gehen?«

»Ich ... habe Angst.« Sie sah ihn an.

In dem Moment verstand er es vielleicht. Amanda traute sich nicht, allein schlafen zu gehen, nicht, wenn sie es nicht musste.

26

Winter musste aufstehen, sich hinsetzen, wieder aufstehen, sich setzen ... nach einigen Minuten hatte er das Gefühl, dass die Muskeln in seinen Schenkeln wieder normal funktionierten. Im Unterleib hatte er immer noch kein Gefühl, er hoffte, dass es zurückkehren würde.

Peter Mark schien in der gleichen schlechten Verfassung zu sein. Er war leicht zu identifizieren gewesen, der Führerschein steckte in der Brieftasche seiner Jeans. Er saß jetzt zwar still, doch offenbar unter Schwierigkeiten, versuchte die Beine zu strecken, sich den Schweiß von der Stirn zu wischen, der ihm weiterhin in die Augen floss, es sah aus wie nicht endende Trauer. Vielleicht ist es das, dachte Winter, vielleicht fängt die Trauer aber auch gerade erst an.

Mark sagte etwas, das Winter nicht verstand.

Sie saßen im Einsatzwagen.

Vor den Autofenstern eine wahnsinnig schöne Frühlingsnacht, zwölf Grad plus, ein Rekord sogar für Stockholmer, die schönes Wetter gewohnt waren, die Sonne und alle anderen Sterne leuchteten immer über Stockholm und fast nie über Göteborg.

»Was haben Sie gesagt?«, fragte Winter.

»Hierfür habe ich nicht trainiert«, sagte Mark.

»Vor der Polizei abzuhauen?«

»Ich habe nicht geglaubt, dass Sie Polizist sind.«

»Sind Sie taub?«

»Ich habe nichts gehört. Ich hatte Angst.«

»Wer, haben Sie denn gedacht, bin ich?«

»Sie hätten sonst wer sein können. In dieser Stadt ist ja alles möglich.«

»Fürchten Sie sich vor etwas Besonderem in Stockholm?«

»Nein, was sollte das sein?«

»Ich frage Sie.«

»Nein.«

»Was haben Sie heute Abend in der Straße in Vasastan gemacht?«

»Ich weiß nicht, was ... von welcher ... Straße Sie reden.«

»Was haben Sie dort gemacht?«, wiederholte Winter.

»Nichts.«

»Wie sind Sie dorthin geraten?«

»Ich war mit dem Fahrrad unterwegs.«

»Wenn Sie mich noch mal verarschen wollen, tret ich Ihnen in die Eier«, sagte Winter.

Mark schaute sich um, sie waren allein im Bus, draußen standen Polizisten, die konnten ihm nicht helfen, falls ihn jemand misshandeln würde. Er glaubte nicht, dass dieser Polizist anfangen würde zu prügeln. Aber man wusste ja nie, er war erschöpfter als Mark, älter, wütend.

»Wollten Sie jemanden in Vasastan besuchen?«, fragte Winter.

»Nein.«

»Woher stammt das Fahrrad?«

»Was?«

»Wem gehört das Fahrrad?«

»Einem Freund.«

»Wo wohnt er?«

»Äh ... außerhalb der Stadt.«

»Wo?«

»In Solna.«

»Adresse?«

»Ich hab sie nicht.«

»Wollen Sie mich noch mehr reizen?«

»Es ist wahr, ich war zum ersten Mal dort, ein Mietshaus in der Nähe vom Flughafen Bromma, mein Freund ist gerade eingezogen.«

»Und wie hätten Sie zurückgefunden?«

»Natürlich angerufen.«

»Sie haben kein Handy.«

»Das hab ich verloren, als Sie hinter mir her waren.«

»Dann finden wir es«, sagte Winter.

Mark schwieg. Er sah durch die schusssicheren Scheiben zu den uniformierten Polizisten auf dem Nybroplan, als sehnte er sich hinaus zu ihnen, zu den Netten. Winter sah sie auch. Am Eingang in der Surbrunnsgatan 66 stand »Willkommen im warmen schönen Polizeirevier von Vasastan«. Die Stockholmer hatten für alles die richtige Haltung, er würde ihnen Halders schicken, die Mannschaft von Surbrunn würde ihm beibringen, anständig zu sitzen.

»Wie heißt Ihr Freund?«

»Sture.«

»Sture? Wie in Stureplan?«

»Genau.«

»Nachname?«

Mark antwortete nicht, Winter sah ihm an, dass er sich einen guten Namen auszudenken versuchte, der zu Sture passte, vielleicht Sten Sture, aber das war zu gewollt, lieber etwas Einfaches wählen, Sture Johansson oder Sture Karlsson.

»Sture Karlsson«, sagte Mark.

»Gut«, sagte Winter.

»Was?«

»Das ist ein guter Name. Wir rufen ihn sofort an.«

»Die Telefonnummer ist in meinem Handy. Auswendig weiß ich sie nicht.«

»Gibt's noch mehr, was Sie nicht auswendig wissen?«

»Was?«

»Es ist schwer, Märchen zu erzählen, wenn man ihren Inhalt nicht kennt«, sagte Winter.

»Das ist kein Märchen.«

»Schwer, etwas Stück für Stück zu erfinden.«

»Ich erfind ...«

»Erzählen Sie mir verdammt noch mal, was Sie mit Jonatan Bersér zu tun hatten!«, sagte Winter.

»Jonatan?«

Peter Mark sah echt überrascht aus.

»Haben Sie gedacht, ich würde einen anderen Namen nennen?«

»Nein ... was ...«

»Kannten Sie Jonatan Bersér?«

»Ja ...«

»Inwiefern?«

Jetzt war Mark verwirrt, sein Blick irrte durch das hässliche Wageninnere, eine Zelle, eine Folterzentrale. Sollte es nicht um Johan Schwartz gehen?

»Zu Johan Schwartz kommen wir noch«, sagte Winter.

Mark zuckte zusammen. Manchmal fällt Lügen schwer, nach einer Weile macht es nicht mehr denselben Spaß wie zu Anfang. Lügen ist viel schwerer, als die Wahrheit zu sagen. Wenn das nur jeder wüsste, dachte Winter, schon in der Mittelstufe sollte es ein Fach dafür geben, Rollenspiel.

»Ich hab Jonatan gekannt, klar ... aber ihn haben viele gekannt.«

»Sture Karlsson?«

»Nein ...«

»Robert Hall?«

»Wer?«

»Robert Hall.«

»Nie gehört. Wer ist das?«

»Matilda Cors?«

Mark schüttelte den Kopf.

»Soll das ja oder nein heißen?«, fragte Winter.

»Cor ... wie heißt sie?«

»Matilda Cors.«

»Daran hätte ich mich erinnert. Was ist das für ein Name?«

»Lesen Sie keine Zeitungen? Tageszeitungen? Abendzeitungen?«

»Äh ... doch.«

»Verfolgen Sie die Nachrichten im Radio, Fernsehen?«

»Manchmal.«

»Und dann kennen Sie diesen Namen nicht?«

»Nein ...«

»Namen, die immer wieder in den Medien genannt werden, zusammen mit Namen, die Sie kennen?«

»Nein ... ich hab sie wohl nicht miteinander in Verbindung gebracht.«

»Sind Sie ein Idiot?«

»Äh ... nein.«

»Was haben Sie heute Abend vor Johan Schwartz' Haus gemacht?«

»Ich wusste nicht, dass er dort wohnt.«

»Wo?«, fragte Winter.

»In der Straße, Hälsingegatan.«

»Woher wissen Sie, dass ich die Hälsingegatan meine?«, fragte Winter.

»Was?«

»Woher wissen Sie, wie die Straße heißt?«

»Wir ... das haben Sie doch vorher gesagt.«

»Nein.«

»Was?«

Marks Verwirrung nahm zu, die Lügen breiteten sich immer mehr aus, ließen alles nach innen schrumpfen, bis es keinen Halt mehr gab, nur noch Luft.

»Lügen ist schwer, nicht wahr?«

»Ich hab wohl ein Straßenschild gelesen«, sagte Mark, Winters Kommentar schien er nicht verstanden zu haben.

»Sind Sie schon einmal dort gewesen?«

»Nein, nie.«

»Haben Sie sich mal mit Johan in Stockholm getroffen?«

»Nein, nein.«

»Nur als Sie ihn umgebracht haben«, sagte Winter.

»Ist er tot? Was? Was sagen Sie da?«

Jetzt brauchte Winter eine Pause. Die Leute von der Spurensicherung konnten für eine Weile übernehmen. Dieses Aas musste raus aus dem Wagen, auf eine harte Pritsche im Untersuchungsgefängnis, ein Raum ohne Gesicht, allein mit seinen Lügen.

Ringmar wurde vom Klingeln geweckt, oder war es Amanda, die ihn weckte, sie stand über ihn gebeugt, er war mit einer Art Decke zugedeckt, im Zimmer war es dunkel.

»Jesus, Erik«, sagte er ins Handy.

»Hab ich dich geweckt?«

»Was ist das für eine blöde Frage um drei Uhr morgens?«

»Halb drei.«

»Was ist heute Nacht passiert? Ich hab gehört, dass du mit einem Fahrrad unterwegs warst.«

»Nicht mehr.«

»Hast du jemanden gefasst?«

»Peter Mark. Er war hier.«

»Dann hast du ihn also gefunden. Gut gemacht.«

»Ich hab ihn auf einem Drahtesel durch die ganze Stadt gejagt, Bertil. Davon hab ich mich immer noch nicht erholt.«

»Die Einzelheiten kannst du mir später erzählen. Was hat Mark in Stockholm gemacht?«

»Wollte Schwartz treffen. Oder hat ihn getroffen. Oder hatte es vor. Er lässt nichts raus.«

»Was sagt er denn?«

»Redet bloß Scheiß.«

»Was steckt dahinter?«

»Ich weiß es noch nicht. Ich muss mich ein paar Stunden ausruhen, morgen verhöre ich ihn weiter. Da besteht ein Zusammenhang. Schwartz gehörte zu der Gruppe, die etwas für Kinder arrangiert hat. Oder auch nicht. Oder wusste etwas, was er nicht wissen sollte. Was niemand wissen sollte.«

»Leider weiß das auch der Täter«, sagte Ringmar. »Ist es Mark?«

»Eher nicht.«

»Der Junge auf den Videos?«

»Du hast ihn inzwischen gesehen?«

»Ich glaube, ja.«

»Er kann an noch mehr Stellen auftauchen.«

»Wer ist er, Erik?«

»Ich glaube, er wurde irgendwie ausgenutzt. Es waren Kinder in dieser Gruppe oder wie man die nennen soll. Gunnar Bersér hat es gewusst, sie waren ja sogar bei ihm zu Besuch, er hat die Kamera gehalten.«

»Er hat lieber Selbstmord begangen, als es zu erzählen«, sagte Ringmar.

»Es war sein *Sohn*«, sagte Winter.

»Aber warum hat er solange damit gewartet, sich aufzuhängen?«

»Vermutlich hat er die Scham so lange wie möglich verdrängt.«

»Wären wir nicht aufgetaucht, hätte er sie vermutlich weiter verdrängt«, sagte Ringmar. »Lieber das, als es jemandem zu erzählen, etwas dagegen zu unternehmen.«

»Hier geht es nicht um uns. Wir haben Bersér, Hall, Cors und Schwartz nicht bestraft.«

»Der Junge in der Marconihalle«, sagte Ringmar.

»Ja. Gehen wir mal von ihm aus.«

»Was für eine Geschichte steckt dahinter?«, sagte Ringmar.

»Übergriffe.«

»Sexueller Art?«

»Oder etwas noch Schlimmeres.«

»Gibt es etwas noch Schlimmeres?«

Winter antwortete nicht. Ringmar verfolgte den Satz nicht weiter. Ein andermal, bei anderer Gelegenheit.

»Warum bis jetzt warten? Bis zu diesem Jahr der Gnade?«

»Irgendetwas hat den Anstoß gegeben.«

»Ist etwas in seinem Leben passiert? Oder in dem der Mordopfer? Bei allen?«

»Die E-Mail-Kontakte haben bis jetzt noch nichts Erhellendes gebracht«, sagte Ringmar. »Cors und Schwartz waren bei Facebook. Keine interessanten Mails. Keine interessanten Handy-Gespräche.«

»Nein, sie hatten keinen Kontakt mehr. Da ist irgendwas passiert, wodurch der Kontakt abgebrochen wurde.«

»Ich dachte, alle unter fünfzig hätten heutzutage Facebook«, sagte Ringmar.

»Hab ich auch geglaubt.«

»Können wir etwas durch Peter Mark erfahren, Erik?«

»Ich bin nicht sicher.«

»Hat der Täter Kontakt zu seinen Opfern aufgenommen?«

»Da bin ich mir sicher«, sagte Winter.

»Das Verbindungsglied in die Vergangenheit. Oder die Kette oder wie wir es nennen sollen.«

»Das bringt uns auch nicht voran, oder?«

»Aber jetzt reicht es. Ich will keine weiteren Verbindungsglieder, Opfer oder Buchstaben haben.«

Winter schwieg. Ringmar lauschte auf das Brausen im Raum zwischen Stockholm und Göteborg.

»Da ist noch etwas«, sagte er. »Auf Gustav Lefvanders Jacke waren schwarze Farbflecken. Torsten hat sie getestet, wirken interessant. Wir kriegen demnächst Nachricht vom Kriminaltechnischen.«

»Das ist ja ein Ding. Was sagt der Junge?«

»Bis jetzt nichts. Gerda hat es gestern Abend versucht. Heute macht sie weiter.«

»Gut.«

»Ich hab gestern Abend nach Farbdosen in Lefvanders Garage gesucht. Bin zufällig vorbeigekommen, könnte man sagen. Der Junge hat behauptet, sich die Flecken dort geholt zu haben. Und weißt du, was es gab ...?«

»Keine alten Dosen«, unterbrach Winter ihn, »es gab gar nichts.«

»Woher weißt du das?«

»Haha. Wo ist Papa Lefvander?«

»Auf Dienstreise. Kommt heute nach Hause. Wir machen sofort eine Hausdurchsuchung.«

»Nein.«

»Nein?«

»Nein, er kann nicht noch mehr aufräumen, als er es schon getan hat, wenn es etwas gab, das weggeräumt werden musste. Eine Hausdurchsuchung können wir jederzeit vornehmen. Lassen wir ihn lieber in dem Glauben, in dem er jetzt ist. Wir wollen ausnahmsweise mal einen Schritt voraus sein.«

»Okay, Chef.«

»Nenn mich nicht Chef.«

Ringmar hörte, dass Winters Stimme schwächer wurde, als würde sie nicht mehr von Stockholm nach Göteborg reichen.

»Was ist, Erik?«

»Ich bin müde. Und mein Anzug ist hin.«

o

Wahrscheinlich war es blöd, noch mal dorthin zu gehen, aber er war nicht richtig Herr seiner eigenen Schritte, als ob ein Magnet ihn dorthin gezogen hätte. Es waren die Erinnerungen. Er wollte immer wieder an den Platz zurückkehren, den es nicht mehr gab, als würde das alles ungeschehen machen.

Er hatte in der Eissporthalle gestanden, und der Glatzkopf hatte ihm etwas nachgeschrien, hatte ihn verfolgt. Der Kerl hatte dort mit einer schwarzen Frau zusammengestanden, als hätten sie etwas miteinander. Was machen die hier? hatte er gerade noch denken können, als es ihm klarwurde. Wussten sie es schon? So smart konnten die doch nicht sein.

Der rasierte Bulle verfolgte ihn. Jagten die alle, die sich in der Halle aufhielten? Sonst war hier niemand, er war immer allein, es war beruhigend, aber mit der Ruhe war es nun vorbei, er konnte nicht mehr in die Halle gehen. Sie wussten, wie er aussah, obwohl der Abstand groß gewesen war. Hatte er die Mütze aufgehabt? Er konnte sich nicht erinnern. Nein. Er hatte die Sonnenbrille abgenommen, die er meistens trug. Hinterher hatte er die Sonne nicht mehr gemocht. Die Sonne hörte nicht auf zu scheinen, nachdem es passiert war, als ob es ihr egal wäre, als bedeutete es überhaupt nichts, als würde niemand bestraft werden, als wäre der Himmel blau für alle.

Da ist er!

Da!

Wir sind's doch nur!

Komm schon!

Er hatte versucht, über das Wasser zu laufen, aber dafür war er nicht *gut* genug, er war *böse*, er war nichts wert. Er schürfte sich die Zehen an Felsen auf, an den Steinen war Blut, er hinterließ eine Blutspur, bis er nicht mehr laufen konnte.

27

Aneta Djanali dachte über den vergangenen Tag nach, sie konnte nicht schlafen. Es war, als wäre gestern Abend etwas passiert, das entscheidend war für ihr Leben, ihr und Fredriks Leben. Sie erinnerte sich genau, als wäre es gerade eben geschehen.

Sie hatten die Brücke über die Straßenbahnschienen überquert und standen vor der Autowaschanlage, Clean Park, wo »jede Wäsche auf eigenes Risiko« vorgenommen wird, wie es auf dem Schild beim Automaten stand.

»Das haben sie im Mittelalter auch geglaubt«, sagte Fredrik, »dass es lebensgefährlich ist, sich zu waschen.«

»Nicht in Afrika«, sagte sie. »Und das mit dem Mittelalter ist ein Mythos.«

»Ihr hattet doch gar kein Wasser in Obervolta«, sagte er, »es war schon damals eine akademische Frage.«

»Gibt es Leute, die hier arbeiten?« Sie schaute sich um. Im Augenblick waren keine Kunden da. Die Autowaschanlage sah verlassen aus, wie etwas aus einem vergessenen Jahrzehnt.

»Höchstens jemand, der den Geldautomaten leert.«

»Hierhin ist er doch gegangen?«

»Er ist wohl nur durchgegangen, zu den Scheißhäusern dahinten.«

Halders wies mit dem Kopf auf die Hochhäuser an der

Mandolingatan. Sie zählten zu dem verachteten Millionenprogramm, waren aber in einem lebensbejahenden Orange gestrichen, das den Sonnenschein glühen ließ, wenn er auf die Fassaden traf.

»Oder hat das Auto gewaschen«, sagte sie.

»Was?«

»Er hat sein Auto gewaschen.«

»Der hat kein Auto«, sagte er, »das ist kein Typ, der Auto fährt.«

»Muss es ein besonderer Typ sein?«

»Man erkennt es auf einen Blick«, sagte er.

»Zählst du auch alte Männer mit Hut dazu?«

»Ja, besonders die.« Fredrik näherte sich dem Gebäude und las die Schilder, die Anlage wurde von Kärcher betrieben. Das Unternehmen unterhielt noch mehr Anlagen, am Vågmästareplatsen, in Brunnsbo, auf dem Gamlestadsvägen, in Sävedalen. »Wir müssen uns mit Kärcher unterhalten, aber das bringt uns wahrscheinlich nicht weiter.« Er betrat eine der kleinen Waschhallen und sagte etwas, was sie nicht verstand.

»Was hast du gesagt, Fredrik?«

»*I work in the carwash, where all it ever does is rain.*« Halb sang er, halb redete er, als er herauskam.

»Klingt nach Springsteen.«

»Es ist Springsteen. Das ist typisch Springsteen.«

»Springsteen ist ein typischer Autofahrer, oder was meinst du, Fredrik?« Sie lächelte.

»Jedenfalls ist er kein alter Mann mit Hut.«

»Ein guter alter Mann.«

»Wenn es nichts anderes gibt, kann immer noch das Alter gegen uns benutzt werden«, sagte er.

»Wer ist uns?«

»Die Männer natürlich.«

»Ja, ihr könnt einem leidtun.«

Er antwortete nicht. Er sah sich um, da hinten bei den Straßenbahnschienen war Kin's Thaiküche, weiter unten Ruddalens Pizzeria, dann die Fagottgatan, am Ende Lidl und danach die Mandolingatan runter bis zum Frölunda torg.

»Hier ist es«, sagte er. »Von hier kommt er. Hier müssen wir nach ihm suchen, bis wir ihn finden.« Er schaute an den aufragenden Fassaden hinauf. »In diesem geisteskranken Bauprogramm wie Hitlers *Welthauptstadt* Germania.«

Sie schattete die Augen mit der Hand ab. Die Fenster sahen aus wie schwarze Löcher in roter Erde, aus jedem von ihnen konnte man alles überblicken, was auf der anderen Seite der Straßenbahnschienen geschehen war und geschah, was abgerissen und neu errichtet worden war, unter anderem auf dem Boden des ehemaligen Marconiparks.

Da oben muss man nur an die Türen klopfen, dachte sie, Millionen Mal klopfen, dann haben wir die Lösung.

»Wir gehen runter zum Platz«, sagte er. »Ich brauch einen Hamburger.«

»Hier gibt's doch Pizza und Thaiessen«, sagte sie.

»Ich will was Schwedisches«, sagte er.

»Verdammt witzig«, sagte sie.

»Jetzt gehen wir.«

Sie folgten der Mandolingatan in südlicher Richtung, an den riesigen Gebäuden entlang. In den Erdgeschossen gab es Läden, die sich unter dem Gewicht der Häuser zu ducken schienen.

»Sieht aus wie in Asien«, sagte er, »ein anständiges, ordentliches Asien, vielleicht Singapur.«

»Bist du mal in Singapur gewesen?«

»Schon lange her.«

»Bertils Sohn arbeitet doch in Kuala Lumpur?«

»Wenn's nach Bertil geht, kann er in Ouagadougou oder sonst wo arbeiten.«

»Wie meinst du das?«

»Die beiden haben keinen Kontakt, das weißt du doch.«

»Ja … scheint so. Das ist traurig.«

»Traurig? Es muss ja irgendeinen Grund haben, oder?«

»Ich möchte nicht darüber spekulieren, Fredrik.«

»Das will niemand. Niemand will diskutieren, was sich dahinter verbergen könnte, wenn zum Beispiel ein Sohn vor seinem Vater flieht. Wenn Kinder keinen Kontakt mehr haben möchten.«

Sie blieb stehen.

»Wovon redest du, Fredrik?

»Lassen wir das. Wir wollten ja nicht spekulieren.«

»Manchmal bist du ein verdammter Idiot.«

»Manchmal?«

Sie drehte sich jäh um und ging auf den Platz zu, der dort unten glänzte, der mit den neuen Buswartehäuschen und all dem Neuen protzte. Der Frölunda torg war kein Platz mehr, auf dem man einkaufen konnte, es war ein gigantischer Konsumtempel, eine eigene Stadt mit Wohnungen, mit allem. Allem. Das war im Augenblick zu viel für sie, alles war zu viel.

»Aneta, warte, entschuldige.«

Er holte sie ein.

»Ich rede zu viel Scheiß, ich weiß.«

Er sah, dass sie weinte.

»Bitte, Liebe«, sagte er.

Sie wischte sich über die Augen.

»Was ist?«, fragte er.

»Ich will nicht darüber reden.«

»Ein Kind?«

Sie antwortete nicht. Sie hatten jetzt fast das Kulturhaus mit dem Platz vor der Treppe erreicht. Hier am Ende der Mandolingatan hinter und neben dem Kulturhaus sah es nicht mehr wie ordentliches Asien aus, eher wie chaotisches

Lagos, Afrika, überwucherte Parkplätze, Schuttabladeplätze, geborstene Eisenbalken, ein Stück Göteborg, das auf dem Stadtplan vergessen worden war, eine perfekte dritte Welt.

»Ich werde vorsichtig sein«, sagte er. »Ich verstehe. Ich bin kein Idiot.«

Dick Benson hatte bei der GIH angerufen und war mit einem Professor verbunden worden, der Bengt Krafft hieß.

»Jonatan Bersér? Ja, den Namen kenne ich tatsächlich. Er war mein Schüler, als ich hier junger Lehrer war.«

»Hat er die Schule kürzlich besucht?«

»Nicht dass ich wüsste.«

»Laut Aussage seiner Frau ist er von Göteborg hierhergefahren, um ein Projekt mit Ihnen zu diskutieren.«

»Was für ein Projekt?«

»Das weiß ich nicht. Er ist Sportlehrer in Göteborg. Oder war. Er ist ermordet worden.«

»Herrgott.«

»Es geht also um die Frage, ob er bei der Sporthochschule war.«

»Nein, das wüsste ich.«

»Ach?«

»Solche Besuche laufen alle über mich. Wir können es pädagogische Forschungsprojekte nennen.«

»Ich nenn das gar nichts«, sagte Benson.

»Sicherheitshalber kann ich mich ja mal umhören.«

»Es ist immer gut, auf der sicheren Seite zu sein«, sagte Benson. »Zu erfahren, ob er noch alte Kontakte zur Schule hatte. Vielleicht hatte er Kontakte zu Ihnen?«

»Nein.«

»Sein Name ist Ihnen sofort eingefallen.«

»Er ist in meine erste Klasse gegangen. Wir haben uns gut verstanden.«

»Ich ruf Sie heute Nachmittag noch mal an.«

Er legte auf und sah Winter an, der auf der anderen Seite des Schreibtisches in Bensons Büro saß.

»Ein Snob«, sagte er, »die Professoren sind doch alle gleich, unabhängig von ihrem Fach.«

»Darum sind sie Professor geworden«, sagte Winter. »Das ist genau wie mit Kriminalkommissaren.«

»Wir sollen alle verdammte Snobs sein? Ja, das trage ich mit Stolz.«

»Ich bin kein Snob.«

»Haha, gerade dafür sind Sie berühmt bei der Polizei, im ganzen Land, in ganz Europa, auf der ganzen Welt sind Sie deswegen berühmt.«

»Jetzt nicht mehr.«

»Eine einzige Fahrradtour verändert nichts, Winter.«

»Ich bin ein anderer geworden.« Winter erhob sich. »Nun will ich hören, was Peter Mark zu erzählen hat.«

»Vielleicht ist er über Nacht auch ein anderer geworden. Viel Glück!«

Peter Mark war ein anderer geworden, oder der, der er immer gewesen war. Er wollte reden. Er suchte die Videokamera im Vernehmungsraum mit den Augen, so viel wollte er reden. Aber er schien zu glauben, dass er selbst bestimmen konnte, worüber er sprechen wollte, das war nicht ungewöhnlich bei Personen, die keine Routine im Verhörtwerden hatten.

»Schauen Sie bitte mich an«, sagte Winter.

»Ich hatte also Schiss«, sagte Mark.

»Was haben Sie geglaubt, wer ich bin?«

»Der Mörder.«

»Welcher Mörder?«

»Gibt es mehr als einen?«

»Hier stelle ich die Fragen«, sagte Winter.

»Natürlich der, der Jonatan umgebracht hat.«

»Warum sollte er sich in Stockholm aufhalten?«, fragte Winter.

Mark antwortete nicht. Winter wiederholte seine Frage.

»Schließlich hat man vor allem Angst«, sagte Mark.

»Wie nahe haben Sie Jonatan gestanden?«

»Was meinen Sie mit der Frage?«

»Versuchen Sie einfach, mir zu antworten.«

»Wir haben uns gekannt, seit ... unserer Jugend.«

»Wie alt waren Sie damals?«

»Seit der Schule ... der dritten, vierten Klasse, wir haben uns in der Schule kennengelernt.«

»An welcher Schule?«

»Påvelandschule.«

»Und seitdem waren Sie Freunde?«

»Ja ... mit Unterbrechungen.«

»Warum mit Unterbrechungen?«

»Ich weiß es nicht ... So was passiert eben.«

»Was ist passiert?«

»Was?«

»Was hat dazu geführt, dass Sie nicht mehr befreundet waren?«

»So kann man es nicht ausdrücken, wir haben uns ja danach wieder getroffen.«

»Nach was?«

Mark schwieg. Er schien erkannt zu haben, dass er nicht schon wieder »was« sagen konnte, dass es besser war, den Mund zu halten.

»Wenn ich sage, ich glaube, dass vor x Jahren etwas passiert ist, was jetzt zu dem Mord an Jonatan geführt hat ... was antworten Sie darauf?«

»Was soll ich sagen? Was weiß ich?«

»Warum waren Sie nicht mehr befreundet?«

»Er ... hat andere kennengelernt, das klingt albern, aber ich meine es nicht so ... er hat eben andere Freunde gefunden.«

»Er wollte nicht mehr mit Ihnen spielen, Peter?«

»Haha, ja, so kann man es auch ausdrücken, wir waren um die zwanzig ... aber, klar, es wurde ... wir haben uns nicht mehr oft gesehen.«

»Was waren das für Freunde?«

»Das weiß ich nicht, aber es war mir auch egal.«

»Haben Sie darüber mit Jonatan gesprochen?«

»Ich hab schließlich meinen Stolz.«

»Sie müssen es doch angesprochen haben? Am Telefon oder wenn Sie sich getroffen haben?«

»Wir haben uns nicht getroffen, das hab ich doch gesagt!« Marks Stimme war lauter geworden, er hatte die Kamera vergessen, fast sich selbst vergessen, das Beste, was ein Verhörleiter erreichen konnte.

»Es bedeutet Ihnen viel«, sagte Winter.

Mark murmelte Unverständliches. Winter schaute zum Tonbandgerät. Es lief, auch wenn es still war. Manchmal lauschte er hinterher auf das Schweigen, es konnte mehr über das Verhör aussagen als Worte. Wörter sind häufig der reinste Abfall.

»Würden Sie das bitte noch mal wiederholen?«

»Nicht auf die Art«, sagte Mark.

»Was, nicht auf die Art?«

»Auf die Art bedeutete es mir nichts.«

»Erklären Sie es mir.«

»Ich bin doch nicht schwul«, sagte Mark.

»Hat Jonatan Sie deshalb verlassen?«

»Ich versteh nicht, wie Sie das meinen.«

»Er war schwul und hat Freunde gefunden, die auch schwul waren«, sagte Winter.

»Sie sind ja verrückt«, sagte Mark. Er war rot, als hätte Winter die ganze Påvelandschule und alle, die danach gekommen waren, beleidigt. Es war das zweite Mal in kurzer Zeit, dass Winter zu hören bekam, er sei verrückt. Beim ersten Mal war es wegen Michael Bolton gewesen.

28

Ringmar hatte eine unruhige Nacht verbracht, was heißt schon Nacht, einige frühe Morgenstunden, in denen er sich auf Amandas Sofa herumgeworfen hatte, bis er aufstand und sich die Freiheit nahm, einen Kaffee in der Küche aufzubrühen. Er hörte sie hinter sich, als er an der Arbeitsplatte stand.

»Danke, dass Sie geblieben sind«, sagte sie.

»Ich wollte mich gerade entschuldigen«, sagte er.

»Nein, nein.«

Sie kam auf ihn zu und umarmte ihn. Er nahm ihren Duft wahr und berührte sie vorsichtig mit der rechten Hand an der Schulter. Sie ließ ihn los und schaute in eine andere Richtung.

Gerda Hoffner traf Ringmar und Amanda Bersér vor dem Krankenhaus. Gustav war auch da, blass, aber bereit für irgendeine Art Leben außerhalb des Krankenzimmers. Ringmar stützte ihn, während Gerda vor dem Haupteingang parkte, hatte einen Arm um seine Schultern gelegt. Sie sehen aus wie Vater und Sohn, dachte sie, oder eher wie Großvater und Enkel. Sie selbst sah in Bertil einen Vater im Dezernat, einen Mentor für alle, nicht zuletzt für Erik. Sie wusste, dass Bertil allein lebte. Klatsch hörte sie sich nie an, und im Dezernat klatschte niemand.

»Wo ist Papa?«, hörte sie Gustav fragen.

»Er kommt heute Nachmittag«, sagte seine Mutter. »Er ist verreist.«

»Okay.«

»Wir fahren jetzt zu mir nach Hause.«

»Nur du und ich?«

»Frau Hoffner kommt auch mit.«

»Warum?«

»Sie muss dir einige Fragen stellen.«

»Ich will keine Fragen beantworten.«

»Du musst es aber versuchen.«

»Ich weiß nicht, warum«, sagte Gustav.

»Wir haben Zeit«, sagte sie.

Sie saßen zu Hause bei Gustavs Mutter, in dem Zimmer, das jetzt seins war. Ein Plakat mit Depeche Mode bedeckte einen Großteil der Wand hinter Gustavs Bett. Im Auto hatte er geschwiegen, sie hatte keine Fragen gestellt, auch nicht vom Wetter geredet, es war schön, banal und schön, über schönes Wetter gibt es nichts zu sagen. Auf dem Plakat war die Band in einer späteren Phase ihrer Karriere abgebildet. Gustav saß auf dem Bett. Sie saß in einem kleinen Sessel mitten im Zimmer. Neben der Tür stand eine Musikanlage, Stapel von CDs, Behälter mit Vinyl-LPs. Der Junge drehte noch Platten um, nicht alles ging von Spotify direkt in den Schädel.

Herr im Himmel, Depeche Mode, dachte sie, eine Band für alle Alter.

»Das ist meine Band.« Sie wies mit dem Kopf auf das Plakat und versuchte, ihre Stimme nicht anbiedernd klingen zu lassen.

Gustav schaute sie an, wie ein Jugendlicher seine Großmutter ansieht.

»Als ich so jung wie du war, habe ich mir *Violator* gekauft.«

»Die ist neunzig rausgekommen«, sagte er. »Ihre erste Scheibe hat mir besser gefallen.«

»*Speak and Spell*«, sagte sie. »Einundachtzig war selbst ich noch ein bisschen zu jung.«

Er schien zu lächeln. In diesem Fall war das besser als die Sonne dort draußen.

»Da hätte man dabei sein müssen«, sagte er. »In den achtziger Jahren.«

»Du bist jetzt dabei, Gustav.«

»Vince Clarke ist nicht dabei.«

»Nur auf der ersten Platte«, sagte sie.

»Okay, Martin Gore ist okay.«

»Ich hab ein Autogramm von Dave Gahan«, sagte sie.

»Wirklich?«

»Die Polizei lügt nie.« Sie lächelte.

»Der gibt doch keine Autogramme?«

»Mir hat er eins gegeben. Es war in Kopenhagen, Ende der neunziger Jahre.«

»Dort haben sie letzten Sommer gespielt«, sagte Gustav. »Ich wär gern hingefahren.«

Sie nickte.

»Aber ich hab niemanden gefunden, der mitkommen wollte. Also keinen Erwachsenen, ich bin ja noch minderjährig. Ich hatte allerdings auch kein Geld.«

»Die kommen hierher«, sagte sie. »Die sind häufig in Schweden.«

»Nein, nein, das dauert noch. Dann bin ich wahrscheinlich genauso alt wie Sie.«

»Stell dir vor, wie alt Gahan, Gore und Fletcher dann sind!«, sagte sie.

»Wie die Rolling Stones.« Er änderte die Haltung auf dem Bett, streckte ein Bein. Er sah immer noch wie ein Minderjähriger aus.

»Hast du dir was angehört, als du in der Nacht draußen warst?«, fragte sie.

»Ich benutze keine Kopfhörer mehr«, sagte er.

»Was hast du gemacht?«

»Bin einfach rumgelaufen.«

»Warum?«

»Ich hab doch schon gesagt, dass ich nicht weiß, warum.«

»Warum bist du das erste Mal von zu Hause weggelaufen? Von deinem Vater?«

»Ich bin nicht vor ihm weggelaufen.«

»Vor wem bist du dann weggelaufen?«

Gustav antwortete nicht. Er schaute zu den Scheibenstapeln, als gäbe es dort eine Antwort. In einem gewissen Alter findet man alle Antworten in der Musik, in den Texten, danach erstarrt das Gehirn und alles wird langweiliger, dachte sie, die Phantasie schrumpft.

»Da hat jemand angerufen ... als ich bei Papa war ... ich hab mich gemeldet. Es war eine Stimme, die ich nicht kenne.«

»War es ein Mann oder eine Frau?«

»Ein Mann.«

»Was wollte er?«

»Ich weiß es nicht. Er wollte Papa sprechen.«

»Wovor hast du Angst bekommen?«

»Ich hab die Telefonnummer erkannt.«

»Ja.«

»Es war unheimlich.«

»Was hast du gedacht?«

»Gedacht ... ich weiß es nicht.«

»Bist du von etwas anderem erschreckt worden?«

»Ich weiß es nicht.«

»War es die Stimme?«

»Ja ...«

»Hat sie dich an eine andere Person erinnert?«

»Nein …«

»Was hat er gesagt?«

»Dass er Papa sprechen will.«

»Was genau hat er gesagt?«

»Äh … so was wie ›ist Mårten Lefvander da?‹.«

»Er hat den ganzen Namen genannt?«

»Ja.«

»Was hat er noch gesagt?«

»Nichts weiter.«

Sie hatte Ringmars Bericht gelesen, er und Winter waren in dem Haus gewesen, nachdem Gustav abgehauen war, Lefvander hatte den Hörer vom Festnetztelefon abgehoben und gesehen, dass jemand angerufen hatte, von Jonatan Bersérs alter Nummer, Bersérs altem Handy, gestohlen, dem Opfer gestohlen. Jemand musste *ihn* angerufen haben, hatte Lefvander gesagt und den Sohn gemeint, Gustav. Aber der Anrufer hatte nach dem Vater gefragt, Mårten Lefvander, eine unheimliche Stimme. Warum sollte ein Unheimlicher mit Mårten Lefvander sprechen wollen? Sie glaubte Gustav, an sein Gefühl, die Intuition, wie sie an Depeche Mode glaubte.

»Hast du deinem Vater erzählt, dass jemand nach ihm gefragt hat?«

»Nein, ich bin doch aus dem Haus gerannt.«

»Hast du es ihm später gesagt?«

»Nein, das hat sich … noch nicht ergeben. Spielt das eine Rolle?«

»Ich weiß es nicht, Gustav. Hast du die Stimme schon einmal gehört?«

»Nie.«

»War sie jung oder alt?«

»Ich weiß nicht, irgendwo dazwischen.«

»Wen hast du getroffen?«, fragte sie nach einer kleinen Pause.

»Wie meinen Sie das?«

»Wen hast du getroffen, als du verschwunden warst?«

»Niemand, das hab ich doch schon gesagt. Ich bin rumgelaufen.«

»Wo?«

»Überall.«

»Warst du bei jemandem zu Hause?«

»Nein, warum sollte ich? Bei wem denn?«

»Bei dem, der hier angerufen hat.«

»Es ist falsch«, sagte Gustav. »Alles ist falsch. Ich will nicht mehr mit Ihnen reden.«

Winter unterbrach das Verhör. Peter Mark war offenbar Schwulenhasser, oder er versuchte, den Eindruck zu erwecken. Das konnte viel bedeuten, und die Sache war es wert, dass man ihr auf den Grund ging.

Es geht immer um Sexualität, dachte er, sie ist die größte Triebkraft unter den Lebenden. Geistern ist sie egal, Zombies schlafen nicht miteinander, aber alle anderen werden vom Sex angetrieben, egal, ob sie sich dessen bewusst sind oder nicht.

Er ging hinaus in einen kleinen Patio, der im Sonnenschein glänzte, es war, wie für eine Viertelstunde nach Hause nach Marbella zu kommen. Hinter ihm öffnete sich die Schiebetür, und er drehte sich um.

»Wie ist es gegangen?«, fragte Benson.

»Vielleicht ganz gut«, sagte Winter.

»Prima.«

»Mark hat sich von der Gemeinschaft ausgeschlossen gefühlt.«

»Was für einer Gemeinschaft?«

»Das müssen wir herausfinden.«

»Sie hat zu nichts Gutem geführt«, sagte Benson. »Die hätten sein lassen sollen, was sie getan haben.«

»Der Täter kann sich noch in der Stadt aufhalten«, sagte Winter.

»Vielleicht sitzt er da drin vor Ihnen«, sagte Benson.

»In der besten aller Welten ist er es, aber dies ist nicht die beste aller Welten.«

»Ich hab schon oft darüber nachgedacht, wie die beste aller Welten aussieht.«

»Wirklich?«

»Nein, ehrlich gesagt, nicht.«

»Aber ich.«

»Sie sind ein Denker.«

»Die Bezeichnung ist zu hochgestochen.«

»Geben Sie mir eine Definition für die beste aller Welten. Ich kann sie mit hinaus nehmen in die Stockholmnacht.«

»*Time, love and tenderness*«, sagte Winter.

»Hm, klingt gut. Zeit, Liebe, Zärtlichkeit. Alles, was wir an diesem Arbeitsplatz vermissen. Und in dieser Stadt.«

»*Nothing heals a broken heart like time, love and tenderness.*«

»Nichts heilt ein gebrochenes Herz so wie die Zeit«, übersetzte Benson, »Sie hören, ich kann Englisch. Kommt mir bekannt vor.«

»Michael Bolton«, sagte Winter.

»Hören Sie sich Bolton an? Den Achtziger-Jahre-Bolton?«

»Gutes Zeug, nicht?«

»Sie sind ja verrückt«, sagte Benson.

Verrückt oder nicht, er kehrte zu Mark in einen Raum zurück, in den die Sonne schien. Warum auch nicht, wahrscheinlich war es schwerer, in natürlicher Helligkeit Lügen zu erzählen, Gott direkt ins Gesicht zu lügen.

Der Mann schien sich während der Vernehmung auf der Altersskala vor und zurück zu bewegen, von zwanzig zu vierzig, unfähig, im Leben Boden unter den Füßen zu finden, ohne die nötige Reife. Mark hatte keinen Job, war Gelegenheitsarbeiter in Lagern, arbeitslos, Handlanger auf Baustellen, Taxifahrer, ein bisschen Rauschgift, kein allzu schwerer Stoff, ein Leben, das viele dieser verlorenen Generation kannten. Alle erhoben den Anspruch, dazuzugehören, aber die Frage war, ob nicht die Generation der Sechziger gewonnen hatte. Winter gehörte dem verlorenen Jahrzehnt an, Mark in gewisser Weise auch, obwohl er Anfang der siebziger Jahre geboren wurde. Ganz zu schweigen von all den Losern der achtziger Jahre, jetzt erhoben sie Anspruch auf das Leben, als gäbe es auch für sie einen Platz, einen Himmel.

»Sture Karlsson können wir wohl vergessen«, sagte Winter.

»Wen?«

»Ja, genau. Es ist ganz schön schwer, den Überblick zu behalten«, sagte Winter.

»Ich war total fertig«, sagte Mark. »Nach dem Radrennen.«

»Warum haben Sie vor Johans Haus in der Hälsingegatan gestanden?«

»Ich weiß es nicht. Ich weiß es wirklich nicht.«

»Sie haben es nicht betreten.«

»Dann ist es ja gut.«

»Wussten Sie, dass er tot ist?«

»Woher sollte ich das wissen?«

»Jemand hat es Ihnen erzählt.«

»Es war noch nicht publik, soviel ich weiß.«

»Umso schlimmer, als Sie es dann erfahren haben.«

»Von wem? Dem Mörder?«

»Ist es so?«

»Wie so?«

»Haben Sie es vom Mörder erfahren?«

»Ich habe es von niemandem erfahren!«

»Warum sind Sie nach Stockholm gekommen?«

Mark antwortete zunächst nicht. Er schien seine Worte irgendwo im Gehirn abzuwägen, Vor- und Nachteile, *pros and cons*, wie Michael Bolton es ausgedrückt hätte.

»Um Johan zu treffen«, sagte er.

»Warum?«

»Um zu hören, was er von ... alldem hält.«

Winter wartete auf die Fortsetzung.

»Was er gesagt hätte. Aber das habe ich nun ja nicht mehr erfahren.«

»Sie kannten Johan also. Er ist auch auf die Påvelund gegangen, das wissen wir.«

Mark nickte.

»War er ein guter Freund?«

»Kann man wohl so sagen.«

»Aber kein so enger Freund wie Bersér?«

Mark antwortete nicht. Es war eine unangenehme Frage, sie berührte dieselben Erinnerungen wie Winters Fragen vorher nach der Freundschaft mit Jonatan.

»Waren Sie da ebenfalls ausgeschlossen?«

»Wie meinen Sie das?«

»Jonatan und Johan waren auch noch Freunde, als Sie nicht mehr dazugehörten.«

»Halten Sie's Maul.«

»Jetzt raus mit der Sprache.«

»Ich will nicht mehr darüber sprechen.«

»Aber Sie wollten mit Johan reden.«

»Das hätten Sie auch gewollt, wenn Sie Leute gekannt hätten, die umgebracht worden sind.«

»Wann haben Sie Johan das letzte Mal getroffen?«, fragte Winter.

»Schon ewig lange her.«

»Zwanzig Jahre?«

»Ich kann mich nicht genau erinnern. Aber ungefähr.«

»Vor ungefähr zwanzig Jahren?«

»In etwa.«

»Wann haben sich Jonatan und Johan zuletzt getroffen?«

»Das weiß ich nicht.«

»Vor zwanzig Jahren«, sagte Winter.

»Ach?«

»Es gibt jedenfalls nichts, was darauf hinweist, dass sie seitdem Kontakt hatten«, sagte Winter. »Ist das nicht sonderbar?«

Mark deutete ein Schulterzucken an.

»Ich finde es sonderbar«, sagte Winter.

»Sie sind bei der Kripo. Sie müssen wahrscheinlich alles sonderbar finden.«

»Warum also haben Sie aufgehört, die anderen zu treffen?«

Mark antwortete nicht.

»Sie gehörten ja nicht richtig dazu«, sagte Winter.

»Vielleicht genau aus dem Grund.«

»Erst jetzt.«

»Was erst jetzt?«

»Erst jetzt wollten Sie Johan wieder treffen.«

»Kein Wunder, nach dem, was passiert ist.«

»Was ist denn passiert?«, fragte Winter. »Was ist vor zwanzig Jahren passiert?«

0

Das Jahr null, dachte er, null, null, null. Es ist jetzt, es war damals, alles greift ineinander, wie ein Kreis, eine Null. Ich bin eine Null, ich war eine Null, aber jetzt nicht mehr, ich-bin-keine-Null.

Er sah sich in der Wohnung um. Die Zeitungen, Dosen und Kartons hatte er nicht weggeräumt. Er war noch nicht fertig. Wie lange würde er weitermachen? Seine Kraft würde nicht wer weiß wie lange reichen, das wusste er.

Wann würden sie dahinterkommen? Bald würden sie es wissen, aber sie würden es nie verstehen, niemand verstand es.

Wo sind die anderen?

Da unten, mal ganz ruhig.

Ist die Tür abgeschlossen?

Sie sind am Wasser, das hab ich doch gesagt!

Ja, ich sehe sie.

Sag Bescheid, wenn jemand kommt.

Aber es kam niemand. Die Großen müssen es trotzdem alle gewusst haben. Er war ohne seine Kleider weggelaufen, keine Unterhose, keine Hose, er hatte einen Pullover angehabt, keine Schuhe.

Die Großen waren alle gleich.

Alle sind gleich, dachte er. Es gibt keine Hilfe, wird es nie geben. Es gibt nur mich, und das nicht mehr lange.

Draußen hatte es angefangen zu schneien, große leere Flocken, die sich auflösen würden, wenn sie den Boden berührten. Schnee im Mai, das kam selten vor. Die Sonne brach durch den Schneeschauer über dem Frölunda torg. Alles wurde schön, als wäre das der Sinn des Ganzen. Alles auf der Erde schien einen Sinn zu haben. Er weinte. Im Radio, das im anderen Zimmer stand, sagte jemand etwas, die Stimme klang beruhigend, leise.

29

Als Gustav schon in Gerdas Auto vor dem Sahlgrenschen saß, auf dem Weg nach Hause zum Verhör, drückte Ringmar Amandas Hand. Ein seltsamer Ausdruck, auf dem Weg nach Hause zum Verhör, das klang entweder nach Sicherheit oder entsetzlich, er konnte sich nicht entscheiden.

Ringmar fuhr nach Hause, stellte sich unter die Dusche und versuchte nichts zu denken. Das Haus war still gewesen wie immer, als er es betrat, er dachte daran, umzuziehen. Jedes zweite Mal, wenn er die Diele betrat, dachte er daran. War es Bequemlichkeit? Warum riss er nicht alles raus und brachte es an einen Ort, wo er neu anfangen konnte? Oder war es Geborgenheit? Oder etwas Schlimmeres? Wenn der Nachbar im November mit seinem Weihnachtswahnsinn anfing, gelobte er sich jedes Mal, dass es der letzte Winter sein würde, das letzte Jahr. Aber wohin sollte er, bald ein uralter Kommissar mit verödetem Privatleben, ziehen? Nach Kuala Lumpur? Als ob man dort nur auf ihn wartete. In einen anderen Stadtteil von Göteborg? Was hatte er dort verloren? Die Menschen sind nicht nett zu Fremden. Ihm gefiel es in Kungsladugård, er konnte zum Mariaplan gehen und ein Bier bei Enoteca Maglia trinken, als wäre das die natürlichste Sache der Welt. Er könnte mit dem Fahrrad in zehn Minuten am Meer sein. Alles konnte er tun, wenn er sich dazu entschloss, niemand mischte sich ein, es war seine Entscheidung, er konnte machen, was er wollte, das war immerhin Freiheit nach einem Leben, das allmählich lang wurde. Allzu lang, dachte er jetzt, als er das Wasser abdrehte und nach dem Handtuch am Haken griff, allzu viel Freiheit.

Gerda Hoffner rief an, als er sich angezogen hatte und wieder auf dem Weg nach draußen war.

»Gustav hat an dem Tag, als er aus Lefvanders Haus abgehauen ist, einen Anruf für seinen Vater entgegengenommen.«

»Das Gespräch, von dem wir dachten, es sei für ihn gewesen«, sagte Ringmar.

»Ja. Er hat gesagt, jemand habe nach seinem Vater gefragt oder vielmehr gefragt, ob Mårten Lefvander da ist.«

»Den ganzen Namen?«

»Ja.«

»Das klingt nicht, als würde der Betreffende Gustav kennen.«

»Nein.«

»Aber der Anrufer kennt seinen Vater.«

»Ja.«

»Und hat vom gestohlenen Handy des verstorbenen Jonatan Bersér angerufen«, sagte Ringmar. »Ist der Junge glaubwürdig?«

»Warum sollte er es nicht sein? Er hat die Handynummer erkannt.«

»Ja, Scheiße.«

»Er hat Angst vor der Stimme gehabt. Aber vielleicht war er auch erschrocken, weil er gesehen hat, woher der Anruf kam.«

»Das klingt tatsächlich plausibel«, sagte Ringmar.

»Entschuldigung, das war wohl blöd ausgedrückt.«

»Keineswegs«, sagte Ringmar, »jetzt fahren wir hin und unterhalten uns mit dem Vater. Wenn du für diesmal mit Gustav fertig bist?«

»Ja, wir fahren«, sagte sie.

»Ich kann diesen Lefvander sowieso nicht leiden«, sagte Ringmar.

»Darf man so was sagen?«, fragte sie.

»Ich bin ein freier Mann«, sagte Ringmar.

»Gustav will nicht erzählen, wo er sich aufgehalten hat. Das wirkt wie Verdrängung. Als wüsste er es wirklich nicht.«

»Es wird rauskommen«, sagte Ringmar. »Es kommt immer raus.«

Peter Mark war kein freier Mann, nicht hier, nicht jetzt. Er wusste Dinge, die Winter wissen wollte, Mark würde nicht eher gehen dürfen, bis er alles ausgespuckt hatte. Sonst würde er sein Schweigen zu einem schlimmeren Ort mitnehmen dürfen.

»Was haben sie getan?«, fragte Winter.

»Wie schon gesagt und wie Sie ganz richtig vermutet haben: Ich durfte nicht dabei sein.«

»Sie haben die Stadt doch nicht verlassen?«

»Nein, warum hätte ich das tun sollen?«

»Es klingt so.«

»Ich habe ja ein eigenes Leben.«

»Wie haben Sie Jonatan, Robert Hall und Matilda Cors kennengelernt?«

»Wen?«

»Nun machen Sie schon, ich habe Sie schon mal danach gefragt. Robert Hall?«

»Nein, kenne ich nicht.«

»In Järnbrott aufgewachsen. Auf der anderen Seite der Umgehungsstraße von Ihnen aus gesehen.«

»Wie hunderttausend andere«, sagte Mark.

»Ist aufs Frölundagymnasium gegangen.«

»Wie hunderttaus …«

»Ist in Ihre Parallelklasse gegangen«, unterbrach ihn Winter. »Drei Jahre, Zweig Gesellschaftskunde.«

»Wie fünfunddreißig andere«, sagte Mark.

War da ein Lächeln? Winter hoffte, dass es keins war. Sollte er es noch einmal sehen, würde seine Faust vielleicht vorschießen, Mark am Hals packen und dem verdammten Lächeln und dem verdammten Verhalten ein Ende machen.

»Es ist zweiundzwanzig Jahre her«, sagte Mark.

»Sie haben die Jahre aber gut unter Kontrolle.«

»Besser als Namen.«

»Nach welchem Namen habe ich gefragt?«

»Robert Hall. Aber den hab ich in der Zeitung gelesen.«

»Vorher haben Sie gesagt, Sie hätten ihn noch nie gehört.«

»Ich habe auf Ihre spezifische Frage geantwortet.«

Okay, okay, dachte Winter.

»Können Sie sich an seine Klassenkameraden erinnern?«

»Ich hatte genügend eigene.«

»Johan Schwartz.«

»Zum Beispiel.«

»Jonatan Bersér hat sich für die Hvitfeldtschule entschieden.«

»So war es.«

»Warum Sie nicht? Ihre Zensuren waren gut genug.«

»Sie wissen also alles«, sagte Mark.

»Nichts Wichtiges«, sagte Winter.

»Was ist wichtig?«

»Warum sind Sie Jonatan nicht gefolgt? Ihrem besten Freund?«

»Wer hat gesagt, dass er mein bester Freund war?«

»Sie haben fast ständig zusammengesteckt.«

»Vielleicht, aber er hat nicht über mich bestimmt.«

»Nicht?«

»Was zum Teufel glauben Sie denn?«

»Ich glaube, dass er es getan hat«, sagte Winter.

»Aha.«

»Aber diesmal wollten Sie ihm nicht folgen«, fuhr Winter fort. »Es war zu viel geworden.«

»Was zu viel?«

»Zu viel Dominanz. Sie wollten sich nicht mehr dominieren lassen.«

»Ich wollte nie dominiert werden«, sagte Mark.

»Aha.«

»Wer will das schon?«

»Johan. Robert. Matilda. Das sind vermutlich noch nicht alle.«

»Ich kann Ihnen nicht mehr folgen«, sagte Mark.

»Wobei?«

»Was Sie jetzt meinen. Wovon Sie gerade reden.«

»Sie haben sich auch weiterhin mit Jonatan getroffen, als Sie auf verschiedene Schulen gingen.«

»Ja, warum nicht?«

»Hatten Sie keine Angst?«

»Angst wovor?«

»Angst, dass er über Sie bestimmen würde.«

Mark antwortete nicht, das war auch eine Antwort, ihm fiel nichts anderes als die Wahrheit ein.

»Angst davor, es könnte für Sie etwas Schreckliches bedeuten.«

»Nein, nein.«

»Haben Sie erkannt, dass es sich anbahnte?«

»Was anbahnte?«

»Es würde kommen. Das Widerliche würde kommen. Der Abgrund würde sich öffnen.«

Mark schwieg.

»Das ist passiert.« Winter beugte sich vor, nur wenige Zentimeter. »Es ist damals passiert. Und jetzt passiert es weiter.«

Mark leckte sich über die Lippen.

»Er war nicht allein«, sagte er nach einer Weile. »Jonatan war nicht allein.«

Mårten Lefvander saß hinter dem Schreibtisch in seinem Anwaltbüro, als Ringmar und Hoffner zu ihm vorgelassen wurden. »Bogard und Miessner Rechtsanwälte« stand in Gold und Grün an der Haustür. Lefvander war vielleicht noch kein Juniorpartner, er war jedenfalls kein Junior mehr, aber noch nicht so alt wie Ringmar, jünger als Winter, älter als Hoffner. Er war dreiundvierzig.

Er starrte sie an.

»Wir sind zufällig vorbeigekommen«, sagte Ringmar.

»Warum haben Sie nicht von der Rezeption aus angerufen?«, fragte Lefvander.

»Muss man das?«

»Das ist üblich.«

»Wir wussten nicht, ob Sie schon wieder zurück sind«, sagte Ringmar.

»Ich bin vor zehn Minuten vom Flughafen gekommen.« Lefvander sah verwirrt aus.

»Was für ein Timing«, sagte Ringmar, »von uns.«

»Um was geht es? Geht es um Gustav?«

Um was sollte es sonst gehen, dachte Hoffner. Es ist ein faszinierender Job. Wie das Gehirn der Menschen funktioniert. Die Sachen, die sie sagen, was sie nicht sagen. Darum geht es in diesem Job. Die Soziopathen von den anderen trennen, eine kleine Gruppe links, eine große Gruppe rechts.

»Dürfen wir uns setzen?«, fragte Ringmar.

»Ich wollte gerade nach Hause fahren, nach Hause zu Amanda, ich muss Gustav sehen.«

»Ihm geht es gut«, sagte Hoffner. »Ich habe vor einer Stunde mit ihm gesprochen.«

»War das nötig? Er ist doch eben erst aus dem Krankenhaus entlassen worden.«

»Ich habe ihn dort abgeholt«, sagte Hoffner.

»Und ich habe Ihre Exfrau dort abgeliefert«, sagte Ringmar.

»Jetzt verstehe ich gar nichts mehr«, sagte Lefvander.

Er machte Anstalten, sich zu erheben.

»Bleiben Sie sitzen«, sagte Ringmar. »Wir setzen uns hierher.« Er ging zu einem Sofa.

»Ich verstehe nicht«, sagte Lefvander.

»Wir auch nicht«, sagte Hoffner. »Wer wollte mit Ihnen sprechen, als Gustav den Anruf entgegengenommen hat?«

»Wie bitte?«

»Sie waren dort, ich war dort«, sagte Ringmar, »mein Kollege war dort, das Telefon hat geklingelt. Gustav hat den Hörer abgehoben, der Anruf kam von Bersérs Handynummer.«

»Ja? Ich weiß.«

»Wer hat von diesem Handy aus angerufen?«

»Aber ich bitte Sie ... woher soll ich das wissen? Was soll das?«

»Der Anrufer hat nach Ihnen gefragt«, sagte Hoffner.

»Nach mir?«

»Wiederholen Sie nicht alles, was wir sagen«, sagte Ringmar.

»Wiederholen?«

Lefvander antwortete jetzt automatisch, er hörte nichts mehr.

»Jemand hat Sie über Ihren Festnetzanschluss angerufen. Hat er Sie auch auf Ihrem Handy angerufen?«

Lefvander war auf dem besten Weg »Handy« zu wiederholen, konnte es aber gerade noch zurückhalten.

»Nein, was ...?«

»Von Jonatans Handy?«

»Keinesfalls.«

»Könnten wir bitte mal Ihr Handy sehen?«

Lefvander machte ein Gesicht, als wollte er sagen, die nächste Frage müssten sie seinem Anwalt stellen, wenn er nicht sein eigener Anwalt gewesen wäre. Sie konnten das Verhör einfach fortsetzen, hier oder im Präsidium.

»Ja, aber was …?«

»Aber was was?«, fragte Hoffner.

»Nichts. Sie bekommen es. Wollen Sie es gleich haben?«

»Wir nehmen es nach dem Verhör mit«, sagte Ringmar.

»Ist das hier ein Verhör?«

»Jemand hat nach Ihnen gefragt, als Gustav das Gespräch bei Ihnen zu Hause annahm. Wir können die Spur nicht verfolgen, wie Sie wissen. Deshalb frage ich Sie noch einmal, wer es war.«

»Ich weiß es nicht! Woher soll ich das wissen?«

»Gustav hat furchtbare Angst bekommen«, sagte Hoffner.

»Das hätte ich auch.«

Lefvander stand wieder auf, als gehorche er nicht dem Schwerkraftgesetz, als könnte es auf ihn nicht einwirken, über ihn bestimmen. Ringmar sah, dass das Fenster geschlossen war. Wegfliegen konnte Lefvander nicht.

»Es war der Mörder, der mit Ihnen sprechen wollte«, sagte Ringmar.

30

»Jonatan war nicht allein.« Winter wiederholte Peter Marks Worte. »Womit nicht allein?«

»Bei allem, was passiert ist«, sagte Mark.

»Was ist denn passiert?«

»Wenn sie etwas gemacht haben«, sagte Mark, »wofür sie später … bezahlen mussten.«

»Was haben sie gemacht?«

»Ich weiß es nicht, ich schwöre.«

»Sie brauchen nicht zu schwören«, sagte Winter. »Aber ich glaube, Sie wissen es.«

Mark schaute auf die Wand neben Winter. Darauf gab es keine Schrift, nichts zu lesen. Er muss sich selbst was einfallen lassen, dachte Winter, oder einfach erzählen, was wirklich passiert ist, es sich selbst einfach machen.

»Jonatan hatte ein Mädchen kennengelernt«, sagte Mark, den Blick immer noch auf die Wand geheftet, als würde dort doch etwas stehen.

Winter nickte, klar, ein Mädchen.

»Mehr weiß ich nicht«, sagte Mark.

»Name?«

»Weiß ich nicht.«

»Würden Sie sie wiedererkennen?«

»Nein … ich hab sie nie genau gesehen.«

»Wie meinen Sie das?«

»Sie sind mal im Auto an mir vorbeigefahren ... ein Mal. Jonatan hat nicht gegrüßt. Da hab ich sie gesehen, nur das eine Mal.«

»Wo ist das gewesen?«

»Wie soll ich mich daran noch erinnern?«

»Indem Sie versuchen, sich zu erinnern.«

Mark antwortete nicht, starrte weiter die Wand an. Winter schaute sich um, drehte sich wieder zurück.

»Da gibt es nie was«, sagte er. »An der Wand hat noch kein Mensch was gefunden.«

»Woher wissen Sie das?«, sagte Mark. »Sie sind doch kein Stockholmer?«

Die Markthalle am Hötorget würde in einer Stunde schließen, Winter wunderte sich über die lächerlichen Preise für Schalentiere und kaufte einen türkischen Hamburger, den er mit ins Hotelzimmer nehmen wollte. Wenn er in Stockholm war, versuchte er immer einen türkischen Hamburger zu essen.

Auf dem Weg zum Hotel kam er an der Akademischen Buchhandlung in der Kungsgatan vorbei und suchte nach Ernst Brunners letztem Buch in der Auslage, konnte es aber nicht entdecken. Es war wohl die falsche Saison, er musste bis zum Herbst warten.

Mit der Hamburgertüte in der Hand ging er die Drottninggatan in Richtung Süden und bog nach rechts in die Bryggargatan ein. An der Ecke zur Klara Norra Kyrkogatan trat eine Frau aus dem Schatten und fragte ihn, ob er »Gesellschaft« haben wollte. Sie schien über siebzig zu sein, ein Relikt aus der Zeit, als alles abgerissen wurde, hatte ihn kommen sehen und geglaubt, er wäre einer, der Gesellschaft brauchte. Er schüttelte den Kopf und ging weiter zur Vasagatan. Seh ich aus wie ein Freier, dachte er, ist es so weit mit mir gekommen nach all den Jahren?

Auf der anderen Straßenseite glitzerte Nord Light. Wie sehe ich aus? dachte er wieder, ich kann doch nicht einfach rauf ins Zimmer gehen. Er stieg die Treppe zur Klarabergsgatan hinauf und kaufte im staatlichen Schnapsladen einen acht Jahre alten Old Pulteney, weil es schon so lange her war, seit er zuletzt etwas aus der nördlichsten Destille des englischen Festlandes getrunken hatte, und weil der Whisky mit seiner salzigen Erdigkeit und dem Duft nach Meer ein natürlicher Prä Dinner Malt war, konnte er ihn auch auf dem Zimmer vor dem Hamburger trinken.

Das nordische Licht brannte über Kungsholmen, sein Zimmer lag hoch genug. Im Westen breitete sich eine rote Stadt aus. Rot und tot, dachte er, aber das war Blödsinn. Stockholm lebte und starb in hohem Tempo, zum Lächeln war kaum Zeit, und das war okay, es trieb voran, ohne allzu viel albernes Getue um die Vergangenheit. Die Vergangenheit gehörte zur Vergangenheit, genau wie die Gegenwart, hier bewegen wir uns vorwärts, dachte er und trank Whisky aus dem beschlagenen Glas, das er aus der Minibar genommen hatte, dieses Hotel hatte Stil. Das Glas hatte den Hamburger ersetzt, den würde er vielleicht essen, wenn er hungrig wurde, aber er bekam selten Hunger, wenn er eine Mahlzeit mit Whisky begann. Nach zwei Zentimetern Old Pulteney war er schon voller roter Wärme, die Gedanken wurden heller, begannen zu leuchten, er wurde leichter, ein besserer Mensch.

Sie waren eine Clique gewesen, oder wie man es nennen sollte, eine Gruppe, mindestens vier, vielleicht mehr, das würde sich noch zeigen, das hätte sich schon zeigen müssen.

Er schenkte sich erneut ein. Noch einen Zentimeter, das war nicht viel, die Flasche war groß, ihr war kaum anzusehen, dass schon etwas fehlte, das war der Vorteil von großen

Flaschen, man trank weniger als aus den kleinen, das war sehr gut.

Sie hatten eine Art Freizeitbeschäftigung gehabt, konzentriert auf etwas, jemanden, mehrere Personen. Freiwillige, sie waren Freiwillige gewesen, wie die meisten auf dem niedrigeren Sportniveau in Schweden, aber kein Club, irgendwas anderes, es schien geheim zu sein, das war eins seiner Probleme, eine freiwillige geheime Tätigkeit.

Leiter, sie hatten etwas angeleitet, einen Sport, vermutlich Fußball, für Jüngere, auf Freiwilligenbasis, wie viele mochten sie gewesen sein, wo hatten sie sich aufgehalten, wer? Etwas war geschehen, dann war alles vorbei, sie hatten sich nie wiedergesehen, sie mieden einander wie die Pest, flohen voreinander, wen gab es noch, wen außer dem Täter, was war seine Botschaft, war es eine Botschaft, war es nichts? Alle hatten Angst, wer war der Nächste? Alle logen, versuchten zu entkommen, waren überlegen, unterlegen, unterdrückt, es war Unterdrückung, Übergriff, es waren mehrere Übergriffe, es war einer gewesen, das reichte, es reichte, Teufel, wie schön der Himmel dort im Westen ist, der ganze Himmel, das Schönste, was ich in diesem Jahr gesehen habe, die Sonne geht in meiner Küche in Göteborg unter, nicht auf dem Balkon, zwischen Vasaplatsen und der Sprängkullsgatan ist nicht viel Raum, hier ist der Himmel größer, viel größer, ich hatte vergessen, dass der Nachgeschmack von diesem Whisky so lange anhält, so warm und beruhigend, wirklich ein guter Nachgeschmack, wenn er so ist, braucht man nicht viel zu trinken. Ein nordischer Manzanilla, dachte er, stand auf und ging die wenigen Schritte vom Stuhl bis zum Fenster. Unten fuhren Taxis vor und fuhren ab, alle waren auf dem Weg nach Hause und weg. Nur ich scheine hier zu sein, ich glaube, ich bin allein, jetzt werde ich Angela anrufen, ich will mit allen sprechen, sie kann nicht heraushören, dass ich getrunken habe, unmöglich, ich kann noch einen kleinen Schluck nehmen, und sie wird es meiner Stimme trotzdem nicht anmerken, ich kann mich verstellen wie alle anderen, oder ich selbst sein, ich bin ich selbst, bei Gott, immer, das wissen alle.

Er goss sich noch einen winzigen Schluck ein, der Menge in der Flasche war immer noch nichts anzusehen, es war wie Zauberei, er war ein Zauberer, hielt das Glas in die untergehende Sonne, und Stockholm wurde bernsteinfarben durch das Glas, noch schöner an diesem leuchtenden Maiabend, vielleicht war es eine Stadt, in der es sich wunderbar leben ließ, wer war er, das zu beurteilen, er brauchte ja nicht mehr durch die Straßen zu radeln, wenn er es nicht wollte, er könnte dem Wasahof eine Chance geben, die Schalentiere kamen ja ohnehin aus Göteborgs Fischereihafen, er konnte zu Astrid Lindgrens Straßen, Parks und Terrassen zurückkehren und versuchen zu verstehen, was geschehen war und warum. Er würde seinen Töchtern ihre Bücher vorlesen, wenn er nach Marbella kam, Elsa konnte sie selbst lesen, bekam aber immer noch gern vorgelesen. *Die Brüder Löwenherz* waren ihr Lieblingsbuch, Lilly mochte *Die Kinder aus Bullerbü* und er auch, und *Mio, mein Mio*. Über allem, was Astrid Lindgren geschrieben hatte, lag ein Hauch von Trauer, deswegen war es so gut, er trank und dachte, dass ihre Bücher die besten waren, sie würde es immer geben.

Plötzlich dachte er an Siv, seine kleine Mama, es war so entsetzlich schnell gegangen, an einem Tag noch ein T&T, Tanqueray & Tonic, ihr Lieblingsdrink, und am nächsten nichts, du fehlst mir, dachte er, das war wahrscheinlich aus *Ronja Räubertochter*, er konnte sich nicht genau erinnern, er dachte wieder an Siv und Bengt, an Papa wollte er nicht denken, nie mehr wollte er das, aber er war da wie ein Ruf von jemandem, von ihm selbst: denk, denk nach, das ist das Einzige, was du tun kannst, das Einzige, was dir helfen kann, zum Teufel, nein, dachte er und griff nach der Flasche, nicht einmal ein Drittel hatte er getrunken, er war immer noch bei seinem ersten Apero-Dinner Malt, der Dinnerburger hielt sich ruhig und kühl in der Minibar, er nahm nur einen Aperitif mit Siv, das würde er tun, so lange er lebte. Was war in der Spielhütte passiert, in seinem Zimmer? Nichts war passiert, Bengt war nicht dort gewesen, es waren nur Phantasien, nichts war passiert, irgendetwas war natürlich passiert, es hatte Geschrei und Schläge gegeben, es hatte weh getan, in der Zeit, bevor er erwachsen war, er konnte es nicht loslassen, konnte es nie loslassen, es wuchs und wuchs, er war erleichtert gewesen, als Bengt nach Spanien geflohen war, er selbst war da schon erwachsen gewesen, ein Polizist, sie haben sich noch einmal gesehen, er erinnerte sich an die Bougainvillea vor dem Krankenhausfenster, jetzt blühte sie dort unten, bald würde er sie sehen, wenn er zu Ende gedacht hatte, würde er sich ins Flugzeug setzen und die blühende Bougainvillea sehen.

Das Telefon auf dem Nachttisch klingelte.

Er stellte das Glas auf den schmalen Schreibtisch, ging zum Bett und hob ab.

»Ja, Winter?«

»Hallo, Benson hier.«

»Hallo.«

»Was machen Sie?

»Dasselbe wie immer, ich denke.«

»Darf ich Sie zum Essen einladen?«

»Mist, ich habe schon gegessen.«

»Schon?«

»Ja.«

»Mit ein bisschen Wein dazu, scheint mir.«

»Nein, nein, kein Tropfen. Mit Wein im Gehirn kann ich nicht denken.«

»Okay, alles im grünen Bereich, vielleicht morgen Abend?«

»Wenn ich dann noch in der Stadt bin. Hängt auch von Mark ab.«

»Ich hab mit dem Staatsanwalt gesprochen. Wir können ihn noch ein bisschen länger festhalten.«

»Morgen werden wir sehen«, sagte Winter.

»Nun denken Sie gut nach«, sagte Benson, »und schlafen Sie gut.«

Denk gut nach, dachte er, legte auf, wie lange würde es das noch geben, Telefon im Hotelzimmer, es gehörte der Vergangenheit an, jetzt denken wir wieder, lassen die Gedanken kommen, er ging zum Schreibtisch und hob das Glas an, es war noch massenhaft Whisky da, er hatte kaum was aus dem Glas getrunken, und wenn es leer war, war es leer.

Die Sonne war hinter den Häusern von Kungsholmen verschwunden. Stockholm hatte sich der Sonne entzogen. Er wusste nichts von Kungsholmen, im Augenblick konnte er sich gar nicht erinnern, ob er überhaupt schon einmal hier gewesen war. Vielleicht sollte ich meine Schuhe anziehen, über die Brücke gehen und durch Kungsholmens Straßen wandern, *Kuuuungsholmen*, dachte er, der Holm des Königs. Wir haben nur einen einzigen König in Göteborg, und das ist Gustaf der Zweite, aber der war doch kein Göteborger?

Winter stocherte mit der Plastikgabel in einem der Zucchinisteaks, die zu dem türkischen Hamburger gehörten, zusammen mit den Fleischsteaks und den gefüllten Weinblättern, dem Ajvar, den Zwiebeln und allem anderen. Er hob das Fleisch an und legte es zurück auf den Pappteller, den er offenbar in der Markthalle mitbekommen hatte, er konnte sich nicht daran erinnern, wie hatte er ihn getragen, auf dem Kopf? Haha, das wäre unpassend gewesen, haha, nicht profffeschonelll, dachte er, Cholesterin, schmolesterin, dachte er, nee, nee, das ist gesundes Zeugs, Mann, wie geht es an, dass ich so satt war, als ich anfing, wie konnte ich nur so satt sein, er hatte nur ein wenig von der Aubergine gegessen, ein Weinblatt und etwas Weißbrot, das Beste wäre es, den Burger wieder einzupacken, in den Kühlschrank zu legen und ihn als Nachtmahl zu essen, wenn er zu Ende gedacht hatte. Die Uhr ... er sah auf seine Armbanduhr, es schien nach elf zu sein, er hatte noch viel Zeit zu arbeiten, draußen war es still, soweit er hören konnte, die Taxis hatten sich beruhigt, in der Geisterstunde würde es wieder losgehen, dann kamen alle Geister heraus, er dachte an die Frau, die er getroffen hatte, war das heute Abend gewesen? Sie wollte Gesellschaft haben, wir wollen alle Gesellschaft haben und eine langstielige Rose, er sah sich nach Blumen im Zimmer um, es gab keine, nächstes Mal würde er welche verlangen, wie spät war es noch, ach ja, elf, er war kurz vor sechs angekommen und musste eine Weile gedöst haben, hatte er die ganze Zeit nachgedacht? Er suchte Notizen, fand aber keine, auch keinen Block, der Laptop war geöffnet, allerdings nicht hochgefahren, er konnte sich nicht erinnern, ihn hochgefahren zu haben, er hatte Durst, ging ins Bad und füllte das Zahnputzglas mit Wasser, es gab noch ein zweites Glas, doch es war leer, die Flasche stand neben dem Fernseher, es war noch Whisky drin, warum auch nicht?

31

Das Zimmer war erfüllt vom blauen Schein des Bildschirms. Winter entdeckte das Gesicht in beiden Filmen, das Gesicht, es flatterte vorbei und kehrte zurück. Er hatte keins der anderen Kindergesichter erkannt, plötzlich erschienen sie in Bersérs Garten. Dieses Gesicht tauchte auch in einem Film auf, den sie zu Hause bei Matilda Cors gefunden hatten, es war ein anderer Garten, aber wohl zur gleichen Zeit aufgenommen. Der Junge war etwa zehn Jahre alt, ein Mitglied. Alle Kinder in Bersérs Garten waren Mitglieder gewesen, inoffizielle Mitglieder bei etwas Inoffiziellem, einem inoffiziellen Club. Was für eine Art Club? Der Junge tauchte auf und verschwand. Alle kamen und verschwanden. Und tauchten mit Plastiktüten überm Kopf wieder auf, Robert, Jonatan, Matilda, Johan, R, O, I, A. Winter hatte Block und Stift bereitgelegt, verschob die Buchstaben auf dem Zettel, wechselte zum Computer, schnitt aus und schnitt hinein, raus und rein. Wieder studierte er das Gesicht, das Gesicht eines Zehnjährigen, würde er es zwanzig Jahre später wiedererkennen? Ja, es war etwas mit den Augen, sie schauten nicht in die Kamera, etwas stimmte nicht mit ihnen. Als ob sie *wüssten*, dachte er. Als ob der Junge es schon *wüsste*.

Er stand auf und ging ins Bad, zog sich aus, stellte sich unter die Dusche, ließ das Wasser zuerst lauwarm werden, dann heiß und dann kalt, stieg aus der Duschwanne, trocknete sich sorgfältig ab, kehrte ins Zimmer zurück und nahm eine saubere Unterhose aus der Reisetasche. Er empfand Ekel, griff nach der Flasche, schraubte den Verschluss ab, ging ins Bad und kippte das Zeug ins Waschbecken. Das war eine gute Tat. Jetzt fühlte er sich klar im Kopf, und so sollte es auch bleiben.

Er schrieb jeden einzelnen Buchstaben in großen Versalien auf ein eigenes Blatt, riss die Seiten vom Block und legte sie nebeneinander auf den leeren Tisch:

R O I A

Nein

A R I O

Nein

R I O A

Nein

A O I R

Nein

A R O I

A R O I

Winter starrte die Kombination an.

Sie kam ihm bekannt vor.

Darin war ein Klang, den er schon einmal gehört oder gelesen hatte.

Er legte die Buchstaben mit größerem Abstand hin.

A R O I

Sprach sie schnell aus.

Sprach sie langsam aus.

Fügte Buchstaben hinzu.

Er sagte AMARONE.

Nein, kein I dabei.

IMARON

Nein, griechische Mythologie, irgendwas mit Apollo.

M, es müsste ein M geben, es fehlte ein M.

ARMOI

Nein
MAROI
Vielleicht
MARIO
Ein vollständiger Name, zu perfekt.
MARONI
Wieder wie griechische Mythologie, aber nein.
MARCONI
Er sah
MARCONI
Er sah
MARCONIPLAN
Er täuschte sich nicht.
Jetzt täusche ich mich nicht.
Es fehlen noch drei Buchstaben bis MARCONI,
sieben bis MARCONIPLAN.
Das ist unmöglich.
Drei Leichen.
So viele Opfer gibt es nicht.
Nicht auf dieser Karte.

Das Telefon auf Ringmars Nachttisch klingelte.

Es war zwei, aber er hatte noch nicht geschlafen und hob nach dem ersten Ton ab.

»Marconi«, hörte er Winters Stimme.

»Ja?«

»Er schreibt Marconi an uns. M-A-R-C-O-N-I.«

»Woher weißt du das, Erik?«

»Ich weiß es, ich habe daran gearbeitet. Ich weiß es.«

»Bist du nüchtern?«

»So gut wie.«

»Deine Stimme klingt nicht ganz nüchtern.«

»Ich hab gesagt: so gut wie.«

»Marconi«, wiederholte Ringmar.

»Das passt«, sagte Winter.

»Auf was?«

»Auf alles, hoffe ich.«

»Können wir jetzt wirklich hoffen?«

»Es hängt mit diesem Platz zusammen, mit dem Marconipark. Oder dem, was darunter liegt.«

»Einer der Morde ist in der Nähe passiert, aber nicht genau dort. Die anderen sind über die Stadt verteilt, sogar bis nach Stockholm.«

»Die Eissporthalle«, sagte Winter. »Früher war dort etwas anderes.«

»Ja, der Marconiplan, wie du gesagt hast. Der Fußballplatz für die Gurkentruppen.«

»Aus dem Marconiplan wurde der Marconipark«, sagte Winter.

»Genau das.«

»Da haben sie sich aufgehalten«, fuhr Winter fort. »Ich seh sie förmlich vor mir.«

»Oder macht das der Whisky«, sagte Ringmar. »Du weißt, Whisky ist ein Halluzinogen.«

»Sie waren dort«, wiederholte Winter.

»Wer?«

»Die Clique.«

»Die tote Clique?«

»Und andere.«

Jetzt waren sie wieder mitten in ihrer *Methode.* Winter spürte seine Nackenhaare wie Eisenspäne auf der Haut.

»Marconi ... dann fehlen noch drei Morde«, sagte Ringmar.

»Das hab ich ja von Anfang an vermutet.«

»Wie meinst du das?«

»Das Wort enthält sieben Buchstaben und vielleicht sind

sieben Opfer ausgewählt. Davon müssen wir ausgehen. Sieben Morde. Aber ich glaube nicht, dass es so weit kommt.«

»Warum nicht?«

»Wir wissen es jetzt.«

»Wie sollen wir ihn stoppen?«

»Er glaubt, dass wir es jetzt wissen.«

»Warum sollte er das glauben?«

»Weil wir *wir* sind. Weil wir lesen und zählen können.«

»Wie sollen wir das nächste Mal voraussehen?«

»Es gibt ein Gesicht«, sagte Winter.

»Dein Junge in den Filmen«, sagte Ringmar.

»Er ist in noch mehr Filmen dabei, die wir nicht gesehen haben.«

»Wo sind die Filme?«

»Wir müssen die Wohnungen von allen Betroffenen durchforsten«, sagte Winter, »noch mehr graben.«

»In Jahrbüchern von Schulen?«

»Daran hab ich auch schon gedacht, aber das wäre wie in Teheran, als Tausende von Menschen versucht haben, aus geschredderten Dokumenten Gesichter von der amerikanischen Botschaft zusammenzukleben.«

»Haben sie wenigstens ein Gesicht zusammengekriegt?«

»Wir haben keine Zeit, Bertil. Es eilt.«

»Warum eilt es?«

»Er hat keine Kraft mehr.«

»Im Augenblick ruht er sich aus«, sagte Ringmar.

»Er wartet auf seine letzte Tat, dafür sammelt er Kraft. Ich glaube, es wird die letzte. Er begnügt sich mit fünf Opfern. Die Botschaft ist angekommen. Der Platz, wo alles angefangen hat, ist identifiziert.«

»Ein ausersehenes Opfer ist vielleicht schon umgebracht worden«, sagte Ringmar. »Oder ist ans andere Ende der Welt gezogen. Geflohen.«

»Wohl möglich.«

»Ist er noch in Stockholm?«

»Nein. Er ist in Göteborg.«

»Wie sollen wir ihn finden?«

»Ich mache morgen mit Mark weiter. Der muss noch mehr ausspucken.«

»Und was mache ich?«

»Matilda Cors«, sagte Winter. »Sprich mit ihren Eltern. Ich glaube, sie hat Bersér gekannt.«

»Wie?«

»Mark hat was von einem Mädchen erzählt, das Bersér kennengelernt hat. Es könnte sich um Cors handeln.«

»Kehrt unser Mann zur Eissporthalle zurück? Zum Marconiplan?«

»Ja.«

»Es gibt keine Überwachungskamera, die den Scheiß erfasst.«

»Er kommt zurück.«

»Bist du halluzinatorisch sicher?«

»Nein.«

»Wohnt er in der Nähe?«

»Er sieht den Platz jeden Tag von seinem Fenster. Für ihn existiert er noch. Alle Toten konnten ihren Hinrichtungsort von ihrem Fenster aus sehen.«

»Aha, Symbolik.«

»Symbolische Tatsache.«

»Was ist dort passiert? Auf dem Platz? Was haben sie da gemacht?«

»Irgendeine Art Training.«

»Dort hat kein Club Jugendliche trainiert.«

»Es war kein Club.«

»Wie lange ging das so?«

»Nicht lange.«

»Warum?«

»Gesellschaftliches Engagement«, sagte Winter.

»Haben sie so gedacht?«

»Irgendwie ja.«

»Gab es noch eine andere Absicht?«

»Anfangs nicht.«

»War er der Einzige, dem es übel ergangen ist?«

»Das wissen wir nicht.«

»Wo ist es geschehen? Wenn es sich zum Beispiel um einen Übergriff handelt?«

»Nicht dort. Nicht auf dem Marconiplatz. Aber dort haben die Alpträume angefangen. Ohne den Marconiplatz wäre nichts passiert.«

»Aber wo?«

»Eine Reise«, sagte Winter. »Sie haben einen kleinen Ausflug unternommen. Eine Übernachtung. Eine einzige Übernachtung reicht, Bertil.«

»Außerhalb der Stadt?«

»Nicht weit entfernt«, sagte Winter. »Ein Freizeitheim oder so was, was man mieten konnte. Die gibt es immer noch, jedenfalls die Gebäude.«

»Im Wald?«

»Ich glaube, am Wasser.«

»Warum?«

»Kinder wollen baden.«

»Am Meer?«

Winter antwortete nicht. Er versuchte, die Szene zu sehen, die Schlussszene, er würde dort sein, würde *dort* sein.

»Ja, am Meer«, sagte er.

O

Er war da draußen gewesen. *Er war dort gewesen.* Er hatte geglaubt, dass er es nie wagen würde, *gewusst*, dass es nie geschehen würde. Jetzt traute er sich. Er hatte es selbst ermöglicht.

Das Gebäude war verlassen. So sollte es sein, etwas anderes wäre furchtbar gewesen. Die Bude war kleiner als in seiner Erinnerung, das war oft so, wie er wusste. Aber die Erinnerung war nicht kleiner, sie war im Lauf der Jahre ständig größer und stärker geworden, viel stärker als er, und schließlich hatte sie die Oberhand gewonnen. Dafür dankte er Gott. Er hatte sich von allem zurückgehalten, aber damit war es jetzt vorbei. Dies war das Jahr null, wenn man es so nehmen wollte. Jetzt fing alles von vorn an.

Der Weg zum Wasser war länger als in seiner Erinnerung. Er ging den Weg Schritt für Schritt ab, den er damals vom Haus zum Wasser gelaufen war. Sogar das Wasser sah verlassen aus, als ob es vergiftet wäre.

Am Himmel dröhnte ein Flugzeug, er hob den Blick, sah es von Säve nach Südwesten aufsteigen. An Flugzeuge konnte er sich nicht erinnern. Damals gab es vielleicht noch nicht so viel Flugverkehr.

Das Wasser war schwarz, wie Farbe, wie Asphalt. Er tauchte die Hände hinein. Es war kalt wie die Hölle. Seit damals hat er ständig gefroren.

Bring ihn her.
Leg Musik auf.
Wo sind die anderen?
Da unten, da ist es ruhig.

Es muss Abend gewesen sein, kein Morgen, es ging um das Abendbad, es war ein warmer Sommer. Er verstand es. Er erinnerte sich. Jetzt kehrte er zum Haus zurück, wollte es nicht betreten, nur darum herum gehen. Die Fenster waren schwarz, alles sah aus, als könnte es jeden Moment zusammenbrechen. Warum war das so?

32

»Wo haben sie sich aufgehalten?«, fragte Winter.

Es war neun Uhr. Gegen Morgen hatte er ein paar Stunden geschlafen, war dann aufgestanden, als Stockholm wieder zur Sonne zurückkehrte, die schon sehr stark durch das Hotelfenster schien, hatte noch einmal geduscht, beim Flughafen angerufen, hatte in einer Cafeteria in der Lobby zwei Tassen Kaffee getrunken und ein halbes Mohnbrötchen mit Käse gegessen. Um ihn herum saßen verkaterte Landsleute, die an Kongressen teilgenommen hatten, ihr Kater war größer als seiner, Leute von der Centerpartei, wurde ihm klar, zwei Frauen und zwei Männer neben ihm, die schlecht über jemanden redeten, den Namen bekam er nicht mit, ein Parteigenosse, eine Frau in hoher Stellung, vielleicht der höchsten. Einer der Männer schaute ihn an, als wäre er ein Promi. Sie sprachen von den Christdemokraten, von denen wusste er nichts. Man könnte ihn ebenso gut fragen, was er vom Himmelreich weiß.

Mark hatte ihn betrachtet, als sie sich setzten, mehr als Winter Mark betrachtete.

»Müde?«, hatte Mark gefragt.

»Wo haben sie sich aufgehalten?«, wiederholte Winter.

»Wer?«

»Ihre Nicht-Kumpel.«

»Wenn Sie es so sehen.«

»Sie haben irgendwo Kinder gesammelt«, sagte Winter. »Wo?«

»Ich weiß nicht, wovon Sie reden.«

»Ich rede vom Marconiplatz«, sagte Winter. »Dort haben sie sich aufgehalten, nicht wahr?«

»Wenn Sie es sagen.«

»Warum fällt es Ihnen dann so schwer, es verdammt noch mal auszusprechen?«

Er hatte das Gefühl, in seinem linken Auge wäre eine Ader geplatzt, als er losschrie. Mark war zusammengezuckt.

»Schützen Sie jemanden?«, fuhr Winter ruhiger fort.

»Sie riechen tatsächlich nach Alkohol«, sagte Mark.

»Das geht Sie einen DRECK an!«

Die verdammte Kaulquappe hatte jetzt die Oberhand, Winter hatte alle Grenzen überschritten, er hatte sich nah gewähnt, aber er war weit entfernt, von Göteborg, vom Marconiplatz, von Antworten auf Fragen, vom Opfer. Die Toten waren keine Opfer, das Opfer war ihr Mörder, Winter würde alle Grenzen überschreiten, um es zu erfahren, der Scheißkerl auf der anderen Seite des Tisches hatte lange genug gegrinst. Aber heute müssten sie ihn gehen lassen, wenn nichts Neues herauskam, etwas Großes.

»Marconiplan«, sagte Winter.

»Der ist weg«, sagte Mark. »Den vermisst niemand.«

»Waren Sie dort?«

»Ich spiele keinen Fußball, hab noch nie Fußball gespielt.«

»Und trotzdem könnten Sie dort gewesen sein.«

»Warum? Das war nicht gerade ein Kulturdenkmal.«

»Jonatan war dort.«

»Warum hätte er dort sein sollen?«

»Er hat Kinder trainiert, nicht wahr?«

Darauf antwortete Mark nicht.

»Das ist doch lobenswert?«

Mark stieß ein Lachen hervor. Es klang unheimlich. So etwas hatte Winter noch nie gehört.

»Werden Sie von jemandem erpresst?«, fragte Winter.

Mark zuckte erneut zusammen. Winter sah, dass er *dort* gewesen war. Dies war größer, als irgendjemand wusste, selbst er, vielleicht alle.

»Erpresst?«, sagte Mark. »Was soll das heißen?«

»Wissen Sie nicht, was Erpressung bedeutet?«

»Nicht in diesem Fall.«

»Jemand hat einen anderen in der Hand. Dann heißt es, den Mund halten.«

»Den Mund wegen was halten?«

»Danach frage ich Sie ja.«

»Wenn es so ist, spielt es wohl keine Rolle«, sagte Mark. Er hatte seine Gesichtszüge wieder geordnet. »Leute sind gestorben. Trotzdem.«

»Welche Rolle spielt das für Sie?«

»Keine«, sagte Mark.

»Sie können sterben«, sagte Winter. »Sie können auch bald sterben. Am selben Tag, wenn Sie durch die Tür dahinten raus gehen. Das ist heute.«

»Kann ich gehen?«

»Sie können jetzt gehen.«

Mark erhob sich. Einige Sekunden lang sah er verwirrt aus, als hätte er keinen einzigen Ort auf der Erde, wohin er sich wenden könnte.

»Wohin gehen Sie, Mark?«

»Ich fahr zurück nach Göteborg.«

»Verschwinden Sie nicht unterwegs«, sagte Winter. »Nicht absichtlich.«

»Wollen Sie mich erschrecken?«

»Es ist eine Warnung.«

»Wohin wollen Sie selbst?«

»Nach Spanien«, sagte Winter, »aber Sie dürfen das Land nicht verlassen.« Das hatte er eigenmächtig hinzugefügt, Mark würde sich wohl kaum beim Oberstaatsanwalt erkundigen.

Auf dem Weg zum Flughafen im Arlanda Express rief Djanali ihn an.

»Wir haben irgendwas gespürt, als wir dort waren«, sagte sie. »Da haben sie sich am häufigsten aufgehalten. Die Viertel um Marconigatan, Marconipark, Mandolingatan, Frölunda torg.«

»Ich wollte dich auch gerade anrufen«, sagte er. »Ich habe mit dem obersten Kriminalchef gesprochen. Für die Befragung an den Türen bekommen wir so viele Leute zur Verfügung gestellt, wie wir brauchen.«

»Ich trau dem Porträt nicht«, sagte sie. »Wir haben dein und Halders' Bild von diesem Jungen mit dem sandfarbenen Haar, es kann in die falsche Richtung führen, das weißt du.«

»Er sieht ihm ähnlich«, sagte Winter. »Das ist besser als gar nichts.«

Er hatte das am Computer animierte Phantombild des relativ jungen Mannes in der Eissporthalle gesehen. Djanali hatte es auch gesehen, wagte aber nicht, sich festzulegen.

Mit dem Jungen, den er auf den Filmen gesehen hatte, bestand keine Ähnlichkeit, aber wie auch zum Teufel nach zwanzig Jahren und aus der Entfernung? Für Spanien hatte er mehr Filme im Gepäck.

»Fangt mit den offiziell Alleinstehenden an«, sagte Winter. »Die Vermieter haben alle Daten, das weißt du ja. Wir suchen einen Single.«

»Das glaube ich auch.«

»Wenn ich mich täusche, bin ich der falsche Mann in diesem Job«, sagte Winter.

»Unmöglich«, sagte sie. »Wann kommst du zurück?«

»In zwei Tagen.«

»Bist du nicht gerade auf dem Weg nach Arlanda?«

»Ja, aber dort nehme ich einen Flieger nach Málaga.«

»Okay.«

»Ich hab's dringend nötig, Aneta.«

»Verstehe. Ich verstehe es wirklich.«

»Ich arbeite auch da unten weiter.«

»Nein, nein. Du brauchst nichts zu erklären, Chef.«

»Es ist ...« Und dann wusste er nicht, was er sagen sollte. Der Zug hatte Arlanda erreicht. Er griff nach seiner Reisetasche und stieg aus. Eigentlich hatte er einige Tage später von Göteborg aus nach Spanien fliegen wollen. Es kommt nicht immer, wie man denkt, dachte er auf der Rolltreppe nach oben. Ich brauche ein Glas an der Bar, dachte er, nur eins oder zwei. Ich habe noch Zeit genug zum Nachdenken.

Er rief von der Bar aus an. Um ihn herum war es laut wie immer freitags. Um ihn herum wurden unterschiedliche Dialekte gesprochen, aus Norrland, Halland, das Gequäke aus Västerås.

»Pläne geändert«, sagte er, als sie sich meldete. »Lande um sechs.«

»Kannst du ein Taxi nehmen?«

»Klar. Essen wir zu Hause?«

»Möchtest du das?«

»Am liebsten.«

»Brauchst du irgendwas?«

»Ich habe keine Rasierklingen mehr.«

»Ich guck im Bad nach.«

»Kannst du guten Fisch besorgen?«

»Die Markthalle hat heute Nachmittag geschlossen, aber ich geh zu Timonel und frage.«

»Das hat früher ja auch funktioniert.«

»Ich bin für *rodaballon*«, sagte sie.

»Und ein paar *boquerones*, wenn sie etwas abgeben können«, sagte er.

»So eine Überraschung, wirklich«, sagte sie.

»Das Leben ist voller Überraschungen. Als ich heute Morgen aufwachte, hab ich nicht mal selbst gewusst, dass ich fliegen würde.«

»Was hat dich veranlasst, deine Pläne zu ändern?«

»Das Leben«, sagte er. »Es ist zu kurz.«

»Bist du beschwipst?«

»Nein, nur ein Drink an der Bar. T&T.«

»Trink nichts im Flugzeug. Versprich mir das.«

»Okay.«

»Elsa merkt es sofort.«

»Ich weiß, ich weiß.«

»Wir haben Wein.«

»Ich weiß.«

»Wie geht es dir?«

»Eigentlich nicht besonders.«

»Ich finde, du solltest mal mit Christer in der Klinik sprechen. Am besten gleich. Morgen.«

»Dem Psychiater? Der neue?«

»Ja.«

»Ein Vielverschreiber?«

»Nicht unbedingt. Aber er weiß ja das eine oder andere über Depressionen.«

»Wirklich?«

»Ich hoffe, du machst einen Witz, Erik.«

»Ich habe einen Witz gemacht.«

»Es ist gut, dass wir uns sehen.«

»Nie mehr«, sagte er.

»Was, wir sehen uns nie mehr?«

»Wenn dieser Fall beendet ist. Nie mehr. Getrennt.«

»Du redest etwas seltsam, mein Freund.«

Ich bin grad bei meinem dritten T&T, nur ein bisschen dran nippen. Er musste jetzt sehr vorsichtig sein, ein alter Rausch konnte wie neu werden. An Bord darf ich nicht trinken. Schlafen, nicht trinken. Er brauchte Schlaf. Er hatte ein Business-Class-Ticket gekauft, das einzige, was es noch gab, und darüber war er froh.

»Ich meine es ernst«, sagte er.

»Wann musst du zurück?«

»Zwei Nächte«, sagte er und schob das Glas diskret beiseite.

»Du musst mir alles erzählen, wenn du kommst«, sagte sie. »Wie es geht.«

»Durchbruch«, sagte er.

»Deine Antworten werden immer abgehackter«, sagte sie. Er hörte die Sorge in ihrer Stimme. Es war kein Scherz.

»Boarding«, sagte er. »Ich ruf an, wenn ich gelandet bin.«

Im Taxi nach Marbella fühlte er sich ausgeruht, er hatte während des ganzen Fluges geschlafen und keinen Tropfen getrunken.

In den Himmel von Torremolinos ragten die unfertigen Gebäudekomplexe wie ausrangierte Skizzen von Dalí oder Gaudí. Die Spanier waren mitten in der Hochstimmung von der Krise erwischt worden.

Djanali rief an.

»Die Antwort vom Kriminaltechnischen ist da«, sagte sie. »Die Farbnuancen an der Jacke und auf den Kartons sind definitiv identisch. Gustav muss Kontakt zum Täter gehabt haben. Wenn es nicht noch was Schlimmeres war.«

»Er hat es nicht getan, Aneta.«

»Wir können ihm eine direkte Frage stellen.«

»Lass mich noch nachdenken. Ich ruf dich wieder an. Tschüs.«

Er bat den Taxichauffeur, die nördliche Stadtumgehung zu nehmen. Auf dem San Francisco stieg er aus und ging zur Ancha hinunter, es roch nach heißem Olivenöl, nach Sonne und Wasser, er war wieder zu Hause, wirklich zu Hause.

33

Auf der Calle Ancha stritten sich zwei Autofahrer um die Vorfahrt, es musste Mittwoch sein, jeden Mittwochmorgen gegen acht gerieten der Brotausfahrer und der Sherrylieferant aneinander, so war die Ordnung der Dinge, die Unordnung.

Er drehte sich im Bett um. Angela war nicht da. Er hörte sie mit Lilly in der Küche reden. Gestern Abend hatte er lange mit ihr gesprochen, noch länger mit Elsa. Sie waren aufgeblieben, und er hatte Geschichten über Hexen und Zauberer erfunden, das funktioniert in jedem Alter. Elsa hatte ihn nicht loslassen wollen, als er sie beim Gutenachtsagen umarmte. Er war neben ihr eingeschlafen. Angela musste ihn zu ihrem Ehebett geführt haben. Das war nicht unangenehm, im Gegenteil.

»Papa!«, rief Lilly, als er die Küche mit dem Mosaikfußboden betrat.

»Ich bin noch da, Maus«, sagte er, ging zum Küchentisch und hob sie hoch. »Ich bin noch bei dir.«

»Möchtest du ein gekochtes Ei?«, fragte Angela.

»Ja, bitte.«

»Papa!«, wiederholte Lilly in demselben etwas erstaunten Ton, als wäre er gar nicht wirklich.

»Gehst du heute nicht zur Arbeit, Lilly?«, fragte er.

»Nein, heute hab ich frei.« Sie kicherte.

»Da haben wir aber Glück, Mäuschen.«

»Mama hat auch frei.«

»Aber wo ist Elsa?«

»Sie schreibt einen Test!«, sagte Lilly.

»Oha, das ist bestimmt schwer.«

»Neee, ich kann das auch.«

»Was ist es denn für ein Test?«

Lilly sah Angela an.

»Geographie«, antwortete Angela.

»Ich kann das!«, sagte Lilly.

»Okay«, sagte Winter, »in welchem Land liegt Marbella?«

»Leicht! In Spanien!

»Okay, und Göteborg?«

»Leicht! In Schweden!«

»Du kannst ja wirklich alles«, sagte Winter und nahm den weißen Kaffeeporzellanbecher entgegen, den Angela ihm reichte, weiß wie das Licht da draußen, weiß wie Lillys Seele, dachte er.

Heute war das Meer ganz glatt, es kam keine siebte Welle, sie konnten Steine werfen, als wären es Vögel, die auf der Wasseroberfläche tanzten.

»Drei!«, rief Lilly, der ein guter Wurf gelungen war.

»Du kannst ja wirklich alles«, sagte er wieder.

Auch auf der Playa de Venus war es still, nur einige Jugendliche badeten, wenige Liegestühle waren besetzt, die Saison hatte noch nicht begonnen, die Wärme war angekommen, aber sonst noch niemand.

Ihm glückte ein Wahnsinnswurf, es war gar nicht zu zählen, wie oft der Stein aufschlug, er hüpfte weiter in internationale Gewässer, weiter zur afrikanischen Küste.

»Oh, oh, oh«, sagte Lilly.

»Bezirksrekord«, sagte Angela.

»Weltrekord«, sagte er. »Mein einziger Weltrekord.«

Sie saßen bei Palms, er trank einen Cruz Campo, Angela einen eiskalten Manzanilla. Lilly spielte zehn Meter von ihnen entfernt am Strand. Stühle und Tische standen im Sand vor der Bar. Lilly lief zwischen ihrem Buddelplatz und der Dusche hin und her, um Wasser zu holen.

»Deine Stimme klang traurig, als du das von deinem einzigen Weltrekord gesagt hast«, begann Angela.

»Wirklich?«

»Ja.«

»Ich muss wohl versuchen, ihn zu brechen. Dann bekommt der Satz einen Sinn.«

»Was für einen Sinn, Erik?«

»Den Weltrekord natürlich.«

»Aber eigentlich sprichst du vom Leben, nicht wahr? Deinem Leben.«

»Weltrekord als Metapher fürs Leben, das ist gar kein schlechter Vergleich«, sagte er.

»Ich meine es ernst«, sagte sie.

»Ich bin aber nicht nach Hause gekommen, um ernst zu sein.«

»Manches kommt eben anders, als man gedacht hat«, sagte sie.

»Können wir nicht einfach hier sitzen und das Leben genießen?«, sagte er. »Ich hab doch gar nicht vom Job geredet, oder? Das werde ich auch nicht. Und bald bin ich wieder weg.«

»Also Schweigen?«

»Bitte ...« Er unterbrach sich und drehte sich zum Strand um. Lilly war auf dem Weg zurück von der klapprigen Duschanlage. Sie gehörte in die alte Welt, genau wie Palms, das fünfundzwanzig Jahre von einem englischen Paar betrieben worden war, vielleicht sogar noch länger, schon seit damals, als er an Schwedens Westküste jung und Angela hinterm Eisernen Vorhang Kind gewesen war. Deshalb liebte sie die Sonne vielleicht noch mehr als er, die war in der sogenannten DDR verboten gewesen.

»Und was wird dann?«

»Wie dann?«

»Nach all dem. Im Sommer, im Herbst, nach allem. Im nächsten Jahr und so weiter und so weiter.«

»Ich weiß es nicht, Angela.«

»Was weißt du nicht?«

»Bitte setz mich nicht unter Druck.«

»Werden wir hier leben? Oder in Göteborg? Wohnen wir weiter im Zentrum oder bauen wir am Meer? Ist unser Grundstück am Meer auch eine Metapher für etwas?«

»Wo ist Jamie?« Winter stand auf. »Der muss im Lager eingepennt sein. Ich geh hin und bestell mir noch ein Bier.«

Er ging auf die Bar zu. Sie waren die einzigen Gäste bei Palms.

»Werden wir weiter an verschiedenen Orten leben?«, hörte er sie hinter sich fragen, aber vielleicht hatte er sich auch verhört, es musste ein Hörfehler gewesen sein. Er drehte sich nicht um. Die Theke war leer, leergefegt von Maisonne und Wind. Wo zum Teufel steckte Jamie?

Lilly saß am Tisch, als er mit einem neuen Glas Bier zurückkam.

»Ich hab auch Durst«, sagte sie.

»Was möchtest du haben?«

»Orangenlimo«, sagte sie.

»Okay, aber nur weil heute Mittwoch ist«, sagte er, und Lilly kicherte.

»Angela?«

Sie schaute aufs Meer, aufs stille Meer. Der Himmel darüber war furchtbar blau. Sie wandte sich ihm zu.

»Ja?«

»Möchtest du noch ein Glas?«

»Nein, nein.«

»Es ist schon nach zwölf, das weißt du. *It's noon in Miami.*«

Angela antwortete nicht.

»Was ist das, Miami?«, fragte Lilly.

»Ein Witz von einem Schriftsteller, der nie vor zwölf Uhr mittags Alkohol trank. Aber eines Tages tat er es doch, und jemand fragte ihn, warum, wenn er doch behaupte, er trinke nie vor zwölf, und es war noch keine zwölf. Da sagte er, *it's noon in Miami*. Das bedeutet, dass es in Miami zwölf Uhr ist. Miami ist eine Stadt.«

»Aha«, sagte Lilly, sah aber nicht besonders überzeugt aus. Er überzeugte niemanden, am allerwenigsten seine eigene Familie. Was für eine bescheuerte Idee, seinem Kind die Geschichte zu erzählen. Das hatte er nur getan, weil Angela nicht geantwortet hatte. Warum schwieg sie? Deswegen bin ich nicht von Stockholm angesaust gekommen.

»Ich hol die Limo.« Er ging noch einmal zur Bar. Dort würde er bleiben, damit das Gerenne ein Ende hatte. Würde dort sitzen bleiben und zusehen, wie die Sonne starb.

»Du trinkst doch wohl kein Bier vor zwölf, Papa?«, fragte Lilly hinter ihm. »Das tut er doch nicht, Mama?«

Sie gingen zu Ataranzanas, um ein gegrilltes Hähnchen zu kaufen und bei dem Alten an der Ecke *chimichurri*. Sie überquerten die Hängebrücke, Santo Cristo del Amor, der liebende Christus. Lilly schlief unter dem Sonnenschutz in ihrer Karre. Es war der wärmste Tag des Jahres, eine frühzeitige Hitzewelle, sie war mit ihm aus dem Norden gelandet. Es war nach zwölf. Die Bonsais suchten Schatten unter der Brücke.

»Mir ist, als befänden wir uns im freien Fall«, sagte sie leise. Er verstand sie sehr wohl in der dünnen Luft. Das Brausen in seinen Ohren war vom Meer aufgefangen worden, und er hatte das Gefühl, es am Strand zurückgelassen zu haben, aber jetzt fing der Scheiß von vorn an. Ihr Satz hatte es ausgelöst, konnten sie nicht noch ein Weilchen schweigen, nichts sagen, nichts denken, nur leben.

»Ich verstehe nichts, Angela.«

»Nein.«

»Was soll ich denn verstehen?«

»Wir können später darüber reden.«

»Erst sagst du etwas Provozierendes, und dann willst du nicht darüber reden?«

»Du verstehst es ja doch nicht.«

»Ich frage bloß. Erklär es mir.«

»Auf diese Art können wir nicht weiterleben, mehr kann ich nicht dazu sagen.«

»Aber das werden wir doch auch nicht! Es ist ja nur vorübergehend!«

»Du machst trotzdem, was du willst«, sagte sie. »Du machst immer, was du willst.«

»Ich dachte, wir arbeiten zusammen«, sagte er. Das hatte er tatsächlich geglaubt. Er verstand gar nichts. »Arbeiten wir nicht zusammen?«

34

Ringmar stand in der Bellmansgatan, einer der Straßen, in der er sich selten aufhielt, höchstens um den Weg vom Hagapark zu Lai Wa abzukürzen. Dies war Winter-Land und er fühlte sich unbehaglich; fröhliche, selbstsichere und erfolgreiche Jugendliche strömten aus dem Privatgymnasium auf der anderen Straßenseite. Auch das Winter-Land. In diese Schule war Winter gegangen, hatte einen Jazzclub gegründet. Als ich das Abitur machte, war Vater verhindert, zum Abschluss zu kommen, und Mutter saß in der Klapsmühle und lauschte den Stimmen in ihrem Kopf, aber das Fest zu Hause bei Ronny war schön, ich hab eine Flasche Kakaolikör mitgebracht, die mir Ronnys Bruder im staatlichen Schnapsladen besorgt hatte, das braune Gold. Diese Gören da würden wie am Spieß schreiend vor Ronnys Abiturfest flüchten, nun sei nicht so, Bertil, alles hat seine Zeit, deine Zeit ist vorbei.

Er drückte auf den Klingelknopf neben dem Namensschild Cors: Hallo, ich bin's, ja, Kommissar Ringmar. Er wurde erwartet, die Tür öffnete sich mit einem Surren, er trat aus dem Sonnenschein in einen Hausflur voller schwarzer Schatten, stieg die alten Steintreppen hinauf, die über Jahrhunderte von den Schritten von Großbürgergenerationen weich geschliffen worden waren. Bertil, Bertil, jetzt kein Klassenhass, du bist immer professionell gewesen, bleib es weiterhin, solange du noch unter den Lebenden weilst, großbürgerlich kannst du hinterher werden, dir eine Wohnung in Winter-Land kaufen, einen Hut tragen …

Sie warteten oben, Bengt und Siv, begrüßten ihn höflich, es war unheimlich, er war Bengt Winter nie begegnet, hatte sich aber mit Siv Winter befreundet gefühlt, war auf ihrer Beerdigung in Marbella gewesen, es war erst wenige Monate her, alles geschah jetzt doppelt schnell, das Leben war auf *slow motion* gelaufen, bis es zum Ende hin schneller wurde, also jetzt, ein verdammt lustiger Witz, haha, Gottes Sinn für Humor, was für ein Komiker. Bengt Cors sieht nett aus, Siv auch, sie ist schon wieder zurück in die Wohnung gegangen, nein, dies ist nicht einfach eine Wohnung, sondern ein hochherrschaftliches Domizil, jetzt hilft ihnen das nicht, nichts hat ihnen geholfen, diesmal-gibt-es-keine-Hilfe-mehr. Vielleicht hilft Trost, vielleicht bin ich der Tröster, vielleicht habe ich Antworten auf Fragen, falls es hilft, manchmal nicht einmal das, und ich komme nicht mit Antworten, nur mit Fragen.

Er folgte Cors in die Wohnung. Sie roch nach Leder und Essig, er dachte an Essig, vielleicht hatten sie sich vor seinem Kommen einen Schnaps genehmigt, er hätte das getan, wie kann man einer derartigen Realität vollkommen nüchtern gegenübertreten.

Aber Cors wirkte nüchtern.

»Muss meine Frau dabei sein?«, fragte er.

»Niemand muss irgendetwas«, antwortete Ringmar.

»Danke.« Cors wies auf einen Ledersessel, vornehm verschlissenes Leder. »Bitte, setzen Sie sich. Kann ich Ihnen etwas zu trinken anbieten?«

»Nein, danke.«

»Stört es Sie, wenn ich etwas trinke?«

»Natürlich nicht.«

Cors ging zu einem Tisch an der Wand. Darauf standen Flaschen, Gläser und Karaffen, so wie man es sonst nur im

Film sieht, und nur in bestimmten Filmen, eine richtige Hausbar. Ringmar hatte in vergangenen Perioden seines Lebens versucht, Flaschen genauso aufzureihen, aber die Flaschen waren leer gewesen, bevor er eine Sammlung beisammenhatte, immer kam jemand, der Durst hatte, wie Erik zum Beispiel, und einmal, als er die ganze Bande eingeladen hatte ... Fredrik, Herr im Himmel.

Cors schenkte sich Bernsteinalkohol aus einer Kristallkaraffe in ein Glas mit dickem Boden ein, Whisky also, kein Eis, Maltwhisky. Er kehrte an den Tisch zurück.

»Eine schlechte Gewohnheit.« Cors hielt das Glas ans Licht. »Ich habe vierzig Jahre lang jeden Nachmittag ein Glas getrunken, und das werde ich jetzt wohl auch nicht mehr aufgeben.«

»Klingt wie eine gute Angewohnheit«, sagte Ringmar. »Meine Gewohnheiten sind schlechter.«

»Ach?«

»Es können zwei Gläser werden«, sagte Ringmar.

»Sie sehen nicht aus wie ein Trinker«, sagte Cors, »so schlimm kann es also nicht sein. Aber setzen Sie sich doch bitte.«

Sie setzten sich.

Cors nippte an dem Alkohol, vielleicht atmet er auch nur den Duft ein, dachte Ringmar und dabei dachte er an Winter.

»Ja ... ich bin nicht direkt ein Experte ... es scheint der Gleiche zu sein wie in allen Jahren ...« Cors schaute zur Karaffe, daneben stand keine Flasche, die Antwort hätte geben können. »Wahrscheinlich ein Bowmore, war es immer ... einundzwanzig Jahre alt, rate ich mal.«

Der diskrete Charme der Oberschicht, dachte Ringmar. »Mein Kollege ist Experte«, sagte er. »Ein großer Experte. Sie haben ihn kennengelernt.«

»Natürlich«, sagte Cors, als gehörte das zu den Ritualen seines Lebens. »Ein komplizierter Mann.«

»Was soll das heißen?«, fragte Ringmar.

Okay, machen wir noch ein bisschen so weiter, dachte er. Seine Tochter ist Teil dieses Falls, bald müssen wir über sie sprechen, nach seinen Bedingungen, lassen wir die Zeit noch eine Weile in *slow motion* vergehen.

»Was kompliziert bedeutet?«

»Ich weiß, was es bedeuten kann«, sagte Ringmar, »die Frage ist, was es in Erik Winters Fall bedeutet.«

»Ein komplexer Mann.« Cors sog wieder den Whiskyduft ein, Bowmore, *erstaunlich komplex*, wie Erik über die einundzwanzigjährige Variante gesagt hatte, das übliche alte Snobgerede. »Ein zerrissener Mann.« Cors setzte das Glas auf dem Tisch ab, sah Ringmar in die Augen. »Sie wundern sich vermutlich, woher ich mir das Recht nehme, das auszusprechen, aber Sie wissen ja, ich bin Psychiater, pensioniert, aber extra gebrochen, ein Berufsschaden.«

»Dass man extra gebrochen wird?«

»Haha.«

»Komplex kann auch vielseitig bedeuten oder zusammengesetzt«, sagte Ringmar. »Das klingt besser.«

»Sie sind ein loyaler Mann«, sagte Cors.

»Ist das nachteilig für mich?«

»Nein, nein. Ich habe Ihrem Kollegen empfohlen, mit jemandem zu sprechen. Wenn ich mich richtig erinnere, habe ich ihm eine Telefonnummer von einem meiner Kollegen gegeben.«

Viele Kollegen hier, dachte Ringmar. Und alle wollen wir das Beste für die Menschheit.

»Worüber soll er denn mit Ihrem Psychiaterkollegen sprechen?«, fragte er.

»Darüber, worüber wir jetzt sprechen.«

»Und was ist das?«

»Natürlich über die Hölle auf Erden.« Cors hob das Glas und trank es aus, das Glas wirkte jetzt richtig schwer in seiner Hand, als ob er kaum Kraft hätte, es zu halten.

Sie saßen auf der Bank unter der Kastanie vorm Hähnchengrill, das Essen zwischen sich auf einem Blatt Wachspapier ausgebreitet. Lilly hatte ein Stück Brot und eine halbe Hähnchenkeule gegessen und döste jetzt in der Karre. Es war ein heißer Nachmittag, Winter schätzte die Temperatur auf dreißig Grad, vielleicht mehr. Er hatte die lange Hose gegen Shorts getauscht, bevor sie zum Hähnchengrill gingen, eine richtige Entscheidung, in so was war er gut.

»Sag mir, wie ich es verstehen soll«, sagte er.

»Alles wird nicht gut, nur weil du hier angestürzt kommst.«

»Ich war verzweifelt.«

»Aber dann sag es doch, Erik.«

»Ich habe es soeben ausgesprochen. Verzweifelt.«

»Du kannst jetzt nicht nach Göteborg zurückfliegen«, sagte sie.

»Ich muss, Angela.«

»Es gibt noch mehr Leute im Dezernat, verdammt!« Sie schaute zu Lilly, Lilly beobachtete einen Vogel auf dem Trottoir. »Du hast dich hierher gerettet, das war eine Verzweiflungstat. Lass dich krankschreiben und bleib hier.«

»Das ist ja, als würdest du mich auffordern, meinen Job sofort aufzugeben.«

»Mag schon sein«, sagte sie.

»So kann ich nicht aufhören, Angela. Das musst du verstehen. Ich kann es nicht. Es geht nicht.«

»Wie kannst du denn aufhören? Willst du wirklich aufhören? Bist du überhaupt in der Lage aufzuhören? Ist es nicht schon zu weit gegangen?«

»Wovon redest du?«, fragte er.

»Ich rede von vielem«, sagte sie. »Ich rede von allem, was es kompliziert macht. Zwischen uns.«

»Wir haben doch keine Probleme miteinander.«

Sie antwortete nicht. Darauf gab es keine Antwort. Den Nagel auf den Kopf getroffen, dachte er, wenn man ein Idiot ist. Ich weiß, um was es geht, aber ich kann es nicht in Worte fassen. Warum nicht?

»Okay, ich kann ja mal mit Christer Andersson sprechen, morgen früh.«

Sie schwieg immer noch. Er hatte seine Hand ausgestreckt. Sie müsste ihm jetzt ihre reichen. So gehörte es sich.

»Ich bleibe einen Tag länger. Oder noch ein paar Tage. Ich weiß, dass es mir guttut. Vielleicht brauche ich genau das. Dies ist der Anfang.«

Was sollte er noch sagen? Er müsste noch mehr sagen.

»Ich rufe ihn an«, sagte sie. »Vielleicht hat er einen Termin für dich.«

»Ruf ihn jetzt an«, sagte er, »ruf ihn sofort an.«

Winter spürte die Rastlosigkeit in sich wie einen Wind von nirgendwo, er wollte *jetzt* hingehen, zum Herrn Psychiater Christer Andersson, er wollte aufstehen und mit schnellen Schritten gehen, laufen, losstürmen, den ganzen Weg durch die Stadt zur eigenen Hinrichtung, alle glücklich machen, alle Knoten lösen.

Eine Frau von etwa dreißig blieb vor ihrer Bank stehen. Sie wirkte sauber und ordentlich, aber sie hatte einen flackernden Blick.

»Kann ich ein bisschen von dem Hähnchen haben?«, fragte sie.

»Nehmen Sie den Rest, bitte sehr«, antwortete er und erhob sich.

35

»Früher habe ich das Leben immer für das genommen, was es war«, sagte Cors. »Jetzt weiß ich gar nichts mehr.«

Ringmar schwieg, er wusste sowieso nicht, was das Leben war, er hatte Verluste erlitten, große Verluste, aber in seinem kleinen Leben war niemand gestorben, niemand war ermordet worden.

»So viel Hass«, sagte Cors. »Glauben Sie nicht, dass ich nicht darüber nachgedacht hätte, nächtelang geweint hätte. Wer hat mein kleines Mädchen so sehr gehasst? Warum? Die Frage ist nicht an Sie gerichtet. Dabei möchte ich die Antwort gar nicht wissen. Niemand wird die Antwort finden.«

»Wir werden sie finden«, sagte Ringmar.

»Das ist eine routinemäßige Antwort.«

»Nein. Normalerweise hätte ich gesagt, dass wir sie vielleicht finden werden. Diesmal bin ich sicher.«

»Das klingt unheimlich.«

»Wir kommen der Antwort bereits näher«, sagte Ringmar.

»Was soll das heißen?«

»Die Ermittlungen werden nach außen erweitert und schrumpfen nach innen.«

»Interessant. Interessant formuliert.«

»Wir sind der Lösung jetzt näher als zu dem Zeitpunkt, als Sie meinen Kollegen getroffen haben.«

»Haben Sie ihren früheren Verlobten noch einmal verhört?«

»Nein.«

»Warum nicht?«

»Wenn es nötig ist, tun wir es.«

»Auf den Mann ist kein Verlass.«

»Im Augenblick befinden wir uns in der Vergangenheit, vor zweiundzwanzig, einundzwanzig Jahren.«

Cors führte sein Glas zum Mund, die Bewegung erstarrte auf halbem Weg, als versuchte er, jene Jahre vor sich zu sehen, die Zeit, als er das Leben noch für das genommen hatte, was es war, als noch alle Möglichkeiten offen waren, vor allen Dingen für seine Tochter.

»Wir glauben, dass Matilda damals jemanden kennengelernt hat«, sagte Ringmar, »einen Gleichaltrigen, es könnte von Bedeutung sein, wie die Beziehung beendet wurde.«

»Wie sie beendet wurde? Denken Sie dabei an den Mord?«

»Ja. An die Morde.«

»Natürlich, es sind ja mehrere.«

Cors stellte das Glas ab, ohne zu trinken.

»Wen hat sie kennengelernt?«, fragte Ringmar.

»Sie müssen schon ein bisschen deutlicher werden.«

»Vor zweiundzwanzig Jahren«, sagte Ringmar. »Genau zu Beginn der neunziger Jahre. Matilda muss um die neunzehn gewesen sein.«

»Damals hat sie noch zu Hause gewohnt«, sagte Cors.

»Hat sie Ihnen jemanden vorgestellt?«

»Hier herrschte ... ein Kommen und Gehen von jungen Leuten«, sagte Cors. »Wir hatten immer ein offenes Haus, fast jeden Tag waren hier junge Leute, Jungen und Mädchen, Matilda hat sie nicht vorgestellt, sie wäre aus dem Vorstellen gar nicht rausgekommen.«

»Hatte sie einen Freund?«

»Ich merke, dass Sie es gewohnt sind, Leute zu verhören«, sagte Cors. »Fragen zu stellen ist im Prinzip ja auch mein Job.«

»Hat sie Ihnen einen Freund vorgestellt?«

»Ich ... glaube. Entschuldigen Sie, so etwas sollte man nicht vergessen. Ich bin mir nicht sicher. Aber wahrscheinlich gab es einige. Ich brauche Daten, um mich genauer zu erinnern, wenigstens Jahreszeiten.«

»Frühling«, sagte Ringmar. »Frühling und Frühsommer wie jetzt. Sagen wir einundneunzig.«

»Frühling einundneunzig? Hm ...«

»Ja?«

»Da war sie häufig nicht zu Hause.«

»Nicht zu Hause?«

»Ja ... vielleicht war es das letzte Halbjahr auf dem Gymnasium.« Cors machte eine Bewegung mit dem Glas zum Fenster hin. Ringmar sah blauen Himmel, Kupferdächer und zwei Schornsteine. »Sie brauchte nur die Straße zu überqueren. Sigrid Rudebecks.«

»Ich weiß.«

»Ach ja, Ihr Kollege ist auch auf das Gymnasium gegangen.«

»Was meinen Sie damit, dass sie häufig nicht zu Hause war?«

»Sie hatte irgendein ... Projekt, glaube ich. Ich kann mich nicht daran erinnern. Vielleicht hat sie es auch gar nicht erzählt. Aber das hing mit diesem Jungen zusammen.«

»Woher wissen Sie das?«

»Sie hat davon gesprochen.«

»Um was für ein Projekt handelte es sich?«

»Ich kann mich nicht erinnern, wie ich schon sagte.«

»Wie hieß der Junge?«, fragte Ringmar.

»Ich kann mich nicht mal erinnern, wie er ausgesehen hat.«

»Wie viele Male sind Sie ihm begegnet?«, fragte Ringmar.

»Einmal, soweit ich mich erinnere.«

»Hat sie seinen Namen genannt?«

»Auch daran erinnere ich mich nicht.«

»Wenn ich Ihnen einige Namen nenne, fällt er Ihnen vielleicht wieder ein.«

»Wir können es ja mal versuchen. Aber könnte das nicht in die Irre führen?«

»Mårten«, hörte Ringmar eine Stimme hinter sich. Er drehte sich um.

Siv Cors stand in der Türöffnung.

»Er hieß Mårten«, sagte sie.

Peter Mark verließ seine Wohnung in der Ankargatan in Majorna, ging zur Såggatan, folgte ihr in nördlicher Richtung bis zur Amiralitetsgatan, bog nach rechts ab, ging hundert Meter, bog nach links in die Styrmansgatan ein, ging bis zur Kreuzung mit dem Allmänna vägen und setzte sich an einen Tisch vom Straßencafé Biscotti. Der Wind war kühl, aber nicht kalt. Er warf einen Blick auf seine Armbanduhr, er war zu früh. Eine Frau mit weißer Schürze kam aus dem Lokal und fragte nach seinen Wünschen. Er bestellte einen kleinen Latte. Hier war er schon früher gewesen, aber er glaubte nicht, dass das Personal ihn wiedererkannte. Er hatte keinen Hunger. Es war ein Gefühl, als würde er nie mehr Hunger oder Durst haben oder irgendetwas anderes spüren. Er hatte nur noch ein Gefühl: Angst. Angst vor dem, was er getan hatte, vor dem, was andere getan hatten. Was man ihm antun würde.

Die Bedienung brachte den Kaffee, stellte das Glas auf den Tisch und ging zurück ins Lokal. Er war der einzige Gast. Wieder sah er auf die Uhr, jetzt war er nicht mehr zu früh. Während er hier saß, waren einige Leute vorbeigekommen, aber nicht die Person, auf die er wartete. Er nahm sein Handy heraus, niemand hatte angerufen, während er hier saß. Er nahm einen Schluck von dem Latte. Der Kaffee war heiß, aber nicht zu heiß. Bestimmt war er gut. Er stellte das Glas wieder ab. Vor zwanzig Jahren hatte kein Mensch in Schweden Kaffee aus einem Glas getrunken. Seitdem war viel geschehen. In zwanzig Jahren würde er vielleicht tot sein. Oder in zwanzig Minuten.

Er wartete zwanzig Minuten, stand auf, ging hinein und zahlte, ging wieder hinaus, einige hundert Meter die Karl Johansgatan hinunter, bog zum Fluss ab, durchquerte den Tunnel unter der Autobahn, ging weiter zum Fischereihafen, in dem es jetzt still war, ein wenig Fischgammel, einige Möwen. Hinter dem Bockkran am anderen Ufer versank die Sonne. Er würde hinüber schwimmen können. Er ist immer gern geschwommen. Das Wasser war kalt, aber er könnte es versuchen. Jetzt saß er auf dem Steg, hörte Schritte hinter sich, drehte sich um, keine Gefahr, der andere war noch ein Stück entfernt, er hatte nichts in den Händen, soweit Mark erkennen konnte.

Jetzt hatte der andere ihn erreicht.

»Du bist nicht zum Biscotti gekommen«, sagte Mark.

»Ich bin auch nicht hier.«

»Aha.«

»Was hast du gesagt?«

»Ich hab keinen Ton gesagt.«

»Es wird weitergehen.«

»Was wird weitergehen?

»Stell dich nicht blöd, Mark.«

»Was willst du tun?«

Der andere antwortete nicht. Er sah Mark an. Ich komme hier nicht lebend weg, dachte Mark. Will ich leben? Früher wollte ich das jedenfalls. Der andere kam näher, packte ihn am Hemdenkragen, hatte die Oberhand, würde sie immer behalten.

Bei Sonnenuntergang waren sie auf dem Weg zur Bar California. Winter hatte angerufen, als sie vom Hähnchengrill nach Hause gekommen waren. Dann hatte er sich hingelegt, um eine Minute auszuruhen, hatte gesehen, wie sich die Gardinen im Wind bewegten, war eingeschlafen und zwei Stunden später wieder aufgewacht, weil Elsa neben ihm lag und die Arme um ihn geschlungen hatte, als wäre er ihr Sohn.

Die Bar California füllte sich, überwiegend Einheimische, Frauen, Kinder, Männer. Izabella gab ihnen einen Tisch zur Calle Sol, der ruhigste Platz, am weitesten entfernt vom Verkehr auf der Severo Ochoa, nicht dass Winter sich jemals davon gestört gefühlt hätte.

»Können Sie uns bitte eine Flasche von diesem Merseguera bringen«, sagte er auf verständlichem Spanisch zu Izabella. »Und was möchten die kleinen Damen trinken?«, fragte er seine Töchter, immer noch auf Spanisch.

»Ich bin nicht klein«, antwortete Elsa auf Spanisch.

»Ich auch nicht«, sagte Lilly.

Izabella lachte.

»Ich lass mir was einfallen«, sagte sie. »Ich bringe euch was zu trinken, ein bisschen Brot, Sardellen und Oliven.«

»Blääh«, sagte Lilly.

Izabella lachte wieder. Sie kannten einander gut, sie war einige Male Angelas Patientin gewesen, sie hatten in der Stadt zusammen Kaffee getrunken. Ihr Mann war arbeitslos. Er und Winter hatten lange Spaziergänge am Meer unternommen.

»Du bist nicht groß, wenn du keine Sardellen magst«, sagte Elsa zu ihrer kleinen Schwester.

»Ich mag die Oliven nicht, die grünen!«

»Ich bring euch auch schwarze«, sagte Izabella und ging.

»Ich liiiiebe die Bar California«, sagte Lilly.

Alle lachten.

»Was wären wir ohne die Bar California«, sagte Winter.

»Ich liiiiebe Timonel.« Elsa ahmte den Tonfall ihrer Schwester nach.

»Was wären wir ohne Timonel«, sagte Winter.

»Das sind die besten Restaurants der Welt«, sagte Elsa.

»Ganz bestimmt, mein Schatz.«

»Gibt es in Göteborg Restaurants?«, fragte Lilly.

»Na klar.«

»Müssen wir dahin gehen?«

»Wie meinst du das?«

»Ich will nur in Restaurants in Marbella essen.«

»Ich verstehe dich.«

»Musst du wieder nach Göteborg fahren, Papa?«

»Das muss ich wohl. Aber nicht für lange.«

»Warum?«

Angela mischte sich nicht in das Gespräch ein. Es war ein Gespräch zwischen Vater und Töchtern. Sie winkte einigen Freunden an einem anderen Tisch zu, eine spanische Familie, Papa, Mama, zwei Töchter, genau wie ihre Familie, eine der Töchter ging in Elsas Klasse.

»Ich muss einen bösen Mann festnehmen, bevor er noch mehr böse Sachen macht«, antwortete Winter.

»Was hat er getan?«

»Darüber will ich nicht mit dir reden, Schatz.«

»Ich bin kein *Kind*«, sagte Lilly.

Die ganze Familie lachte aus vollem Halse. Woher zum Teufel hat sie das, dachte Winter. Er brauchte nichts mehr zu sagen, Izabella brachte zwei Smoothies, Weißbrot, Sardellen, *boquerones* und unterschiedliche Oliven in einer hübschen Schale.

»Ihr habt aber Spaß«, sagte sie, »es macht mir Spaß, wenn ihr Spaß habt.«

»Es macht Spaß, hier zu sein«, sagte Elsa, »immer.«

»Es ist auch schön, dass Papa hier ist.« Izabella sah Winter an.

»Soweit ich weiß, bin ich nicht Ihr Papa«, sagte Winter.

»Haha!«, machte Lilly.

»Diesmal nur für ein paar Tage, aber ich komme bald für immer wieder«, sagte er.

»Aha«, sagte Izabella.

»Sie scheinen mir nicht zu glauben«, sagte er.

»Wenn Sie es sagen, ist es wohl so.«

»Vielleicht werde ich Detektiv in Marbella«, sagte er und blinzelte Elsa und Lilly zu.

»Das ist bei Gott nötig«, sagte Izabella und sah die Mädchen an. »Euer Papa würde ein guter Detektiv bei der Polizei werden.«

»Aber die Verkehrspolizei braucht noch mehr Hilfe«, sagte er.

»Ja, wirklich«, sagte sie, »weil es hier gar keine gibt.«

36

Sie hatten doppelte Portionen *adobo*, Schüsseln mit *chipirones, gambas pil-pil, puntillitas, almejas* und *pimientos* in dem klassischen Salat bekommen. Sie hatten es eilig. In einem der Backöfen der Bar California schmorte eine stattliche *dorada* im Salzmantel. Dazu würden sie nur *judías blancas* und einige *patatas fritas* essen. Das war gut, der Abend war warm, so könnte es immer sein, dachte Winter. Während der Jahre in Spanien hatten sich seine Ansprüche verändert, das war ihm erst jetzt klargeworden. Vorher hatte er überhaupt nichts verstanden. Dreiundfünfzig Jahre lang war er ahnungslos gewesen.

In der Flasche war noch Wein. Der musste für heute Abend reichen. Später im Bett konnte er einen kleinen Lepanto trinken, wenn er wollte. Elsa erzählte ihm von der Schule. Lilly erzählte von ihrer Vorschule, als ginge sie in eine höhere Klasse als Elsa. Die Mädchen aßen von allem, was auf dem Tisch stand, darauf war er stolz.

Viel später würden sie *tocino de cielo* zum Nachtisch essen, Andalusiens eigene Version von Flan, fülliger, wie ein Trost für ein mageres Land, hier auf der anderen Seite der Berge. Er ahnte ihren Schatten oberhalb von Las Represas.

In seiner Brusttasche surrte das Handy. Er sah Angela an und nahm es heraus. Auf dem Display las er Bertils Namen.

Er stand auf und ging hinaus auf die Calle Sol. Sie war eine

Gasse, vor der Sonne geschützt, trotz ihres Namens. Jetzt gab es nur weiße Schatten.

»Ja?«

»Entschuldige, dass ich dich störe, Erik. Du weißt, dass ich es nicht tun würde, wenn ich es nicht für nötig hielte.«

»Ist schon okay, Bertil.«

»Esst ihr gerade?«

»Ja.«

»Soll ich später noch mal anrufen?«

»Wir haben gerade erst angefangen. Was ist passiert?«

»Mårten Lefvander hat Matilda Cors gekannt.«

»Oh.«

»Oh ja. Matildas Mutter hat es erzählt. Es war Anfang der neunziger Jahre.«

»Gut.«

»Gut, ja. Ich hab Lefvander im Büro angerufen. Er war nicht da, hat seit gestern vier Tage Urlaub. Wir sind zu ihm nach Hause gefahren, Fredrik und ich. Lefvander war nicht da. Sein Auto ist weg.«

»Woher weißt du, dass er nicht zu Hause war?«

»Was denkst du denn? Fredrik ist reingegangen.«

»Wie sah es bei ihm aus?«

»Ganz normal, soweit wir sehen konnten. Nur ein leeres Haus. Die Zahnpasta war noch da.«

»Hast du mit Amanda Bersér gesprochen?«

»Ja, sie hat nichts gehört.«

»Vielleicht hat er Kurzurlaub genommen.«

»Ich hab sie gefragt. Er verschwindet zwar im Lauf des Jahres manchmal nach Varberg, aber dort ist er nicht. Ich hab angerufen. Er hat nicht eingecheckt. Oder ausgecheckt.«

»Sein Pass?«

»Der lag ordentlich mit anderen Dokumenten in einer Kommodenschublade, wie es sich gehört.«

»Er hat noch zwei Tage Urlaub, wenn es ein Urlaub ist«, sagte Winter.

»Was sollen wir machen?«, fragte Ringmar.

»Ihn suchen«, sagte Winter. »Verhör die Familie noch einmal. Auch Cors.«

»In Frölunda sind viele von unseren Leuten unterwegs und führen eine Befragung an den Türen durch.«

»Vertrau deinem Instinkt, Bertil.«

»Danke, Chef. Ich ... ich werde Amanda noch einmal anrufen. Jetzt kannst du weiteressen.«

»Ich nehme übermorgen einen Flieger. Lande um zwölf in Landvetter.«

»Gut, wir halten die Stellung, wie es so schön heißt.«

»Ruf mich an, wenn du willst.«

»Klar.«

Winter steckte das Handy in die Brusttasche. Bertil wollte »Amanda« noch mal anrufen. Was ging in dem Körper des alten Mannes vor?

Früh am nächsten Morgen brachte er Elsa die Hügel hinauf zur Schule in der San Vicente. Lilly saß in ihrer Karre. Angela war schon im Dienst.

Er lieferte Lilly in der Vorschule in Salinas ab, jedoch nur für eine Stunde.

Er rief Bertil an.

»Wie geht es?«

»Lefvander meldet sich nicht auf seinem Handy.«

»Ist es eingeschaltet?«

»Ja. Aber bei dem Scheißzeug weiß man ja nie genau.«

»In seinem Büro hat er nichts hinterlassen?«

»Nein. Es hat ihn aber auch niemand gefragt.«

»Was sagt Amanda?«

»Meinst du Frau Bersér?«

»Du weißt, wen ich meine, Bertil.«

»Sie macht sich Sorgen.«

»Hm.«

»Ich auch.«

»Um sie?«

»Hör auf damit, Erik.«

»Habt ihr Gustav etwas gesagt?«

»Nein. Er hat nicht gefragt. Wenn er fragt, muss sie ihm sagen, dass Mårten für ein paar Tage in Urlaub gefahren ist. Was er vielleicht ja auch wirklich getan hat.«

»Und wenn nicht?«

»Das ist ja so beunruhigend.«

»Überprüf seine Familie«, sagte Winter. »Mama, Papa, Geschwister, falls er welche hat. Schulen, du weißt schon.«

»Okay.«

»Gehörte er vor zwanzig Jahren zu dieser Clique? Ich würde das gern glauben. Wir müssen die Zusammenhänge untersuchen. Ich mach mich an die Arbeit, wenn wir wieder zu Hause sind.«

»Wo bist du?«

»Unterwegs dorthin.«

»Okay.«

»Wo bist du selbst, Bertil?«

»Was?«

»Wo bist du im Augenblick?«

»Fahr zur Hölle«, sagte Bertil und beendete das Gespräch.

Ein uniformierter Polizist nickte ihm zu, er kam gerade an der Guardía Civil de Tráfico in der Calle Juan Breva vorbei. Vielleicht ein zukünftiger Kollege. Winter könnte den Verkehr an der Ricardo Soriano regeln. Dazu hatte er schon häufig große Lust gehabt.

Die San Francisco war immer noch still, als er in die Straße einbog. Die Schatten waren immer noch verschwommen.

Vor der Kirche auf der Plaza Santo Cristo saß ein Mann und zeichnete. Er trug einen blauen Sakko und hatte einen Strohhut auf dem Kopf. Neben ihm unter den Palmen stand ein Skooter. Er war rosa, hatte einen gelben Sattel und eine türkisfarbene Fußraste. Als Winter vorbeiging, schaute der Mann auf und grüßte mit erhobenem Stift. Das schmiedeeiserne Gitter vor der Kirchentür, das der Mann abzuzeichnen schien, war geschlossen.

Vor seinem eigenen Haus in der Calle Ancha waren die Klappstühle unterhalb von Santo Cristo aufgestellt. Das Café Ancha war auf die andere Straßenseite gezogen. Er schaute zu seinem Balkon hinauf, das Geländer mit seinen Verzierungen war mit blühender Bougainvillea bedeckt. Er sah das weißblaue Mosaik an der Decke des Balkons. Darüber lag die Terrasse, die sie im vergangenen Jahr erworben hatten. Von dort konnte er die ganze antike Welt überblicken, das Mittelmeer der Phönizier.

Auf dem Balkon des Nachbarhauses Numero 18, dessen Geländer noch hübschere Verzierungen hatte, standen achtzehn Töpfe mit Begonien, er hatte sie gezählt, als er die Ancha hinunter zum Café gegangen war. An einem der Tische saß ein Mann, der einzige Gast, das Café hatte eigentlich noch nicht geöffnet und wirkte noch etwas schlaftrunken.

Der Mann erhob sich. Winter wusste, wer es war, obwohl er Christer Andersson noch nie getroffen hatte. Der Psychiater trug Leggings und ein Khakihemd, nackte Füße in Ledersandalen, keiner würde glauben, dass er der war, der er war. Winter selbst trug Khakishorts und ein hellblaues Leinenhemd, Flip-flops an den Füßen, er sah auch aus wie ein anderer. Dies war ein guter Ort für ein erstes Gespräch, in die Klinik zu gehen wäre ihm unnatürlich bizarr vorgekommen. Allein schon dass er sich mit einem Psychiater verabredet hatte, war bizarr.

Sie stellten sich vor, ganz überflüssig.

»Kaffee?«, fragte Andersson.

»Wenn Sie mich einladen.«

»Haha, na klar.«

Winter setzte sich. Nachdem er die Mädchen weggebracht hatte, hatte er auf dem Weg hierher kaum an die Verabredung gedacht, aber jetzt überkam ihn das Gefühl, sie sei falsch. Was zum Teufel sollte er sagen? Man nannte es Gespräch, also musste er etwas sagen. Es war kein Verhör. Er brauchte nicht die Wahrheit zu sagen oder – wie die meisten Verhörten es machten – das Blaue vom Himmel herunterzulügen. Andersson war in das verschlafene Café hineingegangen. Vielleicht arbeitete heute Jesús, wahrscheinlich, da er hier schon seit dreißig Jahren arbeitete, oder waren es zweitausend.

Der Psychiater kehrte zurück, setzte sich, betrachtete Winter, jedenfalls hatte Winter das Gefühl, betrachtete Winters Seele, starrte in seine Seele.

»Wie geht es Ihnen?«, fragte er.

»Sie kommen schnell zur Sache«, sagte Winter. »Das ist mein Tempo.«

»Gut.«

»Wie es mir geht? Im Augenblick glänzend.«

Der Kaffee kam, gebracht von Jesús, Kaffee, Wasser und einige obligatorische *churros*. Jesús sagte etwas, das Winter nicht verstand. In seinen Ohren fing es plötzlich wie verrückt an zu summen, als würde er wieder ertrinken.

»Noch etwas?«, hörte er Jesús jetzt fragen.

Andersson sah ihn fragend an.

Winter schüttelte den Kopf.

»Einen Brandy?«, schlug Andersson vor.

»Sie wollen mich testen«, sagte Winter, »Angela hat Sie gebeten, mich das zu fragen.«

»Sie haben mich schon durchschaut.«

»Ich trinke nie vor zwölf«, sagte Winter.

»Hell, it's noon in Miami«, sagte Andersson.

»Und ich dachte, Hemingway gehört mir allein«, sagte Winter.

»Seinetwegen bin ich an die Costa del Sol gezogen«, sagte Andersson.

»Ist das wahr?«

»Nein.«

Winter lachte auf. Es war ein gutes Gefühl zu lachen. Das Sausen in seinen Ohren senkte sich auf ein erträgliches Niveau. Er musste sich heute unbedingt selbst denken hören, heute Vormittag, vielleicht heute Abend.

»Erzählen Sie, wie Sie sich fühlen, wenn Sie nicht lachen«, sagte der Psychiater. Er hatte ein offenes Gesicht, war jünger als Winter, bald war jeder Trottel jünger als Winter, nur Ringmar war älter. Ein offenes Gesicht war vielleicht gut für einen Seelenklempner, genau wie es immer hilfreich für einen Psychopathen war.

»Manchmal nicht so jubelnd glitzernd froh«, sagte Winter.

»So geht's wohl den meisten von uns.«

Winter nahm einen Schluck Kaffee, setzte die Tasse ab, schaute zu dem *churro*.

»Dann reicht es also?«, sagte er.

»Reicht für was?«, fragte Andersson.

»Dass es mir wie den meisten geht.«

»Kommen Sie damit zurecht?«

Winter antwortete nicht. Das war eine persönliche Frage, deshalb saß er hier, aber er brauchte nicht zu antworten. Er konnte nicht festgenommen werden. Es war eine provozierende Frage, er hätte sie selbst stellen können, auch an sich selbst. Er hatte es vielleicht getan.

»Fühlen Sie sich oft niedergeschlagen?«

»Die Frage verstehe ich nicht ganz.«

»Das glaube ich Ihnen nicht.«
»Angela ist jedenfalls der Meinung.«
»Wir sprechen jetzt nicht von Angela.«
»Ich dachte, das täten wir die ganze Zeit.«
»Fühlen Sie sich provoziert?«
»Was meinen Sie?«
»Wenn Sie den Eindruck haben, bitte ich um Entschuldigung.«
»Ist das nicht der Sinn der Sache?«
»Dies ist kein Verhör.«
»Niedergeschlagenheit, ja, sie kommt und geht.«
Andersson nahm einen Schluck Kaffee, nickte, Winter kannte das.
»Kommt mehr, als dass sie geht, muss ich wohl sagen«, fügte er hinzu. »In den vergangenen Jahren.«
»Den letzten zwei, drei Jahren? Oder nur im vergangenen Jahr?«
»Ich weiß es nicht ... sie schleicht sich an. Der schwarze Hund auf den Fersen, ja, Sie wissen, Churchill und so.«
»Was für eine Wirkung hat das auf Sie?«
»Ich arbeite ja wieder. Im Augenblick an diesem ... Fall. Ich habe mir zwei Jahre Auszeit genommen, wie Sie wissen. Dann wollte ich zurück, ich hatte gewissermaßen gar keine Wahl. Ich hatte mir eingebildet, ich sei ein anderer geworden. Oder dass ich der war, der ich immer gewesen bin, oder ... dass ich allem gar keine Bedeutung beimessen sollte. Im Januar bin ich nach Göteborg zurückgekehrt.«
Himmel, wie er redete. Womöglich war das Geld für die Sitzung zum Fenster rausgeschmissen, er wusste nicht einmal, was das hier kosten würde, was Angela bezahlte, er redete mehr, als er jemals in seinem früheren Leben geredet hatte.
»Ich weiß nicht, ob ich verrückt bin«, sagte er. »Immer

mehr Leute haben mir in der letzten Zeit immer häufiger gesagt, ich sei verrückt.«

»Woher kommt das?«

»Angela auch«, fügte er hinzu.

»Das erstaunt mich«, sagte ihr Kollege.

»Ausgelöst hat das alles Michael Bolton«, sagte Winter. »Wissen Sie, wer Michael Bolton ist?«

»Das weiß doch wohl jeder.«

»Er ist sehr gut.«

Andersson schwieg, nickte nicht einmal, griff nach dem Wasserglas, als wagte er nicht, Winter anzusehen.

»Ich verstehe nicht viel von Pop«, sagte Winter, »aber ich weiß, dass das meiste für einmaliges Anhören hergestellt wird. Das bedeutet nichts. Mit Michael Bolton ist das anders. Er schreibt Texte, die man immer wieder hören kann.«

»Ich verstehe«, sagte Andersson.

»Was verstehen Sie?«

»Dass Sie Michael Bolton mögen.«

»Und genau das hat die Leute gegen mich aufgebracht. Was halten Sie von Bolton?«

»Ich ... habe keine Meinung.«

»Aha, das deute ich so, dass Sie sich distanzieren.«

»Okay, meine Musik ist das nicht.«

»Sie haben nur noch nicht genau genug hingehört.«

Andersson kaute auf seinem *churro*, was sollte er auch sonst machen.

»Sie scherzen mit mir«, sagte er, aber er lächelte.

»Keineswegs.«

»Glauben Sie, dass Sie Michael Bolton sind?«

»Manchmal, aber ... nein. Ich wäre schon gern er. Er ist zwar älter als ich, aber er sieht gut aus.«

»Bizarre Wahnvorstellungen«, sagte Andersson. »Näher kann ich der Sache jetzt nicht kommen.«

»Keine Psychose?«

»Das haben Sie gesagt.«

»Und eigentlich geht es nur um Michael Bolton«, sagte Winter.

»So ist es. Jeder andere Künstler ...« Andersson brach ab, fuhr mit der Hand durch die warme Luft, als wollte er auf den wahren künstlerischen Reichtum unter den Künstlern der Welt dort draußen im Wind hinweisen.

»Gibt es ein Heilmittel?«, fragte Winter.

»Nein.«

»Wenn ich Bolton höre, bin ich nicht niedergeschlagen.«

»Das ist eine kurzfristige Lösung.«

»Was wäre die langfristige Lösung?«

Andersson betrachtete ihn, schien sein Gesicht wirklich zu betrachten. Vielleicht gab es da etwas, das Winter noch nie im Spiegel gesehen hatte.

»Haben Sie schon einmal Antidepressiva genommen?«, fragte Andersson.

»Gegen Michael Bolton?«

»Jetzt wollen wir Michael Bolton mal beiseitelassen.«

»Nein.«

»Gilt das Nein der Frage nach Antidepressiva?«

»Ja.«

»Wollen wir es mal versuchen?«

»Ja.«

37

Das Gesicht des Jungen ist wie ein Bild, das man noch nie gesehen hat, aber sofort wiedererkennt, dachte er, als er es auf dem Laptopbildschirm betrachtete. Das Licht im Schlafzimmer wurde durch die hölzernen Jalousien gedämpft. Er hörte Stimmen aus dem Straßenlokal genau vor seiner Tür, aber nur wie ein Hintergrundgemurmel, Hintergrund zu dem Bild, das er gerade anschaute, ein undeutliches und doch erkennbares Gesicht, wie die Stimmen, sie waren menschlich, das erkannte er. Bist du noch ein Mensch?, sagte er zu dem Gesicht auf dem Bildschirm. Wer bist du geworden? Du bist es, nicht wahr? Du konntest es nicht vergessen, und die anderen auch nicht.

Wie soll ich dich finden?

Wird Mårten Lefvander mich zu dir führen?

Er hörte, wie unten die Haustür geöffnet wurde, ein vertrautes Kratzen und Kreischen der Scharniere aus maurischen Zeiten.

Jetzt hörte er Angelas und Lillys Stimmen auf der Treppe. Das Haus hatte ein hübsches eingebautes Echo. All das wurde weggebaut im Norden, dort gab es nur Platz für ein Stimmenniveau. Hier fließt alles, kein Anfang, kein Ende, dachte er. Und die Stimme ist nicht so allein.

Er hörte sie oben auf der Terrasse. Lilly lachte, lachte. Das Gesicht auf dem Bildschirm verschwand, er schaltete den

Laptop aus, klappte ihn zu, ging, dorthin, wo die anderen waren.

Ringmar bekam die Nachricht, als er auf dem Weg zu Amanda Bersér war: Auf dem Guldhedstorget stand ein falsch geparktes Auto, schon mit zwei Strafzetteln. Mindestens. Es war ein BMW, neues Modell, unklar, welches. Er rief Aneta Djanali an.

»Wir fahren hin und gucken es uns an. Wir treffen uns dort. Lefvander fährt BMW.«

Er kontrollierte die Zulassungsnummer von Lefvanders Auto, während er durch Toltorpsdalen fuhr.

Um das Sahlgrensche Krankenhaus herum herrschte starker Verkehr. Fußgänger und Radfahrer waren leicht gekleidet, in der Luft lag ein Hauch von Sommer. Ich glaube, ich glaube an den Sommer, dachte er, hörte den alten Schlager im Kopf. Das Letzte, was uns hier oben im Norden verlässt, ist der Glaube an den Sommer, wenn wir nicht mehr an ihn glauben, ist alles vorbei, aber es ist nie vorbei! Er empfand unmittelbar, fast überfallartig Lebensfreude.

Er fuhr regelwidrig quer über den Wavrinsky plats, nur weil ich es kann, dachte er, nur weil dies mein Leben ist!

Aneta war schon da.

»Es ist Lefvanders Auto«, sagte sie. »Der Kofferraumdeckel war nur angelehnt. Nichts Besonderes im Kofferraum, soweit ich sehen konnte.«

Er nickte. Das Auto stand, quer über zwei Parkflächen, vorm Supermarkt, mitten in der Sonne, wurde von allen Seiten beleuchtet. Es sah leer aus, sauber, ordentlich, derselbe Eindruck, den er von Lefvander hatte, leer, sauber, ordentlich. Er spähte durch die linke hintere Autoscheibe in den Innenraum. Über den Rücksitz war eine Decke gebreitet, nicht ordentlich zurechtgezupft, darunter könnte etwas verborgen sein. Er sah auf, jemand trat aus der Spezialklinik auf der anderen Seite des riesigen Platzes. Hinter sich hörte er Stimmen, er drehte sich um, vor der Pizzeria Afamia hatten sich einige Jugendliche versammelt.

Er rührte das Auto nicht an, hob die Digitalkamera und fotografierte die Einzelheiten aus allen Blickwinkeln, die Sonne blendete ihn. Es musste einen Sinn haben, dass der Kofferraumdeckel nicht geschlossen war.

»Okay, dann lassen wir ihn abschleppen«, sagte er, als er fertig war.

Torsten Öberg zog seine Einmalhandschuhe aus Latex an. Seine Leute waren bereit für eine Durchsuchung in der Garage des Präsidiums. Torsten öffnete die linke hintere Tür und hob einen Zipfel der Decke an. Etwas Weißes wurde sichtbar, er hob die Decke noch etwas mehr an, es war ein Stück Pappe, für alle damit Befassten erkennbar, darauf stand etwas geschrieben, gemalt, mit derselben zornigen Treibkraft des Pinsels, und nun hatten sie es, schwarz auf weiß: ein M.

Lilly spielte bei den großen Bambustöpfen unter dem Sonnenschirm. Angela und Winter saßen unter dem anderen Sonnenschirm am Tisch, jeder mit einem Glas *fino*. Bald würde Winter nach unten gehen und das Essen vorbereiten. Am Vormittag hatte Angela einige Stunden gearbeitet.

»Es ist ja schon nach zwölf«, sagte er und hob das Glas.

»Das kann inzwischen die ganze Familie«, sagte sie.

»Christer Andersson auch.«

»Hast du *ihm* auch von Hemingway erzählt?«

»Er hat es *mir* erzählt. Wir haben uns sofort gefunden.«

»Ich habe mich nicht getraut zu fragen. Na, das hast du ja gemerkt.«

»Ein höfliches Gespräch.«

»Mehr nicht?«

»Nein.«

»Also ... was sagst du?«

»Wozu?«

»Wie es dir geht. Was nun wird.«

»Ich werde ein Medikament ausprobieren. Warum auch nicht?«

Sie nickte, das war's ja schon, es war nicht schwer zu erzählen.

»Wir haben auch über eine Therapie gesprochen«, sagte er. »Der Mann scheint kein ausgeprägter Vielverschreiber zu sein.«

»Nein, nein.«

»Tja ... mir kommt es vor, als hätte ich im Augenblick die Wahl, ob ich mit dem *X2000* oder einer Pferdekutsche zu dem Ort reisen will, zu dem ich unterwegs bin.«

»Und ... wohin bist du unterwegs?«

»Nicht ins Paradies, da bin ich schon.«

»So einen Satz nennt man schmierig«, sagte sie, »aber nicht, wenn du ihn aussprichst.«

»Ich bin wahrscheinlich nicht so fettig.«

Sie hob ihr Glas. Es war beschlagen. Seine Hand war kalt geworden, paradieskalt.

»Seelenfrieden«, sagte er, »dahin bin ich unterwegs, und ich habe ihn schon fast erreicht.«

»Das ist gut.«

»Das ist sehr gut«, sagte er. »Kommst du mit zu Espejo, um meine Friedensmedizin abzuholen?«

»Jetzt?«

»Je eher, desto besser.«

Als sie nach unten kamen, wollte Lilly laufen, Ancha, Cruz, Pasaje Valdés zum Apfelsinenplatz. Es war nicht weit.

Er betrat die Farmacia Espejo und wartete auf das Medikament, Venlafaxin, fünfundsiebzig. Eine täglich, im Großen und Ganzen gesehen, fast nichts.

An den Bäumen, die den Platz in einem dichten Rechteck säumten, hingen Apfelsinen. Der Name des Platzes stimmte mit der Wirklichkeit überein. Die Kneipen dagegen gab es vorwiegend für etwas ängstliche Touristen, die mit anderen Touristen unter den orangefarbenen Sonnenschirmen sitzen und etwas essen wollten, das ordentlich angerichtet und vertrauenswürdiger war, nichts, das vom Teller zurückstarrte.

»Ich hab Hunger, Papa«, sagte Lilly.

»Was möchtest du haben, Mäuschen?«

»Pizza!«

»Dann sind wir schon an der richtigen Stelle.«

Elsa war nach der Schule eine Stunde bei einer Freundin in Peral geblieben, und Lilly machte Mittagsschlaf. Unten in der Gasse war es still, alle hielten sich während der Nachmittagshitze im Haus auf, auch die Hunde und die verrückten Engländer.

Sie hatten sich geliebt, es war ein Gefühl gewesen, als wäre es hundert Jahre her, damals, als er noch ein junger Mann gewesen war. Aber ich bin immer noch jung, dachte er, ich kann immer noch gleichzeitig weich und hart sein, es ist ein Wunder, ein Geschenk Gottes.

Sie waren wach, das Laken lag auf dem roten Mosaikfußboden, ihre Körper waren noch von Schweiß bedeckt wie von Salzspritzern des Meeres. Er hatte noch immer den Geschmack von ihrem Salz im Mund. Dein Salz ist salziger als meins. Er versuchte, an gar nichts zu denken; nur eine Minute. Leise erklangen die Kirchenglocken an der Plaza de la Iglesia, das Geräusch glitt an den Balkontüren vorbei, glitt weiter nach Westen, den ganzen Weg zu Sivs und Bengts Haus in Nueva Andalucía, es stand leer, wartete auf etwas, er wusste noch nicht, auf was, er wollte nicht dort wohnen, Angela auch nicht, die Kinder wollten hier sein, mittendrin.

Er war schon woanders in Gedanken, die nicht davongleiten wollten mit den Klängen der Glocken, weiter weg, im Norden, nur noch wenige Tage, das sagte ihm eine starke Vorahnung, alles würde schnell gehen, wenn er nach Göteborg zurückkam, brutal und schnell.

Das Handy begann, auf dem Nachttisch herumzukriechen.

»Stell den Skorpion ab«, sagte Angela.

Er warf einen Blick aufs Display.

»Es ist Bertil.«

»Dann musst du dich natürlich melden«, sagte Angela.

»Ja, Bertil?«

»Wir haben Lefvanders Auto gefunden. Gar nicht weit entfernt von seinem Haus, auf dem Guldhedstorget.«

»Und Lefvander?«

»Verschwunden. Aber auf dem Rücksitz lag ein Buchstabe, dieselbe Machart wie alle anderen.«

»M?«, sagte Winter.

»Genau.«

»Marconi«, sagte Winter. »Marconiplan oder Marconipark, das ist ja dasselbe.«

»Kann sein«, sagte Ringmar. »Und M wie in Mårten.«

»Vielleicht gehört das zum Plan«, sagte Winter. »Dass die Dinge genauso geschehen, wie sie geschehen.«

»Nicht mehr lange«, sagte Ringmar. »Wie sieht unser Plan jetzt aus?«

»Heute Abend geht ein Norwegian-flight nach Göteborg. Mal sehen, ob ich mitkomme.«

»Du kommst immer mit, Erik.«

Er kam mit. Während das Flugzeug aufstieg, senkte sich die Dämmerung über Málaga. Der Sonnenuntergang über dem Atlasgebirge färbte alles rot in der Kabine. Er war noch nie in Afrika gewesen. Aber dafür hatte er noch Zeit, es war noch Zeit genug für alles.

»Einen Tag hierher oder dahin«, hatte Angela gesagt.

»Du verstehst es«, hatte er gesagt.

»Ich verstehe es immer. Ich habe zu viel Verständnis.«

»Wir reden weiter, wenn ich zurückkomme.«

»Ich habe noch nicht gekündigt.«

»Ich weiß.«

»Jetzt lassen wir das mal«, hatte sie gesagt.

»Ja.«

»Ich will nicht, dass dir wieder etwas Schlimmes zustößt, Erik.«

»Ich auch nicht.«

»Diesmal darfst du nichts allein unternehmen. Allein losfahren wie ein Held, den Fall allein lösen wollen.«

»Ich bin kein Held.«

»Du nimmst doch die Tabletten?«

»Die Tabletten? Es ist nur eine.«

»Ruf mich an, wenn du losreitest, um den Fall zu lösen.«

»Das klingt sehr banal, Angela.«

»Ist es nicht banal?«

»Nicht für die Beteiligten.«

»Du bist auch beteiligt, Erik. Mehr als jeder andere.«

Mehr als jeder andere, dachte er, als das Flugzeug sichere zehntausend Meter über dem Meer erreicht hatte. Die Banalität des Bösen, dachte er.

In Landvetter erwartete ihn ein Streifenwagen.

Dreißig Minuten später stand er zusammen mit Ringmar vor Lefvanders Haus. Es war dunkel, aber nicht kalt.

»Okay«, sagte er und öffnete die Tür mit einem Dietrich.

Langsam gingen sie durch die dunklen Räume, durch alle Fenster schimmerte die Nacht.

Ringmar knipste das Licht im hintersten großen Zimmer an. Es ging auf den Garten. Auf dem Sofatisch stand ein geöffneter Laptop. Daneben lagen einige CDs.

»Er hat etwas überprüft«, sagte Ringmar.

»Und wurde unterbrochen«, sagte Winter.

»Lass uns mal nachsehen, was es ist.«

Winter setzte sich aufs Sofa. Der Bildschirm wurde hell, er war nicht abgeschaltet gewesen. Lefvander, wenn er es gewesen war, hatte mitten in einem Film eine Pause eingelegt, ein ruhiger Film, der an die anderen Filme erinnerte, die Winter gesehen hatte. Er drückte auf Play, und auf dem Bildschirm begannen sich Menschen zu bewegen, über einen Rasen, in einem Garten, junge Männer, einen von ihnen erkannte Winter, da war ein Junge von etwa zehn Jahren, und den erkannte er sofort.

»Ist es Lefvander?«, fragte Ringmar. Sie saßen in seinem Auto vor dem Haus. In der Siedlung war keine Menschenseele zu sehen. Es war kälter geworden. »Ist Mister Mårten unser Mann?«

»Der Täter? Nein.«

»Warum nicht? Die Sache mit dem Auto und dem Buchstaben war ein Gruß an uns.«

»Ich glaube, Lefvander kennt den Mörder«, sagte Winter, »und er hat ihn nicht nur damals gekannt, vor zwanzig Jahren oder so. Sie hatten auch jetzt Kontakt. Damals war er mit Matilda Cors zusammen. Sie war Teil der Clique.«

»Aber er wusste nicht, dass er ein Opfer werden würde?«

»Nein, das gehörte nicht zum Plan. Wenn er überhaupt ein Opfer geworden ist.«

»Wurde er erpresst? Lefvander?«

»Vielleicht. Dann hat er es womöglich selbst ausprobiert.«

»Als Letztes hat er die Filme geprüft«, sagte Ringmar. »Hat sich die Gesellschaft auf dem Rasen angeguckt. Den Jungen.«

»Mårten wusste nicht, dass wir sein Haus so schnell danach betreten würden«, sagte Winter.

»Das weiß niemand.«

»Er sollte zum Guldhedstorget kommen.«

»Aber wie kann man einen erwachsenen Mann aus seinem Auto zerren?«

»Er ist freiwillig ausgestiegen«, sagte Winter.

Sie trafen sich im Konferenzraum.

»Willkommen zu Hause«, sagte Djanali zu Winter.

»Ich hab gar nicht gemerkt, dass du überhaupt weg warst«, sagte Halders.

»Ich auch nicht«, sagte Winter.

»Es kann also mit Marconi zusammenhängen«, sagte Halders. »Ich hab's gewusst.«

»Das Marconistadion«, sagte Winter. »Oder vielmehr dem Marconiplatz.«

»Dem ehemaligen.«

»Um ihn geht es, glaube ich.«

»Ja.«

»Wir brauchen eine Bestätigung.«

»Wofür?«, fragte Halders.

»Dass die Opfer sich mit irgendwelchen Aktivitäten auf dem Marconiplatz beschäftigt haben, Freiwillige, die etwas mit Jugendlichen, Kindern gemacht haben, keine Ahnung. Dass es mit alldem zusammenhängt.«

»Ist auf dem Marconiplatz etwas passiert?«

»Vielleicht«, sagte Winter, »aber auf jeden Fall handelt es sich um dieselbe Clique. Ich glaube, sie sind irgendwo hingefahren, und dort ist es passiert. Aber auf dem Marconiplatz hat es angefangen. Dort hat alles angefangen. Darum kehrt er immer wieder dorthin zurück.«

»Für die Theorie fehlt uns auch eine Bestätigung«, sagte Halders. »Keine Bestätigung brauchen wir dafür, dass ich viele harte Kämpfe mit dem Sportverein Proletär auf dem Marconiplatz ausgefochten habe.«

»Das wissen wir, Fredrik«, sagte Djanali.

»Was habt ihr bei der Befragung an den Türen herausgefunden?«, fragte Ringmar.

»An die zwanzig haben nicht geöffnet oder wir haben sie nicht gefunden. Also alleinstehende Männer um die dreißig. Es geht um die Mandolingatan und Fagottgatan. Hinzu kommt die Dragspelsgatan, mit der sind wir noch nicht fertig. Verdammt viele Wohnungen«, sagte Halders.

»Und der Marconipark?«, fragte Winter. »Der neue Stadtteil. Wie war es dort?«

»Bis dahin haben wir es noch nicht geschafft, Boss. Das ist *up market.* Wollten erst im Slum beginnen.«

»Warum?«, fragte Hoffner.

»Man fängt immer im Slum an, meine Liebe. In neun von zehn Fällen braucht man sich gar nicht weiter raufzuarbeiten.«

»Dies ist das zehnte Mal«, sagte Winter.

»Wenn du meinst.«

»Du sollst mich nicht meine Liebe nennen«, sagte Hoffner.

»Nein, ist ein bisschen zu viel des Guten«, sagte Halders.

»Der Täter hat Geld«, sagte Ringmar.

»Ach?«, sagte Halders.

»Glauben wir jedenfalls«, sagte Winter. »Er hat Lefvander Geld abgepresst.«

»Immerhin ist das eine Theorie«, sagte Ringmar.

»Marconiplatz, *here we come*«, sagte Halders.

»Da gibt's nicht mehr viele Wohnungen.«

»Und Heden, *here we come*«, fuhr Halders fort. »Ich hab doch schon erzählt, dass wir übermorgen unser erstes Match spielen?«

»Uns nicht«, sagte Winter.

»Um halb sieben, Platz vier, es wird ein wunderbarer Fußballabend. Die Taktik geh ich mit euch auf dem Platz durch.«

38

Peter Mark saß auf dem Bürostuhl gegenüber von Winter. Das Fenster zum Fattighusån stand offen. Vögel sangen aus vollem Halse.

»So trifft man sich wieder«, sagte Mark. »Sie wollen mich doch hoffentlich nicht noch mal in die Zange nehmen?«

»Nicht härter als beim letzten Mal«, sagte Winter.

»Haha.«

»Kennen Sie Mårten Lefvander?«, fragte Winter.

»Wen?«

»Mårten Lefvander.«

»Wer ist das?«

»Hier stelle ich die Fragen.«

Mark schwieg, er wandte sich zum Fenster und den Vögeln um, als überlege er, was für Vögel es waren. Dabei konnte Winter ihm nicht helfen.

»Werden Sie bedroht?«, fragte Winter.

»Wie bitte?«

»Bedroht Sie jemand?«

»Warum sollte mich jemand bedrohen?«

»Sie wissen zu viel über das, was mit diesen Fällen zusammenhängt. Muss ich Ihnen noch einmal erklären, von welchen Fällen ich spreche?«

Beim Einschalten des Tonbandgerätes hatte er eine kleine Einführung gegeben.

Mark schwieg weiterhin, Winter sah ihm an, dass er versuchte, nachzudenken. Versuchte sich hinaus- und wegzudenken.

»Hier gibt es kein Zwischenstadium«, sagte Winter. »Entweder hat Sie jemand bedroht, oder Sie wurden nicht bedroht.«

Nach einer Pause fuhr er fort: »Mårten Lefvander. An den Namen kann man sich leichter erinnern als an Sture Karlsson.«

Mark überschlug seine Chancen. Denk an deine Verpflichtungen, dachte Winter und dachte selbst an das Fahrradrennen durch das nächtliche Stockholm. Das schien in einer anderen Inkarnation stattgefunden zu haben. Die Milchsäure, die wie geschmolzenes Blei durch seinen Körper gepumpt wurde, die Übelkeit, die ihm in die Kehle gestiegen war, als er wie besessen den Strandvägen entlangstrampelte, sein *Kampf*, seine *Heldentat*.

Jetzt erwartete ihn vielleicht die Belohnung.

»Womit hat er Sie in der Hand?«

»Ich habe nichts getan«, sagte Mark.

»Was meinen Sie mit nichts getan?«

»Nichts«, sagte Mark.

»Wie gut kennen Sie Mårten Lefvander?«

»Ich kenne ihn nicht.«

»Wann haben Sie ihn das letzte Mal getroffen?«

»Was ist denn mit ihm?«, fragte Mark. »Warum fragen Sie dauernd nach Lefvander?«

»Wann haben Sie ihn das letzte Mal getroffen?«, wiederholte Winter.

»Ist ihm was passiert?« In Marks Augen war ein Licht aufgeblitzt. Winter kannte das. Es war das Licht der Hoffnung. »Ist er ... ist er ...?« Mark brach ab.

»Ob er tot ist?«, sagte Winter. »Vielleicht.«

»Ich war es nicht!«, sagte Mark.

Sah er froh aus? Jedenfalls wirkte er überrascht.

»Hätten Sie tot sein können?«

»Nein, nein, nein.«

Er sah nicht verwirrt aus.

»Wann haben Sie Mårten Lefvander das letzte Mal getroffen?«

»Ich weiß nicht genau ... an welchem Tag.«

»Bevor Jonatan ermordet wurde oder danach?«

Mark sagte etwas, das Winter nicht verstand.

»Was haben Sie gesagt?«

»Danach.« Mark schaute jetzt auf die Tischplatte, kein Augenkontakt mehr, kein Lachen.

»Warum haben Sie sich getroffen?«

»Ich ... wollte nur hören, was er wusste.«

»Wovon wusste?«

»Über das, was passiert war.«

»Was wusste er?«

»Nichts«, antwortete Mark.

»War es nicht eher umgekehrt?«, fragte Winter.

»Wie umgekehrt?«

»Lefvander hat Kontakt zu Ihnen aufgenommen. Er wollte wissen, was Sie wissen.«

Mark antwortete nicht.

»Warum sollte er überhaupt etwas wissen?«, sagte Winter.

Erneut murmelte Mark Unverständliches.

»Würden Sie die Antwort bitte wiederholen?«, sagte Winter.

»Er gehörte dazu«, sagte Mark.

»Wo dazu?«

»Zur Ballclique.«

»Der Ballclique? War es eine Ballclique?«

»Es waren diese ... Aktivitäten. Auf dem Marconiplatz.«

»Aktivitäten welcher Art?«

»Na, Fußballtraining. Sie trainierten mit Kindern aus den umliegenden Vierteln einmal in der Woche Fußball, vielleicht auch zweimal. Ich kann mich nicht erinnern.«

»Wann war das?«

»Lange her, zwanzig Jahre.«

»Wie lange ging das so?«

»Nicht lange, vielleicht einige Monate. Es war Frühling, das weiß ich noch.«

»Warum hat es dann aufgehört?«

»Ehrlich, das weiß ich nicht.«

»Wie hat es angefangen?«

»Le ... Lefvander«, sagte Mark.

»Mårten Lefvander hat das alles ins Leben gerufen?«

»Ich glaube, ja.«

»Warum hat er das getan?«

»Er ... es gab da einen, den wollte er fördern.«

»Fördern?«

»Irgendeinen Mordsspaß, wie sie gesagt haben ... Kinder zu trainieren. Macht Spaß.« Mark verstummte und sah Winter an. »Und Jonatan wusste schon damals, dass er Sportlehrer werden wollte.« Dann brach er in Tränen aus.

Winter wartete eine Minute.

»Wer ist mit Lefvander verwandt?«

»Ich weiß es nicht, ich schwöre.«

»Sie schwören zu viel«, sagte Winter.

»Es war irgendeiner der Jungs. Sie waren alle um die zehn Jahre alt, ich weiß nicht, wie viele es waren. Ich bin ihm nie begegnet. Ich weiß auch nicht, inwieweit sie verwandt waren.«

»Woher wissen Sie, dass sie verwandt waren?«

»Jemand hat es gesagt.«

»Wer?«

»Ich weiß es nicht.«

»Wer war außerdem dabei?«

»Mehr fallen mir nicht ein. Nicht mehr als ... Sie wissen schon.«

»Haben Sie auch mal am Training teilgenommen?«

»Nein, nein.«

»Hätten Sie gern mitgemacht?«

Mark sah Winter wieder an. Seine Augen glänzten immer noch. Es waren echte Tränen gewesen.

»Ja«, sagte er, »aber jetzt bin ich froh, dass ich nicht dabei war.«

»Wie glaubwürdig ist er?«, sagte Ringmar. »Er kann ein Narr sein. Oder etwas Schlimmeres.«

»Wir gehen mit der Information über die Ballclique an die Öffentlichkeit«, sagte Winter. »Vielleicht weiß jemand mehr, ein Elternteil, dessen Kind dabei war.«

»In Frölunda?«

»Wo auch immer, verdammt noch mal.«

»Nun bleib ganz ruhig.«

»Ich bin ruhig. Ich bin ruhiger als je in meinem ganzen Leben.«

»Hast du überhaupt noch einen Puls?«

Sie standen vor dem Polizeipräsidium. Winter spürte, wie sein Schädel anfing zu glühen. In Marbella regnete es, in Göteborg herrschten vierundzwanzig Grad, mitten im Mai, alles auf den Kopf gestellt. Er hatte heute Nacht, als er nach Hause gekommen war, mit Angela gesprochen, hatte ihr erzählt, dass die Tablette schon wirkte. Du brauchst nicht zu lügen, sagte Angela, aber er hatte nicht gelogen. Er hatte keinen Whisky getrunken, Doktor Andersson hatte ihn davor gewarnt, Venlafaxin und Glenfarclas zu mischen. Allerdings traute er den Kenntnissen des Doktors über Glenfarclas nicht.

»Es treibt meinen Blutdruck hoch, wenn ich an Lefvanders Stammbaum denke.«

»Ich fahr zu seiner Exfrau«, sagte Ringmar.

»Sei vorsichtig«, sagte Winter.

»Was meinst du damit?«

Winter antwortete nicht.

»Ich bin ein erwachsener Mann«, sagte Ringmar.

»Was zum Teufel soll denn das heißen?«, sagte Winter.

»Kümmre dich um deinen eigenen Kram.«

»Das versuche ich ja.«

»Wohin geht dieser Typ jetzt, Mark, meine ich?«, fragte Ringmar.

»Nach Hause, vermute ich mal.«

»Muss er Angst haben?«

»Nur vor sich selbst«, sagte Winter.

»Warum erzählt er uns das erst jetzt?«

»Er hat wohl gehofft, dass Lefvander vorher ermordet wird.«

»Vielleicht ist es jetzt so weit«, sagte Ringmar.

»Das wäre zu einfach«, sagte Winter. »Es ist zu früh.«

»Dann können wir sein Leben immer noch retten«, sagte Ringmar. »Und wir müssen uns mal ernsthaft mit Gustav unterhalten. Das mache ich heute Nachmittag.«

Amanda Bersér öffnete die Tür, ehe Ringmar klingeln konnte.

»Gustav ist in der Schule«, sagte sie.

»Ich weiß. Ich werde in einigen Stunden mit ihm reden.«

»Wo?«

»Hier, wenn ich darf.«

»Warum wollt ihr ihn wieder verhören?«

»So ist das immer«, sagte er. »Man kann nicht alles auf einmal klären.«

Sie sah sich in der Diele um, wie um zu prüfen, ob sie in ihrem Zuhause Platz für ihn hatte. In ihrem Leben.

»Möchtest du etwas trinken?«, fragte sie.

»Nein danke.«

»Deine Stimme klang gestresst, als du angerufen hast.«

»Können wir uns setzen?«

»Ist etwas passiert?«

Sie ging voran zum Sofa, und sie setzten sich.

»Mårten ist verschwunden«, sagte Ringmar.

Sie schlug die Hand auf den Mund.

»Das hängt mit all dem zusammen, was passiert ist«, sagte Ringmar.

»Aber ... wer ...?«

»Wer dahintersteckt? Das versuchen wir herauszufinden.«

»Mårten«, sagte sie. »Was hat er getan?«

»Er hat Jonatan gekannt«, sagte Ringmar, »von früher. Davon hast du mir nichts erzählt.«

»Von früher? Das verstehe ich nicht.«

»Was verstehst du nicht?«

»Du klingst wütend, Bertil.«

»Dann bitte ich um Entschuldigung.«

»Jonatan und Mårten haben sich vor langer Zeit gekannt ... aber ich ... ich fand das nicht wichtig.«

»Nicht wichtig?«

»Nein.«

»Weißt du, in welcher Form sie miteinander bekannt waren?«

»Nein.« Sie beugte sich vor, als wollte sie ihn berühren. »Es ist wirklich wahr. Ich habe ihn nicht gefragt ... Darüber spricht man nicht mit seinem Mann. Über den Exmann.«

»Du hättest es mir erzählen müssen«, sagte Ringmar.

»Was ... was hätte ich sagen sollen?«

Ringmar hätte am liebsten seine Hand auf ihre gelegt, hielt sich aber zurück.

»Ich möchte, dass du mir von Mårtens Verwandten erzählst«, sagte er.

Winter und Halders fuhren über die Dag-Hammarskjöld-Umgehung und bogen in Richtung Marconipark ab.

»Signore Marconi«, sagte Halders. »Wer war das eigentlich?«

»Ein Erfinder«, sagte Winter.

»Ja, ich weiß, dass er ein Erfinder und verrückt nach Radios war.«

»Er wird der Erfinder des Radios genannt, glaube ich.«

»Und wann hat er gelebt?«

»Ich weiß nur, dass er in den dreißiger Jahren zu Hause in Rom gestorben ist, vor dem Krieg.«

»Man könnte meinen, er wäre hier in Järnbrott gestorben«, sagte Halders. »Jede Straße, jeder Platz hat ja mit Funk und Radio zu tun. Da siehst du zum Beispiel den Radiotorget. Und hier ist die Antenngatan.«

»Er hat den Nobelpreis für Physik bekommen«, sagte Winter.

»Der Erste und Einzige aus Järnbrott«, sagte Halders.

»Seine Mutter stammt aus der irländischen Whiskyfamilie Jameson«, sagte Winter.

»Aha, deswegen weißt du so viel über den Kerl.«

Sie fuhren auf den Frölunda torg zu. Die Häuser an der Mandolingatan glänzten wie rotes Gold.

»Da ist also die Marconihalle«, sagte Winter und bog ab.

Sie parkten davor. Rund herum war die Arbeit in vollem Gange, Häuser wurden gebaut, Material wurde angeliefert und abgefahren, die Luft war erfüllt von Staub und dem Getöse der Pressluftbohrer. Winter spürte den heißen Staub in der Nase, das Gedröhn zwischen den Ohren. Halders sagte etwas, zeigte auf seine Ohren, vermutlich redete er von Ohrschützern. In meiner nächsten Inkarnation muss ich wahrscheinlich Zeichensprache lernen, dachte Winter. Das. Scheint. Schwer. Zu. Verstehen. Zu. Sein.

Sein Handy klingelte. Er fühlte das Vibrieren auf der Brust, das Signal hörte er nicht. Torsten Öberg von der Spurensicherung.

Öberg sagte etwas, was Winter nicht verstand. Er ging zurück zum Auto, setzte sich hinein und schloss die Tür.

»Prima Schuhabdrücke im Staub in Lefvanders Auto«, wiederholte Öberg.

»Gut.«

»Also nicht von Lefvander.«

»Nein, ich verstehe.«

»Shomi beschäftigt sich gerade mit Lefvanders Festplatte«, sagte Öberg. »Er glaubt, dass wir einige der gelöschten Mitteilungen wiederherstellen können.«

»Das wäre wunderbar.«

»Wo bist du im Augenblick?«

»Marconipark.«

»Geht ihr irgendwo rein?«

»Mach dir keine Sorgen, Torsten.«

»Ruf mich sofort an, wenn ihr rein wollt. Ich bin bereit. Bleibt solange draußen, wenn ihr könnt.«

»Deine Stimme klingt erregt.«

»Das ist Shomi. Er redet mit sich selbst.«

Sie beendeten das Gespräch.

Halders wartete vor dem Stadion. Sie gingen hinein. In der Halle war es kühl, die Luft auf angenehme Art trocken.

Für diese Saison war das Eis verschwunden.

In der Halle hielt sich sonst niemand auf.

»Hast du das erwartet?«, fragte Halders.

»Ja.«

»Für diesmal ist hier alles vorbei. Unser Mann kommt nicht wieder.«

»Warum hat es ihn hierher gezogen?«, sagte Winter zu sich selbst.

Halders war schon wieder auf dem Weg hinaus.

»Vielleicht beobachtet er uns jetzt«, sagte er, als sie draußen standen.

»Darum geht es«, sagte Winter, »beobachten, registrieren. Die Opfer hatten einen Ausblick auf die Orte, an denen sie sterben würden.«

»Was bedeutet das?«

»Es muss damit zusammenhängen, was ihm damals angetan worden ist.«

»Dann ist es also Teil der Rache?«

Winter antwortete nicht. Er ließ den Blick über die Umgebung schweifen, drehte sich langsam um, versuchte sie zu erfassen, sie festzuhalten, die Häuser, Straßen, den Beton, das Glas, die Baumaschinen, Lastwagen, Bauarbeiter.

»Er muss es erzählen«, sagte Winter. »Oder Lefvander.«

»Lefvander hat inzwischen eine Plastiktüte über dem Kopf.«

»Nein. Dann hätte er ihn doch nicht erst kidnappen müssen.«

»Das ist deine Theorie.«

»Wie lautet deine, Fredrik?«

»Bei Lefvander hat er abgewartet, weil er wollte, dass er *wissen* sollte, was ihm bevorsteht. Lefvander war der Schlimmste.«

»Das schließt nicht aus, was ich gesagt habe.«

»Nichts schließt jemals irgendetwas aus, was du sagst, Erik.«

»Das ist mir nicht mehr wichtig«, sagte Winter.

»Klar, du. Jetzt gehen wir zum Park.«

Sie gingen die hundert Meter zu dem glänzenden neuen Wohngebiet, Haus 1 bis Haus 5. »Daheim in einer Oase der Geborgenheit, Grünflächen, Einkaufscenter, öffentliche Verkehrsmittel und Leben am Meer – alles zu Fuß erreichbar«, hatte Winter auf der Homepage der Bauplanung gelesen. Es klang paradiesisch, mehr wert als seine Wohnung am Vasaplatsen. Hier bewegte sich der Preis für eine Zwei-Zimmer-Wohnung um drei Millionen, er wusste nicht, ob das teuer oder billig war.

Im Innenhof mit den Spielgeräten spielte kein Kind. Keine Menschenseele hielt sich draußen auf.

»Er könnte uns in diesem Augenblick beobachten«, sagte Halders. »Er hat dich gesehen, und er hat mich gesehen.«

»Er ist nicht zu Hause«, sagte Winter.

»Hier könnte er wohnen.« Halders drehte sich langsam einmal um sich selbst und spähte in alle Richtungen.

Winter zog ein Blatt Papier aus der Innentasche seines Sakkos. Es war eine Liste.

»Wir fangen mit Haus 1 A an«, sagte er.

Sie hörten, wie die Haustür geöffnet wurde. Ringmar sah Amanda Bersér an. Sie schaute fragend zur Diele. Dann hörten sie das Geräusch von einem Rucksack, der auf den Dielenboden geworfen wurde.

»Ist Gustavs Schule schon aus?«, fragte er.

»Offenbar.« Sie erhob sich. »Ist was passiert?«

Ringmar war vor ihr in der Diele. Die Tür zum Treppenhaus hatte Gustav noch nicht geschlossen. Als er Ringmar sah, drehte er sich auf dem Absatz um und lief, *stürzte* aus der Wohnung, Ringmar hörte ihn die Treppenstufen hinunterspringen, ein ekelhaftes Echo, er selbst hatte sich noch gar nicht bewegt, was zum Teu …

»Was ist los?!«

Er hörte ihre Stimme hinter sich, aber da stürmte er schon die Treppe hinunter, wie ein Jugendlicher, wie lange würde er das durchhalten, für das hier hätte er vorher eine Stunde stretchen müssen, aber wer konnte das voraussehen, jetzt war er draußen, sah nach links, sah nach rechts, Gustav rannte über den Parkplatz, überquerte die Toltorpsgatan, Ringmar begann wieder zu laufen, das ist der Lauf meines Lebens, dachte er, wirklich der Lauf meines Lebens.

Sie liefen über den Schulhof, weiter in östliche Richtung, aufs Krankenhaus zu, Ringmar lag nicht mehr weit zurück, jetzt sah er, dass Gustav nur einen Schuh anhatte, den anderen musste er in der Diele vom Fuß geschüttelt und dann keine Zeit mehr für den zweiten gehabt haben, als der Bulle auftauchte.

Der Junge hinkte, er hatte sich verletzt, unter Ringmars Schuhsohlen knirschte es, Glas oder Schotter und wer weiß was für Dreck, alte Hundekacke, hart wie Stein, Ringmar hatte Gustav jetzt fast eingeholt, und er konnte immer noch laufen, es spannte in den Waden, aber die Muskeln hielten, Gustav hatte fast die Außengebäude des Krankenhauses erreicht, hoppelte wie ein verletzter Hund über die Häradsgatan, Jesus, es war ja *dort*, es war *hier* gewesen, hier hatte Jonatan Bersérs Leiche gelegen, im Schatten der Fernheizungszentrale da hinten, gegenüber von den alten Personalwohnungen, wusste der Junge das? Jetzt hatte Ringmar die Straße überquert, Gustav war vor der Ziegelmauer stehen geblieben, er schaffte es nicht hinüber, nicht darunter durch, nicht daran vorbei. Er ging in die Knie. Ringmar sah Blut an seinem linken Strumpf.

»Rühren Sie mich nicht an!«

»Ich tu dir nichts, Gustav.«

»Lassen Sie mich in Ruhe!«

Ringmar hockte sich auf den schmutzigen Asphalt. Er war nah bei dem Jungen, berührte ihn jedoch nicht. An seiner Jacke war keine Farbe. Sie sah neu aus. Es ist *jetzt*, dachte Ringmar, es ist *hier*. Darum hat er plötzlich Angst vor mir.

»Wen hast du getroffen, als du verschwunden warst?«, fragte Ringmar, so sanft er konnte.

Gustav sah ihn an. In seinen Augen war immer noch Panik, aber eine andere Art Panik, als wäre ein Alptraum in sein waches Leben geplatzt.

»Er hat gesagt, dass er sie alle umbringen will.« Gustavs Stimme klang merkwürdig, als redete er im Traum. »Alle sollten sterben für das, was sie ihm angetan haben.«

»Was haben sie ihm angetan, Gustav?«

Gustav antwortete nicht. Er hatte den Strumpf ausgezogen, betrachtete seinen Fuß, drei Zehen bluteten. Er schaute zum Himmel. Auf die Frage würde er nicht antworten, noch nicht.

»Wo ist er jetzt?«, fragte Ringmar.

»Das weiß ich nicht.«

»Wie heißt er?«

»Marcus.«

»Marcus. Und weiter?«

»Daran kann ich mich nicht erinnern.«

»Warst du bei ihm zu Hause?«

»Nein.«

»Wo seid ihr gewesen?«

»Sind in seinem Auto rumgefahren.«

»Wo?«

»Irgendwo.«

»Seid ihr draußen am Meer gewesen?«

»Ich weiß es nicht. Vielleicht. Ich hatte Angst.«

»Ich verstehe, dass du Angst hattest«, sagte Ringmar. »Aber jetzt brauchst du keine Angst mehr zu haben.«

Gustav schwieg. Er schaute sich um, als sähe er alles zum ersten Mal, als wüsste er nicht, wie er hierhergeraten war.

»Kannst du dich daran erinnern, ob ihr an einem Strand gewesen seid?«

»Wir ... ich erinnere mich daran, dass wir über eine Brücke gefahren sind.«

»Welche Brücke?«

»Das weiß ich nicht mehr.«

»Die Älvsborgsbrücke?«

»Ja ... die.«

»Wohin seid ihr gefahren?«

»Hisingen ...«

»Wohin auf Hisingen?«

»Ans Meer ...«

»Welches Meer? Welcher Strand?«

»Ich weiß es nicht. Da bin ich noch nie gewesen.«

Gustav sank langsam zu Boden. Er hatte keine Kraft mehr. Ringmar musste abbrechen. Eine letzte Frage.

»Warum wollte er mit dir zusammen sein, Gustav?«

»Er hat gesagt, er wollte mich retten. Er hat gesagt, er sei der Einzige, der mich retten kann.«

o

Er hatte gesehen, wie der Junge das Haus verlassen hatte und zur Bushaltestelle gegangen war. Der Junge war eingestiegen, als er die Beifahrertür öffnete, er kannte das Auto und schien sich nicht zu wundern, dass *er* am Steuer saß.

Sie waren hinaus ans Meer gefahren. Der Junge war erschöpft, als hätte er noch nie geschlafen.

Er dürfe schlafen, schlafen. Träumen, vergessen.

Deswegen brauche er sich nicht zu schämen, hatte er gesagt, als der Junge zwischendurch aufwachte. Das ist mir auch passiert. Ich schäme mich nicht. Der Junge war gleich wieder eingeschlafen.

Er sagte nicht, dass er sich schon seit vielen Jahren nicht mehr schämte, dass er von sich geglaubt hatte, er sei böse, aber der Junge verstand, dass er nie böse gewesen war.

Du darfst bleiben, so lange du willst. Ich hab ein Radio. Wir können Radio hören.

Der Junge hatte nicht gewusst, wohin.

Hier lauerte keine Gefahr.

An einem anderen Tag könnten sie in Ruddalen Fußball spielen. Das machen wir an einem anderen Tag, hatte er gesagt. Warum bist du in keinem Club? Ich wäre gern in einem Club gewesen, aber daraus ist nie etwas geworden.

Er hatte den Jungen bei der Tankstelle aussteigen lassen, so war es das Beste für alle.

Es gab einen Plan, den musste er einhalten.

Der durfte jetzt nicht schiefgehen.

Es war das Letzte, was er tun würde, dann war er frei. Dann würde er schlafen, schlafen.

39

Mårten Lefvander hörte die Möwen schreien. Er sah nur blauen Himmel von der Stelle am Fußboden, wo er mit gefesselten Armen und Beinen in unbequemer Haltung lag.

Doch er war auf eigenen Beinen hierhergegangen, den ganzen Weg ins Haus. Marcus war groß und stark geworden, hatte ihn übermannt, als er ihm den Rücken zukehrte.

Die Möwen kreisten über der Bucht, als gehörte ihnen die ganze Welt. Sie waren allein hier draußen, die Badesaison hatte noch nicht begonnen. Das hätte ihn retten können.

Er lag auf der Seite und konnte sich kaum bewegen. Alles tat ihm weh. Das verdiene ich nicht, dachte er. Ich war es nicht. Ich habe nichts getan.

Er hörte Schritte, jemand kam, Marcus. Er nahm etwas aus den Augenwinkeln wahr, was war das? Es glänzte wie Silber, als würde die Sonne darauf scheinen. Er schloss die Augen, ich bin bewusstlos, dachte er, nichts passiert, wenn ich schon weg bin.

»Hörst du mich, Mårten?«

Er antwortete nicht, er war weg, so weit entfernt wie möglich, auf der anderen Seite des Flusses, in Guldheden, Johanneberg, ein freier Mann.

»Ich weiß, dass du mich hörst«, sagte Marcus. »Ich will, dass du mir jetzt zuhörst.«

Lefvander öffnete die Augen.

»Ich bin wieder zum Fußballplatz gefahren.«

»Das ...«

»Still!«, unterbrach ihn Marcus. »Hör zu!«

Lefvander versuchte zuzuhören.

»Es war das letzte Mal«, sagte Marcus, »nie wieder.«

Lefvander hörte zu, hörte zu.

»Du hast mich zum ersten Mal dorthin mitgenommen.« Die Stimme klang jetzt ruhig. »Du warst das.«

Hinter Lefvanders Rücken bewegte sich etwas.

»Und hierher hast du mich auch mitgenommen.«

Er spürte wieder etwas im Rücken, nur leicht, etwas Leichtes.

»Jetzt habe ich dich hergebracht.«

»Ich kann ... dich nicht sehen.«

»Ich bin hier.«

»Marcus, wir ... wir können jetzt damit aufhören. Du kannst nichts mehr tun.«

Mårten bekam keine Antwort. Das machte ihm furchtbare Angst. Er hatte vorher auch Angst gehabt, aber diesmal war es eine andere Art Angst, kalt wie der Fußboden, auf dem er lag. Der Nordwind glitt darüber hin. Die Tür zum Strand stand offen.

»Ich habe dir bei deiner Wohnung geholfen«, sagte er. Er hörte selbst, wie erbärmlich das klang.

»Zu spät.«

»Es ist nie zu spät, Marcus!«

»Zu spät für alles. Ist es.«

»Ich kann dir immer noch helfen!«

»Du hast mir nie geholfen, Onkel Mårten.«

»Ich kann dir helfen!«

»Wie du mir damals geholfen hast, als wir hier waren?«

»Ich konnte es nicht ... ich wusste es nicht ...«

»Als wir HIER waren.«

Die Stimme hallte wider in dem leeren Raum, übertönte die Möwen, den Wind, die Brandung da unten.

»Seitdem bin ich ein einziges Mal wieder hier gewesen«, sagte Marcus. »Neulich.«

Marcus Glad. Sein Gesicht war fast unverändert, dieselben Haare, aber er war viel größer, viel stärker geworden. Sein Nachname hatte ihm nie entsprochen, den hatte er angenommen, als er um die zwanzig war. Marcus Glad, *glad* wie fröhlich. Marcus *a glad boy*? *Never!* »Ich wusste nicht mal, ob das Haus noch steht.«

»Ich auch nicht«, sagte Lefvander.

»Halt's Maul!«

In seinen Augenwinkeln blitzte wieder etwas auf, Lefvander spürte, dass er bald pinkeln musste, noch schlimmer, er konnte einfach nicht das Maul halten.

»Ich habe es nicht verstanden«, sagte er leise.

»Was nicht verstanden?«

»Was passiert ist.«

»Sie haben nach mir gesucht! Ich bin gerannt! Unten am Strand haben sie mich erwischt und gesagt, sie würden mich ersäufen. Dann haben sie mich wieder nach oben getragen und mich vergewaltigt! Alle. Und dann durfte ich gehen …«

»Ich habe nichts getan«, sagte Lefvander.

»Halt's Maul! Der, der nichts getan hat, hat auch etwas getan.«

»Ich ni …«

»Halt's Maul!«, unterbrach ihn Glad erneut, seine Stimme klang jetzt ruhiger. »Alle sind gleich schuldig. Alle müssen bestraft werden.«

Lefvander schwieg.

»Du wirst deine Strafe bekommen«, sagte Glad.

Im Raum wurde es still. Wie in einer riesigen Kirche, einer Kathedrale, dachte Lefvander.

»Alle sind nicht mehr da«, sagte er nach einer Weile. »Sie können nicht mehr bestraft werden.«

»Was? Was meinst du?«

»Einer war schon tot, als du ... angefangen hast.«

»Ja, ja, dafür habe ich gesorgt«, sagte Glad.

»Gesorgt? Was hast du getan? Was meinst du damit?«

»Das geht dich nichts an«, sagte Glad.

»Sind das deine Erinnerungen?«, sagte Lefvander. »Ist alles, was du von diesem Abend erzählst, wirklich deine Erinnerung?«

Glad antwortete nicht.

»Woran erinnerst du dich, Marcus?«

»Ich habe es dir erklärt. Als ich dir erzählt habe, was ich tun werde.«

»Du hast es mir nie erklärt.«

»Nicht wie du möchtest vielleicht. Das ist sinnlos.«

»Ich habe es nicht gewusst«, wiederholte Lefvander. »Ich schwöre, ich wusste nicht, was dir passieren würde.«

»Alle wussten es.«

»Nein, Marcus.«

»Alle wussten, was passiert ist. Am nächsten Morgen.«

»Es tut mir leid.«

»Jetzt habe ich es gesagt. Ich wollte es schon so lange sagen.«

»Es tut mir leid, Marcus.«

»Ach ja, ach ja.«

»Das war nicht geplant.«

»Es war VON ANFANG AN geplant.«

Wieder hallte die Stimme durch den Raum, gebrochen. Lebensgefährlich, dachte Lefvander.

»Nicht von mir, Marcus. Das weißt du.«

»Du hast den Mund gehalten. Du hast mir nicht geholfen.« Marcus bewegte sich hinter ihm. Der Junge, dachte Lefvander, er dachte an den Jungen, er dachte, der Junge. »Sieh an, was aus mir geworden ist«, hörte er ihn sagen, »guck dir an, was es aus mir gemacht hat.«

»Wir durften das Haus gratis benutzen, wenn wir es anstreichen«, fuhr Marcus fort. »Meinst du, daran kann ich mich nicht erinnern? Wir sollten streichen, schwimmen und Fußball spielen.«

»Streichen«, sagte Lefvander. »Das habe ich vergessen.«

»Es wurde ja auch nicht viel gestrichen, nicht wahr? Ich durfte später malen. Ich hab beschlossen, Buchstaben zu malen. Ich wollte den Geruch nach Farbe.«

Er bewegte sich hinter Lefvander, atmete schwer, als beginne er zu hyperventilieren.

»Wo sind sie? Wo sind SIE?«

»Wen meinst du, Marcus?«

»Ich habe ihnen doch den Weg gezeigt. Warum kommen sie nicht?«

»Meinst du die Polizei?«

»Du bist hier, wenn sie kommen«, sagte der Junge. »Du wartest hier.«

Bewegung hinter ihm, Lefvander spürte etwas im Rücken, als würden die Stricke aufgeschnitten, als würde er befreit, könnte die Arme wieder bewegen, die Beine, hinauslaufen, davonfliegen, niemals zurückkehren, sich nie mehr erinnern. Er hatte das Gefühl, als gleite er davon, als läge er auf einem Floß, das vom Land wegtrieb.

»Und ich wollte nur schwimmen«, hörte er Marcus sagen, oder war es jemand anders. Die Stimme klang fremd. »Wir sind doch hierhergekommen, um zu schwimmen. Ich wollte nur schwimmen, das war das Einzige, was ich wollte.«

Schwimm du, dachte Lefvander, diesmal kannst du schwimmen, diesmal kannst du machen, was du willst.

40

Winter und Halders standen vor Haus Nummer 5 im Marconipark. Zwei Kinder waren aus Nummer 3 gekommen und schaukelten nun auf dem Innenhof. Eine Frau beaufsichtigte sie von einem Balkon im ersten Stock. Sie behielt auch die beiden Männer im Schatten vor der Haustür im Auge.

»Okay, vier Alleinstehende, soviel wir wissen, drei sind nicht zu Hause, der Vierte wusste gar nichts und war zu alt«, sagte Halders.

»So alt wie du und ich ungefähr«, sagte Winter, während er wieder die Liste überflog.

»Wie du und ich, *pardner.*«

Er hatte die drei übrigen alleinstehenden Wohnungsbesitzer eingekreist, alles Männer: Claes Bergtorff. Marcus Glad. Jonas Strömberg.

Winters Smartphone piepste. Er las die kurze SMS.

»Kannst du Torsten für mich anwählen, Fredrik? Ich will meine Leitung freihalten.«

»Immer zu Diensten, Chef«, sagte Halders. Er tippte die Nummer der Spurensicherung ein und reichte Winter sein Handy.

»Ja, Torsten? Hast du etwas?«

»Shomi hat einige E-Mail-Adressen rausgekriegt«, sagte Öberg. »Keine Mails, aber die Adressen.«

»Okay, ich höre.«

»Wo bist du übrigens?«

»Immer noch im Marconipark.«

»Die eine lautet mark14@telia.se, die andere glad@gmail.com.«

Winter schaute wieder auf seine Liste. Marcus Glad, Haus 1 A, erster Stock, sie hatten vor der Tür gestanden, geklingelt, geklopft.

»Hilft das weiter?«, fragte Öberg.

»Und ob, ich werde mich persönlich bei Shomi bedanken, wenn ich ihn treffe.«

»Mark ist vermutlich dieser Peter Mark, oder?«

»Das vermute ich auch. Und der andere wohnt hier.«

Mit gezogenen Waffen betraten sie die Wohnung, in höchster Bereitschaft, die Pistolen durchgeladen, entsichert. Blanke Waffen, draußen in dem unerhörten Sonnenschein hatten sie wie schwarzes Feuer geblitzt.

Halders machte eine Kopfbewegung, nach links zur Küche, während Winter weiterging. Rechts war das Schlafzimmer, das Bett ordentlich gemacht, es gab eine kleine Kommode, einen Stuhl, der die Funktion eines Nachttisches zu erfüllen schien. Winter betrat den nächsten Raum, hinter sich hörte er Halders.

»Siehst du die Kartons?«

Winter sah sie, drei oder vier, unbenutzt, dachte er. Keine Buchstaben mehr. In dem großen Zimmer am Ende des kurzen Flurs waren sie auf dem Parkettfußboden gestapelt, rechts ein Sofa, ein Flachbildfernseher, ein Tisch, eine Stehlampe. Das war alles. Zeitungen voller schwarzer Flecken bedeckten den Boden. Der Pinsel stand in einem Glas, das halb mit Farbverdünner gefüllt war. Der Geruch erfüllte den ganzen Raum.

»Hier ist gemalt und geschrieben worden«, sagte Halders.

Durchs Fenster sah Winter das Marconistadion, die Straßenbahnschienen vom und zum Frölunda torg, die Büsche unterhalb des Kulturhauses, wo Robert Halls Leiche gelegen hatte.

»Jetzt müssen wir den Teufel nur noch finden«, sagte Halders.

»Lefvanders Auto«, sagte Winter.

»Was?«

»Warum hat er Lefvanders Auto stehen lassen? Wäre es nicht leichter gewesen, damit wegzufahren?«

»Tja, der Buchstabe. Lefvanders Buchstabe.«

»Er wollte es uns zeigen. Darum dreht sich hier alles. Er wartet auf uns, Fredrik. Wartet immer noch. Wartet in diesem Augenblick.«

»Was hat das mit dem Auto zu tun?«

»Darin muss es etwas geben, das verrät, wo er ist«, sagte Winter.

»Wenn du es sagst.«

»Wir haben ja das Auto. Wir fahren zum Präsidium.«

»Ich lass dich dort raus und werde mich mal mit unserem Freund Peter Mark unterhalten. Vielleicht weiß er etwas.«

»Ja. Gut.«

Sie gingen zum Auto. Es schien von einer Schicht Pollen überzogen zu sein, die dann mit einer Schicht Staub zugedeckt worden war. Halders fing an zu niesen.

»Meine einzige Schwäche.«

Im Handschuhfach von Lefvanders BMW lag ein tausendseitiges Exemplar der Gelben Seiten.

»Alles andere hat er entfernt.« Vorsichtig begann Winter in dem dicken Buch zu blättern.

»Dann ist das unser Wegweiser«, sagte Torsten Öberg.

»Es muss noch mehr geben«, sagte Winter.

»Achtundsechzig Straßenpläne«, sagte Öberg. »Das ist kein Wegweiser, sondern eine weitere Beleidigung.«

»Es muss noch mehr geben«, wiederholte Winter.

Er blätterte in dem Buch, spürte etwas unter den Fingern, schlug die Seite mit dem Übersichtsplan auf, dort war mit Tesa ein Bild festgeklebt, schwarzweiß, dünn, Kopie eines Fotos. Winter erkannte einen Strand, Felsen, links ein Gebäude, Giebel, draußen auf dem Meer eine Insel oder Holme, die wie angehäufte Steinblöcke aussahen, aber das mochte an der Kopie liegen, die Schwärze floss mit dem Licht zusammen. Es war ein wertloses Bild.

»Aha«, sagte Öberg.

»Dort ist es«, sagte Winter.

»Glaub ich auch.«

»Dort ist er in diesem Moment. Mit Lefvander.«

»Ein Haus am Meer«, sagte Öberg. »Er macht es uns nicht leicht.«

Winter betrachtete das Bild. Wo zum Teufel mochte das sein? Es würde ihn den Rest seines Lebens kosten, das Haus und den Strand zu finden.

Ringmar war zurück vom Jungfruplatsen. Er hatte Gustav nach Hause getragen, der von Weinen geschüttelt wurde. Für den Augenblick musste es reichen. Er brauchte ihre Hilfe mehr, als sie seine brauchten. Amanda Bersér wusste nichts über Mårten Lefvanders Verwandte. Dafür war es zu spät, als Ringmar mit ihrem Sohn zurückkehrte.

Es ist Marcus Glad, hatte Winter gesagt. Vielleicht ein Verwandter. Ich hab hier ein Foto, komm her und schau's dir an.

Sie saßen einander gegenüber in Winters Büro. Der alte Panasonic auf dem Fußboden spielte Coltrane. Alles war wie früher.

Ringmar betrachtete das Foto, den Strand, das Meer.

Er schaute auf.

»Verdammt unscharfes Bild.«

»Mehr haben wir nicht«, sagte Winter.

»Vielleicht genügt es«, sagte Ringmar. Er starrte wieder auf das Foto. »Ich glaube, ich weiß, wo das ist.«

»Was sagst du da?«

Ringmar hielt das dünne Blatt hoch, zeigte auf die Insel, die ein Stück entfernt im Meer lag.

»Es sieht aus wie Torholmen. Ich erkenne die Steinformationen, jedenfalls kommen sie mir bekannt vor. Die haben was Besonderes. Und die Perspektive stimmt.«

»Torholmen, wo ist das?«

»Lilleby«, sagte Ringmar. »Lilleby Meerbad, dahin sind wir gefahren, als Martin und Moa klein waren. Ich bin als Kind auch dort gewesen.«

»Ich noch nie«, sagte Winter. Er stand schon, bereit, über halb Hisingen zu fahren.

»Nein, Lilleby ist nichts für die Oberschicht.«

Ringmar fuhr den Kongahällavägen entlang und bog nach Norden zum Lillebyvägen ab.

»Was werden wir vorfinden?«, sagte er.

»Das weiß ich nicht, Bertil.«

»Lefvander?«

»Vermutlich?«

»Marcus Glad?«

»Wenn er es will.«

»Warum sollte er es nicht wollen? Er wollte ja, dass wir Torholmen erkennen.«

Winter schwieg. Sie fuhren durch den schönen grünen Mai. Bald würden sie wieder vereint sein, dachte er, Mama, Papa, Kinder. Sie würden an ihrem eigenen Strand baden, ihre eigenen Steine übers Meer hüpfen lassen, so tun, als stünde ein Haus auf dem verwilderten Grundstück.

Da draußen gab es in der Nähe vom Campingplatz eine alte Tagungsstätte. Ringmar konnte sich daran erinnern. Er wusste nicht, ob sie immer noch genutzt wurde.

»Soweit ich mich erinnere, konnte sie von jedem gemietet werden.«

»Dann ist es dort«, sagte Winter.

»Ich glaub nicht, dass man sich anschleichen kann«, sagte Ringmar. »Das ist eine offene Landschaft.«

»Wir können nicht schleichen«, sagte Winter.

»Nein, nein, aber wir sind doch vorsichtig, nicht wahr?«

»Weil du dabei bist, Bertil.«

Ringmar fuhr durch Sävviken. Bald waren sie am Ziel.

»Wie konnten sie ihr Geheimnis so lange mit sich herumtragen?«, sagte Ringmar.

»Mangel an Empathie, nehme ich an.«

»Das ist ein Segen, nicht wahr?«

»Manchmal wünscht man, man hätte die Gabe«, sagte Winter.

»Ja, du. Wenn man all die empathische Schlacke los wäre, die einem durchs Hirn schwappt.«

»In der nächsten Inkarnation«, sagte Winter.

»Dann wird es noch schlimmer«, sagte Ringmar. »In der nächsten Inkarnation, erntest du, was du in der vorherigen gesät hast.«

»Menschen, die keine Empathie haben oder nur wenig, geht auch die Fähigkeit zur Selbsteinschätzung ab«, sagte Winter. »Eine vernünftige Selbsteinschätzung beruht auf der Fähigkeit, sich selbst aus der Perspektive einer anderen Person wahrzunehmen. Und aus der überlegenen Position eines anderen.«

»So ist es, mein Junge.«

»Alles dreht sich um Empathie«, sagte Winter.

»Aber in unserem Job haben wir es häufig genau mit dem Gegenteil zu tun«, sagte Ringmar.

»Dann müssen du und ich dafür stehen. Es klingt wie ein Klischee, aber es ist wahr.«

»Natürlich ist das wahr.«

»Fehlt es Marcus Glad an Empathie?«, sagte Winter.

»Wir werden ihn wohl fragen müssen, wenn es so weit ist.«

Jetzt waren sie gleich da. Sie fuhren an dem leeren Parkplatz vorbei, gruselig öde unter dem riesigen blauen Himmel.

Ringmar folgte einem sich schlängelnden Weg in westlicher Richtung, der offenbar kürzlich asphaltiert worden war.

»Da draußen hast du Torholmen.« Er wies mit dem Kopf zum Meer. Winter sah die Klippenformationen, aber sie glichen nicht denen auf dem Foto. Nichts glich dem, was er gesehen hatte.

»Bist du sicher, dass es hier ist?«, fragte er.

»Nein.«

Vor ihnen lag das Gebäude, die Tagungsstätte oder was es nun gewesen war. Winter konnte kein Schild entdecken. Die Tür an der Längsseite war geschlossen. Vor dem Haus stand kein Auto.

Sie parkten und stiegen aus. Winter hörte die Möwen. Das Meer war nahe, ein paar Felsen und ein Sandstreifen, und schon war man da. Lilleby begann, sich von der Sonne zu entfernen, aber nur ein wenig. Die Schatten waren immer noch kurz.

»Hallo«, rief Winter. »Wir sind da.«

Ringmar sah ihn an.

»Wir werden doch erwartet, oder etwa nicht?«, sagte Winter.

»Kriegen wir eine Antwort?«

»Mal abwarten.«

»Ich hab nicht die Absicht, hier stehen zu bleiben und zu warten.«

»Ich auch nicht.« Winter ging auf das Haus zu. Es schien im Schatten zu liegen, obwohl es keine Gewächse gab, die es abschatteten. Das war merkwürdig. Die Fenster waren schwarz, als wären sie mit schwarzer Farbe gestrichen. Der rote Anstrich des Hauses war dunkel. Es hatte ein Obergeschoss.

Die Tür war nicht abgeschlossen.

Sie traten direkt in einen großen Raum.

Hinten im Raum unter einem Fenster lag ein Mensch auf der Seite. Die Person schien sie anzusehen, sie zu betrachten. Winter hielt seine SIG Sauer in der Hand, aber er zielte nicht auf die Person. Es war Mårten Lefvander.

Ringmar war schon bei ihm und beugte sich über ihn, prüfte den Puls an Lefvanders Hals, schaute auf.

»Er ist nicht tot. Anscheinend tief bewusstlos.«

»Ich rufe einen Krankenwagen.« Winter gab die Kurzwahl ein.

»Ich sehe keine Verletzungen«, sagte Ringmar und beugte sich über den Rücken des Bewusstlosen. Winter sah, wie Bertil hastig zurückzuckte, er *zuckte* zurück. »Herr im Himmel, Erik.«

Winter ging zu ihm, hörte eine Stimme im Kopfhörer, gab an, wo sie waren, wer sie waren, dass es auf jede Minute ankam, jetzt stand er neben Bertil, er sah es, spürte, wie das Blut durch seinen Körper jagte, hin und her, hin und her. Er wollte es nicht sehen. Lefvanders Rücken war wie ein Krater, eine offene Schale, Winter sah ein Stück des freigelegten Rückgrats.

»Was machen wir jetzt?«, sagte Ringmar.

»Wir müssen Glad suchen.«

»Er ist nicht hier, Erik.«

»Irgendwo hier ist er.«

»Du meinst, er wartet auf uns?«

»Genau.«

»Will er uns schaden?«

»Nicht, wenn er nicht muss«, sagte Winter.

»Hat er Empathie?«

»Da bin ich mir sicher. Sonst hätte er nicht getan, was er getan hat.«

»Ich kapier gar nichts«, sagte Ringmar.

»Ich kann es nicht erklären«, sagte Winter. »Ich will es nicht erklären.« Er war plötzlich wütend, die Wut zog wie ein Hagelschauer über einen klaren Himmel. »Es ist sinnlos, nach Erklärungen zu suchen.«

41

Die Klippen im Meer glänzten wie weißes Gold. Der Strand unter ihnen lag verlassen da, das Meer still, als wären die Winde in eine andere Welt geflohen. Die Wasseroberfläche war ein leerer Spiegel, war wie ein riesiges Stück Stanniol über etwas gespannt, das einmal Leben beinhaltet hatte. Die Möwen waren verschwunden.

Winter drehte sich um. Ringmar stand vor der Tür, ein verlässlicher Schatten. Ihn wird es immer geben, dachte Winter. Bertils Sonnenbrille reflektierte blitzend das Licht.

Winter drehte sich wieder zum Meer um.

Etwas bewegte sich auf der Oberfläche.

Etwas Kleines, wie ein Stein, der auf dem Wasser trieb.

Ein Fußball.

Ein Kopf.

Er entfernte sich von Torholmen, bewegte sich auf das offene Meer zu, zwanzig Meter von der Insel entfernt, dreißig. Jetzt sah er ihn durch die Sonnenbrille, als ob der Kopf immer dort gewesen wäre.

Ringmar sah ihn auch. Er stand jetzt neben Winter.

»Das ist er«, sagte Ringmar. »Er schwimmt raus.«

»Ich sehe es.«

»Bis Schottland ist es weit«, sagte Ringmar. »Selbst bis Skagen. Ich alarmiere die Wasserschutzpolizei.«

»Er ertrinkt vorher.«

Ringmar antwortete nicht.

»Hast du gehört, was ich gesagt habe, Bertil?«

»Ich hab's gehört.«

Der Kopf dort draußen bewegte sich über die Oberfläche, als treibe er ohne Körper dahin.

»Hast du keine Empathie, Bertil?«

»Genau das habe ich. Da draußen geht es dem Jungen am besten.«

»Er ist ganz allein«, sagte Winter, zerrte sich die Krawatte vom Hals, knöpfte die Anzughose auf, zog Schuhe und Strümpfe aus.

»Was zum Teufel machst du, Erik?!«

Winter antwortete nicht. Das Hemd riss er sich vom Körper, während er in der Unterhose zum Wasser lief. Heute war sie zweifarbig, sah aus wie Bermudashorts, an einem belebten Strand wäre er nicht aufgefallen.

»Erik? Erik?!«

Er hörte Bertil hinter sich brüllen, aber das nutzte nichts. Schreie helfen selten. Das *Laufen* half, die *Tat* half. Er war jetzt ganz ruhig, so musste es sein, eine Art automatischer Ruhe.

Vielleicht war das Wasser kalt, aber er spürte es nicht, er war über Grund gelaufen, solange es ging, hatte sich dann nach vorn geworfen und war unter Wasser geraten, war wieder hochgekommen und hatte angefangen zu schwimmen, in der Sekunde unter Wasser hatte er gemerkt, dass er immer noch seine Sonnenbrille trug, durch sie sah er eine neue Welt, er würde es Tauchern empfehlen, wenn alles vorbei war, wenn alle mit Schwimmen fertig waren, er war ein guter Schwimmer, er konnte sogar kraulen, das tat er jetzt, atmete bei jedem vierten Zug, *australian crawl*, das könnte ein Filmtitel sein, ein Song, Michael Bolton, die australische Schwimmerin Dawn Fraser, er hatte etwas über sie gelesen, sie war die Königin der Bassins, als er geboren wurde, er hatte über alle gelesen, er wusste alles, ich weiß alles, dachte er, ich kann es ihm erzählen, wenn ich bei ihm ankomme, was passieren wird, was wir tun werden, ich und Marcus.

Er schmeckte das Salz, es war nicht dasselbe Salz wie das Salz einer Frau, das werde ich Angela erzählen, wenn dies hier vorbei ist, dachte er, alles, was sie noch nicht weiß, sie soll erzählen, wir werden über alles sprechen, *alles*, in einem Auge brannte es, er hatte ja die Brille auf, das war gut. Er hörte auf zu schwimmen, trat Wasser, um sich zu orientieren, er war schon weit vom Ufer entfernt, sah etwas, das sich vor ihm bewegte, schon ziemlich nah, es war Marcus' Kopf, wessen Kopf sollte es sonst sein, Winter begann wieder zu kraulen, sie waren beide allein auf dem Meer, auf dem Weg nach Schottland, Amerika, Südsee, Australien, eine Weltumschwimmung des Meeres, ich glaube, mir würde es gut in Australien gefallen, Perth vielleicht, das australische Perth, aber das schottische Perth ist auch nicht zu verachten, das Original, wie schottischer Dallas, ich muss Steve anrufen, es ist schon lange her, allzu lange, muss das so sein, nein, nein, nein, nein, jetzt beginnt das Leben, mein Vater hat etwas mit mir gemacht, er hat mich geschlagen, das ist das Trauma, was hat er sonst noch getan? Es ist weitergegangen, er hat etwas gesagt, das ich nie vergessen habe, aber ich kann mich nicht erinnern, es ist in mir, bei jedem Schwimmzug, verdammt, er hat etwas getan, das mich für mein ganzes Leben geprägt hat, das mein Leben schon damals veränderte, irgendwann werde ich mich erinnern, darum-geht-es, dachte er im Rhythmus der Schwimmzüge, aber nicht nur, das darf nicht alles sein, das …

Er unterbrach seine Gedanken, hörte auf zu schwimmen, orientierte sich.

Marcus' Kopf trieb zehn Meter von ihm entfernt auf dem

Wasser. Der Junge hatte auch aufgehört zu schwimmen. Er schien sein Gesicht in den Himmel zu halten, als wollte er sich von der Sonne blenden lassen.

»Marcus? Marcus!«

Winters Rufe wurden vom Wind davongetragen, sie konnten in alle Richtungen fliegen, sie klangen leer, klein, jämmerlich, wie Schiffe auf dem Weltmeer. Er schwamm wieder, jetzt Brustschwimmen, Marcus trieb auf dem Wasser, er bewegte sich in keine Richtung, das Meer bestimmte die Richtung.

»Marcus!«

Jetzt waren es nur noch wenige Meter, Winter konnte ihn schon fast berühren.

»Marcus, ich bin's. Erik Winter. Polizei.«

Winter sah den Kopf, aber kein Gesicht, es war von der Sonne ausradiert, da war nur ein schwarzer Kreis.

»Ich werde dir helfen«, sagte Winter.

»Kommen Sie nicht hierher!«

»Ich bin schon hier«, sagte Winter. »Ich bleibe hier. Wir bleiben hier.«

»Ich will nicht«, sagte Marcus.

»Was willst du nicht?«

»Ich will nicht ...« Marcus' Worte erstarben im Wind.

Winter trat Wasser. Es sah aus, als ließe Marcus sich treiben, seine Arme bewegten sich nicht, als warte er darauf, von der Strömung aufs offene Meer gezogen zu werden. Winter spürte sie an den Beinen, wie Wasserschlangen, die sich um ihn winden und ihn wegtragen würden, die bösen Kräfte, Scheiß drauf.

»Haben Sie Lefvander gefunden?«, sagte Marcus. Jetzt hatte er sich bewegt, den Kopf gedreht.

»Ja. Ein Krankenwagen ist unterwegs.«

Winter wollte den Kopf nicht drehen. Vielleicht war die

Ambulanz bereits da. Er hatte schon eine Weile keinen Blick mehr aufs Land geworfen.

»Er lebt«, sagte Marcus, es war eine Feststellung. »Sonst ist es umgekehrt.«

»Wann sonst?« Winter war jetzt dicht bei ihm. Marcus hatte sich nicht bewegt. Noch ein Schwimmzug und Winter konnte eine Hand ausstrecken und ihn berühren. Er sah sehr jung aus. Er sah genauso aus wie auf den Filmen. Genau. Ein Junge von nur zehn Jahren. In Winters Kopf brauste es, als würde etwas passieren mit seinem Kopf, als hätte er etwas Derartiges noch nie erlebt, als wäre *hier* und *jetzt* das Ende des Lebens, das er bisher geführt hatte. Dies war sein letzter Moment in Uniform. »Wann, Marcus? Wann ist es noch schlimmer, als es gerade aussieht?«

»Der scheint kein Rückgrat gehabt zu haben«, sagte Marcus. »Ich wollte wissen, ob er eins hat.«

»Es gibt unterschiedliche Arten«, sagte Winter.

»Irgendeine Art hatte er jedenfalls«, sagte Marcus. »Ich habe es gesehen. Deshalb habe ich aufgehört.«

»Es ist gut, dass du aufgehört hast«, sagte Winter.

»Ich friere«, sagte der Junge, er war nur ein Junge, zehn Jahre alt, allein auf der Nordsee, immer allein.

»Bald kommt ein Boot und nimmt uns an Bord«, sagte Winter.

Er war jetzt sehr nah.

»Rühren Sie mich nicht an!«, schrie der Junge.

»Ich werde dich nicht anfassen, Marcus.«

»Rühren Sie mich nicht an«, wiederholte der Junge etwas leiser.

Winter hörte ein Geräusch im Wind, das angeschwollen war, als wären sie weiter vom Land entfernt, als es aussah. Sein Gehör trog ihn nicht. Da kam ein Racer, es war die Wasserschutzpolizei. Sie mussten in der Nähe gewesen sein.

»Ich wollte nur Fußball spielen«, sagte Marcus.

»Ich weiß«, sagte Winter.

»Mehr wollte ich nicht. Ich war gut.«

»Ich glaube dir.«

»Es ist wahr. Aus mir hätte was werden können. Ich hatte Talent.«

Winter antwortete nicht. Was hätte er auch sagen sollen. Er wollte so gern etwas antworten.

»Ich hab nie wieder gespielt«, sagte Marcus.

Winter schwieg. Alles, was er hätte sagen können, war falsch.

»Ich bin immer wieder zum Marconiplatz gegangen. Ich konnte einfach nicht damit aufhören. Ich wollte es ja gar nicht. Ich musste damit aufhören.«

»Ich verstehe dich«, sagte Winter.

»Aber dann verschwand der Marconiplatz. Stattdessen haben sie die verdammte Eissporthalle gebaut. Ich hab geglaubt, das würde mir helfen zu vergessen. Aber genau das Gegenteil war der Fall.«

Hilf mir zu vergessen, dachte Winter.

»Schließlich gab es nur noch eins, was mich davon abhalten konnte, hinzugehen«, sagte Marcus.

»Aber auch das hat nicht geholfen«, sagte Winter.

»Es ... hat nicht geholfen«, sagte Marcus.

Jetzt sah Winter das Schiff, es war aus dem Meer heraufgewachsen wie eine Wolke aus einem leeren Himmel. Blau und weiß wie Himmel und Meer, wie die Fahne eines Sportvereins. Marcus sah es.

»Nein!«

»Das ist doch nur das Schiff, von dem ich erzählt habe«, sagte Winter.

»Nein!«

Marcus griff in die Luft. Er begann zu versinken, als ihn

nichts mehr im Gleichgewicht hielt. Sein Kopf verschwand im Wasser, tauchte wieder auf, verschwand wieder. Winter griff nach seinen Armen, bekam einen zu fassen, den linken, versuchte gleichzeitig auf dem Rücken zu schwimmen, während er Marcus weiterzog, er versuchte es wieder, bekam ihn besser in den Griff, spürte, wie der Junge sich an ihn klammerte, irgendwo, aber Winter konnte ihn halten, schwamm weiter auf dem Rücken, schwamm weiter, er war ruhig, er war sicher, er wusste, was er tat, er würde sich nicht zum Grund ziehen lassen, nie wieder, das war ein Mal passiert und das reichte für ein Menschenleben, Marcus hielt jetzt still in seinen Händen, ließ sich zum Boot mitziehen, wie bei einer Übung im Rettungsschwimmen, auch das Boot lag still, nur Winter bewegte sich.

Innerhalb von Sekunden waren sie an Bord, wurden aus dem Wasser gehoben. Winter spürte keine Kälte. Marcus klapperte mit den Zähnen. Winter bat um ein paar Decken. Er hielt den Jungen während der ganzen Fahrt ins Zentrum im Arm.

42

Halders arbeitete mit der simplen Taktik: Schieß mehr Tore als die Gegner, lass weniger durch, vor allem halt den Ball und den Scheißgegner so weit wie möglich weg vom eigenen Tor.

Ringmar stand im Tor, Halders hatte zusammen mit Djanali und Torsten Öberg die Verteidigung übernommen. Winter und Hoffner bildeten das Mittelfeld gemeinsam mit einem jungen Star in Topform: Micke Hedlund, der erst seit einem Monat im Dezernat war. Es gab keine Ersatzspieler. Das war ein Nachteil.

Die gegnerische Mannschaft bestand aus einer Gruppe Mediziner, neu bei der Polizei, ein gefundenes Fressen für die »Schwerstverbrecher«, wie Halders es ausdrückte, »guckt euch die an, die haben Schiss, haben schon verloren«.

»Jetzt wollen wir die Sache mal ruhig und gesittet angehen«, sagte Djanali.

»Was zum Teufel soll das denn heißen?«, sagte er.

»Genau das, was ich sage.«

Winter machte an einem Baum in der Gamla allén Dehnübungen. Regen fiel auf Heden, vermutlich auf die ganze Stadt. Es hatte spät am vergangenen Abend angefangen zu regnen. Als er das Präsidium verließ, hatte noch die Sonne vom Himmel geknallt. Da hatte Marcus Glad geschlafen. Seine Träume wünschte Winter sich nicht. Der Junge hatte nicht erzählt, warum, nicht richtig, es war eine sehr lange Erzählung ohne Ende.

In der Nacht hatte Winter einige Gläser Glenfarclas getrunken, um sich für eine Weile zu betäuben und Ordnung in das Chaos in seinem Schädel zu bringen. Jetzt war er klar. Es war Zeit, dieses verdammte Match hinter sich zu bringen.

»Erik? Erik!«

Er drehte sich um.

»Es geht los.« Halders wedelte in Richtung Platz mit dem nassen grünen, glänzenden Kunstgras. Er war auf dem Weg zum Schiedsrichter und dem Kapitän der Gegner, die schon zur Seitenwahl bereitstanden. Der Kapitän der gegnerischen Mannschaft war vielleicht ein Orthopäde voller Todesverachtung.

Der Schiedsrichter war ein alter Bekannter.

»Heute reißt du dich zusammen, Halders.«

»Auf Provokationen antworte ich nicht«, sagte Halders.

»Ich bin der Schiedsrichter. Und ich werde ein Auge auf dich haben.«

»Wollen wir jetzt spielen, oder was?«

»Was steckt hinter diesem Wortwechsel?«, fragte der Orthopäde.

»Das geht dich einen Dreck an«, sagte Halders.

»Fredrik ist eigentlich auf Lebenszeit für den Polizeifußball gesperrt«, sagte der Schiedsrichter.

»Das kann ich verstehen.« Der Orthopäde lächelte.

»Wir sehn uns da draußen. Versuch, ohne Knieschützer zu gehen«, sagte Halders.

»*Trashtalk, I like it*«, sagte der Orthopäde.

Winter kam in Ballbesitz, als ein Gegner im Mittelfeld den Ball zu weit abprallen ließ. Er schaffte es, an einem fetten Doktor vorbeizudribbeln und schlug eine halbhohe Flanke in den Strafraum. Hedlund nahm ihn volley und versenkte ihn im Tor. Es sah so lächerlich einfach aus, wie alles, was schwer ist. Winter riss die Arme in einer Siegergeste hoch, *veni vidi vici* hörte er Halders brüllen, die Zuschauer jubelten, er war wie berauscht vom Erfolg. Warum konnte es nicht immer so sein? Halders war schon bei ihm, hob ihn in den Himmel, in den er gehörte.

In der Halbzeit stand es 1–1. Die »Schwerstverbrecher« brauchten alle Erholung, die sie bekommen konnten. Öberg hatte gegen denselben Baum gekotzt, an dem Winter Dehnübungen gemacht hatte. Der Baum war gefährdet.

»Trink nicht so viel Wasser«, sagte Halders zu jedem, der noch Kraft hatte zuzuhören.

»Die sind gut«, sagte Hedlund.

»Die sind *scheiße*«, sagte Halders. »Jetzt kriegen wir sie. Die sind fertig.«

»Wenn wir nur ein paar Ersatzleute hätten«, sagte Djanali.

»Das ist kontraproduktives Gejammer«, sagte Halders. »Beim nächsten Match haben wir mehr Leute.«

Der Schiedsrichter pfiff die zweite Halbzeit an.

Sie stellten sich auf. Winter war immer noch high nach der perfekten Flanke. Hedlund legte den Ball zurück zu Winter und lief sich frei, links an einer extrem kuhbeinigen Ärztin vorbei. Winter passte butterweich direkt wieder zu Hedlund, lief durch den Strafraum und bekam den Ball von Hedlund perfekt in den Lauf gespielt. Er traf optimal mit dem Vollspann und wusste schon in diesem Moment, dass die Kugel ins Tor ging. Sie schlug unhaltbar im linken Eck ein. Dazu war er geboren, diesem Spiel würde er sein Leben widmen.

Die ganze Mannschaft warf sich auf ihn, Halders zu oberst. Er schrie etwas Unverständliches. Winter fühlte sich fast genauso verrückt.

Der Schiedsrichter pfiff das Spiel wieder an. Der dicke Doktor schaffte es irgendwie in den Strafraum der »Schwerstverbrecher« und wurde von Halders unfair gestoppt, eine selbstverständliche Tat, was hatte dieser vollgefressene Kerl hier überhaupt zu suchen, Winter war hundertprozentig einig mit Halders, *ad nocendum potentes sumus*, wir haben die Kraft zu schaden, das darf uns keiner nehmen.

Der Schiedsrichter kam angestürmt, pfiff und pfiff, zeigte auf den Elfmeterpunkt, zeigte auf Halders, zog eine Karte aus der Brusttasche, eine *rote* Karte, das bedeutete Platzverweis für den Rest des Spiels und automatische Sperre für das nächste.

Halders stand ganz still, als hätte ihn der Schlag getroffen.

Der Schiedsrichter hielt die Karte hoch in den Himmel, damit alle Götter sie sahen.

»Hör mal ...«, sagte Ringmar, der sein Tor verlassen und sich vorm Schiedsrichter aufgebaut hatte, »das ist nicht gerecht.«

»Der geht raus«, sagte der Schiedsrichter. »Wenn du protestierst, fliegst du auch.«

»Du bist ja verrückt«, sagte Ringmar.

»Rote Karte!« Der Schiedsrichter fuchtelte mit der Karte, die er schon in der Hand hatte, vor Ringmars Gesicht herum.

»Du hast doch nur eine«, sagte Ringmar, »und du hast sie schon benutzt.«

»Nimm die beiden Platzverweise zurück«, sagte Winter, der jetzt ebenfalls vor dem dämlichen Schiedsrichter stand. Er sah ihm in die Augen, aber da war heute niemand zu Hause, vermutlich nie. »Elfmeter ist vielleicht okay, aber das war nie und nimmer rot.«

»Raus!«, schrie der Verrückte und hielt Winter die Karte unter die Nase. Eine Karte, drei Opfer. Sie konnten nicht weiterspielen. Winter schnappte sich die Karte und riss sie in zwei Stücke, vier, sechs, ließ die Fetzen aus großer Höhe wie Konfetti herunterrieseln. Hoffner, Djanali und Öberg applaudierten, was laut Regelbuch auch eine provozierende Geste war und ebenfalls Platzverweis bedeutete, nur der junge Hedlund war noch da, hatte sich aber hinter einem von Hedens dunklen Bäumen versteckt, wahrscheinlich aus Todesangst vor den Konsequenzen. Das Ereignis würde innerhalb einer Stunde auf den Homepages der Medien landen, und das Dezernat für Schwerstverbrechen würde für zwölf Millionen Jahre vom Polizeifußball ausgeschlossen werden.

Der Schiedsrichter hatte Schaum vorm Mund, buchstäblich, schnappte nach Luft. Er wollte etwas sagen, aber was er sagen wollte, hatte keine Bedeutung.

»Okay, dann gehen wir«, sagte Winter und entfernte sich. Die anderen folgten ihm, auch die Mediziner.

Sie kamen an Halders vorbei.

»Wie geht es dir, Fredrik?«

Halders antwortete nicht. Er sah ebenfalls aus, als versuchte er etwas zu sagen.

»Das Match ist zu Ende«, sagte Winter, »wir haben 2–1 gewonnen.«

Der Vormittag war schön. Winter stieg vor dem Västra-Friedhof aus dem Auto. Sein Körper tat überall weh, aber seelisch fühlte sich Winter okay. Gestern auf dem Fußballplatz hatte er das Seine durch eine trotzige Tat beigesteuert, warum nicht. Heute Morgen hatte er Marcus Glad verhört. Sie würden sich noch öfter sehen.

Innerhalb von zehn Minuten fand Winter den Grabstein. Marcus hatte eine gute Wegbeschreibung gegeben. Winter las den Namen auf dem Grabstein, er bedeutete nichts mehr. Er schob frisches Moos am Fuß des Grabmals beiseite, und dort stand der Buchstabe in Schwarz auf dem Stein: N.

Er ging zum Auto zurück, Vögel sangen. Ein C war noch übrig, das war vermutlich Peter Mark zugedacht gewesen, dem radelnden Lügenmaul. Ich habe ihm wahrscheinlich das Leben gerettet, dachte Winter, setzte sich ins Auto und bog in dem Moment in die Mariagatan ein, als ein Radfahrer in hoher Geschwindigkeit vorbeiflitzte. Es war ein Mann, ihm passierte nichts, weil Winters Reflexe immer noch außerordentlich gut funktionierten. Der Mann trug keinen Helm. Er war ins Schwanken geraten, fing sich aber schnell wieder und starrte Winter wütend an.

»Sind Sie verrückt?«, sagte der Mann.

Dank an Kommissar Torbjörn Åhgren, der das Manuskript mit gesundem Menschenverstand gelesen hat, für fröhlichen Beistand und vernünftige Kritik

Dank an Elisabeth und Little Stephen

Dank an Stig Hansén für den Beschluss

Dank natürlich an Rita

Dank an Per Planhammer

Dank an Manfreds Brasserie und Enoteca Maglia

Dank an den, der mich am Fußgängerüberweg in der Linnégatan nicht überfahren hat

Dank an den Stureplan, Stockholm, und Dank an den Stureplan, Sävsjö

Dank an alle, die mich nach all diesen Jahren immer noch aufrichten, danke, danke, danke